L'ENQUÊTEUR AGONISANT

Du même auteur
chez le même éditeur

La Fête du cochon
Les Profiteurs
Les Piliers de la société
Entre le désir de l'été et le froid de l'hiver
Autre temps, autre vie
Comme dans un rêve
Linda
Celui qui terrasse le dragon
La Véritable Histoire du nez de Pinocchio

LEIF GW PERSSON

L'ENQUÊTEUR AGONISANT

Traduit du suédois
par Esther Sermage

Collection fondée par François Guérif

RIVAGES/NOIR

Retrouvez l'ensemble des parutions
des Éditions Payot & Rivages sur

payot-rivages.fr

Collection dirigée par Jeanne Guyon et Valentin Baillehache

Titre original :
Den döende detektiven

I

Œil pour œil…

Exode, 21:24

1

Lundi 5 juillet 2010, soir

C'est au 66 de la Karlbergsväg à Stockholm que se trouve Günters, le meilleur kiosque à saucisses de Suède, entouré de solides immeubles en brique de plusieurs étages construits au début du siècle dernier. Maçonnerie soignée, briques minutieusement empilées, l'une après l'autre, façades revêtues d'enduit à la chaux, *bow windows* et croisillons à l'ancienne, vastes pelouses devant les bâtiments et, en cette saison, trottoirs bordés d'arbres verdoyants. À l'intérieur des bâtiments, entrées et cages d'escalier garnies de marbre, de frises, de moulures et même, ici et là, de soubassements menuisés. Portes et plinthes en chêne. Le quartier produit une impression bourgeoise et douillette.

Günters est très bien situé dans la plus belle capitale du monde, à quelques centaines de mètres du château de Karlberg et de l'hôpital universitaire Karolinska, entre les deux principales artères qui relient la ville à sa banlieue nord et au reste du pays.

Ce jour-là, Lars Martin Johansson, anciennement chef de la Direction nationale de la police judiciaire, aurait dû se trouver dans sa maison de campagne du Roslagen, mais le matin, il avait été obligé d'aller en ville. Il avait rendez-vous à la banque pour conclure la vente d'un terrain forestier qu'il possédait avec son frère aîné.

D'autres commissions d'ordre privé étaient venues s'y ajouter. Autant en profiter, tant qu'il y était. Mais la liste de tâches à accomplir s'allongeait à vue d'œil. Lorsqu'il put enfin envisager de rentrer retrouver sa femme et leur retraite estivale de Rådmansö, il était bientôt huit heures du soir, et Johansson avait une faim de loup.

Une centaine de mètres avant le Roslagstull et la route du nord, il dut céder. Une heure au volant avec un ventre qui criait famine ? Jamais de la vie. Il décida donc de faire un petit détour par le meilleur kiosque à saucisses de Suède et d'y avaler une *bratwurst* yougoslave bien épicée accompagnée de cornichons d'Åland, de choucroute et de moutarde de Dijon. Ou peut-être une *zigeunerwurst* au parfum de poivre du moulin, de paprika et d'oignon ? S'il ne décidait pas plutôt d'affirmer ses origines norrlandaises en savourant une saucisse d'élan légèrement fumée, accompagnée de la fameuse purée de pommes de terre « amandes » de Günter, écrasée à la main.

Tout occupé par ces agréables pensées, il se gara à quelques mètres du kiosque, juste derrière un panier à salade de la police de Stockholm, qu'il imita en se mettant à cheval sur le trottoir. Il était à la retraite depuis trois ans et, certes, ce type de stationnement n'était pas complètement légal, mais tout de même pratique, puisqu'il laissait également la voie libre aux autres véhicules qui circulaient dans l'avenue. Certaines habitudes contractées durant ses cinquante ans dans la police restaient irrémédiablement gravées dans son comportement.

Par cette soirée chaude de juillet, après une journée ensoleillée, le temps était loin d'être idéal pour manger de la saucisse. Voilà sans doute pourquoi la file d'attente n'était constituée que de quatre jeunes collègues de l'unité d'intervention de la police de Stockholm. Enfin, ex-collègues, pour être exact. Ils reconnurent immédiatement Lars Martin Johansson. Hochements de tête, sourires. Le commandant marqua le coup en faisant un salut de la main contre sa chevelure coupée en brosse, bien qu'il eût rangé son calot d'uniforme sous sa ceinture.

– Ça baigne, les gars ? demanda Johansson, qui avait fait son choix définitif en sentant les célestes effluves.

La saucisse d'élan attendrait l'automne. Le parfum fumé, le goût rond et le flegme norrlandais en tout honneur, un soir comme celui-ci, il lui fallait quelque chose de plus fort. Pas trop piquant non plus, pas du sud des Balkans. Paprika, oignon, poivre, farce de porc demi-sel grossièrement hachée feraient l'affaire. Lars Martin Johansson en salivait déjà.

– C'est calme, alors on en profite pour recharger les batteries avant la tempête, répondit le commandant. Passez devant, chef. On n'est pas pressés.

– Je suis à la retraite, répliqua Johansson. Vous, vous bossez. On ne peut pas courir après les voyous le ventre vide.

– On ne s'est pas encore décidés, dit le commandant avec un sourire. Allez-y.

– Dans ce cas, acquiesça Johansson en se tournant vers l'employé. Une *zigeuner* avec de la choucroute et de la moutarde française. Et puis une boisson fraîche avec ça. Une bouteille d'eau gazeuse. L'habituelle, vous voyez laquelle.

Il fit un hochement de tête intransigeant à l'intention du dernier en date des collaborateurs de Günter, un jeune talent dénommé Rudy, d'origine autrichienne comme Günter lui-même. Bien que ce dernier fût mort depuis bientôt une décennie, on recrutait encore dans son ancienne patrie. Sebastian, le meilleur ami de Günter, avait repris l'affaire peu avant son décès, Udo avait travaillé au kiosque pendant de longues années, Katia servait de temps en temps, il y avait un autre employé dont Johansson avait oublié le nom et, dernièrement, Rudy. Après des centaines de saucisses consommées, Johansson les connaissait tous et vice versa. Pendant que Rudy préparait sa commande, il se consacra à d'agréables bavardages avec ses jeunes collègues. Enfin, ex-collègues, pour être exact.

– Cette année, ça fera quarante-six ans que j'ai commencé dans l'unité d'intervention, annonça Johansson. *Ou peut-être quarante-sept*, songea-t-il. *Enfin, aucune importance*.

– Du temps où on portait le sabre ?

Large sourire du plus jeune de l'équipe.

– Fais gaffe à ce que tu dis, petit, répliqua Johansson. *Sympa, ce gamin.*

– Mais après, vous êtes passé à la criminelle, constata le commandant, manifestement au courant de la carrière de Johansson.

– Ah bon, vous savez ça, vous. Quinze ans.

– Avec Jarnebring, glissa un autre.

– Eh oui. La vie et l'œuvre des vieux croulants n'ont pas de secrets pour vous, à ce que je vois.

– J'y ai bossé aussi. Jarnebring, Bo, était mon chef. Le meilleur que j'aie jamais eu, ajouta le policier attentionné.

– En sandwich ou en plat, chef ? les interrompit Rudy en brandissant une saucisse grillée.

– Comme d'habitude, répondit Johansson. Tu prends une baguette, tu l'évides et tu mets la saucisse dedans avec de la choucroute et de la moutarde. *Ce n'est quand même pas sorcier !* s'indigna-t-il en son for intérieur. Où en étions-nous ? demanda-t-il à celui qui avait eu son meilleur ami comme chef.

– Jarnebring. Bo Jarnebring.

– Ah oui ! s'exclama Johansson avec une emphase exagérée, comme s'il avait réellement perdu le fil. Jarnebring… À la retraite, comme moi. Parti à soixante-cinq ans, l'année dernière. Eh bien, je peux vous dire que ça baigne. On se voit régulièrement pour se raconter de vieux souvenirs inventés de toutes pièces.

– Dites-lui bonjour de ma part : Patrik Åkesson. Ou P2. On était deux Patrik dans l'équipe et je suis arrivé le deuxième. Jarnebring m'avait baptisé P2 pour éviter les malentendus au moment des affectations.

– Ça lui ressemble, commenta Johansson.

Il prit sa monnaie, sa saucisse et sa bouteille d'eau. Puis il hocha la tête, surtout parce qu'il n'avait plus rien à dire.

– Prenez bien soin de vous, les gars. À ce qu'il paraît, les choses ont bien changé depuis mon époque.

Ils acquiescèrent, soudain graves, et leur commandant exprima son respect avec un nouveau salut.

De mon temps, on t'aurait viré si tu avais salué sans avoir mis ton couvre-chef avant, se dit Johansson en s'asseyant laborieusement au volant de sa voiture, sa saucisse à la main. Il plaça la boisson dans le support prévu, entre les sièges, et fit passer sa saucisse de sa main gauche à sa main droite.

À cet instant, il eut l'impression qu'on lui plantait une vrille dans la nuque. Il n'éprouva aucun des présages lancinants d'un mal de tête ordinaire, mais une douleur aiguë, perçante, traversa brutalement la partie arrière de son crâne. Les sons de la rue se brouillèrent, puis disparurent. Il ne vit plus que du noir, d'abord de l'œil droit, ensuite du gauche, comme si on tirait un store aux trois quarts devant lui. Son bras s'engourdit, ses doigts se raidirent. Il lâcha sa saucisse entre les sièges.

Finalement, il n'y eut plus qu'obscurité et silence.

2

Du soir du lundi 5 juillet
à l'après-midi du mercredi 7 juillet 2010

Lars Martin Johansson avait perdu connaissance. Peu après minuit, dès que son état s'était stabilisé, on l'avait transféré des soins intensifs en neurochirurgie, facilitant ainsi les interventions en cas de complications, par exemple si l'on était obligé de l'opérer.

Dans la mythologie grecque, Hypnos, dieu du sommeil, et Thanatos, démon de la mort, sont frères jumeaux et fils de Nyx, déesse de la nuit, mais aucun des deux ne protégeait Johansson dans son inconscience. Il réagissait à la lumière, certes, mais cela demeurait purement physiologique, par exemple lorsqu'une des blouses blanches qui se succédaient à son chevet lui ouvrait la paupière et dirigeait un rayon de lumière sur sa pupille – enfin, qu'importe, puisqu'il n'en était pas conscient.

Hypnos ne protégeait pas Johansson car celui-ci ne dormait pas, et aucun rêve ne le faisait souffrir ni ne soulageait sa douleur. Les constructions oniriques peuvent se borner à représenter des bêtes ou des objets inanimés tels qu'une épuisette verte, même de la mauvaise couleur, ou une luge avec laquelle on aurait joué enfant. Mais surtout, rêver demande une conscience témoin – conscience dont Johansson était actuellement privé.

Thanatos non plus ne régnait pas sur lui. Car Johansson était en vie, il respirait, son cœur battait par ses propres moyens. Il lui fallait bien des médicaments pour lui conserver un rythme stable, une tension artérielle basse, un sang fluide. Pour apaiser la douleur, l'anesthésier, toutes ces aiguilles, ces fils, ces tuyaux qu'on avait fixés à son corps, sous sa peau… Quoi qu'il en soit, il vivait, et il séjournait chez Nyx, dans la nuit noire – mais peu importe car il n'en avait pas conscience. D'ailleurs, c'était sans doute mieux ainsi, car dans la mythologie, Nyx, déesse de la nuit et de la vengeance, n'est pas quelqu'un de particulièrement commode. Vengeance ? Mais quelle personne convenable aurait bien pu en vouloir à Lars Martin Johansson ?

Hypnos était sans doute plus proche de lui. Sur les images antiques, il est souvent dépeint comme un jeune homme tenant des capsules de pavot dans le creux de la main. Cela démontre bien que les anciens Grecs possédaient déjà des connaissances que la médecine moderne et la criminalité organisée internationale ont mises encore quelques millénaires à acquérir. Et si Johansson avait été conscient de ce qu'on injectait au goutte-à-goutte dans ses veines, il aurait sûrement abondé dans leur sens avec un hochement de tête. Bref. Johansson était sans connaissance. Il n'était pas mort, il ne dormait pas, il ne rêvait sûrement pas et, bien entendu, il ne hochait pas la tête. Et, finalement, qu'il soit plongé dans le noir ou dans la lumière importait peu.

3

Mercredi 7 juillet 2010, après-midi

Ça commença par une douleur lancinante dans la partie arrière de la tête et une vague sensation de lumière, sans savoir quand ni pourquoi. Soudain, il se réveilla. Il se découvrit allongé dans un lit. Il avait dû dormir appuyé sur son bras droit, qui était engourdi. Ses doigts étaient raides, il peinait à serrer le poing. À son chevet était assise une femme en blouse blanche et aux cheveux blonds coupés court. Dans sa grande poche de poitrine, elle portait un stéthoscope, ce qui confirmait, si nécessaire, sa fonction.

Bordel, mais qu'est-ce qui m'arrive ? s'interrogea Johansson.

– Qu'est-ce qui m'arrive ? demanda-t-il à la femme en blouse blanche.

– Je me présente, Ulrika Stenholm, répondit-elle en le regardant, tête penchée. Je suis médecin-chef adjointe à l'hôpital Karolinska et vous êtes dans mon service. Je vais commencer par vous demander de me dire, si vous vous en souvenez, comment vous vous appelez.

Elle sourit aimablement et redressa doucement la tête comme pour rendre sa question moins brutale.

– Comment je m'appelle ? l'interrogea Johansson. *Bordel, mais qu'est-ce qui m'arrive ?*

– Oui, comment vous vous appelez. Vous vous en souvenez ?

– Johansson, répondit l'intéressé.

– Et quoi d'autre ? reprit-elle sur le même ton aimable en penchant à nouveau la tête – mais elle ne lâchait pas l'affaire.

– Johansson. Lars Martin Johansson. Si vous voulez connaître mon numéro d'identité, mon permis de conduire est dans mon portefeuille. D'habitude, je le mets dans la poche gauche de mon pantalon. Qu'est-ce qui m'arrive ?

– Vous vous trouvez au service de neurologie de l'hôpital Karolinska. Lundi soir, vous avez fait une embolie cérébrale, et on vous a amené ici.

La tête du médecin pivota à nouveau. Pas l'ombre d'une ride sur son cou élancé.

– Quel jour sommes-nous ? demanda Johansson. *Elle a quarante ans, pas une seconde de plus*, songea-t-il pour une raison obscure.

– Nous sommes mercredi. Il est cinq heures de l'après-midi et vous êtes arrivé ici il y a à peine quarante-huit heures.

– Où est Pia ? Pia, ma femme.

Se souvenant brusquement d'avoir été en voiture, Johansson fut envahi par une angoisse diffuse.

– Pia est en route. Elle va bien. Il y a un quart d'heure, je lui ai annoncé que vous étiez en train de reprendre conscience. Elle va donc arriver d'ici peu.

Cette fois, le docteur Stenholm hocha franchement la tête, comme pour le rassurer.

– Alors elle va bien ? Je me souviens maintenant, j'étais en voiture.

La violente angoisse dont il ne saurait dire d'où elle venait s'apaisa.

– Vous étiez seul dans le véhicule. Votre femme était à la campagne. Nous l'avons appelée dès votre arrivée aux urgences. Depuis, elle a passé quasiment tout son temps avec vous. Comme je vous le disais, elle va bien.

– Racontez-moi tout. Qu'est-ce qui m'arrive ? Je veux dire, pourquoi ?

– Si vous vous sentez la force d'écouter…

L'air grave, elle l'interrogea du regard.

– Allez-y, je me porte comme un charme. Je ne me suis jamais senti mieux. Un vrai gardon. *Mais nom de Dieu, qu'est-ce qui m'arrive ?* se demanda-t-il car, soudain, il se sentit inexplicablement hilare. J'ai dû m'endormir sur mon bras, ajouta-t-il – bien qu'il se doutât déjà de la raison pour laquelle il était incapable de le soulever.

– On y reviendra. Plus tard. Ne vous inquiétez pas. Si nous nous y mettons ensemble, votre bras récupérera ses forces.

4

Du soir du lundi 5 juillet 2010 à l'après-midi du mercredi 7 juillet 2010

Le chauffeur du panier à salade était descendu pour s'étirer les jambes et avait découvert Johansson, immobile, le front contre le volant. Lorsque l'agent avait ouvert sa portière, Johansson était tombé, inconscient, et si le collègue ne l'avait pas retenu par le bras, son crâne aurait percuté la chaussée.

Les choses s'étaient alors accélérées. À la radio, on leur avait annoncé que l'ambulance n'arriverait que cinq minutes plus tard, ce qui, en pratique, signifiait généralement le double. Le commandant n'ayant pas l'intention de laisser une légende de la police mourir pour ainsi dire dans ses bras, on avait immédiatement couché Johansson sur le sol du fourgon, fait démarrer le moteur, allumé le gyrophare et la sirène et transporté à toute berzingue le célèbre défaillant jusqu'à l'hôpital Karolinska. Ce transport n'était pas à cent pour cent réglementaire, certes, mais il s'agissait tout de même d'un collègue en péril, auquel cas on pouvait se fourrer tous les règlements et consignes là où on pensait.

À vol d'oiseau, on n'était qu'à un kilomètre des urgences de Karolinska. C'est cette trajectoire qu'on avait suivie autant que possible. Deux minutes plus tard, on freinait devant l'entrée. Étant donné la vie qu'il avait menée et qui, désormais, menaçait de le quitter, Johansson fit une entrée à la fois logique et grandiose : inconscient, sur un brancard, entouré de policiers de la force d'intervention et de personnel médical. On le conduisit jusqu'au service des soins intensifs en doublant tous les patients ordinaires, assis ou allongés, souffrant de douleurs diffuses à la poitrine, de bras cassés, de genoux foulés, de maux d'oreilles, d'allergies et de rhumes ordinaires.

Le protocole d'usage avait alors pris le relais. Quatre heures plus tard, on avait évité le pire et le diagnostic de Johansson était grosso modo établi. Il fut transféré en neurochirurgie.

– Mon collègue qui était de garde lundi soir m'a raconté votre arrivée, dit le médecin. Il a parlé à l'un des policiers qui vous ont conduit ici. Il y a eu une sacrée pagaille, à ce qu'il paraît.

Un petit sourire se dessina sur les lèvres de madame le docteur.

– Une sacrée pagaille ?

– Oui, apparemment, quelqu'un vous a reconnu et s'est imaginé que vous aviez reçu une balle dans le ventre.

– Une balle dans le ventre ?

– Vous aviez de la choucroute et de la moutarde sur la chemise. En quantité. Alors entouré de tous ces policiers, en plus… Quelqu'un a cru que vous aviez les entrailles à l'air.

Elle avait maintenant l'air de franchement rigoler.

– Dieu du ciel ! s'exclama Johansson. *Mais où les gens vont-ils chercher tout ça ?* se demanda-t-il en son for intérieur.

– À ce qu'il paraît, vous êtes tombé en syncope à proximité du kiosque. Celui de la Karlbergsväg. Avant d'avoir eu le temps d'avaler toute cette nourriture malsaine que vous aviez achetée. De la choucroute, de la moutarde, du pain blanc grillé, une grosse saucisse bien grasse et je ne sais quoi d'autre.

Mais qu'est-ce qu'elle raconte ? Elle doit parler de Günters. Le meilleur kiosque à saucisses de Suède. Johansson y avait bavardé avec de jeunes collègues. Voilà, il s'en souvenait, maintenant.

– J'ai un collègue qui est mort en faisant la queue devant ce kiosque. Infarctus. Il se nourrissait presque exclusivement de ce type de nourriture. Et il était médecin !

Tête penchée, air grave.

– De la choucroute ? répéta Johansson. *Qu'est-ce qu'il y a de mal à ça ? C'est très bon pour la santé, la choucroute !*

– Je pensais plutôt à la saucisse.

– Dites donc, rétorqua Johansson qui, outre un gros mal de crâne, ressentait une inexplicable colère monter en lui, sans cette fameuse saucisse sur laquelle vous vous acharnez, je serais mort à l'heure qu'il est.

Elle pencha légèrement la tête et se tut.

– Si je ne m'étais pas arrêté pour manger, je me serais trouvé sur la route, en chemin vers ma maison de campagne, quand c'est arrivé, et ça aurait pu très mal tourner. *Pour d'autres que moi aussi.*

– On y reviendra, déclara-t-elle en lui tapotant affectueusement le bras, qui, plus qu'engourdi, était complètement hors service.

– Vous avez un miroir ?

On avait dû déjà lui poser la question. Elle acquiesça, mit la main dans une de ses poches blanches et en sortit un miroir de poche.

Quelle mine de déterré ! Son visage semblait avoir glissé vers le bas, la bouche de traviole, et il avait de nombreux petits bleus sous les yeux, des points noir violacé pas plus gros que des trous d'aiguille.

– Des taches d'asphyxie, dit Johansson.

– Des pétéchies, rectifia le médecin. Il semblerait que vous ayez cessé de respirer pendant environ une minute avant qu'un de vos collègues ne vous remette en marche. D'ailleurs, il a été ambulancier avant d'entrer dans la police. Il a une formation d'aide-soignant urgentiste. Mais je suis d'accord avec vous. C'est une chance que ce soit arrivé à cet endroit-là.

– J'ai une de ces têtes ! fit Johansson. *Mais je suis en vie.*

Contrairement à tous les autres individus sur lesquels il avait observé ce genre de taches...

– Votre femme est là, je crois. Je vais vous laisser tranquilles un moment. Je repasserai vous voir ce soir.

– Vous savez une chose ?
Elle secoua la tête.
– Vous ressemblez à un écureuil. *Mais pourquoi j'ai dit ça ?*
– À un écureuil ?
– On y reviendra.

5

Mercredi 7 juillet 2010, après-midi

Pia se dirigea tout droit vers Johansson. Elle lui souriait, mais la courbure de sa bouche était en désaccord avec l'expression de ses yeux. Elle renversa la chaise des visiteurs, à côté du lit, en tentant de s'asseoir dessus. Elle décida alors de l'écarter du pied, se pencha vers lui et le prit dans ses bras. Elle le serra fort, pressant sa tête contre ses seins et le berçant comme un petit enfant.

– Lars... Lars... murmura-t-elle. Qu'est-ce que tu as encore fabriqué ?

– Pas de danger, lui assura Johansson. Une merde dans la tête, c'est tout.

Il eut soudain l'impression qu'on lui serrait un lacet autour de la gorge et se mit à sangloter. Pourtant, il ne pleurait plus depuis qu'il était petit. Sauf aux enterrements de ses parents, qui s'étaient succédé d'assez près, quelques années auparavant. Enfin, tout le monde avait pleuré. Même le frère aîné de Johansson s'était frotté le coin des yeux en se cachant le visage. Mais à part cela, Johansson n'avait pas versé une larme avant cet instant. *Tu es en vie. Pourquoi tu chiales, nom de Dieu ?*

Il respira profondément et, de sa main valide, caressa le dos de Pia, puis l'entoura entièrement.

– Tu peux me donner un mouchoir ? lui demanda-t-il. *Merde, mais qu'est-ce qui m'arrive ?*

Il redevint lui-même, se moucha bruyamment plusieurs fois et écarta la main de Pia lorsqu'elle tenta d'essuyer ses larmes. S'étant frotté les yeux, il essaya de sourire de sa bouche oblique et pendante. Son mal de tête avait disparu, comme par miracle.

– Pia, ma petite Pia, ma chérie… Tout va bien. Je me porte comme un charme, je me sens frais comme un gardon. Bientôt, je sortirai d'ici en sautillant.

Elle lui sourit enfin des yeux.

– Tu sais quoi ? Si je me pousse un peu, tu pourras t'allonger à côté de moi.

Pia secoua la tête, serra la main valide de Johansson et caressa l'autre, celle qui ne dormait pas mais en avait tout l'air.

Elle le laissa ensuite seul, parce que le besoin de solitude de Johansson était plus grand que jamais auparavant. Il lui fit promettre de rentrer chez eux, en ville, de donner des nouvelles à tous ceux qui s'inquiétaient désormais inutilement, de faire une bonne nuit de sommeil et de ne pas revenir avant le lendemain après-midi.

– Quand les blouses blanches auront fini de s'acharner sur moi, précisa-t-il. On pourra discuter tranquillement.

– Je te le promets, dit Pia.

Elle le prit par la nuque et l'embrassa – le geste habituel de Johansson. Puis elle s'éclipsa.

Tu es en vie, se dit Lars Martin Johansson. Les maux de tête étaient revenus. Pourtant, subitement, sans bien comprendre pourquoi, il se sentait tout guilleret.

Il s'endormit. Quelqu'un lui toucha le bras, une femme qui devait avoir trente ans et pas une seconde de plus. D'un signe du menton, elle lui indiqua son plateau-repas qu'elle avait posé à côté de son lit, et lui sourit de ses yeux noirs et de sa bouche généreuse.

– Je peux vous aider si vous voulez.

– Pas de problème, je vais me débrouiller. Donnez-moi juste une cuillère.

Une demi-heure plus tard, elle revint. Pendant ce temps, Johansson avait goûté au poisson bouilli, deux cuillerées, à la sauce blanche, une demi-cuillerée, à la compote de rhubarbe, trois cuillerées. Il avait aussi bu un verre d'eau entier.

À son arrivée, il fit semblant de dormir. Manifestement, la feinte fonctionna. Il pensait déjà à Günters, le meilleur kiosque à saucisses de Suède, et aux célestes parfums qui l'accueillaient à plusieurs mètres du gril.

Une autre jeune femme en blanc, encore une, vida le bassin de lit de Johansson. Il se jura d'aller aux toilettes la fois suivante – comme tout individu normalement constitué, même s'il devait s'y rendre en marchant sur son bras valide.

Son écureuil personnel passa le voir.

– Une question sans détour, lança Johansson, surtout pour parer à tout autre commentaire sur ses habitudes alimentaires ou son état général déplorable. Quel âge avez-vous ?

– Quarante-quatre ans. Pourquoi ?

– Ulrika Stenholm, je vous le promets, croix de bois, croix de fer. Vous ne faites pas un jour de plus que quarante ans. En ce qui concerne l'écureuil, on en reparlera une autre fois.

Puis il se rendormit.

Il sombra d'abord dans un sommeil agité. Sa tête le faisait à nouveau souffrir. Hypnos dut alors mettre son grain de sel – Johansson gardait le vague souvenir que quelqu'un avait touché à son lit et tripoté l'un des tuyaux de perfusion reliés à la potence – car les maux de tête disparurent et il se mit à rêver.

Des rêves fort agréables, qui soulagèrent bien plus que ses douleurs. Il vit les écureuils sur lesquels il tirait, enfant, à la ferme de sa mère Elna et de son père Evert, au fin fond de l'Ångermanland du nord. Son grand-oncle Gustaf, installé sur le banc de la cuisine, se plaignait de ses rhumatismes, contre lesquels le seul remède efficace était un veston à l'ancienne, cousu de peau d'écureuil, la fourrure tournée vers l'intérieur.

– Je peux t'en fabriquer un, avait proposé Lars Martin, assis sur un tabouret à côté du panier à bois.

Il était alors haut comme trois pommes.

– C'est gentil, Lars Martin. Tu peux prendre le fusil du salon, ça t'évitera de t'embêter avec la carabine à air comprimé que ton père t'a offerte pour Noël.

– Oui, renchérit papa Evert. C'est terrible, ce qu'il est bon tireur, ce gamin. Il devrait y arriver. Prête-lui le fusil et il te fera un veston, tu verras.

Ainsi commença l'histoire des écureuils, aussi bien dans la réalité que dans le rêve. Johansson allait devoir attendre soixante ans avant de rencontrer la neurologue Ulrika Stenholm, qui raviverait ces vieux souvenirs d'enfance.

6

Nuit du mercredi 7 juillet au jeudi 8 juillet 2010

Johansson rêva des nombreux écureuils qu'il avait abattus et des peaux qu'il avait accumulées pour le veston de son grand-oncle en seulement un an. Il avait, certes, dû tricher un peu avec les peaux d'été et d'hiver, mais sa mère Elna, qui s'était improvisée fourreuse, lui avait dit que ce n'était pas grave. Du moment qu'on portait les peaux d'hiver sur le dos, à l'endroit de la douleur, il n'y avait pas de raison que ça ne marche pas.

La première année, il en avait abattu cinquante car, comme tous les hommes de la lignée, son grand-oncle avait un large dos et un ample poitrail. Les coups de feu, en les mettant bout à bout, avaient pris en tout et pour tout moins d'une minute.

Tournicotant ou penchant la tête en filant le long des troncs, ils s'arrêtaient parfois en plein mouvement, brusquement, la tête en bas ou en haut, tordaient leurs petits cous et observaient tout ce qui les entourait, y compris Lars Martin, de leurs yeux vifs, curieux, attentifs, brillants, noirs comme des grains de poivre. Bien que Johansson les visât déjà, ils restaient immobiles, tête penchée. Le chasseur appuyait sur la détente. On entendait à peine le coup. Encore un écureuil *ad patres*.

Plusieurs fois, sa proie était restée coincée entre des branches en tombant. Malgré sa taille d'enfant, Johansson la décoinçait lui-même à l'aide d'une perche de tremble ou de bouleau préalablement ébranchée. Plus tard, en grandissant, alors que ses bras devenaient presque aussi épais que ceux de son grand frère Evert, il grimpait à l'arbre pour la détacher. Facile.

L'hiver, quand, entourés de taches de neige, les pins gelaient et que les troncs devenaient glissants, Lars Martin s'entourait la taille d'un bout de ficelle qu'il passait également autour du tronc. Puis il entamait l'ascension à l'aide d'un couteau de Mora, qu'il tenait dans son poing droit pour avoir meilleure prise.

Un jour, il cessa de chasser les écureuils. Leurs petites têtes toujours mobiles, leurs pupilles noires qui le fixaient parfois à l'instant où le coup partait… Toujours pleines de curiosité, sans comprendre qu'elles regardaient la mort dans les yeux. Johansson en abattait des centaines en quelques minutes, mais entre-temps, il les avait observés pendant des heures.

Bien plus tard, dans une autre vie, il rencontra Ulrika Stenholm, neurologue à l'hôpital Karolinska. Elle n'avait ni fourrure marron ni queue touffue, aucune ressemblance avec un écureuil, sauf dans sa manière de pencher la tête en le regardant.

C'est à peu près à ce moment-là que Johansson se réveilla. Il tenta de lever le bras, en vain. Celui-ci dormait encore. Pourtant, Lars Martin, lui, était bien réveillé. Il avait soif et, quand il tendit la main pour attraper le verre d'eau, il le renversa. Quand il voulut appeler l'infirmière de nuit, il ne parvint pas à tenir dans sa main le boîtier sur lequel il devait appuyer.

– Merde, mais qu'est-ce qui m'arrive ! hurla-t-il.

À pleins poumons. L'infirmière de nuit arriva, lui donna un verre d'eau, lui tapota affectueusement le bras droit et ouvrit l'une de ses perfusions. Johansson se rendormit. Sans rêver, cette fois.

7

Du jeudi 8 juillet
au mardi 13 juillet 2010

Le jeudi, il alla aux toilettes. Guidé par un aide-soignant et appuyé sur une canne munie d'un embout de caoutchouc, certes, mais il avait refusé en secouant la tête le fauteuil roulant qu'on lui présentait, même chose pour le déambulateur. Il avait pissé entièrement par ses propres moyens. Malgré la perfusion, son bras droit inerte, sa jambe droite instable et les maux de tête. Brusquement, il fut envahi par un sentiment de bonheur intense, si fort qu'il en eut les larmes aux yeux, mais elles ne coulèrent pas.

– Arrête de chouiner, marmonna-t-il tout haut. Tu vas de mieux en mieux, quand même, merde !

Le contraire aurait été étonnant. D'ailleurs, il défiait les connaissances les plus pointues de la science médicale. Les jours suivants, le lit de Johansson roulait dans tous les services imaginables. On soulevait le malade, on le reposait, on lui enfonçait de nouvelles aiguilles sous la peau, des fils, des câbles, des tubes et des tuyaux, on lui prenait un échantillon de sang par-ci, un par-là, on l'attachait à une banquette creuse et on lui faisait faire des allers-retours dans un énorme conduit sifflant pour lui faire des scanners. On l'examinait en long, en large et en travers. On dirigeait des lampes dans ses yeux, on le pinçait, on le pliait, on le penchait, on lui tordait les bras et les jambes, on le picotait avec des aiguilles, on le frappait sur les genoux à l'aide d'un petit marteau métallique et on passait le manche dudit marteau sur la plante de ses pieds. Il était manipulé sans répit.

Puis on lui présenta sa kinésithérapeute, qui lui expliqua les exercices les plus simples. Elle lui assura qu'ils allaient « tous les deux bientôt » – en insistant sur « tous les deux » – lui faire récupérer sa sensibilité, sa motricité et la force dans son bras droit, et que sa jambe droite pataude retrouverait toutes ses capacités. Son visage était déjà en train de reprendre une expression plus naturelle – sans intervention, ce qui tenait de la magie. Elle lui avait apporté quelques brochures et une petite balle de caoutchouc rouge qu'il devait presser dans sa main droite. S'il n'avait pas de questions pour l'instant, ce n'était pas très grave, ils se reverraient le lendemain.

Ulrika Stenholm était partie en vacances. Seulement quelques jours, il n'y avait pas à s'inquiéter. Pendant ce temps, il serait pris en charge par ses collaborateurs : un jeune interne d'origine pakistanaise et une fausse blonde d'âge mûr à l'ample poitrine qui, arrivée de Pologne vingt ans auparavant, avait consacré sa vie à la chirurgie du cerveau. Aucun d'eux ne ressemblait à un écureuil.

Pia, la femme de Johansson, lui rendit visite quotidiennement. Si elle avait été seul maître à bord, elle aurait emménagé dans sa chambre, mais Johansson avait refusé. Une fois par jour, c'était très bien. S'il arrivait quelque chose qui exigeait une réorganisation, elle serait la première au courant. Il éludait soigneusement toutes les questions sur son état de santé. Il allait de mieux en mieux. Bientôt, il serait redevenu lui-même. Inutile de radoter là-dessus.

Et elle, comment allait-elle ? Il fallait qu'elle prenne bien soin d'elle, elle devait le lui promettre. Pourrait-elle lui apporter son téléphone, son ordinateur portable et le livre qu'il avait été en train de lire quand c'était arrivé ? Il avait oublié le titre, mais l'ouvrage était posé sur sa table de chevet, dans leur maison de campagne. Pia fit ce qu'il lui demandait. À en juger par la place du marque-page, il avait lu la moitié du livre. Il le délaissa, se rendant compte qu'il n'avait aucune idée de quoi il s'agissait. Il n'avait pas la force de recommencer à zéro. Pas maintenant. Plus tard, peut-être, quand il serait redevenu lui-même.

Le week-end, ses enfants vinrent lui rendre visite, d'abord sa fille et son gendre, puis son fils et sa belle-fille. Les petits-enfants étaient restés à la maison sans même qu'il ait besoin de le demander. Ils lui firent passer des messages et des cadeaux.

La plus âgée, dix-sept ans, en dernière année de lycée, lui avait écrit une longue lettre dans laquelle elle exhortait « le meilleur grand-père du monde » à vivre une vie moins stressante, à se reposer, se détendre, « rester cool », « faire des trucs relax ». Elle lui fit transmettre un livre sur la méditation et un CD piraté intitulé *Sérénité en musique*.

Sa petite sœur lui avait fait un dessin : Johansson y était couché sur un lit entouré de personnages en blouses blanches, avec un gros bandage autour de la tête. Mais il avait l'air gai et faisait même un signe de la main. Elle lui souhaita de « guérir très vite ».

Son cousin de deux ans plus jeune lui avait enregistré une chanson de sa voix ténue sur un téléphone portable et lui donnait « la moitié » de ses bonbons : des bananes et des lézards portant des petites traces de doigts – hésitants, à ce qu'il semblait. Ses frères jumeaux, encore plus jeunes, avaient, pour une fois, accepté de partager le même bloc. Ils y avaient dessiné des bonshommes têtards ainsi qu'une figure sans doute censée représenter un soleil.

Mari, père et grand-père aimé. Il aurait pourtant préféré qu'on lui témoigne moins de sollicitude, ne pas être ainsi dévoilé dans toute sa faiblesse, échapper à l'inquiétude qu'il percevait dans leurs regards.

Pia lui avait évité les visites des autres proches. Jarnebring appelait sans arrêt. Son frère aîné, tous les matins et tous les soirs. De plus, il voulait discuter des affaires en cours. Le reste de la famille, les amis, les connaissances et les anciens collègues étaient régulièrement informés de l'évolution de son état.

– Ça ne doit pas être facile, ma puce, compatit Johansson en caressant affectueusement la main de sa femme. Mais bientôt, ça sera terminé. Je vais leur demander de me renvoyer à la maison lundi, après le week-end.

– On en reparlera plus tard, répondit Pia avec un faible sourire.

Johansson connaissait la chanson. Il comprit qu'il ne sortirait pas ce lundi-là.

Pourtant, il allait de mieux en mieux. Le nombre de tuyaux, de tubes, de fils et d'aiguilles attachés à son corps avait été divisé par deux. Les maux de tête se faisaient de plus en plus rares. On lui donnait presque tous ses médicaments sous forme de cachets de couleurs différentes, soigneusement comptés, triés et placés dans de petits gobelets en plastique. Il les avalait par ses propres moyens et se rinçait le gosier avec de l'eau. Le lundi, l'infirmière en chef du service lui offrit un pilulier de la commune. Il devait s'habituer à bien prendre ses médicaments tout seul. Le plus tôt serait le mieux.

Johansson montra l'objet à sa femme le soir même : un boîtier muni de sept couvercles transparents coulissants. En tout, vingt-huit petits casiers pour les sept jours de la semaine, matin, midi, soir et nuit. Des casiers bien garnis, une dizaine de cachets par jour.

– Une médaille, d'accord, la retraite, d'accord, mais avant tout, un pilulier de la commune, constata Johansson avec son sourire de travers désormais naturel.

– Oui, dit Pia. Parce que tu l'as bien mérité.

Puis elle sourit de la bouche et des yeux. Elle avait l'air aussi radieuse que lorsqu'elle lui avait souri pour la première fois. *Merci de me l'avoir rendu*, songea-t-elle.

8

Mercredi 14 juillet 2010, après-midi

Le mercredi après-midi, il revit Ulrika Stenholm qui, cette fois, apportait un bloc-notes couvert de gribouillis.

– Vous allez me lire ma sentence ? demanda Johansson.

– Vous avez la force de m'écouter ?

– Oui.

À l'instant où il prononça ces paroles, le sentiment réapparut. Intense et complètement inexplicable. La joie.

Le docteur Stenholm s'était montrée ordonnée et pédagogique. Johansson avait été victime d'une embolie qui avait touché l'hémisphère gauche du cerveau et conduit à une « paralysie partielle du côté droit », « une déficience motrice » du bras droit et une diminution de la sensibilité et de la motricité de la jambe droite. Comme il avait cessé de respirer pendant environ une minute, les fonctions concernées avaient sans doute été momentanément interrompues, mais on n'avait observé aucune séquelle.

– Les arrêts respiratoires de courte durée sont des phénomènes assez courants, les causes peuvent être variées, expliqua le docteur Stenholm.

– Ce que je ne comprends pas, c'est que ça me soit arrivé à moi, dit Johansson. Je n'ai jamais eu de problème à la tête. C'est à peine si j'ai pris une aspirine de toute ma vie.

Et ma prostate fonctionne à merveille, songea-t-il, mais le docteur n'avait rien à voir avec ça et il le garda pour lui.

– Ce n'est pas le problème, répliqua-t-elle. Ce qui ne va pas, c'est votre cœur.

– Mon cœur ? répéta Johansson. *Mais qu'est-ce qu'elle raconte ?*

Il avait bien le souffle un peu court après un effort, la poitrine un peu oppressée, peut-être même une légère tachycardie, il pouvait ressentir un faible vertige de temps en temps, quand il se relevait trop vite. Bref, pas de quoi en faire un plat. En général, ça s'arrangeait en respirant tranquillement et en piquant un petit roupillon.

– Malheureusement, votre cœur n'est pas en très bon état.

Elle fit deux hochements de tête pour souligner ce constat.

– Alors, cette embolie, c'était juste en prime ?

– Oui, on pourrait dire ça.

Elle sourit.

Ça n'en finit pas, se dit Johansson quand elle eut terminé ses explications. Fibrillation auriculaire, troubles du rythme cardiaque, augmentation du volume cardiaque, dilatation aortique – un cœur qui battait beaucoup trop vite et trop irrégulièrement et autre chose qu'il avait déjà oublié, et tout cela parce qu'il mangeait trop, mal, faisait trop peu d'exercice, pesait beaucoup trop, était trop stressé, avait une pression artérielle trop élevée et un taux de cholestérol affligeant.

– Le grand méchant loup, dans cette histoire, ce sont les fibrillations auriculaires. C'est à cause de cela que les globules forment des caillots, reprit-elle.

Pourtant, à en juger par sa mine, qui, par ailleurs, ne laissait aucune place au doute, d'autres grands méchants loups sévissaient également dans sa cage thoracique.

– Et vous comptez y faire quoi ?

Avec la quantité d'impôts qu'il avait versés pour financer le système de santé durant sa longue et laborieuse vie, pendant que des simulateurs détournaient son argent avec la complicité de médecins crédules, il n'allait pas lui lâcher la grappe.

– Vous donner un traitement qui diminuera votre pression artérielle, fluidifiera votre sang et diminuera votre taux de cholestérol. D'ailleurs, vous le prenez déjà. Mais la seule mesure efficace, à long terme, c'est vous qui en serez responsable.

– Perdre du poids, manger moins, être moins stressé, faire de l'exercice, énonça Johansson. *Arrêtez donc de râler, maintenant. Adieu, Günters* !

– Vous voyez ? dit le docteur Stenholm. Vous savez très bien quoi faire. Vous devez prendre soin de vous. Ce n'est pas plus compliqué.

– Je pourrai avoir un sapin de Noël ? demanda Johansson, qui ne s'était pas senti aussi hilare depuis longtemps. *Incompréhensible.*

– Je suis sérieuse, répliqua le docteur, qui n'avait plus envie de rigoler. Si vous ne changez pas de mode de vie, et je veux dire radicalement, vous allez mourir. Si vous interrompez votre traitement, ou si vous oubliez même ponctuellement vos médicaments, cela peut arriver très vite.

– Mais mon caillot dans la tête, c'était juste en prime ! Parce que mon cœur s'est mis à fibriller... À m'emmerder, quoi.

– C'était un signal d'alarme. En plus, vous vous en êtes bien sorti. J'ai des patients pour lesquels c'est bien plus grave. D'ailleurs, votre problème de cœur ne doit pas dater d'hier. Vous devez le traîner depuis des années. Votre médecin ne vous en a jamais parlé ?

Elle lui lança un regard intransigeant.

– Je fais régulièrement mon bilan médical. Une fois par an. Mon médecin écoute mon cœur et ainsi de suite, précise Johansson. Mais non. Il a toujours été content de mes résultats. Il ne m'a jamais rien dit.

– Il ne vous a jamais rien dit ?

– Non. Que je devais me calmer un peu, peut-être. Mais je n'ai jamais eu de traitement.

– Bizarre, ce médecin, si vous voulez mon avis.

– Pas du tout. On chasse ensemble. L'élan. Dans la région où j'ai grandi. Il est né dans le village à côté du mien. Son père était vétérinaire à Kramfors. Lui, il a fait médecine à Umeå. D'habitude, il m'examine quand on se voit en septembre pour la chasse.

– Excusez-moi si j'insiste, mais il ne vous a jamais rien dit sur votre cœur ?

– NON, rétorqua Johansson qui en avait assez de ces jérémiades. La dernière fois qu'on s'est vus, il m'a même félicité pour ma bonne santé. Il était jaloux. Il m'a dit que je devais être un homme heureux.

– Félicité ? Pour quoi ?

Bon, d'accord. Johansson décida de conclure cette conversation oiseuse.

– Pour ma bite et ma prostate. Il m'a dit que s'il avait ma bite et ma prostate, il serait un homme heureux. En plus, il est urologue, alors il doit savoir de quoi il parle. Il a dû en voir des kilomètres, de bites. *Prends ça, tu l'as bien cherché.*

Le docteur Stenholm se contenta de secouer sa tête blonde d'un air navré, et même un peu agacé.

– Cette histoire d'écureuil, continua Johansson. Si vous avez la force d'écouter.

Son brusque coup de sang s'était calmé.

Il lui raconta la chasse aux écureuils de son enfance. Leurs mouvements de tête. Les centaines d'heures qu'il avait passées à les observer. Mais, ajouta-t-il, pour une personne ordinaire qui ne possédait pas les connaissances approfondies de Johansson en la matière, le docteur n'avait absolument rien d'un écureuil.

– C'est sûrement une espèce de tic que j'ai, dit Ulrika Stenholm.

Un peu plus gaie.

– Je passe du coq à l'âne, reprit-elle. Il ne s'agit pas de vous, mais plutôt de votre travail. De votre ancien travail.

J'aimerais profiter de votre présence ici pour vous poser une question.

Johansson l'encouragea d'un signe de tête.

– Vous n'êtes pas trop fatigué ? C'est une assez longue histoire.

– Je vous écoute.

Voilà comment commença l'histoire pour Lars Martin Johansson. Pour les autres individus qui y étaient mêlés, cela remontait à bien plus longtemps.

9

Mercredi 14 juillet 2010, matin

Longue présentation, bien trop confuse au goût de Johansson. Longue histoire, qui donnait lieu à de nombreuses questions. Cela dit, celle que posait Ulrika Stenholm était assez simple, en fin de compte. Se souvenait-il du meurtre de Yasmine Ermegan ? Une fillette de neuf ans violée et étranglée.

Stenholm avait une sœur, Anna, de trois ans son aînée, qui exerçait la fonction de procureur. Lars Martin Johansson était sa grande idole. Elle avait raconté d'innombrables anecdotes sur lui à sa jeune sœur Ulrika.

– Elle a travaillé pour vous pendant quelques années, à l'époque où vous étiez chef de la Sûreté. Elle affirmait que vous pouviez voir derrière les coins. Je veux dire sans vous pencher en avant et jeter un coup d'œil en catimini.

– C'est l'idée, en effet, répliqua Johansson. *Mais pour qui me prend-elle ? D'ailleurs, je n'ai aucun souvenir de cette fameuse sœur. Chef et chef, en plus.*

Il avait été directeur du service actif, pas un quelconque gratte-papier.

– Notre père, Åke Stenholm, était pasteur de la paroisse de Bromma. En fait, c'est de lui qu'il s'agit. Il est mort cet hiver, juste avant Noël. Âgé de quatre-vingt-cinq ans. Le cancer l'a emporté. Il était à la retraite, bien sûr. Il a arrêté de travailler en 1989, c'est-à-dire à soixante-cinq ans.

Ah bon ? se dit Johansson, de plus en plus irrité. *Et qu'est-ce que ça peut me faire ?*

– Excusez-moi, je me disperse… dit Ulrika Stenholm en tournant nerveusement la tête. Je vais essayer d'en arriver au fait. Mon père m'a raconté, mais bien après les événements en question, seulement quelques jours avant sa mort, en fait, qu'il était depuis longtemps hanté par les paroles de l'une de ses paroissiennes. Elle lui avait avoué, dans le cadre d'une confession, connaître le meurtrier d'une petite fille, Yasmine Ermegan, qui habitait la paroisse de Bromma et avait neuf ans quand c'est arrivé. Mais elle, la paroissienne, avait fait promettre à mon père de ne rien dire et, comme les aveux avaient été prononcés dans le cadre d'une confession, il était normal que mon père garde le silence. Comme vous le savez certainement, les prêtres sont tenus au secret confessionnel absolu. Inconditionnel et sans exception, contrairement à nous, les médecins. Mais ça le tourmentait beaucoup parce qu'on n'a jamais trouvé le coupable.

Quel micmac ! se dit Johansson, que des maux de tête ne rendaient pas de meilleure humeur.

– Ce que je me demande, c'est… Voilà où je voulais en venir…

– Donnez-moi du papier et un crayon, l'interrompit Johansson en claquant des doigts. *Même si je ne sais pas trop ce que je vais en faire.* Attendez, ajouta-t-il. Il vaut mieux que ce soit vous qui écriviez. Notez sur une nouvelle page. Comment s'appelait la victime ? La fillette de neuf ans. Celle qui habitait dans la paroisse de votre père.

– Yasmine Ermegan.

– Notez ce que je vais vous dire. Victime, deux points. Yasmine Ermegan, neuf ans, habitant la paroisse de Bromma.

Ulrika Stenholm écrivit et leva les yeux.

– Quand est-ce que ça peut bien avoir eu lieu ? *Pas récemment, en tout cas*, songea Johansson.

– En juin 1985. La presse a publié des grands reportages sur l'affaire il y a seulement quelques semaines. Parce que ça fait vingt-cinq ans que c'est arrivé.

– Un instant… fit Johansson. À quelle date précise ? Du mois de juin 1985, je veux dire. *C'est le témoin le plus embrouillé qu'il m'ait été donné d'entendre depuis longtemps.*

Ces satanés maux de tête le rendaient grincheux. Il était tout de même retraité, malade, et censé éviter les pressions de tout ordre. Et comment se faisait-il qu'il jurait comme un charretier ? D'habitude, il ne le faisait que quand il pensait tout haut, seul, ou qu'il était en colère contre tout le monde sauf Pia.

– Elle a disparu le soir du 14 juin 1985, le vendredi avant la Saint-Jean. On l'a retrouvée morte une semaine plus tard, la veille de la Saint-Jean, violée et étranglée. Le 21 juin 1985. L'assassin l'avait enterrée dans la forêt, aux alentours de Sigtuna. Emballée dans ces espèces d'horribles sacs en plastique noir.

– Un instant… l'interrompit Johansson. Quel jour sommes-nous ?

Tout à coup, Johansson eut l'impression que son esprit se vidait de tout contenu.

– Mercredi, répondit Ulrika Stenholm. On est mercredi.

– Faux, répliqua Johansson. Je veux dire la date. Quelle est la date d'aujourd'hui ? *Mais qu'est-ce qui se passe dans ma tête ?*

– Le 14 juin. Le mercredi 14 juin 2010.

– Ça fait combien de temps ? Je veux dire, qu'on l'a trouvée.

– Vingt-cinq ans et trois semaines, plus ou moins. Vingt-cinq ans et vingt-trois jours, si j'ai bien calculé.

– Dans ce cas, il y a prescription, déclara Johansson en haussant les épaules – bizarrement, son épaule droite fonctionna. Et je ne peux rien faire du tout. Le coupable pourrait se balader en sifflotant sous notre nez, nous n'aurions même pas le droit de lui parler de l'affaire.

– Cette règle a été modifiée, je veux dire le délai de prescription. L'assemblée a voté un amendement il y a quelques mois, non ? Il n'y a plus prescription pour les meurtres, je croyais. Celui d'Olof Palme, par exemple. Il ne sera jamais prescrit.

– Écoutez, commença Johansson. *Quelle emmerdeuse !* Le délai de prescription pour les meurtres et certains autres crimes passibles de perpétuité sera aboli à partir du 1er juillet de cette année. La décision a, certes, été votée par le Riksdag il y a quelques mois, mais la loi n'entre en vigueur que le 1er juillet. Les meurtres prescrits avant le 1er juillet ne sont donc pas concernés. Ils sont morts et enterrés. Pour de bon. Demandez à votre sœur procureure, si vous ne me croyez pas. *Pas très futée, cette Ulrika Stenholm.*

– Oui, mais alors, l'affaire Palme ?

– Comme Palme a été tué en février 1986, le crime ne sera pas prescrit au 1er juillet de cette année. Il tombe donc sous le coup de l'amendement. Il ne sera jamais prescrit. Yasmine, la fillette dont vous parlez, a été tuée en juin 1985, le crime sera donc prescrit quand l'amendement entrera en vigueur. Vous voyez la différence ?

– Mais c'est affreux… Supposons qu'on trouve le meurtrier. Supposons que l'un de vos collègues trouve celui qui a tué Yasmine. Supposons que vous le trouviez aujourd'hui même… Vous seriez obligés de le relâcher ? Vous ne pourriez rien faire ?

– Que dalle. Absolument rien, répéta-t-il pour s'assurer que le message était bien passé, puisque le droit pénal ne semblait pas être le point fort de son interlocutrice.

– Mais c'est vraiment affreux ! répéta-t-elle. Malgré l'ADN et toutes les nouvelles techniques auxquelles vous avez accès maintenant ?

– Oui, une vraie saloperie, hein ? répliqua Johansson, qui se sentait soudain d'humeur radieuse.

– Horrible…

– Et vous savez ce qui est encore plus merdique ?

– Non.

Elle secoua sa tête blonde.

– Que je n'aie pas eu ce caillot dans la tête six mois plus tôt. J'aurais dû faire un effort. Ça nous aurait laissé le temps de résoudre l'affaire au calme, vous et moi. Avant la prescription, je veux dire. Ou que vous n'en ayez parlé à un de mes collègues à temps. Ou que votre père le pasteur ne l'ait fait. Ou que la personne qui a tué Yasmine n'ait eu l'amabilité de repousser de quelques semaines le meurtre de la pauvre petite.

– Je m'excuse, dit Ulrika Stenholm, l'air parfaitement sincère. Je ne devrais pas vous ennuyer…

– Ça n'a plus d'importance, maintenant. Votre informateur, cette femme qui a parlé à votre père, celle qui savait qui a tué Yasmine…

– Oui…

– Elle s'appelait comment ?

– Je ne sais pas, il ne me l'a pas dit. Il n'en avait pas le droit. Il était tenu au secret.

– Nom de Dieu ! s'exclama Johansson. *Mais qu'est-ce qu'elle raconte encore comme conneries ?* Quand a-t-elle fait part de cette histoire à votre père ? Je veux dire l'informatrice.

– D'après ce que j'ai compris, à peu près un an après la mort de Yasmine. De toute façon, ça ne peut pas avoir eu lieu après l'été 1989, puisque c'est le moment où mon père a pris sa retraite. J'ai eu l'impression qu'il s'agissait d'une paroissienne plutôt âgée. Et qu'elle lui avait fait cette confidence en étant gravement malade.

– Mais vous ne savez pas comment elle s'appelle ? Je veux dire la femme. Aucune idée ?

– Non, aucune idée.

– Comment pouvez-vous savoir qu'elle ne mentait pas, dans ce cas ? C'était peut-être une folle. Ou quelqu'un qui voulait se faire remarquer. C'est fréquent, vous savez.

– En tout cas, mon père l'a crue. Et c'était un homme d'expérience. Il en avait entendu des vertes et des pas mûres dans sa vie. Il n'était pas facile à berner.

– Il vous a dit le nom de l'assassin ?

– Non, pas à moi, en tout cas.

– Ce n'était pas le mari de la paroissienne, son fils, un parent à elle, un voisin, un collègue ? Quelqu'un qu'elle connaissait ? Pas d'allusions de ce genre ?

– Non, mais je suis assez sûre qu'elle le lui a confié. Je veux dire le nom de l'assassin.

– Et comment elle le savait ? Que c'était le coupable.

– Aucune idée. Tout ce que je sais, c'est que mon père l'a crue et que ça le tourmentait beaucoup à la fin de sa vie.

– Bon, d'accord, céda Johansson. Dites-moi dans quelles circonstances votre père vous a raconté cette histoire. *On reprend depuis le début. Enfin, depuis son début à elle.*

Åke Stenholm, ancien pasteur de la paroisse de Bromma, était mort du cancer à l'âge de quatre-vingt-cinq ans, début décembre, l'année précédente. Durant ses derniers jours, sa fille n'avait presque jamais quitté son chevet. Sa femme, la mère d'Ulrika, était décédée dix ans plus tôt. Ajoutons que les rapports du pasteur avec sa fille aînée, Anna, n'étaient pas au beau fixe. Ils ne se parlaient plus depuis plusieurs années. En revanche, Ulrika était la personne dont il était le plus proche. Son enfant chérie.

Vers la fin, il dormait presque tout le temps. Des médicaments puissants apaisaient ses douleurs. Deux jours avant sa mort, cependant, il avait été en pleine possession de ses moyens pendant quelques heures. C'est alors qu'il s'était confié à Ulrika.

– Il m'a dit n'avoir pas pris ses médicaments exprès. Il ne voulait pas pédaler dans la choucroute. C'est ce qu'il m'a dit : « pédaler dans la choucroute ». Il voulait avoir les idées claires pour m'en parler.

– Ah. C'est tout ?

– Je comprends parfaitement que vous ne trouviez pas ces révélations déterminantes. Même si le crime n'avait pas été prescrit.

– Allons, ne dites pas de bêtises ! Je vais vous dire une chose, Ulrika. Si vous avez l'intention de résoudre une enquête criminelle, il faut faire avec les moyens du bord. Inutile de s'apitoyer sur la difficulté de la tâche, le manque d'éléments et ainsi de suite. Un policier digne de ce nom ne perd pas son temps en jérémiades. Faire avec ce qu'on a, et de bonne grâce, si possible.

– Oui, mais il n'y a pas grand-chose…

– Ne me contredisez pas, l'interrompit Johansson. Récapitulons. Quels sont les éléments que nous connaissons ? Allez, notez.

Le docteur acquiesça, crayon à la main.

– En décembre de l'année dernière, juste avant de mourir, votre père vous rapporte les propos d'une femme âgée de sa paroisse, propos qu'elle aurait tenus environ vingt ans plus tôt, quelques années après le meurtre de Yasmine, sous le sceau de la confession, alors qu'elle était elle-même sur son lit de mort. J'ai tout compris ? *Sous le sceau de la confession… Réfléchis un peu à ça.*

– Oui.

– Vous vous souvenez d'autre chose ?

– Non.

– Bien… Dans ce cas, on fait avec ce qu'on a. Vous êtes prévenue.

– Oui, c'est bon, j'ai compris. Quand je vous ai vu pour la première fois, une chose m'a frappée. Le lendemain de votre admission.

– Je vous écoute.

– Cette histoire n'a pas seulement tourmenté mon père. Moi aussi, elle me poursuit. Surtout ces derniers temps, avec tous ces articles de presse. Et tout à coup, vous voilà…

– Oui ?

– Mon père était profondément croyant.

– Plutôt pratique. Je veux dire étant donné sa profession.

– Moi aussi, je le suis sûrement un peu… Enfin, pas autant que lui, tout de même. Vous savez ce que mon père aurait dit ?

– Non, répondit Johansson. *Comment veut-elle que je le sache ?*

– Il disait toujours ça quand il se passait quelque chose d'étrange. Des coïncidences bizarres que personne ne pouvait expliquer… En bien ou en mal.

– Continuez.

– Les voies du Seigneur sont impénétrables.

– Excusez-moi, mais ce n'est pas du blasphème, ça ?

Eh voilà, elle était réapparue. Cette joie soudaine. Les maux de tête envolés.

– Comment ça ?

– Que le Seigneur vous envoie un ancien policier inconscient, qui fait une embolie cérébrale, pour vous aider à résoudre un meurtre vieux de vingt-cinq ans… Qui s'avère prescrit parce qu'il est arrivé deux semaines trop tôt pour être concerné par un amendement de la loi sur la prescription…

D'ailleurs, c'est bien la seule chose positive dans toute cette histoire, se dit Johansson.

Le docteur et maître de conférences en neurologie Ulrika Stenholm, âgée de quarante-quatre ans alors qu'elle n'en faisait que quarante, ne bougeait plus la tête.

– Les voies du Seigneur sont impénétrables, répéta-t-elle.

– Le problème, c'est que je ne vois plus derrière les coins, reprit Johansson. J'y vois à peine assez pour me déplacer, pour tout vous dire. J'ai la mémoire qui flanche. L'autre jour, j'ai mis une heure à me rappeler le nom de ma belle-fille. Je passe de la colère à la tristesse ou à la joie en l'espace d'une seconde sans comprendre pourquoi. Je dis des choses bizarres et je jure comme un charretier. Ce crime dont vous me parlez, le meurtre de la petite Yasmine, je ne m'en souviens même pas. Honnêtement, l'affaire ne me dit absolument rien.

– C'est à cause de ce qui vous est arrivé. C'est fréquent chez les patients dans votre état. Et vous savez quoi ?

Johansson secoua la tête.

– Puisque nous parlons de vous. Je suis à peu près sûre que vous allez récupérer.

– Le bras aussi ? demanda Johansson. *J'en profite.*

– Le bras aussi.

Le docteur Stenholm se leva et lui posa la main sur l'épaule.

– Prenez soin de vous et à demain.

Subitement, alors qu'elle venait de sortir de la pièce, cela lui revint : la première des règles fondamentales du métier, que quelqu'un lui avait momentanément effacée de l'esprit.

– Misère ! cria-t-il. Revenez tout de suite !

– Oui ? dit-elle, à nouveau à son chevet.

– Votre père, reprit Johansson. À sa mort, il a bien dû laisser des vieux papiers et des notes ? *Les pasteurs sont des collectionneurs phénoménaux de vieux papiers, non ?*

– Des caisses entières.

– Fouillez un peu dedans pour voir si vous trouvez quelque chose, lui ordonna Johansson. *Je ne vais quand même pas le faire à votre place !*

Elle ressortit. À peine avait-elle franchi la porte que Johansson dormait. *Le don de voir derrière les coins...* songea-t-il alors qu'Hypnos le prenait par son bras valide et le conduisait gentiment vers la nuit, en l'appâtant à l'aide d'une capsule verte qu'il tenait dans sa fine main blanche.

10

Mercredi 14 juillet 2010, après-midi

Dans la force de l'âge, Lars Martin Johansson était connu parmi ses collègues comme « l'homme qui voyait derrière les coins » et considéré par la plupart comme un dictionnaire ambulant de l'histoire du crime violent. Dès qu'un collaborateur tombait sur une vieille affaire qu'il n'arrivait pas à situer dans le temps ou l'espace, il en parlait à Johansson. En général, cela permettait de gagner du temps devant l'ordinateur. Johansson répondait volontiers, avec détail et précision, ravi qu'on lui pose la question. De plus, il avait une effrayante mémoire des chiffres. Souvent, il se rappelait jusqu'au numéro d'enregistrement du dossier.

Mais quelque chose était arrivé à sa tête. Oublier le nom de la deuxième femme de son seul fils passe encore... Et puis, il s'en était quand même souvenu après un moment.

Mais ne pas se rappeler le meurtre de Yasmine, âgée de neuf ans lorsqu'elle avait été violée et étranglée, c'était beaucoup plus grave. Le fait que le crime était vieux de vingt-cinq ans rendait le problème encore plus inquiétant. Les affaires qui avaient eu lieu à l'époque étaient, en principe, celles dont il se souvenait le mieux. Et si elles avaient fait du bruit, il les connaissait dans leur moindre détail.

Une forte anxiété ou, disons carrément, de l'angoisse, voilà ce qu'il éprouvait, non pas parce qu'il avait oublié le meurtre de Yasmine, mais à cause de ce qui se tramait dans sa tête.

Il envisagea d'appeler l'infirmière et de lui demander un cachet supplémentaire – de ceux qui le rendaient absent à lui-même, qui creusaient le fossé entre lui et ce qui le faisait souffrir, qui faisaient en sorte que la situation, quelle qu'elle soit, ne le regarde plus, bref, qui le rendaient indifférent.

Mais pas cette fois.

– Ressaisis-toi, s'intima-t-il tout haut. *Et fais une recherche sur Internet.*

Il y avait sûrement une explication. Son écureuil personnel avait dû comprendre les choses de travers. Voilà certainement pourquoi Johansson ne parvenait pas à se souvenir du meurtre de Yasmine. Pensée, décision… C'est alors que le calvaire commença.

Complications, complications interminables. Le seul fait d'attraper son ordinateur sur la table de chevet, de le placer devant lui, dans le lit, de l'ouvrir, de l'allumer, tout cela de la main gauche, avec une main droite qui ne faisait que l'encombrer. Puis, presque au bout de ses peines, de découvrir qu'il n'arrivait pas à se souvenir de son mot de passe. Celui-là même qu'il avait tapé sans aucun problème le matin, avant que ce médecin de malheur n'entre dans sa chambre et ne lui complique l'existence. Comme s'il n'avait pas assez de soucis comme ça.

Il insista. Il fit les trois tentatives autorisées. La sueur perlait sur son front, le mal de tête empirait, sa poitrine était de plus en plus oppressée. À chaque fois que lui était refusé l'accès à son propre ordinateur, il était gagné par un malaise grandissant. *Merde, merde, merde*, se dit-il, sans scrupule pour d'éventuels usages langagiers inappropriés. Il appela Pia. Elle était en réunion mais, voyant son nom s'afficher sur l'écran, elle répondit immédiatement. L'inquiétude perceptible dans sa voix laissa Johansson de marbre.

– Lars, qu'est-ce qui t'arrive ?

– J'ai oublié mon mot de passe.

– Ton mot de passe ?

– Le mot de passe pour faire démarrer cet ordinateur de malheur.

– Mon Dieu… Tu m'as fait peur.

– Le mot de passe, répéta Johansson. *Merde, enfin !*

C'était la première fois qu'il avait ce genre de pensée concernant Pia, la première fois depuis leur rencontre, plus de vingt ans auparavant.

– Je l'ai noté, il est à la maison. Je te le donnerai ce soir. Je ne le connais pas par cœur.

– Merde ! hurla Johansson. Ce n'est quand même pas sorcier de se souvenir d'une saleté de mot de passe !

En une fraction de seconde, il avait été envahi par une rage irrationnelle à l'encontre de celle qu'il aimait par-dessus tout.

– Lars, tu ne m'as jamais crié dessus comme ça. Tu n'es pas toi-même. Nous savons tous les deux ce qui te met dans cet état, mais s'il te plaît, ne hausse pas la voix quand tu me parles.

La gorge de Johansson se serra. D'un coup.

– Pardon, pardon, mon amour.

Il raccrocha, mais pas assez vite. Des larmes coulaient déjà le long de ses joues.

Il s'essuya le visage à l'aide d'un coin de drap. Son ordinateur était tombé par terre, ce qui ne lui faisait ni chaud ni froid. Autant qu'il reste là jusqu'à ce que quelqu'un vienne le lui ramasser. Johansson respira profondément, reprit son téléphone et appela son meilleur ami – une opération simple, puisque son numéro était enregistré parmi les raccourcis. Pour une fois, Johansson se débrouilla sans problème à l'aide de son seul pouce gauche.

– Jarnebring, répondit Jarnebring après la deuxième sonnerie.

– Salut, Bo. C'est moi.

– Merde ! Je suis content de t'entendre ! Comment tu vas ? Tu m'as l'air en forme.

– Comme tu as les clefs de chez moi, je voudrais te demander un service. Est-ce que tu pourrais aller chercher le mot de passe de mon ordinateur ? Je l'ai noté et rangé dans la cachette secrète, tu sais où.

– Bien sûr. On se voit dans une heure.

– Je vais très bien, au fait. Frais comme un gardon.

– Oui, on dirait. Tu ne bredouilles pas, en tout cas.

– Je ne me suis jamais senti mieux.

Une idée traversa alors l'esprit de Johansson – fort agréable comparée à la plupart de ses pensées du moment, et pas tirée par les cheveux, en plus. Une sorte de défi. Pas une espèce de caillot de sang causé par un cœur défaillant.

– Dis donc, il y a autre chose. Puisque tu es chez toi, prends une bouteille de schnaps aussi et puis, si tu peux faire un détour par chez Günters – tu sais ? Günters –, achète-moi une grande *bratwurst* avec de la choucroute et de la moutarde. Laisse tomber la boisson, j'ai ce qu'il faut.

– Tu m'as l'air affamé, renchérit Jarnebring. La nourriture d'hôpital n'est pas géniale, à ce qu'on me dit.

– Tu y arriveras ?

– Est-ce que l'ours chie dans la forêt ? Saucisse et mot de passe, schnaps et choucroute. À dans une heure.

Mon meilleur ami, se dit Johansson en proie à une certaine sensiblerie. Il n'allait quand même pas se mettre à chialer encore une fois. Il s'installa confortablement dans son lit et parvint même à croiser les doigts sur son ventre. Ni maux de tête, ni rage, ni inquiétude. *La paix*. La paix du guerrier. La paix du chasseur vagabond.

Ainsi se poursuivit l'histoire du point de vue de Johansson. Ainsi commença-t-elle du point de vue de son meilleur ami, Bo Jarnebring. Enfin, après un tour d'essai vingt-cinq ans plus tôt.

II

Œil pour œil, dent pour dent…

Exode, 21:24

11

Mercredi 14 juillet 2010, après-midi

Jarnebring avait sa mine habituelle. Il s'arrêta sur le seuil de la chambre de Johansson et la balaya du regard avant de l'envahir, au sens physique du terme, comme en perquisition dans un repaire de drogués. Il s'avança vers le lit, s'assit au bord, sourit à son ami et secoua la tête.

– Tu as vraiment une sale gueule, dis donc. Mais je m'attendais à pire, ajouta-t-il rapidement, se rendant compte de ce qu'il venait de dire.

Quelque chose cloche. Le sac marron que Jarnebring avait posé à côté du lit n'était pas assez grand. Pas assez rempli. Et puis, Jarnebring sentait la lotion après-rasage. Rien d'autre. Il n'avait pas l'odeur caractéristique de quelqu'un qui vient de passer chez Günters.

– Où est ma saucisse ? lui demanda Johansson, accusateur.

– Dis donc, Lars, lui rétorqua Jarnebring en se penchant vers lui et en lui serrant fort les épaules de ses énormes pognes. Tu es mon meilleur ami. Je suis vraiment content que tu sois en vie, je veux que tu le comprennes.

– Moi de même. Alors, cette saucisse, elle est où ? *Et le schnaps ?*

– Là, lui indiqua Jarnebring en vidant le contenu du sac marron sur le lit. Des pommes, des poires, des oranges, des bananes. Je t'ai même acheté du chocolat, le genre cent pour cent cacao très bon pour la santé.

– Pas de saucisse ?

– Pas de saucisse. Et pas de schnaps. Si tu veux te suicider, tu n'as qu'à le faire par tes propres moyens. Ne compte pas sur moi pour t'aider. Par contre, j'ai pris le mot de passe de ton ordinateur, comme tu me l'avais demandé. Et dès que tu te seras ressaisi et que tu seras sorti d'ici, je te porterai personnellement jusqu'à mon gymnase pour qu'on te décrasse un peu.

– Je te remercie. Vraiment. Avec des amis pareils, pas besoin d'avoir d'ennemis.

– Arrête de chouiner. Tu n'es pas le seul à faire pitié. Pia a passé un sale moment, elle aussi. Et moi. La semaine dernière, quand tu as atterri ici, un fou furieux d'*Aftonbladet* m'a appelé. Il prétendait que tu étais au service de réanimation avec une balle dans le ventre. J'étais relax dans mon jardin avec ma femme, ma sœur et mon beau-frère en train de boire une bière bien fraîche. Je savourais tranquillement ma petite vie de retraité quand, tout à coup, ce timbré téléphone. Selon lui, tu étais à l'agonie. Et il me demande si j'ai des commentaires.

– Et alors, tu en avais ?

– Je lui ai dit d'aller se faire foutre ! Après, j'ai appelé le central téléphonique pour voir s'ils étaient au courant. Et là, un autre taré, un collègue, en plus, complètement à côté de la plaque, je me demande bien qui a recruté un zozo pareil, bref, il me dit que les gars de l'unité d'intervention ont annoncé à la radio qu'ils te conduisaient aux urgences de Karolinska. Manifestement, c'était trop urgent pour attendre une ambulance ordinaire. Tu parles, si je me suis inquiété ! J'ai passé la soirée au téléphone, mais aucun médecin ne voulait me parler et chez Pia, ça sonnait occupé tout le temps. Bien sûr que je me suis inquiété ! Il ne manquerait plus que ça !

– Je te plains.

– Tu as raison. Ça n'a pas été facile, mais à l'instant où j'allais me mettre au volant malgré les trois ou quatre bières que j'avais bues, pour aller te faire mes adieux à Karolinska, un de mes anciens petits gars m'a passé un coup de fil et expliqué la situation. Il faisait partie de l'équipe qui t'a transporté. On est toujours en contact.

– P2, lâcha Johansson. Patrik Åkesson.

Brusquement, ça lui revint.

– Tu vois ? Tu n'es pas complètement à la ramasse. Eh bien, on ne t'avait pas du tout tiré une balle dans le ventre. Ce qui s'était passé, c'est la conséquence directe de tes bonnes vieilles habitudes. Depuis vingt ans, tu essaies de te tuer à force de bouffer. Tu t'étais évanoui et taché de saucisse, de moutarde et de je ne sais quelle autre cochonnerie.

– Évanoui ? Mouais…

– Ne m'interromps pas. Ce que je voulais dire, c'est que ta saucisse c'est hors de question. Mais tu peux me demander à peu près n'importe quoi d'autre. Voilà, c'est tout.

– Dans ce cas, j'aimerais bien savoir une chose. Peut-être que tu pourras éclairer ma lanterne.

– Je t'écoute.

– Tu es au courant d'un meurtre qui a eu lieu il y a vingt-cinq ans, l'été 1985 ? Une fillette de neuf ans violée, étranglée et enterrée dans les environs de Sigtuna. Yasmine Erdogan.

Jarnebring lui lança un regard étonné.

– Pourquoi tu me demandes ça ?

– Laisse tomber, répliqua sèchement Johansson. On en reparlera plus tard, ajouta-t-il plus aimablement. Tu te souviens du dossier ou pas ?

– Oui, répondit Jarnebring, songeur.

– Raconte.

– Yasmine Ermegan. Pas Erdogan, Ermegan. Pour aller vite… Elle venait d'Iran. Elle était venue avec ses parents, toute petite. Elle a disparu du domicile de sa mère, à Solna, le soir du vendredi 14 juin 1985. On l'a trouvée une semaine plus tard. C'était la veille de la Saint-Jean, d'ailleurs, le vendredi 21 juin. Pas étranglée, mais étouffée. Sans doute à l'aide d'un oreiller, en tout cas, c'est ce qu'a dit le médecin légiste. Il avait trouvé des restes de duvet et de textile blanc dans son larynx. Le corps était emballé dans quatre sacs en plastique noir attachés à l'aide de gros scotch. On l'avait jetée dans une roselière au bord du lac Mälare, à quelques kilomètres au nord du château de Skokloster. Elle n'avait pas été enterrée, juste balancée. Le lieu de découverte du corps était accessible en voiture. L'agresseur avait seulement eu besoin de porter le corps sur une distance de dix mètres, ce que la plupart des gens seraient capables de faire, puisque la petite ne pesait que trente kilos.

– Comment tu sais tout ça ? l'interrogea Johansson. *Comment Jarnebring peut-il se rappeler tout ça alors que je n'en garde pas le moindre souvenir ?*

– J'étais chargé de l'enquête. Rien de bizarre à ça, tu vois. Je sais tout sur le meurtre de la petite Yasmine. Sauf une chose.

– Qui est ? demanda Johansson, qui connaissait déjà la réponse.

– Qui a buté cette malheureuse. Et j'aimerais beaucoup échanger quelques mots avec ce salopard.

12

Mercredi 14 juillet 2010, après-midi

– Maintenant, à ton tour. Raconte, lui intima Jarnebring avant de croquer de son énorme mâchoire dans l'une des pommes qu'il avait apportées à Johansson. Pour quelle raison tu t'intéresses à une affaire d'il y a vingt-cinq ans ? Tu veux reprendre du service, ou quoi ?

– Non, vraiment pas. Une personne qui travaille ici m'en a parlé. Elle avait vu quelque chose dans le journal, apparemment. Et là, je me suis rendu compte que je n'avais aucune idée de quoi il s'agissait. Ça m'a mis très mal à l'aise. C'est quand même justement le genre de truc dont je me souviens parfaitement, d'habitude.

– Pas étonnant, ricana Jarnebring. Tu étais à la Direction de la Police nationale, à l'époque. Enterré sous des classeurs. Tu ne voyais ni n'entendais plus rien.

– Mouais, marmonna Johansson.

– Bon, d'accord, admit Jarnebring en haussant ses larges épaules. Je ne suis pas médecin, mais je suppose que ça peut être lié à ce qui vient de t'arriver. Ça ne t'a pas traversé l'esprit ? Une embolie, ça peut faire pas mal de dégâts. Je me rappelle mon père. Tout à coup, il ne reconnaissait plus personne, même pas les membres de sa famille. Il a passé le restant de ses jours à ronchonner ou à rire aux éclats sans aucune raison. Il n'était vraiment plus lui-même.

– Ça m'arrive d'oublier des choses, mais ça ressemble plutôt à des pièces manquantes d'un puzzle. Il y a des taches blanches dans ma tête. Mais un truc pareil, tout de même, non… Je devrais m'en souvenir. Il y a dû y avoir des kilomètres d'articles dans la presse... Par exemple, je me rappelle parfaitement le meurtre de Helene Nilsson à Hörby en 1989. Dans les moindres détails.

– Non, dit Jarnebring en secouant fermement la tête, cette histoire n'avait rien à voir avec le meurtre de Helene. On a sûrement fait couler cent fois plus d'encre sur Helene que sur Yasmine. La semaine après la disparition de Yasmine, il n'y a pas eu un mot sur elle dans la presse. Ni à la télé ni à la radio.

– Pourquoi ? Une gamine de neuf ans qui disparaît un vendredi soir... La mobilisation a dû être phénoménale.

– Non, vraiment pas grand-chose. Les parents s'étaient séparés un an plus tôt. Yasmine passait une semaine sur deux chez son père et sa nouvelle compagne, à Äppelviken, et l'autre chez sa mère, à Solna. Qui vivait seule, d'ailleurs. C'était la semaine où Yasmine devait être chez sa mère, mais après seulement quelques heures passées ensemble, elles s'étaient disputées. La gamine avait pris ses cliques et ses claques et s'était tirée. Quand sa mère a fini par appeler les collègues de Solna, quelques heures plus tard, elle pensait que la petite était retournée chez son père. Elle avait appelé son ex, bien sûr. Pas de réponse. L'agent de garde à Solna a envoyé une patrouille chez le père. La mère a refusé de les accompagner, son ex-mari lui foutait une trouille bleue. Ils ont trouvé la villa fermée à clef, vide. Un peu bizarre, parce que les collègues de travail du père, avec lesquels les agents ont discuté un peu, affirmaient qu'il devait travailler ce week-end-là. Il était médecin. Il faisait des expériences bizarroïdes et devait faire des allers-retours entre son domicile et son laboratoire pour surveiller les animaux qui lui servaient de cobayes avant de les envoyer *ad patres*. Mais ce vendredi-là, il était parti. Il avait demandé à un de ses collaborateurs de le remplacer. Le problème, c'est que ça nous a pris une semaine pour le découvrir. D'ailleurs, il travaillait ici. Le père.

– Ici ? Au service de neurologie ?

– Non, à l'hôpital Karolinska. Enfin, à côté, à l'Institut Karolinska, pour être exact. Il était chercheur dans un quelconque département.

– Je vois… dit Johansson.

– Eh oui. Alors de l'opinion générale, quand la gamine aurait débarqué chez son père, il serait devenu fou furieux et aurait mis les bouts avec elle. Les parents étaient en plein divorce. Ça se passait très mal. Ils se disputaient la garde de leur fille – enfant unique – et tout le reste aussi. Tout le monde était convaincu que ça s'était passé comme ça. Y compris la mère de Yasmine.

Classique, se dit Johansson. Comment foirer une enquête dès le début. Tout semble limpide, on ne peut pas se tromper. Mais on a tort.

– La veille de la Saint-Jean, quand on l'a retrouvée, le vent a tourné. C'est à ce moment-là que j'ai été mis sur l'affaire. Le samedi matin, la direction a appelé mon équipe en renfort. Malheureusement, ça ne s'est pas très bien passé. Mais ce n'était vraiment pas ma faute. Le chargé d'enquête était ce petit merdeux complètement débile…

– Je croyais que c'était toi.

– J'étais responsable adjoint. Je ne dirigeais pas l'équipe.

– Qui le faisait ?

– Tu ne veux même pas le savoir, répliqua Jarnebring avec un large sourire.

– Si.

– Evert Bäckström, répondit Jarnebring, l'air réjoui.

– Doux Jésus… lâcha Johansson. *Le pire des crétins*…

13

Mercredi 14 juillet 2010, après-midi

– Donne-moi encore un verre d'eau, demanda Johansson.

Il fit un signe de tête en direction de la carafe sur la table de chevet.

– Tu es tout rouge, Lars, constata Jarnebring. J'aurais peut-être dû faire ce que tu me disais, après tout, et t'apporter une bouteille de schnaps.

Jarnebring servit Johansson et déposa délicatement le verre plein dans sa main tendue. Johansson, qui avait retrouvé le calme – sans le moindre petit cachet –, but à grosses gorgées.

– Trop tard, répliqua-t-il en essuyant quelques gouttes sur sa lèvre supérieure. Je veux dire pour le schnaps.

Jarnebring prit le verre vide et le reposa sur la table de chevet.

– Merci, dit Johansson.

– Tu pourrais servir de feu de signalisation, Lars. On te planterait devant un passage piéton, on dirait quelque chose qui te déplaît et tu deviendrais le bonhomme rouge.

– Nom de Dieu ! s'exclama Johansson avec une emphase qui tenait du défoulement. Comment peut-on avoir l'idée, même vague, de nommer Evert Bäckström à la tête d'une instruction de ce genre ?

– Je crois que c'est la faute d'Ebbe, précisa Jarnebring, l'air malicieux.

– Ebbe ? Quel Ebbe ?

– Ebbe Carlsson, ce crétin d'éditeur qui voulait toujours jouer au policier. Il avait la sale manie de fourrer son nez dans des affaires qui ne concernaient que les vrais flics. Ça a commencé avec l'affaire de l'ambassade de R.F.A. À l'époque, il était chargé d'information au ministère de la Justice. Et ça a continué jusqu'au meurtre d'Olof Palme, vingt ans plus tard. Ce cher petit Ebbe était alors directeur de collection chez Bonniers. On peut se demander en quoi une affaire de meurtre regardait la plus grande maison d'édition de Suède. Ou alors c'est la faute du demeuré qui était à la tête de la police à l'époque, celui qui s'était autoproclamé responsable de l'enquête sur le meurtre du Premier ministre, sans avoir la moindre idée de la façon dont on gère ce type de dossier et avec pour seul soutien son meilleur ami Ebbe.

– Développe.

– Tu veux la version longue ou la version courte ?

– Va pour la longue, répondit Johansson, qui se sentait de plus en plus en forme.

– Ebbe est pédé, comme tu t'en souviens peut-être.

– Je ne vois pas le rapport.

– Eh bien, cette fois, il y en a un, déclara Jarnebring avec un sourire oblique.

– Comment ça ?

– Six mois avant le meurtre de Yasmine, l'éditeur est allé dans une boîte gay, où il a fait la connaissance d'un jeune homme en costume de marin. Il l'a invité chez lui pour se consacrer à ce qu'on fait habituellement avec une personne qu'on ramène chez soi après une soirée dans un bar. Je veux dire indépendamment du fait qu'on est pédé, ajouta Jarnebring pour une raison obscure.

– Et alors ?

– Le jeune homme en costume de Donald Duck l'a cambriolé. Il l'a copieusement soûlé et s'est barré avec son portefeuille et divers biens, des meubles, et entre autres une vieille robe censée avoir appartenu à Rita Hayworth, que l'éditeur avait soi-disant achetée à une vente aux enchères. Tu sais, l'actrice américaine. Apparemment, la robe valait un paquet de fric.

– Continue.

– L'éditeur a signalé le vol. À cette occasion, manque de bol, il est tombé sur Evert Bäckström, qui a classé le dossier sans suite en expliquant à la victime qu'étant donné son mode de vie, il ne pouvait pas s'attendre à mieux, et qu'il ferait mieux de se ressaisir et de se comporter comme quelqu'un de normal.

– Pfff... fit Johansson. *Mon Dieu...*

– Ebbe a pris la mouche, bien sûr. Normal, d'ailleurs, il avait quand même été victime d'un cambriolage avec coups et blessures. Il a donc appelé son meilleur ami pour lui raconter les prouesses de Bäckström, qui l'avait traité de « tarlouze », « trou de balle », « tête de pine » et autres.

– Et le chef de la police s'est fâché tout rouge ?

– C'est le moins qu'on puisse dire. Il a complètement perdu la boule. Il a menacé d'écrabouiller Bäckström s'il ne faisait pas d'effort pour se conduire décemment. Sa mesure de rétorsion la plus concrète a été de le virer de la criminelle de Stockholm en le mutant à la permanence criminelle de Solna. C'est là qu'il se trouvait le soir de la disparition de Yasmine. En ce début de période estivale, plus personne de compétent n'était disponible. Une semaine après, Bäckström était chargé de l'enquête.

– Et ensuite, ça s'est passé comment ? Je veux dire dans l'affaire Yasmine. *Question idiote*, songea Johansson, qui connaissait déjà la réponse.

– C'est parti en eau de boudin. Complètement. Mais pour être tout à fait honnête, ce n'était pas seulement la faute de Bäckström.

– Ah ?

– Je continue ? Tu n'es pas fatigué ? demanda Jarnebring en jetant un coup d'œil à sa montre. Pia ne devait pas venir, au fait ?

– Dans trois heures. On a le temps.

Depuis le début, l'inspecteur Evert Bäckström avait compris qui était le coupable. Yasmine s'était disputée avec sa mère. Elle était partie chez son père, qui l'avait conduite en dehors de la ville pour conclure de façon expéditive la pénible querelle pour l'obtention du droit de garde. Quand on avait trouvé le corps de Yasmine, une semaine plus tard, Bäckström avait dû opérer quelques légères modifications dans son interprétation des faits. Le père n'avait pas seulement enlevé sa fille, il l'avait également violée et assassinée. Pour les raisons habituelles qui poussaient les gens de son espèce à entreprendre ce genre d'actions.

– Un meurtre d'honneur, l'occupation préférée des Arabes et autres musulmans. Évidemment, Bäckström connaissait le sujet à fond, dit Jarnebring en secouant la tête, l'air sinistre.

– Et le viol ? Comment l'a-t-il expliqué ? La pauvre fillette avait quand même été violée... ajouta Johansson, l'air affligé.

– Pas de problème. D'après Bäckström, le père de Yasmine et les gens de son espèce sont capables de s'enfiler n'importe quoi, y compris des chèvres et des moutons, quand ce n'est pas leurs propres enfants. Et malheureusement, l'inspecteur a été conforté dans ses convictions par la mère de Yasmine. Comme je te le disais, au moment des faits, ils étaient en plein divorce. Elle avait déjà maintes fois porté plainte contre le père pour coups et blessures. Les signalements avaient été classés vite fait mais, si tu veux mon avis, il l'avait bien tabassée et ce, à plusieurs reprises.

Jarnebring hocha la tête, l'air songeur.

– Environ deux mois avant le meurtre, la mère avait jeté de l'huile sur le feu en accusant le père d'attouchements sexuels sur sa fille. Bref, l'ambiance était houleuse. Ils voulaient tous les deux la garde exclusive. En attendant le jugement, ils s'étaient mis d'accord pour que Yasmine soit en garde alternée une semaine sur deux. Son école, un établissement privé plutôt chic, se trouve à l'intérieur de Stockholm. Les parents l'y avaient inscrite quand ils étaient encore ensemble.

– Et c'était vrai ? Cette histoire d'attouchements.

– Pas du tout. Je suis sûr que non, à cent pour cent. Mais j'y reviendrai. Par contre, il avait tabassé sa femme, aucun doute là-dessus. À la fin de leur vie conjugale, je crois que ça arrivait même assez souvent.

– Quelle histoire sordide… soupira Johansson.

– Attends, ça ne s'arrange pas.

– Je t'écoute.

– Quand on a trouvé le corps de Yasmine, le père était toujours porté disparu. Personne ne l'avait vu depuis une semaine. Le lendemain matin, le samedi, on a annoncé à la radio et à la télé la découverte du corps. En l'espace de quelques heures, le père est réapparu au commissariat de Solna. Fou furieux.

– Et alors ?

– Ça a mal tourné. Très mal. Bäckström a mené le premier interrogatoire. Le père s'est jeté sur lui et a essayé de lui briser les bras et les jambes. Un vrai baraqué, ce type, à peu près comme moi. Mais Bäckström n'était pas si bête. Il s'était entouré de collègues, et le suspect s'est pris une bonne raclée avant d'être ramené en cellule. Le procureur a décidé de le mettre en examen. À ce stade, il s'alignait entièrement sur l'avis de Bäckström. La plupart des collègues aussi, il faut dire. Même moi, pendant un moment, j'ai cru que le père était coupable. Son récit de la semaine où il avait disparu sonnait vraiment faux.

– Qu'est-ce qu'il prétendait avoir fait ?

– Avoir philosophé, tout seul dans une maisonnette de l'archipel qu'un collègue lui avait prêtée. L'histoire du collègue était vraie, mais le reste, non, pour les bonnes vieilles raisons habituelles.

– Une liaison extraconjugale, constata Johansson.

– Évidemment. Mais il a mis plusieurs jours à cracher le morceau. Enfin, c'était un peu compliqué.

– Comment ça ?

– Comme je te le disais, il avait une régulière. Médecin, elle aussi, du même âge que lui. D'ailleurs, cette histoire grouille de médecins. Bref, ils vivaient ensemble dans la villa d'Äppelviken, qui avait été offerte à la femme par ses parents. Ils étaient en couple depuis déjà un an quand le père de Yasmine s'était séparé de sa femme. Pendant la semaine de la soi-disant disparition du père, sa compagne était en voyage. Elle devait passer quinze jours en Espagne, où résidaient ses parents. Il en avait profité pour draguer une jeunette de son laboratoire, emprunter une maisonnette dans l'archipel à un collègue et faire la bête à deux dos, matin, midi et soir. La fille avait la moitié de son âge et trompait elle aussi quelqu'un : son fiancé qui, à l'époque, était parti faire son service militaire.

– La moitié de son âge, tu dis ? Et le père n'a pas tué sa fille ?

– Absolument pas. Il n'a pas tué Yasmine. C'était un homme à femmes, d'accord, et il pouvait devenir violent à ses heures. Mais il n'avait rien d'un pédophile. Enfin, pas plus que toi et moi, Lars. Il avait trente-quatre ans quand sa fille a été assassinée. Il est né en 1951, si je me souviens bien. La jeunette qu'il avait emmenée avec lui dans l'archipel n'avait que dix-neuf ans, d'accord, mais ce n'était plus une enfant, je te le garantis. Unc jcune et jolie blonde. Si elle nous avait fait une proposition, on n'aurait pas refusé, crois-moi. Ni toi ni moi.

– Et quand est-ce que tu as découvert ça ? demanda Johansson. *Parle pour toi.*

– Le jour où j'ai rencontré le père. Il tournait en rond comme un lion en cage. J'ai discuté un peu avec lui, et j'ai tout de suite compris qu'il n'était pas coupable. Il était fou de chagrin.

– Tu en étais sûr ?

– Pas du tout le genre, en plus. Son histoire était complètement branque. J'ai réussi à le raisonner. Assez pour qu'il m'avoue que quelqu'un pouvait lui fournir un alibi. Que c'était une connaissance de sexe féminin rencontrée à son travail, mais qu'il ne voulait pas me donner son nom. Je me suis montré plus ferme. Je lui ai expliqué que l'enquête était en train de dérailler parce qu'il cachait des choses. Qu'on faisait du sur-place parce qu'on ne pouvait pas l'éliminer de la liste des suspects. Et que s'il était innocent, comme il le prétendait, il ferait mieux de bien réfléchir. Il m'a enfin donné son nom. J'ai eu une discussion avec la jeune femme. Tout s'était passé exactement comme il l'avait raconté. À ce stade, en plus, il était apparu d'autres éléments qui renforçaient son alibi. Des gens avec qui il avait parlé au téléphone, d'autres qui l'avaient aperçu avec la jeunette, dans la maison empruntée. Le tralala habituel.

– Et après ?

– J'ai eu une petite conversation avec le procureur et Bäckström. Le procureur était de plus en plus hésitant, surtout avec la négociation de mise en examen qui approchait. Concrètement, on n'avait pas grand-chose contre le père. Bäckström s'est montré égal à lui-même. Il a soutenu mordicus que le père était coupable. Les témoins apparus au fil des jours mentaient tous pour le protéger, et il fallait vraiment être le pire des crétins – comme moi – pour ne pas le voir. Juste avant la date de mise en examen du père, on a reçu des résultats de la police scientifique, qui avait analysé des prélèvements de sperme sur les vêtements et le corps de Yasmine. Le groupe sanguin de l'agresseur ne correspondait pas à celui du père. À l'époque, l'ADN n'existait pas, mais, de toute façon, cette information suffisait amplement.

– Le procureur s'est écrasé et le père a été relâché, anticipa Johansson.

– Exactement, dit Jarnebring. Tu connais la chanson. Seule une personne n'a pas cédé : Bäckström. Si ce n'était pas le père qui avait violé sa fille, il avait dû laisser un de ses copains s'amuser avec elle. Bref, quelle soupe ! Résultat : on a mis plus de deux semaines après la disparition de Yasmine à mettre un peu d'ordre dans l'instruction. Et je ne te parle même pas des grandes vacances et de la difficulté à trouver des enquêteurs disponibles. On était à un tiers de nos effectifs habituels. Je veux dire à un tiers des ressources qu'on aurait dû avoir pour mener cette affaire à bon port. En plus du gros lard complètement cinglé qui était censé diriger l'équipe et répartir les tâches.

– Il a continué à emmerder le monde ?

– Évidemment. Il racontait à tous ceux qui voulaient bien l'entendre qu'il y avait au moins deux coupables : le père et un copain à lui, encore inconnu de la police. Pas mal de journalistes ont gobé sa version, en plus. Un éditeur ne l'a pas cru. Ça explique peut-être le peu de couverture médiatique. Une famille d'immigrés. Les plaintes de la mère à l'encontre du père. Et tous les sujets d'actualité qui rendaient l'affaire d'autant plus délicate : crimes d'honneur, violence domestique, débat sur l'inceste, immigration et Dieu sait quoi encore.

– J'imagine, dit Johansson. Toutes ces conneries qui interfèrent avec une instruction alors qu'elles n'ont aucun rapport...

– Ce n'est pas à moi qu'il faut dire ça. Et puis essayer de faire comprendre ça à Evert Bäckström est évidemment une pure perte de temps. Dans ce domaine, il sait se montrer parfaitement hermétique.

– À quoi tu t'attendais de sa part...

– Quelle soupe... répéta Jarnebring avec un profond soupir. L'enquête sur le meurtre de la petite Yasmine est une histoire sordide. Vraiment.

Johansson acquiesça discrètement. Il resta si longtemps silencieux que Jarnebring, inquiet, lui jeta un regard en coin pour vérifier qu'il ne s'était pas endormi. Ou pire, qu'il ne faisait pas une nouvelle embolie. Mais ce n'était pas le cas. Johansson avait l'air de réfléchir, plongé dans ses pensées, songeur.

– Donne-moi la version longue, maintenant, exigea-t-il soudain. Je veux en savoir plus sur le stade préliminaire de l'enquête. Sur la fillette et sa famille. On a encore le temps, fit-il avec un signe de tête vers l'horloge accrochée au-dessus de la porte.

– Tu n'es pas trop fatigué, tu es sûr ? demanda Jarnebring. *Je commence enfin à te reconnaître. Même si tu as une mine affreuse et que ton visage s'est effondré aux trois quarts.*

– Je ne me suis jamais senti mieux, assura Johansson. *C'est-à-dire comme une compotée de pommes chiée par un oiseau.*

– D'accord. Mais donne-moi du papier et un crayon. Il me faut cinq minutes pour rassembler mes idées.

– Demande à l'infirmière. En attendant, je vais manger une banane. *Elle a à peu près la même forme que la* bratwurst *polonaise phénoménale de Günters. À part ça, aucune ressemblance.*

14

Mercredi 14 juillet 2010, après-midi

– Tu dors ? demanda Jarnebring.

– Non, répondit Johansson en se redressant dans son lit. J'ai juste fait un petit somme.

– Tant mieux. Allez, c'est parti. Commençons par le temps qu'il faisait le jour de la disparition de Yasmine.

– Je suis tout ouïe.

– C'était une belle journée d'été typiquement suédoise : soleil, ciel sans nuages, quasiment pas de vent. Entre vingt et trente degrés. Il avait fait ce temps-là toute la semaine. Pour ma part, j'étais au boulot en train de suer. Le calvaire habituel.

– La petite Yasmine a eu de la chance avec le temps, constata Johansson.

Brusquement, dans sa poitrine, à l'endroit où se trouvait habituellement le cœur, il n'y eut plus qu'un trou noir. Il était néanmoins exclu qu'il se mette à pleurnicher. D'ailleurs, tout aussi brusquement, le trou était envahi par une haine profonde et violente, un sentiment d'une noirceur qui refoulait tout amour, tout chagrin et toute décence humaine ordinaire.

Jarnebring le dévisagea. Il avait du mal à cacher sa surprise.

– Ça va, Lars ? Tu veux qu'on reprenne un peu plus tard ?

– Pas question. Je t'écoute. Raconte-moi ce qui est arrivé le jour de la disparition. Un vendredi, c'est bien ça ?

– Le vendredi 14 juin 1985.

– Le vendredi 14 juin 1985, répéta Johansson. Un été typiquement suédois.

Tant pis pour la haine. *N'oublie pas que tu ne vois plus derrière les coins.*

15

Vendredi 14 juin 1985

Vingt-cinq ans plus tôt, la dernière fois que Josef Ermegan, trente-quatre ans, parla à sa fille Yasmine, neuf ans, il lui mentit.

Vers six heures du soir, il la déposa devant l'immeuble de sa mère, dans la Hannebergsgata, à Solna. Il lui fit des bisous sur le front et les deux joues, lui fit promettre de ne pas se disputer avec sa mère et lui promit ensuite de l'appeler dès qu'il en aurait le temps, c'est-à-dire pas avant quelques jours parce qu'il avait beaucoup de travail. Puis il prit le volant, accompagné d'une jeune femme avec laquelle il entamait une aventure. Il ne s'agissait pas de sa compagne, celle qui partageait son lit depuis plusieurs années et que Yasmine appelait parfois « maman », quand elle allait se coucher, fatiguée, ou qu'elle s'embrouillait, tout simplement. Direction : une maison dans l'archipel empruntée à un collègue.

Lorsqu'une semaine plus tard, il raconta les faits à Jarnebring, il était en détention au commissariat de Solna, soupçonné d'avoir tué sa propre fille. Il pleurait avec le désespoir d'un enfant abandonné. Jarnebring ne savait pas quoi faire. Il lui donna une petite tape sur l'épaule et lui dit qu'il le croyait. Josef s'agrippa alors à sa main, la serra fort entre les siennes, l'appuya sur son visage. Jarnebring était « vraiment très gêné, pour tout dire », bien qu'il soit habitué aux situations extrêmes et à la diversité des langages corporels. Il libéra sa main aussi doucement que possible, se pencha et attrapa les deux épaules de Josef Ermegan. Il appuya suffisamment fort pour que l'homme accablé l'écoute. Celui-ci émit des sons plaintifs comme ceux d'un animal blessé, il pressa ses phalanges contre ses yeux, sa tête contre la table. Jarnebring lui caressa le dos. Puis il lui demanda de se ressaisir pour l'aider à trouver le meurtrier de sa fille. Josef se redressa et ôta les mains de son visage.

– Je vous le promets, dit-il. Je vous promets de m'endurcir et de ressortir ce que j'ai de pire en moi. Je vous aiderai. Je le jure sur la tête de ma fille.

Si seulement Yasmine était parvenue à tenir la promesse qu'elle avait faite à son père, ce qui était arrivé ne serait jamais arrivé. Malheureusement, elle et sa mère Maryam, trente-deux ans, se mirent à se disputer avant même le dîner. Yasmine sortit une canette de Coca et un magazine de son sac à dos et s'assit à table. Sa mère la gronda : elle n'avait pas le droit de boire de Coca, ce n'était pas bien pour ses dents. En tant qu'assistante dentaire, sa mère en savait bien plus long que son père à ce sujet. Lorsqu'elle tenta de retirer la canette à sa fille, Yasmine renversa du soda sur son chemisier. Le ton monta, les cris fusèrent, Yasmine prit son petit sac à dos, dans lequel elle rangeait toutes ses affaires, et se précipita dans la salle de bains, où elle s'enferma.

Sa mère décida de faire comme si de rien n'était. Lorsqu'elle eut préparé le dîner et mis la table, elle frappa à la porte de la salle de bains et annonça qu'il était l'heure de manger. Yasmine sortit. Elle s'était changée et portait un T-shirt rose et un jean bleu délavé. Dans un silence de plomb, elle s'assit à table et se mit à manger. La mère feignit d'ignorer la mine renfrognée de sa fille. Le téléphone sonna. Maryam alla répondre dans le salon. C'était une collègue. Elle lui expliqua qu'elle et sa fille étaient en train de manger, et promit de la rappeler plus tard. Alors qu'elle concluait la conversation, elle entendit la porte claquer. Un peu avant sept heures du soir, le vendredi 14 juin 1985. Si elle ne s'était pas emportée contre sa fille, ce qui arriva ensuite ne serait jamais arrivé.

Maryam se précipita dans la salle de bains, ce qu'elle n'avait pas pu expliquer par la suite, quand on le lui avait demandé. Sur le sol, devant le lavabo, elle trouva le porte-clefs de Yasmine, des lanières de cuir savamment tressées qu'elle portait habituellement autour du cou avec une clef de chez sa mère et une clef de chez son père en pendentifs. Elle avait dû l'enlever pour se changer et oublié de le remettre quand sa mère l'avait appelée pour le dîner.

Maryam se rua sur le balcon pour appeler sa fille, mais la rue était vide. Seuls quelques passants levèrent les yeux, surpris.

Elle se chaussa et descendit l'escalier en toute hâte. En sortant de l'immeuble, elle croisa un voisin policier nettement plus vieux qu'elle, qui, néanmoins, la regardait souvent d'une manière suffisamment éloquente pour qu'elle devinât qu'il ne la trouvait pas laide. Peut-être était-il amoureux d'elle. S'imaginait-il en couple avec une réfugiée iranienne tout juste naturalisée ? Malgré sa blondeur, son métier et son âge ?

– Eh bien ! Il s'en passe, des choses ! s'exclama l'inspecteur Peter Sundman en adressant un large sourire à sa voisine, qui lui était littéralement tombée dans les bras.

– Excuse-moi, Peter, dit Maryam en levant les yeux. C'est Yasmine, ma fille. Elle s'est enfuie.

– Pas depuis très longtemps, en tout cas. Je l'ai vue il y a quelques minutes, elle allait prendre le métro. Et elle avait la tête de quelqu'un qui vient de se disputer avec sa maman. Je lui ai fait signe mais elle ne m'a pas vu, enfin, je crois. Si tu veux mon avis, elle va chez son père pour lui raconter à quel point sa mère est méchante avec elle. Elle doit penser qu'il se montrera compréhensif.

Il était au courant du conflit entre Maryam et son ex-mari. Elle lui avait expliqué la situation et il en avait également entendu parler à son travail. D'ailleurs, si cette belle jeune femme intelligente et cultivée avait envie de se lancer dans un nouveau projet de vie, il ne demandait qu'à y participer.

– Elle n'a pas pris ses clefs, lui expliqua Maryam.

– Si son père est chez lui, il lui ouvrira la porte, la rassura Peter Sundman en lui passant la main sur le bras dans un geste réconfortant. Ça lui donnera une excuse pour te faire des reproches.

– Et s'il est à son travail ?

– Yasmine l'appellera. Je devine même qu'elle t'appellera en premier. Elle regrette sûrement déjà d'être partie et voudra te demander pardon. Qu'est-ce que tu dirais d'une petite tasse de café ?

– Alors chez moi. Je veux être là si le téléphone sonne... Je veux dire quand il sonnera.

Si Yasmine n'avait pas oublié ses clefs, ce qui arriva ensuite ne serait jamais arrivé.

Mais le téléphone ne sonna pas. Après plusieurs heures d'attente et de nombreuses tasses de café, Maryam et Peter se mirent à passer des coups de fil. D'abord, Peter téléphona chez l'ex-mari de Maryam – elle refusait de le faire elle-même. Puis à son travail. Maryam, elle, appela des collègues de son ex-mari chez eux, puis la meilleure amie de Yasmine. Soit on ne décrochait pas, soit on ne leur apprenait rien de nouveau. Personne ne savait où se trouvait Josef. Il n'était pas chez lui ? Eh bien, il était sûrement au labo, alors. Ou sorti manger quelque chose, malgré l'heure tardive. Ou bien en chemin entre chez lui et le laboratoire. Ses expériences sur les animaux l'obligeaient à faire de fréquents allers-retours pour surveiller leur état.

Si Maryam n'avait pas grondé sa fille, si son ex-mari ne lui avait pas donné cette canette de Coca alors qu'il savait très bien qu'elle n'avait pas le droit d'en boire, si Yasmine n'avait pas oublié ses clefs... Si, si, si.

Les mois suivants, Maryam et Josef allaient trouver des centaines de raisons pour lesquelles ce qui était arrivé n'aurait pas dû arriver. Si, si, si… Cela leur permettrait de se tourmenter mutuellement et de se torturer eux-mêmes.

Peu avant minuit, Peter Sundman appela son collègue de la police de Solna qui l'avait relayé à la permanence, vers six heures et demie du soir. Celui-ci transféra l'appel à son collègue de garde à la permanence criminelle de Solna. En reconnaissant la voix de son interlocuteur, l'inspecteur Sundman étouffa un profond soupir.

– Bäckström, répondit Bäckström. C'est à quel sujet ?

16

Samedi 15 juin 1985

Bäckström et Sundman se prirent le bec sans tarder. Bäckström avait évidemment bien plus important à faire que de s'occuper d'une « petite morveuse qui s'est disputée avec sa mère et s'est tirée chez son père ». Même un type comme Sundman pouvait le comprendre. Sundman abrégea la conversation, rappela la permanence et demanda qu'on envoie une patrouille à la villa du père. Celle-ci arriva sur les lieux peu après minuit. La maison était plongée dans le noir et verrouillée, aucun véhicule garé devant, boîte aux lettres vide. La patouille fit le tour des environs : toute la zone était éteinte, silencieuse. On aurait cru une ville fantôme.

En chemin vers le commissariat, les patrouilleurs firent une halte à l'Institut Karolinska, où travaillait le père. Quelques fenêtres étaient éclairées mais, lorsqu'ils sonnèrent à l'entrée, personne ne répondit à l'interphone. En tournant autour de l'hôpital – une dernière vérification – ils n'aperçurent aucun individu correspondant au signalement de Yasmine.

Avant de quitter leur service, le lendemain matin, ils répétèrent la procédure à l'inverse. Même résultat. On ne répondait pas à l'entrée de l'Institut. La villa était toujours vide. Aucun véhicule garé devant, boîte aux lettres vide, pas même de journal du matin. Pourtant, ils avaient vu le porteur s'éloigner. Lorsqu'ils le rattrapèrent, celui-ci consulta sa liste. L'abonnement du père était suspendu depuis le lundi précédent pour quatorze jours. À part cela, le porteur n'avait rien remarqué de particulier.

– La plupart des gens qui habitent ici sont déjà dans leur maison de campagne, expliqua-t-il.

Pendant la nuit, alors que ses collègues parcouraient la circonscription, l'agent de permanence appela au moins trois fois le domicile et le lieu de travail du père, à quelques heures d'intervalle. C'est du moins ce qu'il relata une bonne semaine plus tard à Jarnebring. Pas de réponse. Ce que Bäckström fabriquait pendant ce temps, personne ne le savait. Quand l'agent de permanence lui passa un coup de fil vers trois heures du matin, il ne répondit pas.

– C'était surtout pour emmerder ce gros lard. Sundman et moi, on est entièrement d'accord en ce qui le concerne. Je préfère attraper des hémorroïdes qu'avoir affaire à cette ordure.

Le samedi matin, Peter Sundman fit un compte rendu à son chef, qui fit un compte rendu au chef de Bäckström, qui fit en sorte que Bäckström rédige au moins le signalement de la disparition de Yasmine Ermegan dans les formes. Mais au fond, il était d'accord avec Bäckström. *Disparition volontaire. Il n'y a pas lieu de soupçonner des agissements criminels.*

Yasmine et son père allaient certainement réapparaître quelques jours plus tard, en parfaite santé. Puis les choses se gâteraient à nouveau entre le père et son ex-femme. Le train-train habituel : accusations en tout genre, plaintes en série comme des piquets de slalom. Quand des familles avec des enfants quittaient ce genre de pays, ça tournait toujours au vinaigre. Tous les vrais policiers savaient ça.

Mais pas cette fois.

17

Mercredi 14 juillet 2010, après-midi

– En gros, c'est le calme plat pendant toute la première semaine. Jusqu'à ce qu'on la retrouve, la veille de la Saint-Jean, c'est-à-dire le soir du 21 juin, précisa Jarnebring en jetant un coup d'œil à ses papiers.

– Je t'écoute.

– Le schéma classique. Quelqu'un promène son chien pour lui faire faire son pipi du soir. Je me demande combien de clebs ont retrouvé des morts au fil des ans.

– Ouais, renchérit Johansson. Ça ne fait pas de mal d'avoir un chien. Ce sont de braves bêtes.

Jarnebring lui jeta un regard en coin. *Il ne tourne vraiment pas rond.* Enfin, il n'y pouvait rien. Du moins rien de plus que ce qu'il faisait déjà.

– Bref, reprit Jarnebring. Il avait loué une maison de campagne près du château de Skokloster. Il se promène au bord du lac et, tout à coup, son chien tire sur la laisse, se précipite dans les roseaux et se met à aboyer comme un damné. La fillette était enveloppée dans des sacs en plastique noir. Le chien s'est mis à les déchiqueter. Voilà comment son maître a pu voir ce qu'il y avait à l'intérieur. À partir de là, il a eu le feu au cul, bien sûr. Il a remis la laisse à son chien, couru chez lui, appelé le 90 000 – le numéro des urgences, à l'époque – et signalé le cadavre. C'était un caniche royal, au fait. Je veux dire le chien. Il s'appelait Bossegubben, je m'en souviens. Je ne comprends pas comment on peut baptiser un chien Bossegubben, mais enfin…

– Tu t'appelles bien Bo…

– Tu as raison, ricana Jarnebring. Je commence enfin à te reconnaître, Lars. Ça me fait plaisir que tu ne sois pas complètement à côté de tes pompes.

– Il l'a trouvée parmi les roseaux, continua Johansson, mais pas enterrée, c'est ça ?

– Non. Elle avait été traînée sur une distance de quelques mètres jusqu'à l'endroit où les roseaux étaient les plus denses. Puis enfoncée dans la vase en poussant le corps vers le bas, éventuellement en le piétinant. La zone était marécageuse. Si le chien ne l'avait pas trouvée, elle aurait pu y rester un bon moment.

– Et où elle est allée ? Je veux dire quand elle s'est tirée de chez sa mère.

– J'y viens, j'y viens, dit Jarnebring en parcourant du doigt ses notes serrées.

18

Vendredi 14 juin 1985, soir

Peu avant sept heures du soir, le vendredi 14 juin, Yasmine s'enfuit de chez sa mère. En sortant de l'immeuble, elle tourna – très vraisemblablement – à droite et parcourut cinquante mètres le long de la Hannebergsgata en marchant – ou en courant – jusqu'au premier croisement avec la Skytteholmsväg. Elle prit encore à droite et, cent mètres plus loin, arriva au métro, où l'aperçut un premier témoin, l'inspecteur de police Peter Sundman, à vingt mètres de la station.

Ils se croisèrent à une distance d'environ dix mètres l'un de l'autre. Il lui fit un signe de la main, mais elle n'eut pas l'air de le remarquer. Avançant à pas décidés vers le métro, elle passa la porte vitrée et disparut du champ de vision de l'inspecteur. Le dos droit, le nez en l'air, son blouson attaché autour de la taille, son petit sac à dos dans la main. Manifestement très en colère. En tout cas, son comportement semblait l'indiquer.

Elle s'est encore disputée avec sa mère, pensa Sundman. Un instant, il envisagea de la rattraper pour lui parler. Mais il secoua la tête, fit un vague sourire et, quelques minutes plus tard, en franchissant la porte de son immeuble, entra en collision avec la mère affolée de Yasmine.

Durant les mois et les années qui suivirent, il repensa souvent à ces événements. *Si j'avais quand même essayé de lui parler...* se disait-il souvent. Son seul réconfort, étant donné les circonstances, c'était qu'il constituait un témoin nettement plus fiable que la plupart de ceux qu'on croisait dans ce genre d'affaire, et qu'il avait fait tout ce qui était en son pouvoir pour assister ses collègues dans leurs investigations pour trouver le coupable.

La police, en l'occurrence Bo Jarnebring et ses cinq collègues de la criminelle de Stockholm, dénicha quatre autres témoins qui avaient aperçu Yasmine. Aucun ne paraissait douteux à proprement parler. Au moins trois d'entre eux étaient même bien plus crédibles que le témoin lambda. Piètre consolation quand on connaît la suite des événements.

Le deuxième témoin, le guichetier du métro de Solna Centrum, était lui aussi originaire d'Iran. Il avait déjà remarqué l'apparence familière de Yasmine à plusieurs reprises. Il lui avait même demandé si elle ne venait pas d'Iran, elle aussi, en farsi, carrément, mais Yasmine ne lui avait pas répondu. Elle avait seulement secoué la tête et poursuivi son chemin dans les profondeurs du métro.

Bien entendu, Jarnebring avait fait des recherches sur l'homme. Il avait même vérifié les antécédents du collègue Sundman. Finalement, l'alibi du guichetier s'était révélé plus solide que celui de Sundman. Il avait passé toute la soirée dans sa cabine jusqu'à la fermeture de la station. Plusieurs personnes pouvaient l'attester – en plus de toutes les empreintes électroniques et autres qu'il avait laissées un peu partout en faisant son travail.

Yasmine prit le métro de Solna Centrum à Fridhemsplan, changea de ligne et poursuivit son chemin vers Alvik. Là, elle monta dans le tramway jusqu'à Nockeby, où elle croisa les témoins trois et quatre.

Le témoin numéro trois, qui conduisait le tramway entre Alvik et Nockeby, venait tout juste de fermer les portes et s'apprêtait à redémarrer quand Yasmine arriva en trombe. Immigré turc, il était arrivé en Suède dans les années 1960. Cela faisait presque dix ans qu'il était chauffeur de tram sur la même ligne. Il identifia aussitôt Yasmine, qu'il conduisait à l'école depuis un an ou deux. Dans la rame, il y avait également le témoin numéro quatre, une retraitée de soixante-quinze ans qui habitait dans le même quartier que le père de Yasmine, et qui la reconnut immédiatement.

Le chauffeur lui dit quelque chose du genre : « Tu as eu de la chance de ne pas le rater ! » et Yasmine le remercia de l'avoir attendue. La retraitée la salua : « Bonsoir, ma puce ! Tu vas bien, j'espère ! » Yasmine lui sourit et lui fit une petite révérence polie. « Merci, je vais très bien. » Aucun des deux témoins ne remarqua le moindre signe de mal-être chez la petite.

Yasmine descendit à l'arrêt suivant, comme d'habitude. Elle avait donc parcouru environ cinq cents mètres en tramway, ce qui prenait un peu plus d'une minute. Elle dit poliment au revoir avant de descendre et continua le reste du chemin jusque chez elle à pied : un peu moins de cinq cents mètres.

À mi-chemin, elle fut aperçue par le cinquième et dernier témoin, qui vivait dans une villa située à quelques centaines de mètres du domicile du père, dans le Majblommestig. Le témoin était sur le point d'aller retrouver sa femme et ses enfants à la campagne pour « profiter enfin des vacances ». Il la vit en quittant sa place de parking, au volant de sa voiture, et sut d'emblée que c'était elle. Son fils cadet fréquentait la même école. Yasmine allait chez elle et ne se trouvait plus qu'à une centaine de mètres de la villa.

Le témoin prit la direction opposée. Il avait presque deux heures de retard. Sa femme l'avait déjà appelé pour lui faire des remontrances. Depuis, il n'arrêtait pas de regarder l'heure. Quand il vit Yasmine, il était « grosso modo huit heures moins le quart ». Il y avait eu des cambriolages dans la zone pendant l'été, et les passants attiraient désormais son attention. Étant donné les événements qui suivirent, il ne se passait pas un jour sans qu'il se maudisse de ne pas l'avoir suivie pour « vérifier qu'elle rentre bien chez elle, au moins ».

Yasmine quitta donc le domicile de sa mère peu avant sept heures. Elle disparut dans le métro de Solna Centrum quelques minutes plus tard. Elle prit vraisemblablement le métro de sept heures dix pour Fridhemsplan. Puis un autre métro à Fridhemsplan, à sept heures trente-cinq. Elle descendit probablement à Alvik six minutes plus tard et monta dans le tram pour Nockeby, qui partit à l'heure prévue, c'est-à-dire à sept heures quarante-cinq. Elle marcha pendant quelques minutes. À un peu plus de cent mètres de chez elle, un dernier témoin l'aperçut en vie à « grosso modo huit heures moins le quart ».

19

Mercredi 14 juillet 2010, après-midi

– On a quasiment suivi sa trajectoire depuis le départ jusqu'à l'arrivée, résuma Jarnebring, l'air satisfait. À part le dernier petit bout sur le Majblommestig. C'est une petite rue transversale à l'Äppelviksgata. Les gars et moi, on était assez contents de nous, pour tout dire.

– Un instant... Attends un peu... Le dernier témoin... C'était qui, ce zozo ?

– Un personnage intéressant, dit Jarnebring avec un sourire mystérieux. Ça me fait plaisir de te retrouver, Lars. Tu n'as pas perdu ton côté méticuleux, je veux dire.

– Le dernier témoin. Je t'écoute.

Quarante-deux ans, expert en assurances, marié depuis quinze ans à une enseignante. Trois enfants âgés de dix-sept, quinze et dix ans. Le couple était propriétaire de la maison dans laquelle ils vivaient depuis dix ans. Pas d'impayés, casier vierge, même pas une contravention.

– Et ? demanda Johansson en dévisageant son meilleur ami d'un air suspicieux.

– Son passe-temps favori était la natation. Dans sa jeunesse, il avait fait partie du classement des meilleurs nageurs de Suède. Quand il avait abandonné la compétition, il avait continué comme officiel de natation et entraîneur, surtout avec des jeunes. Son club lui confiait pas mal de missions, la fédération aussi. Il s'occupait entre autres de la sponsorisation.

– Entraîneur de jeunes ? Comment ça, entraîneur de jeunes ?

– Ça commence à devenir intéressant, hein ? À l'époque, à son club, il entraînait les fillettes de sept à dix ans. À peu près de l'âge de Yasmine.

– Tiens, tiens… fit Johansson.

– C'est ce que je me suis dit aussi. Surtout après avoir parlé à sa femme. Selon elle, quand il était enfin arrivé à leur maison de campagne, dans les environs de Trosa, ce qui, dans les conditions habituelles, prend une soixantaine de minutes, elle ne savait plus quelle heure il était. En fait, elle s'était endormie à neuf heures du soir. Souffrant de brusques maux de tête, elle avait pris des cachets, s'était mise au pieu et avait dormi. Les enfants étaient partis passer la nuit chez divers copains. En se réveillant le lendemain matin, elle avait trouvé son mari à côté d'elle, dans leur lit. Mais si tu veux mon avis, elle n'avait pas avalé que des cachets d'aspirine.

– À quoi tu penses ?

– D'après leurs voisins, elle picolait sec, et j'aurais tendance à les croire, puisque je l'ai rencontrée. Je l'ai entendue une deuxième fois quand les questions ont commencé à s'accumuler. Ce petit bout de femme était alcoolique, aucun doute.

– Il n'avait pas d'alibi.

– Non, effectivement. Et en plus, il avait eu une malchance pas possible.

– Raconte.

– À huit heures vingt, il avait été arrêté pour excès de vitesse sur l'autoroute, à un kilomètre au sud de Södertälje, une bonne demi-heure après avoir quitté sa villa d'Äppelviken.

– J'avais cru entendre de ta bouche qu'il était blanc comme neige, à ce niveau-là.

– Et c'était vrai. Les collègues qui l'ont pincé – je leur ai parlé, à eux aussi – n'ont même pas signalé l'incident.

– Et pourquoi ça, nom de Dieu ?

– L'un d'entre eux était un ancien nageur, répondit Jarnebring en ricanant. Il nous a fallu un moment pour le comprendre.

– Il aurait aussi bien pu mettre la gamine dans le coffre, dit Johansson. Yasmine. C'est peu probable, mais, à en croire sa femme, il aurait pu être absent toute la nuit.

– Ce mec-là avait du pot, répliqua Jarnebring. Un pot monstrueux. Quand il est arrivé à sa maison de campagne, une demi-heure plus tard, la voiture de son voisin d'à côté était dans le fossé. On est à cent kilomètres au sud de Stockholm, au fait. La trajectoire du témoin correspond donc bien à son heure d'arrivée.

– Tiens donc... Dans le fossé. En rase campagne, un vendredi soir parfaitement ordinaire.

– Eh oui... Bien qu'il nous ait juré avoir été sobre comme un enfant de Marie, dit Jarnebring, l'air réjoui. On l'a entendu, lui aussi. Pour résumer les choses, d'abord, le témoin aide son voisin à sortir sa voiture du fossé. Puis il rentre retrouver sa femme, qui dort. Seule dans la maison. Alors il retourne chez son voisin et passe la moitié de la nuit à picoler avec une demi-douzaine de camarades du cru, avant de retourner chez lui en titubant et de sombrer dans un profond sommeil. J'ai cru à son alibi. Qu'est-ce que tu en penses ?

– J'y aurais cru aussi. Et après, qu'est-ce qui s'est passé ? Dans le déroulement de l'enquête, je veux dire.

– On a suivi le protocole, c'est-à-dire farfouillé dans le passé de Yasmine et de sa famille, on a fait des recherches sur son entourage – famille, amis, connaissances, voisins, camarades d'école, copains, copines, frères et sœurs des copains et des copines. On a fait du porte-à-porte, on a enquêté sur les habitants de la zone, les porteurs de journaux, les facteurs, les artisans et toute autre personne s'étant trouvée dans les environs au moment des faits. On a vérifié les trajets des taxis dans le coin au moment de la disparition. On a passé en revue la liste des habituels obsédés sexuels. On s'est penchés sur tous les autres crimes commis au même moment et pouvant éventuellement avoir un lien avec l'affaire. On a fait appel à l'éminent détective lambda. Mes gars et moi, dont deux collègues femmes, d'ailleurs, on s'est acquittés de tout le tralala habituel. Dans les règles. Et, en gros, on est arrivés à rien. On n'a même pas trouvé la scène de crime, mais étant donné l'état du corps et des vêtements, on pouvait supposer que les sévices n'avaient pas eu lieu à l'extérieur. On n'était pas assez nombreux. On s'y est mis trop tard. Sans scène de crime, en général, ça tourne court. Pas de coupable.

– Elle était habillée ?

– Non, répondit Jarnebring en secouant la tête. Elle était nue. Complètement nue. Pas d'habits, pas de bijoux, rien. Le malfaiteur avait jeté ses affaires dans les roseaux, mais deux cents mètres plus loin. Un de nos maîtres-chiens les a trouvées le lendemain, c'est-à-dire le samedi 22 juin, pendant la fouille des lieux. Habits, chaussures, sac à dos, montre, bagues, deux, si je me souviens bien, le tout dans des sacs en plastique du même genre que ceux qui enveloppaient le corps. D'après les techniciens, ils venaient du même rouleau. Le genre de rouleau de dix sacs qu'on peut acheter dans n'importe quelle station-service ou supérette. Les sacs avaient juste été noués. Un nœud de mémé classique, au cas où tu te poserais la question.

– Du même rouleau ? Comment tu sais ça ?

– C'est un des collègues de la scientifique qui l'a remarqué. Une vraie perle, celui-là. Un fortiche. Le corps et les affaires de Yasmine étaient enveloppés dans six sacs en tout, les cinq premiers et le dernier du rouleau. Il en manquait quatre au milieu. Il a dû les utiliser en faisant le ménage. Comme on ne l'a jamais pincé, on ne peut pas savoir exactement à quoi ils ont servi.

– À se débarrasser de draps ensanglantés et ainsi de suite, dit Johansson. Et Bäckström, il a fait quoi ?

– Comme d'habitude. Quand il n'était pas en vadrouille Dieu sait où, il ressassait sa théorie sur la culpabilité du père. Il n'arrivait pas à le lâcher.

– Comment peut-on recruter un type comme Bäckström dans la police ? demanda Johansson, soudain songeur.

– Son père était policier. Encore pire que son fils, à ce qu'il paraît. Son oncle aussi, non ? Son cousin… Un ancien motard, un crétin de première et, pour couronner le tout, président du syndicat de police. Pas très étonnant que Bäckström ait eu la vocation. D'ailleurs, la maison grouille de connards dans son genre. Le mieux, avec lui, c'est qu'il a eu le bon goût de ne pas engendrer une flopée d'enfants qui deviendront à leur tour policiers.

– Alors vous faisiez du sur-place, constata Johansson.

– Ça s'est mal présenté depuis le début. Quand on est arrivés, il était déjà trop tard. On n'a rien trouvé d'intéressant. Aucun fil à tirer, aucune pelote à dérouler. On a continué jusqu'à ce qu'un de nos nombreux chefs mette le dossier en veilleuse. C'était juste après le Nouvel An, d'ailleurs. Pour ma part, j'avais déjà été réaffecté avant Noël. Et quelques mois plus tard, le Premier ministre a été assassiné. Là, c'était foutu. Toutes les ressources de la criminelle et de la brigade des agressions ont été mises sur l'affaire Palme.

– Je sais, dit Johansson. *Mieux que toi, mon ami.*

– Pas vrai… renchérit Jarnebring avec un sourire mystérieux.

– Vous avez quand même dû vous poser des questions ?

– On avait plus de questions que de réponses. Celle dont je me souviens le mieux concernait une voiture qui avait été vue à proximité de chez Yasmine le soir de sa disparition. Une Golf rouge, un modèle récent. Bien entretenue, pas une voiture de voyou. Tu sais, l'indice classique de la voiture. Il y en a une dans presque tous les dossiers criminels.

– Raconte.

– On n'a rien trouvé de ce côté-là non plus.

– Raconte quand même.

20

Mercredi 14 juillet 2010, après-midi

D'après une personne âgée du quartier, une Volkswagen Golf rouge aurait été garée dans le Majblommestig, seulement à quelques maisons de chez Yasmine, juste avant le croisement avec l'Äppelviksgata.

Comme tant de témoins du même genre avant lui, l'homme était sorti promener son chien le soir de la disparition et avait aperçu la Golf « quelque part entre neuf et dix heures du soir ».

On avait appliqué les consignes : vérifier que le véhicule n'appartenait pas à un habitant de la rue, des rues avoisinantes ou de la zone, et qu'il n'avait aucun autre lien avec le quartier. Comme ce n'était pas le cas, on s'y était intéressé de plus près. Tous les propriétaires de Golf de la commune, ou qui avaient un lien avec la commune, avaient été méthodiquement éliminés de la liste des suspects. On avait d'ailleurs trouvé plusieurs véhicules du modèle concerné, et même deux de la bonne couleur.

L'étape suivante avait consisté à produire, à partir des données du fichier des immatriculations, une liste de toutes les Golf rouges de la région de Stockholm enregistrées au nom de personnes privées, d'entreprises, de sociétés de leasing ou d'agences de location de véhicules. En se limitant aux voitures récentes, on en avait tout de même rassemblé plusieurs centaines.

Pendant ce temps, l'homme s'était, comme tant de témoins du même genre avant lui, mis à douter. D'abord, il avait hésité sur le jour, puis sur le modèle – il n'était « vraiment pas expert en voitures » – et, finalement, sur la couleur.

À ce stade, l'équipe de Jarnebring était déjà en possession d'un gros carton de listings du fichier des immatriculations qui n'attendaient qu'à être examinés, quand on en aurait le temps. Vu la charge de travail qui pesait sur chacun d'entre eux, les choses s'étaient passées comme c'est trop souvent le cas. On enquêta d'abord sur les propriétaires de véhicules domiciliés entre Solna et Bromma, qui avaient pu croiser Yasmine entre chez sa mère et son père, et qui avaient un casier. Surtout pour des crimes similaires à ce qui était arrivé à Yasmine.

Rien d'intéressant. Les rares suspects apparus avaient rapidement été éliminés. D'ailleurs, à ce stade, le travail fut interrompu ou, disons, mis au placard.

– Je regrette de ne pas avoir glissé cette pourriture de bagnole dans le dossier Palme, six mois plus tard. Si je l'avais fait, pas une virgule du signalement n'aurait été laissée au hasard, s'indigna Jarnebring.

N'en sois pas si sûr, songea Johansson qui en savait long sur le sujet. Il garda toutefois ses réflexions pour lui car, au même instant, une idée jaillit dans son esprit. Une idée qui pouvait sembler évidente dans ce genre de dossier.

– Il faut qu'on aille sur le terrain, lança-t-il. Je veux voir la maison où elle habitait, reconstituer son trajet, coller l'oreille aux rails, enfin, tu vois ce que je veux dire.

– Sur le terrain ? répéta Jarnebring. *Voilà qu'il recommence son cirque.*

– Absolument.

– En blouse et en chaussons d'hôpital ?

– Bien vu, concéda Johansson. Ça ne marchera pas. Alors quand tu reviendras demain, tu me feras le plaisir de m'apporter des vêtements. Rien d'extravagant. Un pantalon confortable, un caleçon et une chemise. Une paire de chaussures aussi. Il va me falloir des chaussures.

– Sans blague, dit Jarnebring en se forçant à garder le sourire.

– Il serait temps, puisque apparemment, l'affaire n'a pas avancé depuis vingt-cinq ans.

– C'est vrai. Enfin, il y a tout de même deux ou trois petites choses qui sont arrivées depuis. Au printemps 1989, quand Helene Nilsson a été assassinée en Scanie, on a rouvert le dossier. Pour voir s'il pouvait y avoir un lien entre les deux affaires. Rien ne l'indiquait, les groupes sanguins des agresseurs étaient différents et, quand on a ensuite fait une analyse ADN du meurtrier de Yasmine, il a été tout à fait clair qu'il s'agissait de deux individus distincts. Et on a remis le dossier au placard.

– Et depuis, plus rien ?

– La routine. Les comparaisons avec de nouvelles affaires. Cet hiver, six mois avant la prescription, on a envisagé de confier l'affaire au groupe de *Cold Cases* de la criminelle de Stockholm pour qu'ils fassent une dernière tentative mais, à peu près au même moment, le procureur de Huddinge a été assassiné d'une balle dans la tête. On a eu d'autres chats à fouetter.

– Les affaires froides, répliqua Johansson avec une moue dédaigneuse. Pure perte de temps. Les affaires de meurtres sont des produits frais. Il faut respecter la date de péremption.

– Sage remarque. Vraiment très sage, ajouta Jarnebring pour une raison obscure.

– C'est quoi, cette conspiration ? demanda Pia Johansson, sur le pas de la porte.

21

Mercredi 14 juillet 2010, soir

Jarnebring donna l'accolade à Pia, qui était déjà en train de caresser la joue de son mari, puis se racla la gorge et rangea les papiers dans sa poche.

– Bon. Il est temps de chanter le refrain habituel, dit-il.

– Oui, vraiment, répliqua Johansson. Prends soin de toi, Bo. On se voit demain. Et n'oublie pas ce que tu m'as promis.

– Qu'est-ce qu'il t'a promis, cette fois ? demanda Pia en dévisageant Jarnebring.

– Ni saucisse ni schnaps, répondit celui-ci. Juste de passer. Il commence à redevenir lui-même, alors il vaut mieux que quelqu'un garde un œil sur lui.

Jarnebring donna une tape sur l'épaule de son meilleur ami, s'éloigna, s'arrêta sur le seuil, se retourna, puis sortit enfin.

– Bo n'est plus tout à fait lui-même, lui expliqua Johansson. Je crois qu'il prend très mal cette histoire. *Pourquoi je dis ça ? Elle le voit bien, que Jarnebring n'est pas tout à fait lui-même.*

Pia s'assit à son chevet. Penchée au-dessus de lui, elle lui caressa le visage.

– Et toi, comment tu vas ?

– Bien. Je suis fatigué, un peu abattu aussi, il faut le dire, mais je vais mieux.

– J'ai discuté avec l'infirmière du service. Elle dit que tu manges mal. Il faut que tu manges. Tu peux le comprendre, non ?

Elle le regarda d'un air grave.

– Je mange. Du lait fermenté, des fruits, des légumes, des fibres et des trucs de ce genre. J'ai mangé deux bananes et une pomme. Bo m'a apporté un sac entier de fruits.

– Pas de saucisses.

– Non, lui assura Johansson en secouant la tête. Je n'ai plus faim de ce genre de choses.

– Et de quoi vous avez parlé, Bo et toi ? À ce qu'il paraît, il a passé tout l'après-midi ici.

– De vieux souvenirs. De choses que j'avais oubliées. De boulot. Rien qui nous concerne, toi et moi, ajouta-t-il. *Pourquoi j'ai dit ça ?*

– Tu es sûr que tu ne veux rien manger ?

– Non, merci, ça va.

– Tu veux dormir ?

– Seulement si tu dors avec moi.

– Pousse-toi. Et promets-moi de ne pas ronfler.

– Je te le promets.

Elle s'allongea contre lui. Il l'entoura de son bras valide, la serra doucement et s'endormit. Il fit une nuit de sommeil sans rêves. Pourtant, il aurait dû voir Yasmine en songe.

22

Jeudi 15 juillet 2010, après-midi

Sa vie suivait un schéma de plus en plus routinier. Il parvint à clopiner jusqu'aux toilettes avec le seul soutien de sa canne revêtue d'un embout de caoutchouc, sans même pouvoir la tenir de la main droite, talonné par une aide-soignante anxieuse.

Il prit ses médicaments et ingéra son petit déjeuner plein de bonnes choses. Il fit sans doute aussi un petit somme car, lorsqu'il leva les yeux, Ulrika Stenholm se trouvait à son chevet, souriante, tête penchée. Rien d'étonnant à cela.

– Vous allez de mieux en mieux, constata-t-elle.

– Vous l'avez trouvée ?

– Trouvée ?

– L'informatrice. Vous m'aviez promis de fouiller dans les papiers de votre père.

– Non, je ne l'ai pas trouvée. J'ai commencé à chercher. Il a accumulé des tonnes de vieux papiers. Il doit bien y avoir une vingtaine de cartons et de sacs de paperasserie. Tout et n'importe quoi : des coupures de presse, des notes personnelles, des brouillons de sermons, des vieux calendriers, des montagnes de lettres et de cartes postales.

– En ordre chronologique ?

– Je ne me suis pas posé la question. Mais si vous le dites… Il a dû les ranger au fil du temps, pour ainsi dire. Pas systématiquement, parce que tout ça donne quand même une sacrée pagaille. Et une certaine chronologie, en effet. J'y pensais hier en lisant de vieilles lettres. Toutes de la même année. Enfin, celles qui étaient datées, du moins.

– Quand est-ce qu'il a pris sa retraite ?

– En 1989, l'été. Au début de l'été, si je me souviens bien. Pourquoi cette question ?

– Essayez de retrouver les papiers de ses deux dernières années avant la retraite. De l'été 1989 à l'été 1987. Commencez par 1989 et remontez le temps.

– Pourquoi pas commencer par 1985, dans ce cas ? objecta Ulrika Stenholm. C'est l'été où elle a été tuée. Vous ne pensez pas que c'est une meilleure idée ?

– Faites ce que je vous dis, grogna Johansson. *Et ça prétend avoir un doctorat !*

– Vous m'intriguez. Pourquoi je dois commencer par la fin ?

– Parce qu'en général, on met du temps à cracher ce genre de chose, répliqua Johansson. *Toi, tu n'es pas de la police, en tout cas.*

Il passa ensuite un moment avec sa kiné et battit deux records personnels : la pression exercée par sa main droite sur la petite balle rouge et la flexion du bras droit. Il réussit presque à le lever perpendiculairement devant lui, sous les encouragements de sa kiné.

– L'épaule, Lars Martin. Je sais que vous le pouvez. Allez ! Touchez votre épaule !

– Ce sera pour demain. *Demain, le premier jour du reste de ma vie.*

En tout cas, ça lui redonna du peps. Il n'était pas parvenu à toucher son épaule, mais c'était déjà pas mal. Il goûta au bifteck à la Lindström qu'on lui servit pour le déjeuner. Mais pas à la sauce ni aux pommes de terre. Il y avait des limites, quand même.

De plus, il était dans les temps, car à peine l'aide-soignant avait-il débarrassé son plateau que Jarnebring entra, trois gros classeurs sous le bras. Mais ni pantalon ni chemise. Ni chaussures.

23

Jeudi 15 juillet 2010, après-midi

Jarnebring s'assit au bord du lit et posa les classeurs à côté de Johansson.

– C'est quoi, ce bordel ? demanda Johansson. *Et qu'est-ce que tu as fichu de mon pantalon ?*

– Tu te souviens de Kjelle Hermansson, dit « Herman » ? Tu t'en souviens, hein ? Le jeune qui travaillait à la brigade des agressions quand toi et moi, on était à la criminelle.

– Arrête de râler. Oui, je me souviens de Herman. *Et je ne vois vraiment pas le rapport avec mon pantalon.*

– Un bon petit gars. Très doué. Il est à la criminelle régionale depuis quelques années. Il dirige le groupe des *Cold Cases*.

– Ah bon ? s'étonna Johansson. *Je ne vois toujours pas les vêtements que tu as promis de m'apporter.*

– Quand j'ai vu à quel point l'affaire t'intéressait, je me suis dit que je ferais bien de lui en toucher un mot. Figure-toi qu'il avait encore le dossier. Sous prescription, comme tu le sais. L'affaire a raté de peu la nouvelle loi. De quelques semaines seulement. Eh bien, j'ai bavardé un peu avec Herman, il te dit bonjour, au fait, et je lui ai demandé de ressortir les trucs que tu veux voir d'habitude.

– Les trucs que je veux voir d'habitude ?

– L'enregistrement au poste, les constatations sur la scène de crime, les expertises techniques, le rapport d'autopsie, les auditions de la mère, du père et des autres témoins, le compte rendu de l'enquête de voisinage. Bref, les trucs habituels.

– D'accord, d'accord.

– Alors tiens, déclara Jarnebring en ouvrant le premier classeur. Je me suis permis d'enlever les agrafes pour que tu puisses plus facilement tourner les pages. Et j'ai intercalé une feuille vierge à chaque page, au cas où tu voudrais noter quelque chose. C'est plus simple, je veux dire, avec ton bras. D'abord, il y a une espèce de table des matières, et puis l'enregistrement au poste, et puis tout le reste, comme tu le demandes d'habitude.

– C'est gentil à toi, Bo, dit Johansson. C'est vraiment très attentionné de ta part, ajouta-t-il, se retenant à grand-peine de fondre en larmes.

Heureusement, il parvint à attraper un mouchoir en papier qui lui permit de se moucher bruyamment jusqu'à ce que la crise soit passée.

– Ça va, Lars ? demanda Jarnebring, inquiet.

– Ne t'en fais pas, ce sont les médicaments, mentit Johansson. De temps en temps, ils me font morver.

– Tu parles…

– Si, si. Et mes vêtements, qu'est-ce que tu en as fait ? Tu m'avais promis de me conduire à son domicile, non ? De faire le trajet entre chez la mère et le père ? Je voudrais aussi jeter un œil au lieu de découverte du corps, pendant qu'on y est. Dans les environs de Skokloster.

– J'en ai discuté avec Pia. Et avec l'infirmière du service. Elles sont contre toutes les deux.

– Mais enfin, Bo ! Quel rapport ? Je suis majeur, ou quoi ? Je ne suis pas interné de force, quand même ? Il serait grand temps que vous tous, toi, Pia et les autres, vous commenciez à me considérer comme un citoyen à part entière !

– Jusqu'à nouvel ordre, je te considère comme un patient ordinaire. Enfin, si tu arrêtes de râler, parce que sinon, je vais te faire subir le traitement que je réserve aux cas psychiatriques difficiles ordinaires, et je peux te dire que tu ne le supporterais pas, même s'il ne t'était rien arrivé et que ta pogne droite marchait parfaitement.

Johansson garda le silence. Il ne ressentait rien de particulier. Et il n'allait certainement pas se mettre à chialer.

– Tu veux commencer par quoi ? lui demanda Jarnebring.

– Raconte-moi comment elle est morte.

– Tout est dans ce classeur, répliqua Jarnebring en le soulevant. Enfin, si tu veux le lire toi-même. Dans cette partie là. Rapport d'autopsie, analyses médico-légales, examens de l'Institut de médecine légale, constatations sur la scène de crime, ses vêtements et tout.

Johansson secoua la tête. Il n'avait pas la force de feuilleter la paperasse. Dès qu'il essayait de lire, les maux de tête revenaient.

– Je préfère que tu me le racontes. D'abord la façon dont elle est morte. Qui a pratiqué l'autopsie, d'ailleurs ?

– Sjöberg. Le professeur. La vieille légende. L'homme qui était capable d'autopsier deux bougres en même temps, tout en donnant un cours magistral à des gens comme toi et moi.

– Je croyais qu'il était déjà à la retraite, à l'époque.

– Il l'était, mais il y avait un cirque inimaginable à l'Institut médico-légal, cet été-là. Tu te rappelles le médecin légiste qu'on avait soupçonné d'avoir assassiné une prostituée, l'été précédent ?

– Oui, très bien, répondit sèchement Johansson. *Il n'était d'ailleurs pas plus taré qu'un autre, dans ce repaire de fous.*

– Il avait été suspendu. Plusieurs médecins avaient démissionné et le successeur de Sjöberg, le bigleux yougoslave, celui qui était tellement myope qu'il disait bonjour au palmier dans l'entrée en arrivant le matin…

– Je me souviens de lui, l'interrompit Johansson. Qu'est-ce qu'il vient faire là-dedans ?

– Rien, répliqua Jarnebring en secouant la tête. Il était parti faire de la recherche à l'étranger. Mais ce n'est pas là que ça fait le plus mal, si tu veux mon avis. Bref, il n'y avait plus un pelé à l'Institut, alors Sjöberg est venu remettre un peu d'ordre à son ancien travail. Et il s'intéressait tout particulièrement aux violeurs et aux assassins de petites filles. Tu te souviens ?

– Sjöberg, répéta Johansson. Implacable. Quand il avait une affaire en main, il n'y avait plus besoin ni de flics ni de procureur ni de tribunal. *On ne pouvait pas rêver mieux.* Je t'écoute, ajouta-t-il en se rallongeant.

24

Mercredi 26 juin 1985

L'autopsie de Yasmine Ermegan fut réalisée le samedi 22 et le dimanche 23 juin 1985. Le rapport fut rédigé et signé trois jours plus tard, le mercredi 26 juin 1985, par le professeur émérite et docteur en médecine Ragnar Sjöberg. Sa signature était parfaitement lisible, l'écriture, jolie, ronde et harmonieuse, légèrement penchée en arrière. Quelqu'un de cohérent.

Jarnebring et ses collègues reçurent les résultats préliminaires le soir du samedi 22 juin et, quelques jours plus tard, Sjöberg leur fit parvenir son rapport par porteur. Juste avant, il appela Jarnebring et lui demanda de venir avec son équipe pour « une conversation à cœur ouvert ». À condition qu'ils n'emmènent pas Bäckström.

– Je ne peux pas le voir en peinture, expliqua Sjöberg. Ma seule consolation, ce serait qu'il finisse ses jours à l'Institut dans un état dont même moi, je serai incapable de tirer quoi que ce soit.

Ayant exaucé son souhait, Jarnebring et ses camarades avaient eu un entretien édifiant avec la vieille légende.

Yasmine Ermegan pesait « environ trente-trois kilos » et mesurait « environ cent trente-trois centimètres » au moment de sa mort. La raison pour laquelle Sjöberg ne pouvait pas se montrer plus exact était que son corps avait passé quasiment une semaine enveloppé dans du plastique noir, enfoncé dans la vase d'une roselière, à quelques kilomètres au nord-ouest du château de Skokloster, dans l'Uppland.

Yasmine avait été étouffée, vraisemblablement à l'aide d'un oreiller, car Sjöberg avait trouvé une plume de duvet dans sa gorge et quelques fils de textile blanc entre ses dents.

– Elle a mordu l'oreiller pendant qu'il l'étouffait, ce qui explique la présence de duvet et de restes de textile, expliqua Sjöberg. J'insiste là-dessus. Le duvet n'est pas arrivé là pendant qu'elle était immergée dans la roselière. C'est vrai que le chien a en partie déchiqueté le plastique qui l'entourait, mais au niveau des pieds. De plus, la plume était tellement profondément enfoncée dans son larynx qu'elle n'a pu y arriver que quand Yasmine respirait encore.

Avant d'être étouffée, la fillette avait été violée. Pénétration vaginale. Les lésions sur ses organes génitaux étaient celles qu'on observait habituellement quand un homme adulte violentait une enfant de cet âge. Dans son vagin, on avait prélevé des sécrétions péniennes, mais pas de sperme. En revanche, on en avait trouvé en quantité sur son ventre, sa poitrine et ses cheveux. Et même sur son T-shirt rose.

– Il s'est retiré avant de jouir et a éjaculé sur son ventre, sa poitrine et sa tête, précisa Sjöberg à Jarnebring et son équipe.

En revanche, on n'avait pas trouvé sur le corps de Yasmine les traces habituelles de résistance. Sjöberg avait découvert l'explication dans son sang et certains organes internes : un somnifère à l'effet rapide et assommant. Une dose trois fois supérieure à la quantité recommandée pour un individu de l'âge et de la corpulence de Yasmine.

– Notre seule consolation dans cette histoire sordide, c'est qu'elle devait être inconsciente quand l'agresseur l'a violée, constata Sjöberg.

– Elle a tout de même mordu l'oreiller quand il l'étouffait, remarqua Jarnebring. *Mieux vaut poser la question*

– On peut le faire par réflexe quand on est étouffé, nuança Sjöberg. Ou alors, c'est pire : elle était en train de revenir à elle. Parce qu'il s'en est pris à elle pendant un bon moment et qu'elle a commencé à ressentir des douleurs vaginales. Ou les deux, soupira-t-il. À part ça, elle était en parfaite santé. Pas la moindre petite fracture consolidée, pas la moindre trace d'inflammation ancienne comme on en trouve sur presque tous les gosses. État physiologique impeccable.

– Vous avez une idée du déroulement des faits ? demanda Jarnebring.

– Pourquoi croyez-vous que je vous aie fait venir ? répliqua Sjöberg avec un sourire en coin. Pour vous donner les éléments que vous insistez toujours pour qu'on vous donne et que, dans mon domaine, tout collègue qui se respecte évite de coucher sur le papier.

– Et nous vous en sommes profondément reconnaissants.

– En plus, ajouta Sjöberg en haussant les épaules, je ne suis même plus en activité. Personne n'ira embêter un retraité. Voilà comment les choses ont dû se passer…

D'abord, l'agresseur avait fait prendre à Yasmine un somnifère, à son insu. Le produit concerné étant assez amer, il l'avait sans doute mélangé à une boisson acidulée très sucrée.

– D'après le contenu de son estomac, il peut s'agir de Coca-Cola, nota Sjöberg. Ou d'un sirop de fruit en forte concentration. Ou quelque chose du genre. Il fallait que cela couvre le goût du cachet.

Elle s'était endormie en dix minutes maximum. L'agresseur l'avait allongée sur un lit et déshabillée. Entièrement. Il lui avait même ôté sa montre et ses bagues.

– C'est ce qu'ils font d'habitude, dans cet ordre-là, dit Sjöberg. L'oreiller indique que ça s'est déroulé dans un lit. Ce type d'agresseur préfère généralement que sa victime soit entièrement nue. Il passe un moment à la regarder avant de se mettre à l'œuvre, il l'observe sous différents angles, la tourne dans tous les sens. Un petit corps mis à prix. Un enfant sans défense, abandonné. L'agresseur prend son temps.

Puis il l'avait violée, exécutant un « coït » vaginal complet et sortant son membre juste avant de jouir. Il avait aspergé de sperme le ventre, la poitrine et la tête de Yasmine, et s'était ensuite essuyé le pénis sur son T-shirt rose.

– Probablement un agresseur relativement jeune, supposa Sjöberg. Sperme abondant. Il a copieusement joui. Pas un vieux schnock tout moche et rabougri.

– Il s'en est pris à elle plusieurs fois ? demanda un collègue de Jarnebring.

– Je ne crois pas, répondit Sjöberg. Après cette première agression, elle a abondamment saigné. Souvent, ils le supportent mal. Enfin, avec les sadiques purs et durs, c'est le contraire, mais dans ce cas, j'ai l'impression qu'il s'agit d'un pédophile du genre sensible. Qui fait « attention à l'autre », comme m'a expliqué un jour l'un d'entre eux sur lequel je faisais des prélèvements.

Pour finir, il avait étouffé Yasmine à l'aide d'un oreiller. Mais seulement parce qu'il était convaincu qu'il n'y avait pas d'autre issue s'il voulait s'en tirer indemne.

– Pour le viol, c'est sept à huit ans de réclusion, déclara Sjöberg. Il n'a rien voulu laisser au hasard. Et puis il y a tous les autres aspects que prend généralement en compte ce type d'agresseur. Les conséquences sur le plan social, pour ainsi dire. Je ne pense pas qu'il s'agisse d'un fou furieux. Il ne l'a pas étranglée, il ne lui a pas tranché la gorge, il ne lui a pas défoncé le crâne, même si ça aurait été beaucoup plus simple. Il n'y a aucune trace de violence à caractère sadique. En l'étouffant à l'aide d'un oreiller, il a choisi la solution la moins inhumaine. En plus, ça lui évitait de voir le visage de la petite pendant l'acte. Comme je vous le dis, c'est un pédophile sensible, bien intégré dans le tissu social et sans doute apprécié par son entourage, dans lequel on n'a certainement pas la moindre idée de ses préférences sexuelles. Il a l'impression qu'il n'avait pas le choix. Que ce qu'il a fait n'est pas vraiment sa faute. Que ça a mal tourné, et qu'il n'y est pour rien.

– Vraiment vomitif, constata Jarnebring. *Je vais tuer ce salopard.*

Cette pensée le traversa avec tant d'intensité qu'il la sentit dans ses poings.

– Tout à fait d'accord, renchérit Sjöberg. Si par mégarde, vous lui brisiez bras et jambes pendant l'arrestation, je vous promets de faire tout mon possible pour démontrer qu'il s'est lui-même infligé ses blessures.

Et le déroulement dans le temps ? Que pouvait-on en dire ? En ce qui concernait l'agression, le meurtre ?

D'après Sjöberg, tous les agissements mentionnés avaient eu lieu juste après la disparition de Yasmine. Elle était vraisemblablement morte le soir même, c'est-à-dire le vendredi 14 juin. C'était en tout cas ce que tendait à démontrer le contenu de son estomac.

Et l'abandon du corps ?

À ce sujet, l'incertitude était plus grande. Sjöberg penchait pour la nuit suivante, mais ce n'était qu'une hypothèse. Peut-être autour de minuit, quand il faisait assez sombre pour ne pas être découvert mais encore assez clair pour ne pas risquer de faire un faux pas, trébucher et tomber pendant qu'il était à l'œuvre. Un homme délicat comme lui…

25

Jeudi 15 juillet 2010, après-midi

– Sjöberg était une perle, constata Jarnebring. Finalement, il n'a jamais eu l'occasion de planter son couteau dans ce cher Bäckström. Il est mort trop tôt, il y a une dizaine d'années. À plus de quatre-vingt-dix ans, tout de même. Je suppose qu'il a essayé de rester le plus longtemps possible, mais il n'aura pas tenu jusqu'au bout.

– Le problème, avec les types comme Bäckström, c'est qu'ils sont increvables, affirma Johansson. Enfin, passons à autre chose. Éclaire-moi encore sur l'affaire : Yasmine. C'était le genre de petite fille gaie, confiante et extravertie qui aurait suivi un inconnu ?

– Pas d'après ses parents. Ils l'avaient tous les deux avertie à maintes reprises, la consigne étant de ne jamais suivre un inconnu. D'éviter tout contact avec un adulte qu'elle connaissait mal, qu'il s'agisse d'un homme ou d'une femme. Et même de se méfier des enfants et des adolescents. Sauf si elle était parfaitement sûre de pouvoir leur faire confiance. En plus, à ce qu'il semble, elle était intelligente, mûre pour son âge et bien élevée. Mais elle savait ce qu'elle voulait. Une petite fille très mignonne, d'ailleurs. Je t'ai mis des photos d'elle dans un des classeurs. La peau mate, de grands yeux bruns et de longs cheveux noirs. Elle avait de bons résultats scolaires. Ses camarades l'appréciaient. Le genre d'enfant qui reçoit pas mal de propositions des garçons de sa classe. Elle choisissait très soigneusement ses habits. Plutôt coquette, en somme.

– Enfin, d'après les parents.

– Oui. Mais aussi d'après son professeur à l'école et toutes les autres personnes de son entourage à qui nous avons parlé.

– C'était sûrement vrai. En général. Mais il ne s'agit pas d'un soir ordinaire. Elle s'est enfuie de chez sa maman. Quand elle arrive chez son père, elle trouve la maison verrouillée. Son père n'est pas là, bien qu'il ne lui ait rien dit au sujet d'une éventuelle absence. En plus, elle a oublié ses clefs. Et elle n'a pas de téléphone. Il n'y avait pas de portables à l'époque. Si tu veux mon avis, la situation est propice à un tas de comportements qu'elle n'aurait pas eus en temps normal.

– Tout à fait d'accord. Ça ne nous a pas facilité les choses.

– Comment ils sont arrivés, au fait ? Je veux dire en Suède, précisa Johansson, dont les pensées étaient pourtant inexplicablement tournées vers un futur lointain. *Elle a peut-être seulement voulu emprunter un téléphone pour appeler sa mère. Frappé chez un gentil pédophile aimable et attentionné, du genre sensible et délicat. Qui voulait seulement la regarder dormir nue dans son lit pendant qu'il se soulageait à côté, tout seul... Avant qu'un désir irrésistible – ce n'était pas sa faute non plus – ne plante ses griffes en lui, le forçant à agir.*

– Les histoires de politique, ce n'est pas trop mon truc, mais je peux toujours essayer de t'expliquer...

– Excuse-moi... Qu'est-ce que tu as dit ? Politique ? *Enfin, ressaisis-toi !*

– Yasmine et ses parents sont arrivés d'Iran en tant que réfugiés politiques. C'était l'hiver 1979 et Yasmine avait tout juste trois ans.

– Je t'écoute.

« Les histoires de politique » n'étaient pas le truc de Jarnebring, mais il avait quand même abordé le sujet avec les parents et écouté ce qu'ils avaient à lui raconter à ce sujet. Il avait ensuite comparé leurs déclarations avec le dossier ouvert par l'Office des migrations à leur arrivée en Suède. Les parents de Yasmine avaient déposé une demande d'asile dès leur atterrissage à Arlanda, le 20 janvier 1979. Pour une fois, les différentes parties étaient en tout point d'accord. Le risque de « persécutions politiques » à leur encontre dans l'Iran des ayatollahs avait été jugé « tangible et imminent ». Tout comme leurs familles respectives, le mari et la femme faisaient partie de la minorité chrétienne du pays, c'est-à-dire de l'ancienne classe dirigeante qui avait soutenu le Shah. Le mari, « Yusef » – c'était l'orthographe de son nom dans son passeport iranien –, sa femme Maryam et leur fille Yasmine, âgée de trois ans, avaient rapidement obtenu leurs permis de séjour.

Les parents avaient fait des études à l'université de Téhéran. Le père était médecin et la mère, aide-soignante. En outre, ils avaient déjà des liens avec ce qui allait devenir leur nouvelle patrie. Plusieurs membres de la famille de « Josef » Ermegan – l'orthographe de son prénom sur son permis de séjour permanent – résidaient déjà en Suède, entre autres un oncle médecin, qui avait fait une carrière remarquée et occupait une chaire en chimie médicale à l'Institut Karolinska.

– Si je me souviens bien, le père de Yasmine a obtenu l'autorisation d'exercer en Suède en seulement un an, dit Jarnebring. Il n'a eu qu'à passer quelques examens complémentaires. Sa mère a suivi une formation d'assistante dentaire. Elle aussi était prête à exercer un an après leur arrivée. Ils ont été naturalisés tous les trois en février 1985. Six mois avant le meurtre de Yasmine. C'est à ce moment-là qu'ils ont officiellement demandé le divorce. Ils étaient séparés depuis un peu plus d'un an, mais ne le criaient pas sur tous les toits. Je suppose qu'ils ne voulaient pas prendre le risque de faire échouer leurs demandes de naturalisation.

Leur divorce n'a rien à voir avec l'affaire, pensa Johansson, mais il le garda pour lui et se contenta d'acquiescer.

– Tu te souviens des plaintes pour coups et blessures que la mère avait portées contre le père ? Je t'en ai déjà parlé.

– Oui.

– Elles ont eu lieu après leur naturalisation.

– Pratique pour le père, nota Johansson. Inutile de faire des remous, n'est-ce pas ? Il avait dû lui promettre la garde de la gamine et une pension à condition qu'elle la ferme.

Voilà qu'il dit à nouveau des trucs bizarres, songea Jarnebring. *Il n'est vraiment pas dans son assiette.*

– Et après ? demanda Johansson. Les parents ? Ils sont en vie ?

– À ma connaissance, oui. Mais ils ont tous les deux quitté la Suède. Le père est parti aux États-Unis en 1990. Seul. Il a assez vite rompu avec sa compagne de l'époque du meurtre. Apparemment, ça a très bien marché pour lui, là-bas. Il serait devenu riche comme Picsou. Patron d'une grande entreprise pharmaceutique. Et citoyen américain. D'ailleurs, il a encore changé son nom avant de partir : « Joseph Simon », « Joseph » avec un « ph » et « Simon » comme le prénom de son père. Et le chanteur de Simon et Garfunkel.

– Et la mère ?

– Elle aurait perdu l'esprit et serait retournée en Iran au milieu des années 1990. Devenue mahométane. Du genre à porter le voile et tout le tralala.

– Tu veux dire qu'elle s'est convertie à l'islam ?

– Oui. Et qu'elle se balade en burka ou je ne sais quoi.

– Pratique.

– Sûrement, renchérit Jarnebring. Pour une femme, dans ce pays-là, c'est sûrement le truc à faire.

Un seul des deux a survécu, pensa Johansson. *Il s'est endurci, a laissé ressortir le pire de ce qu'il avait en lui et a survécu en se nourrissant de sa propre haine. L'autre a sombré ou, du moins, abandonné la vie qu'elle connaissait.*

– Je commence à me sentir un peu usé, avoua Johansson. Tu le prendrais mal si je te demandais de faire une pause ? J'aurais bien besoin d'un petit somme.

– Pas le moins du monde.

– Mais on se voit demain, n'est-ce pas ?

– Absolument, lui assura Jarnebring. Tu n'y échapperas pas. Même heure, même lieu.

Puis il arriva quelque chose de très étrange. Alors que Jarnebring se penchait au-dessus du lit de Johansson pour lui donner une tape sur l'épaule en signe de franche camaraderie virile, ce dernier tendit sa main droite. Sans y penser. Il la souleva au-dessus de la couverture où elle était restée jusque-là inerte, et la tendit à son ami.

Jarnebring la prit. Fermement, mais aussi doucement que s'il s'agissait d'un petit enfant.

– Allez, vas-y, serre, Lars ! Montre-moi ce que tu as dans le ventre, comme avant !

– Ça vient, dit Johansson.

Ça vient.

– Dis donc, Jarnebring, reprit-il alors que son meilleur ami était en train de franchir la porte. La prochaine fois, n'oublie pas mon pantalon.

Puis il s'endormit. Sur le dos, les mains croisées sur le ventre comme il le faisait avant d'attraper cette merde dans la tête – qui n'était finalement qu'un petit défi lancé par son mauvais cœur.

Quand sa femme Pia vint lui rendre visite, ce soir-là, il dormait profondément.

Elle s'assit à côté de son lit et passa deux heures à le regarder. Pour une fois, il ne ronflait pas. Parfaitement immobile, il était allongé en silence sur son côté gauche valide.

Elle lui caressa doucement le visage et le bras droit. Pas un mouvement, pas le moindre petit tressaillement au coin des lèvres. Sans bien savoir pourquoi, elle ressentit une forte inquiétude.

Il dort. Il dort, c'est tout, se répéta-t-elle intérieurement. *Pourvu qu'il ne lui arrive plus rien.*

Puis elle rentra chez elle.

26

Vendredi 16 juillet 2010

Une journée de plus dans la nouvelle vie de Lars Martin Johansson. Pour commencer, il battit deux records personnels. D'abord, il doubla le temps pendant lequel il parvenait à presser la petite balle rouge de sa main droite. Puis, sans la moindre hésitation, il leva son bras droit et toucha son épaule droite. En outre, il ressentait des picotements et des fourmillements dans des membres jusque-là endormis, ce qui était très encourageant.

– Je suis fière de vous, Lars, le félicita sa kinésithérapeute. Vous faites d'énormes progrès.

– Énormes, je ne sais pas trop, répondit Johansson, à la fois timide et modeste. Mais en tout cas, ça va dans le bon sens.

Son médecin personnel, Ulrika Stenholm, ne faisait pas autant de progrès que lui. Elle avait été de garde pendant plusieurs jours et n'avait dormi que quatre heures d'affilée au maximum, y compris la nuit – et cela se voyait.

Elle n'avait pas eu le temps de poursuivre son tri des papiers de son père. Enfin, un peu quand même. Elle avait trouvé les sacs et les cartons contenant les papiers de 1989, 1988 et 1987, comme Johansson le lui avait dit, et comptait les parcourir le week-end.

– Ce n'est pas la fin du monde, la rassura Johansson. Ils ne vont pas disparaître d'ici là.

– Merci, dit le docteur Stenholm. Ça me fait plaisir que quelqu'un fasse preuve d'un peu de compréhension.

Décidément, tu ne raisonnes pas en juriste, pensa Johansson. *Même si je t'ai déjà expliqué la situation.*

Il prit son déjeuner habituel, qu'il compléta d'une banane fortifiante, d'un demi-sachet de bigarreaux et d'un biscuit au chocolat qu'il mangea en cachette. Alors qu'il venait d'effacer les dernières traces autour de sa bouche, Jarnebring fit son entrée. Ils demandèrent du café. On leur apporta également un pot de lait chaud et ils passèrent la moitié de l'après-midi à discuter de l'affaire.

– Qu'est-ce que tu en dis, Lars ? demanda Jarnebring. Je veux dire du meurtre de Yasmine.

– Vas-y, je t'écoute. Tu y étais, toi.

– C'est allé de travers dès le début. J'y repense quelquefois. D'habitude, je me console en me disant que c'était peut-être le genre d'enquête qui aurait mal tourné de toute façon. Mais ça me ronge, il faut que tu le saches.

– Comment ça, « mal tourné de toute façon » ?

– Parce que c'était trop difficile. Quand la fillette est sur le point de retourner chez sa mère – je suis persuadé que c'est ce qu'elle comptait faire –, elle tombe sur un malade mental à tendance pédophile, quelqu'un qu'elle n'avait jamais rencontré avant, un parfait inconnu qui s'est trouvé là de façon complètement arbitraire et comme, en plus, elle n'était pas dans son état habituel, il réussit à l'attirer chez lui. Le genre d'affaire que la police ne résout jamais parce que c'est quasiment impossible.

– Mais enfin, Bo, ressaisis-toi ! le secoua Johansson avec un soupir. Franchement, tu m'inquiètes.

Voilà, je te reconnais, songea Jarnebring.

– Allez, raconte-moi ce qui s'est passé, l'incita Jarnebring. Je suis un policier ordinaire, moi. Je n'ai jamais pu voir derrière les coins. À toi de donner ton interprétation des faits.

– Je n'en sais rien, répondit Johansson. *Pas encore*. Mais je sais une chose, affirma-t-il.

– Quoi ?

– Que dans dix-neuf cas sur vingt, dans ce genre de crimes, l'agresseur fait partie de l'entourage proche de la victime : de ses fréquentations régulières, de sa famille, de son cercle d'amis. Le truc habituel, tu sais bien. La proximité peut aussi être géographique : un voisin, un habitant du quartier. Il la voit tous les jours aller à l'école. Peut-être travaille-t-il à l'épicerie du coin. Ou alors, les deux : proximité sociale et géographique.

– Une minute, Lars, l'interrompit Jarnebring en levant la main pour l'arrêter. Pense à Anders Eklund qui a tué la petite Engla, Engla Höglund, en Dalécarlie. Pur hasard. Il ne l'avait sûrement jamais vue de sa vie.

– C'est le vingtième cas. Mais cette fois, ce ne sera pas ce genre de schéma. Pas dans l'affaire Yasmine.

– Pourquoi ?

– Anders Eklund n'avait ni somnifères ni oreiller recouvert d'une taie blanche, expliqua Johansson. C'était un idiot primitif, et sa façon d'opérer reste parfaitement cohérente avec ce qui devait se passer dans sa petite tête. Le shérif de Dalécarlie a mis moins de douze heures à le trouver. Dans le cas de Yasmine, tu peux oublier ce genre d'agresseur.

– Et Ulf Olsson ? Celui qui a assassiné Helene Nilsson.

– Un classique, dix-neuf cas sur vingt. Il habitait dans le même quartier que la victime, où il avait passé toute sa vie. Les deux familles se connaissaient. Sa petite sœur était la meilleure amie de la grande sœur de Helene, si je me souviens bien. Ce n'est vraiment pas sa faute si on a mis seize ans à le pincer. Il peut remercier nos collègues de Scanie qui ont réussi à compliquer au-delà de l'entendement une affaire pourtant simple. Si j'avais été responsable de l'enquête, j'aurais mis un mois à le coincer.

Je te crois, pensa Jarnebring. *Même moi, si ça se trouve.*

– Et le tueur de petites filles, John Ingvar Löfgren ? Tu sais, celui qui sévissait à Stockholm au milieu des années 1960.

– 1963, rectifia Johansson. Deux fillettes. La première victime avait six ans et la deuxième, quatre, il me semble. Date du premier crime : 12 août, à Aspudden, dans la banlieue de Stockholm. Date du deuxième crime : 2 septembre, au parc de Vitaberg, dans le quartier de Söder, en pleine ville.

Ça y est, je te reconnais, se dit Jarnebring.

– Il ne fréquentait pas ses victimes, objecta Jarnebring. *Je ne vais quand même pas lui faciliter la vie...*

– Il a essayé. À trente-deux ans, Löfgren avait les pulsions d'un homme de son âge et l'âge mental d'un enfant de huit ans. Il passait ses journées à traîner dans les parcs à la recherche de fillettes pour jouer. Puis il les violait, enfin, il essayait, il les tuait et il prenait ses jambes à son cou. Comparé à lui, Anders Eklund semble quasiment normal. Non, en ce qui concerne Yasmine, oublie les Eklund, les Löfgren et les Olsson, bien qu'Olsson ait effectivement une intelligence au-dessus de la normale, du moins d'après son Q.I.

– Rien à voir avec Olsson ? Pourquoi ça ?

– Il était trop bizarre, trop solitaire, trop procédurier, et en conflit systématique avec son entourage. Condamné pour des crimes de tarés typiques de ce genre d'affaire. Non, oublie les Olsson.

– À quoi il ressemble, notre bonhomme, alors ?

– Aimable, serviable, bien élevé, sociable. Il apprécie la compagnie des hommes et des femmes de son âge. Tout ce qu'il désire, au fond, c'est coucher avec des fillettes, mais personne autour de lui n'en a la moindre idée. La seule chose que tu peux lui reprocher, c'est peut-être de boire un peu trop, conclut Johansson avec un sourire en coin. Mais jamais au point de s'embrouiller l'esprit.

– Tu n'aurais pas un nom, par hasard ? demanda Jarnebring avec un large sourire. *Lars Martin est de retour en piste.*

– Donne-moi une semaine. J'ai quand même une merde dans la tête. J'ai constamment l'impression d'avoir oublié quelque chose et, le plus bête, c'est que je ne trouve jamais quoi.

– C'est vrai, acquiesça Jarnebring, tu te comportes presque normalement, ces derniers temps. Tu fais même preuve de certains traits de caractère humains.

– Il y a trois principes que je n'oublierai jamais, assura Johansson, ignorant la remarque de Jarnebring. Enfin, quand je les oublierai, ce sera la fin.

– Quels principes ?

– Faire avec ce qu'on a, ne pas compliquer inutilement l'affaire et détester les coïncidences.

– Les trois règles d'or de Lars Martin Johansson dans une enquête à énigme. Une semaine ? Et tu me donneras un nom ?

– Je ne sais pas bien ce que tu en feras, l'affaire est prescrite.

– Au moins, ça apaisera ma curiosité. Et puis on pourrait peut-être rendre une petite visite à ce salopard. Avoir une petite conversation avec lui. Entre quatre yeux. Lui arracher bras et jambes.

– Ça me paraît sensé, acquiesça Johansson. Donne-moi juste une semaine. Je ne suis pas encore dans mon état normal.

27

Vendredi 16 juillet 2010, après-midi

Johansson passa le reste de l'après-midi à consulter les classeurs de Jarnebring. Pendant un long moment, il contempla une photo de Yasmine : un portrait ordinaire, sans doute pris à l'école, de trois quarts. Elle souriait au photographe, les yeux étincelants. *Une enfant.* Une enfant heureuse et mignonne, comme le disait Jarnebring. Il ressentit un pincement au cœur. Lorsqu'il rangea la photo, la douleur s'apaisa.

Il feuilleta rapidement le rapport d'autopsie, dont le contenu lui parut parfaitement cohérent avec ce que lui avait raconté son meilleur ami, et passa ensuite au peigne fin les constatations sur la scène de crime et autres rapports techniques, prêtant une attention toute particulière aux photos. Sa petite loupe, celle qu'il portait habituellement attachée à son porte-clefs, lui faisait défaut. *Mais dans un endroit comme celui-ci, il devait bien y en avoir une quelque part*, se dit Johansson en appuyant sur le bouton d'appel.

– Je peux vous aider ? l'interrogea une jeune trentenaire enthousiaste et jolie à regarder – qui se servait forcément d'une loupe.

– Vous n'auriez pas une loupe à me prêter ?

– Bien sûr. Vous pouvez sûrement emprunter celle du secrétariat.

Après avoir violé et tué Yasmine, l'agresseur, un homme sensible et délicat, semblait avoir passé un temps considérable à l'envelopper, d'abord de la tête à la moitié des cuisses. Il avait ensuite passé deux sacs sur ses pieds et ses jambes, jusqu'à sa taille. Ces sacs s'arrêtaient au niveau des mamelons de la petite, et avaient été enfilés par-dessus les premiers.

Il avait scellé son paquet au ruban adhésif : du gros scotch ordinaire d'une largeur de cinq centimètres. Bien serré. Il avait fait des tours de scotch autour des chevilles, des pieds et des mollets, sanglés l'un contre l'autre. Puis autour des genoux et des cuisses, juste en dessous des fesses. Puis autour de la taille et de la poitrine, bras collés au corps, et, pour finir, autour du cou. À chaque fois, il faisait cinq ou six tours de ruban adhésif, même si un seul aurait suffi. À la fin, l'ensemble ressemblait à une momie enrubannée. Enfin, hormis la couleur et les matériaux.

Un angoissé, se dit Johansson. *Ce que tu viens de faire, la situation dans laquelle tu t'es fourré, tout cela t'angoisse. Mais ce sentiment vient aussi de plus loin. Il s'agit d'une vieille émotion que tu as appris à contrôler. D'ailleurs, ce contrôle est devenu une partie intrinsèque de ta personnalité.*

Il n'avait laissé aucune empreinte digitale, tout juste des traces de doigts revêtus de gants en caoutchouc. Des débris de caoutchouc rouge clair avaient été prélevés à l'intérieur du ruban adhésif.

Des gants de vaisselle ordinaires. Vraisemblablement usés, puisqu'ils avaient commencé à se fendiller et à répandre des miettes, laissant ainsi des traces. Si tu es chez toi, ce ne sont sûrement pas les tiens. Tu les aurais achetés d'une autre couleur. En plus, tu ne dois pas être le genre d'homme à faire la vaisselle, et encore moins à mettre des gants de ménage. Ce sont les femmes qui utilisent ce genre d'accessoire. Il y a donc une femme dans ton entourage. Une compagne ? Une mère ? Une sœur ? C'est en tout cas une femme que tu connais assez bien pour te trouver seul chez elle sans craindre d'être surpris.

Je me demande si tu vis encore. Ou si ton angoisse aura eu ta peau.

Je crois que tu es en vie. Faire avec ce qu'on a. Tu t'aimes trop, et tu n'es pas du genre à culpabiliser. L'angoisse, tu la contrôles. Et puis, des fillettes comme Yasmine, il y en a des quantités... Tu en vois tout le temps. Elles occupent la plupart de tes pensées.

À l'heure du dîner, Johansson posa ses classeurs. Il but deux verres d'eau, mangea plus de la moitié de sa portion de pâtes complètes au pesto végétarien – par sens du devoir, pour ne pas inquiéter inutilement tous ceux qui se sentaient responsables de sa santé et de son prompt rétablissement.

Il s'endormit et se réveilla lorsque Pia, assise à côté de son lit, passa l'index le long de sa joue et de son menton.

– Comment tu vas ? demanda-t-elle. Tu as l'air en bien meilleure forme. Hier, quand je suis passée, tu ne t'es même pas réveillé. Tu dormais comme un enfant, sans même ronfler. C'en était presque inquiétant.

– Frais comme un gardon, plaisanta Johansson. Allez, ne te fais plus de souci pour moi. Raconte-moi un peu ce que tu as fait de ta journée.

28

Samedi 17 et dimanche 18 juillet 2010

Le week-end et son cortège de visites. Même chose que la semaine précédente mais, cette fois, Johansson était parvenu à éviter ses enfants. Il leur avait parlé au téléphone pour qu'ils ne viennent pas.

– Je vais bientôt rentrer, de toute façon. On se verra chez nous autour d'un bon dîner, ce sera beaucoup mieux. Comme des gens normaux.

– Excellente idée, fit son fils.

– Comme tu voudras, fit sa fille. Les filles à papa font toujours ce que leur dit leur papa, ajouta-t-elle pour une raison obscure.

En revanche, il n'avait pas échappé à la visite de son frère aîné Evert, qui avait déboulé à grandes enjambées juste avant l'heure du déjeuner. Haut et bourru, le dos droit comme un pin, il avait pourtant dix ans de plus que le plus jeune de ses frères, Lars Martin.

Content de lui, comme d'habitude. « Une satanée veine » qu'ils aient conclu la vente de la parcelle de forêt avant que Lars Martin attrape « ce bidule au crâne ».

– On a eu une chance de damnés, constata Evert Johansson en souriant de ses dents jaunes et massives de marchand de chevaux. Les prix du bois et de la pâte à papier montent en flèche. J'ai déjà un tas de gens sur le dos. Ils veulent tous acheter le terrain.

– Et tu leur dis quoi ? demanda Johansson, qui n'écoutait qu'à moitié, ses maux de tête le faisant à nouveau souffrir.

– Qu'il est trop tôt pour vendre, beaucoup trop tôt. Et qu'ils aillent se faire voir, asséna Evert avec un ricanement satisfait.

– Et personne ne le prend mal ?

– C'est leur problème, ça, pas le nôtre ! grogna Evert. Tiens, il y a autre chose, pendant que j'y suis. J'ai trouvé des bâtiments industriels dans les environs d'Örebro : une usine et un entrepôt. Ça m'a l'air vraiment intéressant. Qu'est-ce que tu en penses ?

– Raconte, lui dit Johansson qui décida de ne plus écouter du tout.

Jarnebring arriva au beau milieu de l'interminable explication d'Evert. Un coup d'œil entre eux suffit : toute tentative de se mesurer l'un à l'autre se révélerait infructueuse – ce n'était pas fréquent de tomber sur un égal.

– Bo Jarnebring, énonça Evert Johansson. Tiens, ma pogne. Je te remercie du fond du cœur de t'occuper de mon petit frère. Avant, c'était mon boulot, mais depuis qu'il est parti à Stockholm, il y a cinquante ans, les occasions se font rares.

Ils se serrèrent la main – des mains énormes, les secouant plus longtemps que ne l'exigeait la coutume, et conclurent les présentations en se donnant simultanément des tapes sur l'épaule.

– Si je peux faire quelque chose pour toi, Bo, n'hésite pas, dit Evert. Tiens, je vais te donner mon numéro de portable. Et tu me donneras le tien.

Ils bavardèrent. Pas à propos de crimes, de forêts ou d'immeubles, mais de voitures – leur point d'intersection. Evert Johansson, en plus de toutes les forêts, les terres et les biens immobiliers qui transitaient entre ses mains, était également propriétaire de deux gros concessionnaires de voitures dans le Västernorrland. Bo Jarnebring, un passionné de voitures sans le sou, avait une prédilection pour les véhicules qu'il ne pouvait pas se payer.

– J'ai exactement ce qu'il te faut, Bo, assura Evert. Je vais demander à un de mes vendeurs de t'appeler lundi. Je te ferai un prix comme on ne t'en fera jamais plus de ta vie, je te le promets.

Attention, mon petit Jarnebring... se dit Johansson, mais il garda le silence.

Pia arriva. Avec un sourire rayonnant, elle donna une chaleureuse accolade à Evert Johansson et à Bo Jarnebring, puis leur demanda d'aller se faire voir ailleurs.

Enfin, pas dans ces termes, pensa son mari. Même si c'était exactement ce qu'elle voulait dire.

– Quel dommage que vous deviez partir ! s'exclama-t-elle. Franchement, vous devriez aller vous poser dans un petit restau sympa et déjeuner entre mecs. Vous en profiterez pour faire des bras de fer et vous donner des tapes dans le dos. Toi, Evert, tu payeras l'addition. Pendant ce temps, je pourrai discuter tranquillement avec mon mari.

– Je connais un restau pas mal dans la Regeringsgata, proposa Jarnebring avant même qu'ils n'aient franchi la porte. Nourriture traditionnelle suédoise de qualité, calme, prix tout à fait corrects. Les patrons sont yougoslaves. Je les ai connus de mon temps à la criminelle de Stockholm, mais ils se sont rangés depuis. Et ils font une bouffe formidable.

– Qu'est-ce qu'on attend ? demanda Evert. Les mecs bien ont besoin de bien manger.

– Ils te manquent déjà, dit Pia à Johansson en les regardant s'éloigner.

– Pas le moins du monde, répondit-il en lui tendant les deux bras pour pouvoir la serrer contre lui, comme il avait l'habitude de le faire avant de devenir un autre.

29

Lundi 19 juillet 2010

Un être humain, certes, mais en premier lieu un patient, et donc soumis à un protocole décidé par d'autres que lui. D'abord, il vit son kiné. L'ancien record de pression sur la balle de caoutchouc ne fut pas battu. Son bras droit en resta au même stade que la fois précédente. Ni pire ni meilleur. Peut-être les picotements s'étaient-ils intensifiés. Et puis ça grattait. Des picotements, des fourmillements et, maintenant, des démangeaisons.

– Vous êtes arrivé à une phase plateau, lui expliqua sa tortionnaire, elle-même sportive et en très bonne condition physique. C'est tout à fait normal, ça ne doit pas vous inquiéter. Le rétablissement se déroule par étapes. Votre bras va redevenir comme avant, mais ça prendra du temps.

Pourquoi est-ce que je ne vous crois pas ? se demanda Johansson. Il se sentit soudain fatigué et découragé.

– Pourquoi est-ce que je ne vous crois pas ?

– Il ne faut pas raisonner comme ça ! Dans ces conditions, vous mettrez plus de temps à guérir. Mais ça va passer, votre bras va récupérer. C'est ce que vous devez vous dire.

Voilà la version médicale de « faire avec ce qu'on a ».

– Dans la police, on dit qu'il faut faire avec ce qu'on a.

– Exactement. Exactement.

Pas si simple quand c'est sa propre santé qui est en jeu. De retour dans sa chambre, il reçut un appel de Jarnebring, qui voulait repousser leur rendez-vous. Sa fille avait une fuite d'eau dans sa cuisine et, en tant que papa bricoleur, il devait aller faire un peu de plomberie.

– En plus, c'est toujours impossible de dégoter un artisan, dit-il. Mais je viens dès que j'ai terminé.

– Heureusement, dans le domaine, tu n'es pas bouché, répliqua Johansson. Pas grave. J'ai un tas d'autres choses à faire. Autant qu'on se voie demain. Enfin, si tu es libre.

– Bien sûr que je suis libre. Tu me prends pour qui ? Prends soin de toi, en attendant.

Son médecin, Ulrika Stenholm, avait mauvaise conscience, mais elle n'avait pas pu s'occuper des papiers de son père ce week-end-là non plus. Les empêchements s'étaient accumulés.

– J'aurais dû faire des enfants avant, se plaignit-elle. À mon âge et avec mon travail, il ne faut pas avoir deux petits bouts de cinq et trois ans.

– Pas grave, répondit Johansson.

– Mais si, répliqua Ulrika Stenholm. Ce soir, par contre, je vous promets de m'y mettre. Je dois laisser les enfants chez leur père. Et puis j'ai une bonne nouvelle à vous annoncer.

On va me remplacer le bras, pensa Johansson. *Et m'en mettre un avec un crochet au bout.* Mais il ne dit rien, bien sûr.

Johansson allait pouvoir rentrer chez lui. Quitter l'hôpital. Être confié aux soins post-hospitaliers et faire régulièrement des examens. Pas demain, non. Pas avant mercredi. Elle voulait voir les résultats de ses dernières analyses avant de le relâcher. À condition bien sûr qu'il ne se passe rien entre-temps.

– Et il n'y a aucune raison, affirma le docteur avec un sourire à la fois joyeux et professionnel. Vous avez été plein de bonne volonté. Je vous ai inscrit en consultation avec moi dans une semaine, lundi prochain. Pour le reste, j'en parlerai avec Pia.

Pia. Vous êtes donc « Pia » et « Ulrika » l'une pour l'autre. Pour Johansson, c'était le docteur Stenholm, Ulrika Stenholm ou « mon médecin ».

– Vous êtes mon médecin, à vous d'en juger, dit-il. Je veux rentrer chez moi, ajouta-t-il brusquement.

– Je comprends très bien, lui répondit Ulrika Stenholm, tête penchée.

Vint l'heure du déjeuner – encore un repas qui ressemblait à tous les autres. Quoi qu'on lui servît, il prenait sur lui.

– C'est possible d'avoir une tasse de café dans ce bouge ? grogna-t-il à l'aide-soignante qui retirait son plateau.

– Vous ne voulez pas une loupe aussi ? lui rétorqua-t-elle avec un large sourire.

– Juste du café. Noir.

Pour m'éclaircir les idées, pensa-t-il en attrapant un classeur. *Ressaisis-toi. Fais avec ce que tu as. Cette histoire ne te concerne pas directement.*

Dans un classeur, il trouva le rapport du Laboratoire de Police Scientifique de Linköping, qui avait donné lieu à un autre rapport, externe, celui-là, exécuté par un professeur en zoologie de l'Université de Stockholm.

Lorsque Sjöberg avait doucement prélevé le duvet coincé dans le larynx de Yasmine et, avec autant de précision dans le geste, détaché les deux fils blancs accrochés entre ses dents, il les avait mis dans des sachets. Puis il avait rempli les formulaires habituels et envoyé le tout à la brigade scientifique de la police criminelle de Stockholm.

Là, un technicien les avait examinés. Deux fils blancs et un fragment de duvet d'environ deux centimètres de long et un centimètre de large. Malheureusement, l'état de ses connaissances et le matériel dont il disposait ne lui permettaient pas d'en dire plus sur ces éléments. Consciencieux comme il l'était, il les avait donc mis dans de nouveaux sachets. Puis il avait rempli de nouveaux formulaires et envoyé le tout au Laboratoire de Police Scientifique de Linköping, avec deux questions : de quelle sorte de fil s'agissait-il plus précisément ? Y avait-il autre chose à dire sur le fragment de duvet ?

Au laboratoire, le scientifique chargé d'examiner les fragments n'avait eu aucun mal à répondre à la première question, car il avait les connaissances et le matériel nécessaires. Il s'agissait de deux fils d'origine végétale, de l'espèce *linum usitatissimum* ou, en langage courant, « lin ».

Des fibres d'une grande qualité issues d'un type de lin qu'on utilisait généralement dans la fabrication de textiles. Étant donné les faits, ce que son collègue de la brigade scientifique avait écrit sur l'utilisation d'une taie d'oreiller semblait hautement vraisemblable. Plus que l'utilisation d'un drap, d'un drap-housse ou d'un mouchoir fabriqué avec le même type de matière.

Par ailleurs, qu'il puisse s'agir – par exemple – d'une nappe, d'un chemin de table, d'un torchon ou d'une serviette en lin paraissait très peu probable. Non pas au vu du déroulement des faits, mais parce que les produits énumérés étaient habituellement fabriqués à partir de fil d'une épaisseur et d'une structure différentes.

En ce qui concernait le fragment de duvet, le scientifique ne possédait malheureusement pas les connaissances nécessaires. Comme il était aussi consciencieux que son collègue de la brigade scientifique, il l'avait envoyé à son ancien professeur de l'Université de Stockholm, un éminent ornithologue. Pour celui-ci, l'examen tenait du b.a.-ba.

Il avait répondu par fax le jour même : il s'agissait d'une espèce de canard, expliquait le professeur. Plus exactement de la tribu des canards plongeurs et, dans ce cas précis, d'une plume ventrale d'un *somateria mollissima*, un eider. *Pas mal, comme oreiller*, se dit le biologiste du Laboratoire de Police Scientifique en transmettant la réponse à la police de Solna. Rembourré de duvet d'eider dans une taie de lin fin.

Mais qu'est-ce que c'est que cette histoire ? se demanda l'ancien chef de la Direction nationale de la Police judiciaire. *Comment a-t-on pu passer à côté d'un truc pareil ?* Le groupe d'enquête devait être constitué exclusivement de débiles profonds – y compris, honte à lui, son meilleur ami, l'ancien commissaire de police judiciaire Bo Jarnebring. Johansson noircit une page entière de notes. *Nouveau record de la main gauche.* Puis il s'endormit.

30

Mardi 20 juillet 2010

La journée commença comme de coutume par une visite chez la kinésithérapeute. Ce qui se passait avant, le matin, ne comptait même plus aux yeux de Johansson : aller aux toilettes, se doucher, se raser et prendre son petit déjeuner. Sa journée débutait donc par la séance de kiné et, ce jour-là, l'avant-dernier de son séjour hospitalier, enfin, si le docteur Stenholm tenait ses promesses et qu'il ne se passait rien entretemps, il demeura sur le même « plateau de récupération motrice » que la veille.

– Faire avec ce qu'on a, sourit la kiné.

– Faire avec ce qu'on a, renchérit Johansson.

Lorsque le docteur Stenholm s'assit au même endroit que d'habitude, Johansson pensa : « Il se passe un truc. » Elle avait les joues un peu rouges.

– Vous avez trouvé quelque chose.

– Exactement. Dans un carton plein de papiers datant de 1989. Je ne comprends pas comment vous l'avez deviné, mais enfin… dit le docteur Stenholm en lui tendant un sachet en plastique.

– Montrez-moi ça, répliqua Johansson en tendant sa main valide. *Une barrette. Une petite barrette en plastique rouge. Une tête de Kiki.*

– C'est un Kiki, déclara Ulrika Stenholm.

– Je sais, répondit Johansson avec un vague sourire. J'ai des enfants et des petits-enfants. Vous l'avez trouvé dans ce sachet ?

– Non, je l'y ai mis. Je me suis dit que…

– Je crois savoir ce que vous vous êtes dit, l'interrompit Johansson pour éviter un exposé sur d'éventuelles empreintes et autres prélèvements ADN.

– La barrette était dans cette enveloppe blanche, ajouta Ulrika Stenholm en lui tendant un autre sachet en plastique.

Couleur ivoire. Du papier fin, le nom du propriétaire imprimé sur la patte : Margaretha Sagerlied. Où ai-je déjà entendu ce nom ? songea Johansson en examinant l'enveloppe. À la place du timbre, il y avait une petite note écrite au stylo à plume : « SSC/ÅS ».

– Sous le Sceau de la Confession, slash, les initiales de votre père, Å.S. : Åke Stenholm.

– C'est ça. Je commence à me dire que ma sœur n'exagérait pas quand elle me racontait toutes ces histoires sur vous.

– Oh… Ne nous précipitons pas. Cette barrette n'a pas pu vous appartenir, à vous ou à votre sœur, quand vous étiez petites ? *Elle aurait pu se trouver dans une autre enveloppe au départ.*

– Non, ni elle ni moi, nous n'avons eu de barrette de ce type. Nous sommes trop vieilles pour ce motif. Il date de la fin des années 1970. Et il a certainement été porté longtemps après. Le Kiki dc tous les Kikis est encore en vogue, mais vous le savez peut-être. Mes deux garçons l'ont en peluche. Yasmine avait neuf ans quand elle a été tuée, en 1985. Cette barrette a très bien pu lui appartenir.

Johansson se contenta de hocher la tête. *Pas de cheveu coincé dans la pince*, se dit-il en triturant le sachet.

– Et l'enveloppe… Vous n'auriez pas trouvé de cheveu à l'intérieur ? demanda Johansson, désormais incapable de l'ouvrir lui-même pour y jeter un coup d'œil.

– Non. J'ai été très prudente en l'ouvrant, après avoir lu ce que mon père avait écrit sur l'enveloppe. Ça l'amusait beaucoup d'inventer des sigles, et ma sœur, quand elle apprenait à lire, s'ingéniait à en trouver la signification. Pas de cheveu.

J'ai fait particulièrement attention. Je suis quand même médecin, je ne suis pas complètement à côté de la plaque. Mais rien, seulement la barrette.

Un meurtrier sensible et délicat, pensa Johansson. Il avait doucement ôté sa barrette à sa victime déjà endormie, la laissant allongée sous ses yeux, après avoir étalé ses longs cheveux noirs sur l'oreiller.

– Cette Margaretha Sagerlied… dit Johansson. Que savez-vous d'elle ?

– Pas mal de choses. Je l'ai rencontrée plusieurs fois. J'ai fait une recherche à son sujet sur Internet quand j'ai trouvé l'enveloppe. Elle est dans le *Bottin mondain*.

– Racontez, intima Johansson. *La toile, encore et toujours*.

Margaretha Sagerlied, née le 12 avril 1914 et décédée le 6 mai 1989, à soixante-quinze ans, était chanteuse d'opéra. Pas des plus célèbres, mais assez établie pour laisser des traces dans la presse, et même dans des livres sur l'opéra et des biographies de chanteurs. Et pour entrer au *Bottin mondain*, dans les années 1950.

– Comme je vous l'ai dit, je l'ai trouvée dans un vieil exemplaire du *Bottin*. Mon père devait être abonné. Chez moi, dans ma bibliothèque, j'en ai une dizaine d'éditions successives, que j'ai toutes héritées de lui.

– Et qu'est-ce qu'on y dit sur elle ?

– Ça m'a un peu étonnée. Je savais qu'elle était connue, mais pas à ce point. Son introduction était aussi longue que celle de Birgit Nilsson. Je vous en ferai une copie.

– Oh… dit Johansson, qui avait une certaine expérience dans le domaine. L'explication est généralement assez simple. Souvent, dans ce genre d'ouvrage, on demande aux gens d'écrire eux-mêmes leur biographie.

– Dans ce cas, je comprends mieux. Elle s'aimait beaucoup. Elle est venue dîner chez mes parents plusieurs fois quand j'étais petite. Elle chantait souvent aux baptêmes, aux mariages et aux enterrements à l'église de Bromma. Elle avait toujours une ribambelle d'anecdotes à raconter : sa rencontre avec le roi – l'ancien roi –, son duo avec Jussi Björling... Son amitié avec Birgit Nilsson. Des dîners au château ou chez le préfet. Son apparition à la soirée du prix Nobel. C'était une très belle femme, je vous l'ai dit ? En tout cas, elle soignait beaucoup son apparence. Mais en chant, je ne la trouvais pas si douée que ça.

– Vraiment ? Elle n'avait pas le talent de Birgit Nilsson, c'est ça ? *En tout cas, ça ne devait pas être le genre à enfiler des gants en plastique rouge fendillés et plonger les mains dans un évier pour faire la vaisselle*, songea Johansson.

– Non. J'ai une assez bonne oreille musicale, vous savez. Je jouais du piano et de l'orgue dans l'église de mon père. Encore aujourd'hui, je fais plusieurs heures de piano par semaine. Ça me détend.

– Un mari ? Des enfants ?

– Elle n'avait pas eu d'enfant. Elle s'était mariée sur le tard, en 1960, d'après le *Bottin*, c'est-à-dire à presque cinquante ans. Son mari était nettement plus âgé qu'elle, né en 1895, décédé en 1980. Je ne garde de lui qu'un vague souvenir. Il était venu dîner à la maison un soir avec sa femme, je crois. Toujours d'après le *Bottin*, il s'appelait Johan Nilsson, directeur. Dans l'agroalimentaire, si je me souviens bien. Il me semble avoir entendu mon père dire en passant qu'il était très riche.

Un mari de quatre-vingt-cinq ans mort cinq ans avant le meurtre de Yasmine, pas d'enfant, pas de petits-enfants. En tout cas, pas connus du public. Aurait-elle eu d'autres fréquentations plus jeunes de sexe masculin ? Peut-être un admirateur de la diva, ravi de faire partie de son entourage ? Un fan, comme on dirait plus prosaïquement.

– Je devrais demander à ma sœur, dit Ulrika Stenholm. Elle a trois ans de plus que moi et se souvient certainement mieux de l'époque.

– Non, répliqua Johansson en secouant fermement la tête. Jusqu'à nouvel ordre, j'aimerais que tout ceci reste entre vous et moi. Vous ne devez en parler à personne. *Autant éviter d'avoir un procureur inquisiteur sur le dos.*

– D'accord, je comprends.

– Continuez à fouiller. Vous trouverez peut-être encore des choses.

– C'est ce que je comptais faire, figurez-vous. Mon ex a emmené les enfants à la campagne, alors j'ai tout mon temps.

– Encore une question. Vous savez où elle habitait, cette Sagerlied ?

– Sûrement dans la paroisse de mon père, à Bromma.

– C'est grand, Bromma.

– Je sais. J'ai un vague souvenir de l'avoir entendue dire qu'elle voulait déménager en ville. Pour se rapprocher de tout : de l'opéra, des théâtres, des halles d'Östermalm et de ses amis. Sa villa lui semblait trop grande pour une personne seule. Elle a dû commencer à en parler environ un an après la mort de son mari. Enfin, j'étais encore petite, à l'époque. Ma mémoire n'est pas très nette. Par contre, quand elle est morte, c'est mon père qui s'est occupé de l'enterrement. Ça, j'en suis sûre. Il nous avait demandé de venir, ma sœur et moi. Je devrais donc pouvoir dégoter son adresse quelque part. Je vais appeler le secrétariat de la paroisse.

– Bonne idée. Ça ne vous dérange pas si je garde la barrette et l'enveloppe ?

– Bien sûr que non. Vous allez me trouver puérile, mais je trouve ces recherches palpitantes. Horribles, mais palpitantes.

– Ça n'a rien de puéril. Du coup, vous étiez à son enterrement, vous et votre sœur ?

– Non. Ni elle ni moi, nous n'avons pu nous libérer. Mon père était un peu déçu. Apparemment, il n'y avait pas grand monde. Quasiment personne, à vrai dire.

Pas même un meurtrier sensible et délicat, pensa Johansson.

Aussitôt le docteur partie, Johansson appela le standard de la police de Stockholm, et demanda à parler au commissaire Kjell Hermansson, chef du groupe des *Cold Cases* et, au cas où il ne serait pas disponible, à son secrétariat.

– Ici Lars Martin Johansson. *Lars Martin Johansson de l'association nationale des retraités de police*, songea-t-il, brusquement amusé.

– Oui, chef, j'ai reconnu votre voix, répondit la standardiste. Un instant, je vous prie.

Et quelques secondes plus tard :

– Ici Hermansson.

– Ici Johansson.

– Johansson ! Ça alors ! Merde ! Comment tu vas ? Tu m'as l'air en pleine forme !

– Ça baigne, mentit Johansson. Mais j'ai besoin d'un petit coup de main. Il me faudrait l'index du dossier Yasmine. Tu sais, la liste de tous les individus, véhicules, lieux et heures.

– Là, tu m'intrigues.

– Il ne faut pas. C'est encore trop tôt. Tu peux me l'envoyer par mail ?

– Non, elle n'est pas numérisée. On a eu des petits soucis informatiques il y a quelques années. Elle a été effacée.

Pas possible, se dit Johansson.

– Mais il doit me rester une copie papier quelque part, je peux te la trouver. Je te la fais apporter par messager, si ça te va, chef.

– Impeccable. Je l'aurai quand ?

– C'est comme si tu l'avais déjà. Mais à une condition.

– Quoi ?

– Que je sois le premier à qui tu dévoiles le nom du salaud qui a fait ça, asséna Hermansson d'une voix étonnamment amère. J'aurais très envie de le massacrer.

– Pas de problème.

– Je t'envoie mon gendre.

Une demi-heure plus tard, l'inspecteur Patrik Åkesson, autrement dit P2, entrait dans la chambre de Johansson, une enveloppe en papier kraft à la main. Cette fois, il était habillé en civil.

– Désolé, chef, pas de saucisse de chez Günter. J'en ai parlé à Jarnebring, qui a reçu des ordres stricts d'Alpha Un.

– Alpha Un ?

– Votre femme, chef, précisa P2 avec un large sourire. C'est un code qu'on utilise au boulot. La femelle alpha de la famille, c'est-à-dire l'épouse. Comme ça, on sait de qui on parle, ça évite de s'embrouiller.

– Ah... Bonne idée, concéda Johansson. D'ailleurs, je tiens à vous remercier pour la dernière fois. Je ne savais pas que vous étiez marié avec la fille de Hermansson. Elle ne s'occupe pas de violences conjugales au centre-ville ?

– Si, répliqua P2 avec un sourire encore plus large. Mais à part ça, elle n'a rien à se reprocher. Le monde est petit, pour ainsi dire.

– Très, répondit Johansson. *Ma famille*, songea-t-il avec tendresse. *Enfin, à part les avortons comme Evert Bäckström.*

D'après l'index commencé l'été 1985, Margaretha Sagerlied avait été auditionnée dans le cadre de l'enquête de proximité. On avait frappé à sa porte le mardi 2 juillet 1985. Une adjointe de police, Carina Tell, l'avait entendue, puis, considéré comme sans intérêt pour l'enquête, le témoin avait été rayé du dossier par le responsable, l'inspecteur Evert Bäckström.

Une femme âgée, soixante et onze ans, veuve depuis cinq ans, pas d'enfant ni de relation masculine pertinente dans le cadre de l'enquête, en voyage depuis trois jours quand Yasmine avait été signalée disparue. Margaretha Sagerlied était rentrée chez elle la veille de son audition. D'après le travail de réquisition effectué ultérieurement sur tous les résidents de la zone, son casier était vierge et elle ne possédait pas de véhicule. Elle détenait un passeport mais pas de permis de conduire.

La seule raison pour laquelle on l'avait entendue, c'était qu'elle habitait au numéro deux du Majblommestig, tout au bout de la rue, au croisement avec l'Äppelviksgata. À peu près à l'endroit où un témoin avait cru voir une Golf rouge d'un modèle récent, le soir de la disparition de Yasmine.

Yasmine, pour sa part, habitait du même côté de la rue mais à l'autre bout, c'est-à-dire au numéro dix. Avec son père et sa nouvelle compagne, que Yasmine appelait parfois « maman » quand elle allait se coucher, fatiguée, ou qu'elle s'embrouillait, tout simplement.

Remarquable coïncidence, se dit l'ancien chef de la Direction nationale de la Police judiciaire, qui avait depuis longtemps appris à se méfier du hasard.

31

Mardi 20 juillet 2010

Il n'y avait plus qu'à attendre. Faire avec ce qu'on avait et se méfier du hasard. Tant que Johansson n'avait pas de nouvelle embolie… Enfin, de toute façon, il était déjà un autre homme.

Il songea d'abord à faire un petit somme, histoire de se reposer un peu sur ses tout nouveaux lauriers. On lui avait bien dit de rester tranquille, non ? Il fit quelques tentatives, se retournant même dans son lit, mais ses pensées ne lui laissaient aucun répit.

Il demanda donc qu'on lui apporte du café et se mit à feuilleter les classeurs. Son meilleur ami ayant rangé les pages exactement dans l'ordre où Johansson les voulait, il trouva rapidement le P.-V. de saisie avec la liste des habits que portait Yasmine au moment de sa disparition, ainsi que toutes les affaires qu'elle avait vraisemblablement avec elle.

Pas de barrette, songea Johansson après avoir passé la liste au crible. En voyant la signature en bas du P.-V., il se sentit apaisé : Bo Jarnebring, inspecteur de police judiciaire.

Et c'était parfaitement normal que la barrette n'y figure pas, surtout si Yasmine l'avait perdue en chemin. Johansson dut refouler une image de ses cheveux étalés sur un oreiller blanc.

Il sortit son portrait, celui sur lequel, les yeux étincelants, elle souriait au photographe de ses dents blanches parfaitement alignées – bien que la moitié de ses camarades dussent porter des appareils dentaires. Johansson ne pouvait pas deviner ce qu'il y avait derrière ces yeux et cette bouche, il ne voyait pas sa nuque ni comment elle avait coiffé ses longs cheveux noirs, pas plus qu'il ne voyait derrière les coins. *Ça ne m'avancera à rien de retourner la photo*, se dit-il avec la même inexplicable hilarité que quand il avait imaginé se présenter à la standardiste comme un membre de l'association nationale des retraités de police.

Johansson posa la photo sur la couverture, prit une gorgée de café pour se redonner des forces, respira profondément et tenta de rassembler ses esprits.

– Lars Martin Johansson, tu débloques. *Allez, un petit effort.*

Cela fonctionna. Soudain, il se sentit calme et rationnel. Il reprit la photo.

Je ne suis pas coiffeur, mais les cheveux de la petite m'ont tout de même l'air attachés, ou rassemblés, enfin, quelque chose comme ça. Avec une barrette, un ruban ou peut-être un simple élastique – comme ceux que Pia utilisait pour rassembler ses boucles en pagaille avant d'aller à la salle de gym ou quand elle voulait simplement pouvoir bouger sans gêne.

Enquêteur légendaire, Bo Jarnebring était également un homme méticuleux. Il excellait dans l'établissement de signalements. Il avait joint au P.-V. une liste des interrogatoires qu'il avait lui-même menés afin de découvrir comment Yasmine était vêtue et quelles affaires elle avait emportées avant sa disparition. Trois auditions de la mère, deux du père et cinq de témoins qui l'auraient aperçue entre chez la mère et le père. Il fallait ajouter à cette liste une dizaine de témoins qui croyaient l'avoir vue mais dont on pensait que ce n'était pas le cas, parce que leur description de la fillette et de sa tenue ne correspondait pas à celle des sept premiers témoins.

Aucune mention d'une barrette Kiki en plastique rouge. *Le plus simple serait d'appeler Jarnebring*, songea Johansson, mais une brusque fatigue le vida de ses pensées, de ses forces, de sa volonté. À peine eut-il posé le classeur qu'il s'endormit.

Lorsqu'il se réveilla, le matin suivant, il eut du mal à rassembler ses souvenirs.

Il avait refusé son dîner. Par sens du devoir, il avait tout de même accepté de grignoter une tartine de pain dur avec du fromage, bu deux verres d'eau et mangé une poire, ou peut-être était-ce une pomme. Il avait certainement dû faire un tour aux toilettes, se débarbouiller, se brosser les dents. Il avait dû parler avec Pia des détails pratiques concernant son retour dans leur grand loft du quartier de Söder : cuisine et bureau en bas, chambre à coucher et salle de bains en haut, et un étroit escalier qu'il ne pourrait ni monter ni descendre. Pas dans son état.

– On peut mettre un lit dans ton bureau. C'est bien assez grand. Ou alors tu dormiras dans la chambre d'ami. À toi de voir.

– Je peux dormir dans le canapé, proposa Johansson avant de tomber littéralement de sommeil, une seconde plus tard.

Il avait dormi d'une traite, toute la nuit, et rêvé de Yasmine. Sans angoisse, sans joie non plus, dans un état méditatif, assez étrange pour un rêve. Peut-être s'agissait-il de chagrin. Un chagrin qui n'avait pas encore éclaté, qui ne l'avait pas encore rattrapé.

La même Yasmine que sur la photo. Mais sans le sourire. Elle le regardait. Grave, attentive, sans crainte.

– Bonjour, ma puce, dit Johansson. Tu n'as aucune raison d'avoir peur.

Elle répondit par un hochement de tête. Elle n'avait pas peur.

– J'ai retrouvé ta barrette, ajouta-t-il en la lui tendant.

– Merci, répondit-elle, étonnée mais souriante. Merci, c'est vraiment gentil.

Elle la prit dans la main tendue de Johansson.

32

Mercredi 21 juillet 2010, après-midi

Toilettes, douche, brossage de dents. Johansson négligea la séance rasage. *Un peu de barbe, cela sied à un homme rude comme moi*, se dit-il en clopinant jusqu'à sa chambre.

Bande de fainéants, pensa-t-il en s'allongeant sur son lit. C'était la quatrième fois de suite qu'ils le laissaient faire toute sa promenade complètement seul, au péril de sa vie. Malgré les impôts qu'il leur avait prodigués toute sa vie, sans demander le moindre petit geste en retour.

Petit déjeuner. Du type bon pour la santé : yaourt, muesli et fruits frais. Trois verres d'eau minérale mais pas de café. Il n'en avait pas envie.

Les cloches de la liberté s'étaient mises à sonner en lui, mais il n'échappa pas à sa séance de kiné. Il fit de gros efforts pour ne pas être considéré à la dernière minute comme un obstacle à sa propre sortie, et demeura néanmoins sur le même plateau.

– Faire avec ce qu'on a, dit la kiné en lui donnant une chaleureuse accolade.

– Faire avec ce qu'on a, répéta Johansson. *Facile à dire pour toi.*

Enfin libre. Léger, l'esprit clair. Sans inquiétude, ni angoisse, ni le moindre petit pressentiment.

Il reçut son médecin, le docteur Ulrika Stenholm, qui était également son informatrice hautement personnelle. Ce matin-là, elle avait l'air si épuisée qu'on lui aurait presque donné ses quarante-quatre ans.

– Je ne sais pas ce que j'ai, soupira-t-elle. C'est la première fois depuis plusieurs mois que j'ai un peu de calme à la maison, et je n'ai pas fermé l'œil de la nuit. Je pense aux enfants, je rêve d'eux, j'appelle leur père, je le réveille en pleine nuit.

– Rien d'étonnant, l'interrompit Johansson. Si vous passez d'abord la moitié de la nuit à jouer du piano, à boire du vin rouge et à écouter encore du piano... *Trouve-toi un mec.*

– Parfois, vous me faites vraiment peur. Je me demande si vous ne filez pas en cachette, la nuit.

– Merci pour l'invitation, mais non, ce n'est pas le cas. Un retraité obèse en chemise de nuit blanche, un pied à perfusion dans la main, écrasant le nez contre votre fenêtre... Non. Vraiment pas. Même vous, vous l'auriez remarqué.

– En plus, vous êtes à mourir de rire, quand vous êtes d'humeur. Ça rend joyeux de discuter avec vous.

– Je sais, répliqua Johansson. Où en sont les dispositions pratiques, au fait ?

Tout était réglé. Ulrika Stenholm avait parlé à Pia le matin même. Cette dernière s'était chargée des petits aménagements. Et elle était au courant de tous ses prochains rendez-vous, bilans, examens et séances de kiné.

– Un de vos anciens collègues doit passer vous chercher. Il est censé vous apporter des vêtements. Il vient en voiture, mais vous auriez pu prendre un taxi. Vous y avez droit.

– C'est mon meilleur ami, expliqua Johansson en sentant un remous inopiné dans son cœur. On se connaît depuis l'école de police, ça va faire cinquante ans. Il faisait partie de l'équipe qui a enquêté sur le meurtre de Yasmine, d'ailleurs. Moi, à l'époque, j'étais à la Direction de la Police nationale.

– Sur le meurtre de Yasmine ? releva-t-elle, étonnée. Mais c'est formidable ! Il a pu vous aider ?

– Il m'a apporté quelques vieux trucs à lire, répondit Johansson avec un hochement de tête en direction des classeurs sur la table de chevet. *Est-ce qu'il a pu m'aider ? Allons, allons...*

– Formidable ! répéta Ulrika Stenholm en sortant son téléphone portable de sa blouse blanche. Bon, eh bien... Je vais devoir y aller.

– Prenez soin de vous, dit Johansson en lui tendant son bras gauche. *Quel boulot de merde elle fait, cette pauvre femme.*

– Prenez soin de vous, plutôt, répliqua-t-elle en lui donnant sa deuxième accolade de la matinée. J'ai demandé qu'on vous aide à faire vos bagages. Il faut vraiment que j'y aille.

Je me demande bien ce qui leur fait cet effet, pensa Johansson. *Même avec le visage complètement de traviole, elles sont toutes folles de moi.*

Cinq minutes plus tard, Jarnebring entrait au pas de charge. Il alla droit au lit, sur lequel il vida un sac de vêtements.

– Debout là-dedans ! Tu ne vas pas rester ici à regarder passer ta jeunesse ! Un caleçon, un T-shirt, une chemise, des chaussettes, des chaussures et un pantalon. Plus une ceinture du modèle le plus long. Il y a du soleil. Vingt degrés. Tu ne risques pas de peler.

– Il était temps, rétorqua Johansson en se levant avec effort.

– Arrête de râler. Tu veux que je t'habille ou ça suffit si je me mets là, pour que les belles infirmières ne te voient pas en passant ?

– Assieds-toi sur la chaise et ferme-la, je m'occupe du reste.

Une demi-heure plus tard, ils étaient sur le parking, devant la voiture de Johansson.

– Je me suis dit que j'allais tester l'engin pendant que ton frère s'occupe des papiers, expliqua Jarnebring.

– Tu as acheté ma voiture ? demanda Johansson, pas le moins du monde étonné, parce qu'il connaissait aussi bien son frère aîné que son meilleur ami – que lui-même, d'ailleurs.

– Oui ! Il faut juste que tu signes un papier, d'abord. On n'aura qu'à le faire en rentrant chez toi. Je l'ai apporté.

– Ah bon ? Et moi, alors ?

– Quoi, toi ? répliqua Jarnebring en haussant ses larges épaules.

– Je dois me déplacer à pied, maintenant, ou quoi ?

– Tu vas avoir la même, mais en automatique. Avec deux ou trois gadgets que ton frère va faire installer jusqu'à ce que ton bras remarche.

– Bon, dit Johansson, qui n'était pas un passionné de voitures, encore moins dans son état.

Je me demande combien Bo l'a payée.

33

Mercredi 21 juillet 2010, après-midi

– Aaahhh ! s'exclama Jarnebring au volant, avec un soupir de satisfaction. Douze cylindres, quatre cent cinquante chevaux, précisa-t-il avec un signe de tête en direction du long capot noir.

– Si tu le dis. En tout cas, elle ne ralentit pas quand on appuie sur le champignon.

À quoi ça pouvait bien servir dans un pays où la vitesse maximale autorisée était de cent vingt kilomètres à l'heure, ça... Et puis les gyrophares et les sirènes, c'était de l'histoire ancienne pour Jarnebring et lui.

– On fait comment ? demanda Jarnebring. On va directement chez toi ou on fait un tour sur le terrain avant ?

– On colle l'oreille aux rails, répondit Johansson. *Il est grand temps que je découvre les lieux.*

– Bon, alors on va commencer par le domicile de la mère, au centre de Solna. On est à deux minutes.

– Conduis-moi plutôt à l'Äppelviken. Je veux voir la maison où elle habitait avec son père. Solna, je connais. *En plus, ce n'est pas là que c'est arrivé.*

Il ne savait pas encore pourquoi, pas tout à fait, ce n'était encore qu'un pressentiment, mais du genre qui se révélait toujours pertinent. Du moins à l'époque où il était un autre homme.

– D'accord, consentit Jarnebring en l'entourant de son bras droit pour lui mettre sa ceinture de sécurité.

Malgré le voyant rouge qui clignotait sur le grand tableau de bord et le bip retentissant, Johansson n'y avait pas pensé.

– Merci. On n'est pas pressés, ajouta Johansson prudemment.

Une conduite calme et efficace, sans précipitation. Ils sortirent de la zone de l'hôpital, prirent à gauche le long du cimetière, encore à gauche sur la Solnaväg, à droite à la première sortie, au rond-point, tout droit sur la bretelle jusqu'à la l'E4 vers le sud, puis à droite vers Bromma et l'Äppelviken. Douze minutes plus tard, Jarnebring s'arrêta au croisement de l'Äppelviksgata et du Majblommestig.

– C'est quelque part ici que le témoin a cru voir la Golf rouge, indiqua-t-il en montrant la première maison du côté droit. Une centaine de mètres et on arrive à une zone de manœuvre, en haut de la côte. C'est une impasse. Le père de Yasmine et sa nouvelle compagne habitaient dans la maison tout en haut, au numéro dix.

– Et la voiture se trouvait là où nous sommes, constata Johansson. Garée devant cette maison. Le numéro deux. Là, au croisement.

– D'après la première audition du témoin. Après, cet idiot s'est complètement embrouillé. À la fin, il ne savait plus rien. Et nous non plus.

Vous lui avez mis trop de pression, se dit Johansson. *Quand il s'est rendu compte des conséquences de ce qu'il disait, il a eu peur. En plus, les journalistes ont dû commencer à le harceler.*

– Et tous les baveux qui fouinaient autour de chez lui, ça n'a pas arrangé les choses, continua Jarnebring comme s'il lisait dans les pensées de son ami. Ça joue les enquêteurs, et puis…

– Je veux bien te croire, l'interrompit Johansson, qui avait déjà l'esprit ailleurs.

Des maisons en bois de l'entre-deux-guerres, peintes en rouge, jaune, blanc, bleu, ou même en rose, sans que les voisins ne s'en offusquent. Les menuiseries d'époque : terrasses sur le perron, vérandas, auvents et *bow-windows*. Des artisans enthousiastes, des maçons, des menuisiers, des peintres et des couvreurs qui savaient ce qu'ils faisaient et prenaient le temps de fignoler. Barrières en bois, haies bien taillées, jardins verdoyants, plates-bandes, arbres fruitiers et pelouses bien tondues. Ici et là, on avait même ratissé le gravier d'une allée reliant la grille à la porte d'entrée. Un quartier propret avec ses rénovations, ses reconstructions, ses extensions ; des travaux pieusement exécutés au fil des ans. Une classe moyenne aisée, bien élevée qui, ces dernières années, avait vu s'installer des voisins plus riches – à mesure qu'augmentait le prix de leurs propres biens.

La maison de Yasmine était tout au bout de la rue. Ce n'était pas la plus grande, ni la plus petite. Rouge, boiseries blanches, façade fraîchement repeinte. Le matériel des peintres était resté dans l'allée, vaguement camouflé sous une bâche.

– Tu sais si elle habite toujours ici ? Je veux dire la femme qui vivait avec le père à l'époque.

– Non. Elle a vendu la maison et déménagé l'été suivant. Le père de Yasmine est parti après seulement un mois ou deux. Leur relation a dû être ébranlée par les événements.

Une maison et des souvenirs, songea Johansson. *Des souvenirs qui la rendaient impossible à vivre.*

– Tu veux sortir jeter un coup d'œil ?

– Non.

– Ce n'est pas que je sois un expert en tueurs d'enfants, mais je te promets de manger mon vieux casque de police si c'est arrivé ici, constata Jarnebring qui, de quelques mouvements précis du volant, fit demi-tour. Dans ce quartier, je ne le sens pas du tout.

– Et ce serait arrivé où, alors ?

– À mon avis, elle est montée en voiture avec quelqu'un quand elle retournait chez sa mère. Elle devait être fatiguée. Et inquiète. Ce n'est pas le genre de zone où on tue des fillettes, répéta Jarnebring alors qu'ils avançaient le long de la rue.

– Tu peux t'arrêter au coin ?
– Oui.

La maison, beaucoup plus grande que celles qui l'entouraient, était bleue avec un toit brisé revêtu de tuiles, un étage en surplomb reposant sur les deux colonnes blanches du perron, imposant, dont les marches en pierre menaient à une double porte d'entrée. À l'arrière, une grande véranda donnait sur le jardin. De nouveaux propriétaires s'y étaient depuis longtemps installés, peut-être plusieurs occupants successifs, car si Johansson avait compris une chose sans consulter le cadastre, c'était que la femme qui vivait ici au moment des faits avait déménagé dès qu'elle avait compris ce qui s'était passé, et que c'était arrivé chez elle.

Je me demande quand les choses sont devenues claires dans son esprit. Peut-être dès l'automne, cette année-là. Ce ne serait pas difficile de le découvrir. Je me demande aussi où elle a trouvé la barrette de Yasmine. Ça, en revanche, ce sera sans doute impossible de l'élucider vingt-cinq ans plus tard.

– Si tu envisages de t'acheter une villa, je me porte volontaire pour reprendre ton appartement, proposa Jarnebring. J'ai déjà ta voiture, alors…

– Non, merci. Je suis très bien à Söder.

– On dirait que tu n'arrives plus à décoller l'oreille des rails.

– Je me disais que tu aurais peut-être envie de jeter un coup d'œil à la scène de crime, répliqua Johansson avec un signe de tête en direction de la grande maison bleue.

III

Œil pour œil, dent pour dent, main pour main...

Exode, 21:24

34

Mercredi 21 juillet 2010, après-midi

Jarnebring se contenta de hocher la tête, lui aussi. D'abord en direction de la grande maison de l'autre côté de la rue, puis de Johansson.

– Qu'est-ce qui te fait croire ça ? demanda-t-il. Que ce serait la scène de crime ?

– L'oreiller. Enfin, l'oreiller et la taie, expliqua Johansson, qui paraissait perdu dans ses pensées. C'est comme ça que j'ai compris.

– L'oreiller ? La taie ?

– Oui, et d'autres choses aussi. La barrette, la Golf rouge. J'ai l'impression qu'elle était garée juste là. Et puis tout le paysage, si l'on peut dire.

– L'oreiller, la taie, la barrette, la Golf rouge… Et tout le paysage ? *Je dois me réjouir ou m'inquiéter ?*

– Oui, et puis encore quelques détails. Enfin, ce sont plutôt des pressentiments. Celle qui habitait ici, par exemple.

Celle qui habitait ici ? Je commence vraiment à m'inquiéter, songea Jarnebring. *D'où elle sort, celle-là ?*

– Tu ne pourrais pas t'expliquer un peu ?

– Plus tard. Pour l'instant, je veux rentrer chez moi.

Enfin chez moi, se dit Johansson en franchissant le seuil de son appartement, dans la Wollmar Yxkullsgata. Appuyé sur son meilleur ami, certes, mais, en gros, par ses propres moyens.

– Viens, on va s'installer dans mon bureau. Je pourrai me mettre à l'aise dans le canapé. Donne-moi ma canne, je vais y arriver.

– Ça ne me pose aucun problème de… protesta Jarnebring. Si tu veux…

– Fais ce que je te dis, l'interrompit Johansson. Va me chercher un verre d'eau. Si tu veux manger quelque chose, le frigo est sûrement plein. Pia y veille toujours. Pour moi, un verre d'eau, ça ira.

Enfin chez moi, se répéta-t-il en s'asseyant laborieusement sur son canapé et en posant les pieds sur un accoudoir, comme il avait l'habitude de le faire. Au fil des ans, il avait dû y passer des milliers d'heures à lire, à regarder la télé, à piquer un somme ou à réfléchir. Le grand lit que Pia lui avait récemment acheté se trouvait contre le petit côté de la pièce. Il avait tout plein de fonctions électriques que Johansson avait hâte de tester.

Après avoir posé une grande bouteille d'eau minérale, un bol de fruits et deux verres sur la table, Jarnebring attrapa une chaise et s'assit.

– Tu ne veux pas plutôt un sandwich ? demanda Johansson en faisant un signe de tête vers le plateau.

– Pas faim. Par contre, je suis très curieux d'entendre la suite.

– Du calme. Ça vient. Je prends juste le temps de réfléchir au meilleur agencement pour te le raconter.

– Un agencement qui permette à un policier ordinaire de comprendre de quoi tu parles, ce serait pas mal.

– Absolument. Tu te souviens du duvet et des deux fils blancs que le médecin légiste a trouvés dans le larynx et entre les dents de la petite ? On l'aurait étouffée à l'aide d'un oreiller couvert d'une taie blanche.

– C'est ce que je pense aussi. Tout le monde en était convaincu. Même ce gros lard de Bäckström.

– Le problème, c'est que ce n'est pas un oreiller ordinaire. Ni la taie, d'ailleurs. Il était garni de duvet d'eider et la taie devait être en lin fin.

– Une minute, l'interrompit Jarnebring en levant la main. Ma femme et moi, on a plein d'oreillers de duvet chez nous, dans notre humble maison de ville. On en a même à la campagne. Dans notre maisonnette encore plus humble. Tu le sais, d'ailleurs, tu es venu chez nous.

– Oui, je le sais. Mais je ne parle pas d'un oreiller de duvet ordinaire ni de n'importe quelle taie en coton.

– Non, toi, tu parles de...

– Si tu pouvais essayer de la boucler et de ne pas m'interrompre toutes les trois minutes, je pourrais t'expliquer la différence entre un oreiller de duvet comme un autre, recouvert d'une taie en coton, et l'oreiller que notre agresseur a utilisé pour étouffer Yasmine.

– Je t'écoute, dit Jarnebring en croisant les mains sur son ventre plat.

Johansson fit son exposé. Le rembourrage de presque tous les oreillers dits de duvet était principalement constitué de plumes. Et d'un peu de duvet provenant d'oiseaux domestiques, généralement des canards ou des oies élevés à dessein. Les plus grands producteurs de duvet destiné au rembourrage des oreillers et des couettes se trouvaient en Asie. Le plus gros exportateur était la Chine.

Les taies les plus courantes, à l'exception de l'extrême bas de gamme, étaient en coton. Pas en lin.

– Ce que tu veux dire, c'est que cet oreiller était inhabituel, constata Jarnebring en ricanant.

– Est-ce que tu as une idée de ce que coûterait ce genre d'oreiller aujourd'hui ? Je veux dire à condition que tu arrives à en trouver un. Un oreiller garni de duvet d'eider et une taie de lin fin ?

– Aucune.

– Vingt ou trente mille couronnes, peut-être même plus. Et si tu veux la couette correspondante, il faudra compter cent mille. Enfin, si tu trouves encore ce genre de literie de nos jours.

– D'accord. Qui a envie de débourser cent mille couronnes pour un oreiller et une couette ?

– Pas un tueur d'enfants ordinaire. Pas un gars comme John Ingvar Löfgren, Anders Eklund ou Ulf Olsson. Ni aucun autre, d'ailleurs. L'assassin de Yasmine ne l'a pas fait. Je parle du pédophile sensible et délicat sur lequel délirait Sjöberg.

– Là, je décroche. Explique-toi.

– L'oreiller n'était pas à lui.

L'affirmation laissa Jarnebring songeur, puis il se redressa sur sa chaise, se pencha en avant et fit signe à Johansson de poursuivre.

– Margaretha Sagerlied. Tu te souviens d'elle ? reprit Johansson.

– Ça ne me dit rien. C'est qui ?

– Elle est mentionnée dans ton enquête. Veuve, soixante et onze ans au moment des faits, ancienne chanteuse d'opéra, une dame de la haute société, pour ainsi dire, décédée en 1989. Étant donné son mari qui avait vingt ans de plus qu'elle, mort en 1980, à l'âge de quatre-vingt-cinq ans, et ce qu'on m'a raconté sur la dame en question, je me dis qu'elle devait avoir pas mal de pognon. On s'est arrêtés devant chez elle tout à l'heure. Au moment du meurtre de Yasmine, elle habitait au 2 Majblommestig, mais elle était absente. Partie quelques jours avant les faits et revenue une semaine après. Rapidement éliminée de l'enquête. Par Bäckström, évidemment.

– Ça y est, je pige… acquiesça Jarnebring, soudain enthousiaste.

– Tant mieux.

– On peut oublier son mari, reprit Jarnebring. Trop vieux. Et mort en plus. Des enfants ? Des petits-enfants ?

– Problème, répliqua Johansson. Ni elle ni son mari ne semblent en avoir eu.

– Même pas au village, comme on disait dans le temps ?

– Non. Je n'en ai pas trouvé. J'ai le sentiment qu'il n'y a pas d'enfant illégitime. Ni de petits-enfants, évidemment. Ni de son côté à elle, ni de celui de son mari. Il doit s'agir d'un autre genre de fréquentation, un homme plus jeune. Quelqu'un qui vous a échappé.

– Hmm… dit Jarnebring. À mon avis, on aurait tort de trop se concentrer sur le témoin embrouillé qui aurait vu une Golf rouge. En plus, il s'est rétracté.

– Évidemment, rétorqua Johansson en haussant les épaules. *On vit dans un pays libre, ou quoi ?*

– Mais ton histoire d'oreiller me semble intéressante, enchaîna Jarnebring. Il y avait pas mal de gens riches dans la zone, je peux te le dire. Et dans plusieurs familles, des garçons en âge de commettre le crime. Si j'ai bien suivi ton raisonnement. Des parents sélects, des fils à papa. Là, il se peut qu'on ait raté quelqu'un.

– Oublie, répliqua Johansson. La Golf rouge était garée là où le témoin dit l'avoir vue dans sa première déclaration. La maison de la dame, c'est notre scène de crime. Au numéro deux du Majblommestig. Tu peux me passer le sac en plastique, là. Celui dans lequel j'ai mis mes affaires, à l'hôpital. Et tes classeurs.

– Bien sûr. Mais tu ne trouveras rien qu'on ait raté dans les classeurs, je te le garantis.

– Non. Mais vous avez raté autre chose. Je vais te le montrer. *Les choses qu'on rate, en général, n'atterrissent pas dans les classeurs*, se dit-il, ironique.

Non sans effort, Johansson trouva le sachet contenant la barrette rouge. Il l'attrapa de sa main gauche valide et le tendit à Jarnebring.

– Tu reconnais ça ?

Les yeux de Jarnebring changèrent brusquement d'expression : plissés, attentifs. Il leva le sachet de sa main droite.

– Oui, affirma-t-il. Maintenant, il va falloir que tu t'expliques. Je t'écoute attentivement.

35

Mercredi 21 juillet 2010, après-midi

Johansson secoua la tête.

– Plus tard.

– Pourquoi pas maintenant ? Cette barrette a été un vrai calvaire. Elle nous a valu un tas d'ennuis.

– Plus tard. Quels ennuis ? De toute façon, vous ne l'avez pas trouvée.

– C'était justement ça, le problème. Yasmine avait les cheveux longs. Ils faisaient trente centimètres de long et elle les attachait toujours à l'aide d'une barrette ou d'un ruban. Elle en avait en quantité, d'ailleurs. Quand elle voulait se faire spécialement belle, parfois, sa mère lui faisait un chignon. Je l'ai vue en photo avec une coiffure à la Farah Diba. Tu sais, la femme du shah d'Iran.

Quel rapport ? se demanda Johansson. La femme de Reza Pahlevi, shah d'Iran. Ça, il s'en souvenait.

– Je t'écoute.

– C'est le collègue Sundman qui a fait le premier signalement. Le voisin de la mère, tu sais. C'était le soir de sa disparition, et il l'a établi avec l'aide de la mère. D'après ce signalement, Yasmine aurait eu les cheveux attachés avec une barrette en plastique rouge qui représentait le petit singe, tu sais…

– Kiki. Le Kiki de tous les Kikis.

– Exact, dit Jarnebring en prenant la liste des habits et des affaires de Yasmine. Sundman est un collègue tout à fait fiable. Quand on l'a retrouvée, tout collait parfaitement avec ses déclarations. Comme tu t'en souviens certainement, l'agresseur avait rangé ses habits et autres affaires à part, dans un double sac en plastique abandonné à une centaine de mètres du corps.

– Je m'en souviens.

– Tout y était. Mêmes les deux bagues et la montre. Sa carte de transport, tout. Sauf cette fichue barrette que la mère et le collègue Sundman croyaient l'avoir vue porter.

– Comment était-elle habillée ?

– Des mocassins en cuir blanc, ceux qui ressemblent à des chaussures d'Indiens. Toutes les fillettes en avaient, à l'époque. Des socquettes tubes, une culotte blanche. Un jean bleu délavé, un T-shirt rose – celui qu'elle avait mis après s'être salie, chez sa mère –, un petit sac à dos Adidas, rose aussi, dans le même ton que le T-shirt. Elle avait noué son blouson autour de sa taille. Un blouson léger de la marque Fjällräven, bleu. La montre, deux bagues, la carte de transport. Dans le sac à dos, il y avait encore quelques affaires : un magazine, des chewing-gums, un sachet de pastilles pour la gorge, un portefeuille, rose aussi, en cuir. Je crois que la mère m'a raconté au cours d'un interrogatoire que le rouge et le rose étaient ses couleurs préférées.

– Et tout collait ?

– Oui. Tout, sauf la barrette.

– Et vous vous êtes dit quoi ?

– D'abord, qu'elle avait dû oublier de la mettre, comme elle avait oublié son porte-clefs, en se changeant, dans la salle de bains. Tout le reste y était. Pourquoi l'agresseur aurait-il gardé sa barrette ? Quand il manque quelque chose, dans ce genre d'affaire, c'est plutôt la culotte. Tout le monde a fini par penser qu'elle l'avait oubliée. Bäckström en était convaincu. Il ne voyait même pas le problème. Et on n'a jamais établi de complément de signalement.

– Ah bon. Et pourquoi la barrette n'est pas restée dans la salle de bains, alors ? C'est là que vous avez trouvé les clefs, non ?

– Exactement. En plus, Sundman était persuadé qu'elle avait les cheveux attachés quand elle était passée devant lui en allant au métro.

– Elle portait sa barrette. Celle que tu as entre les mains. *Je la lui ai rendue*, pensa Johansson.

– Je comprends ta logique. J'aurais même tendance à te croire. Et ça me désole. Je ne sais pas comment tu l'as dénichée, vingt-cinq ans plus tard. Parce que je suppose que tu ne l'as pas gardée pendant tout ce temps, à l'insu de tous, jusqu'à ce qu'une embolie cérébrale te donne mauvaise conscience ?

– Ne t'en fais pas. On me l'a donnée hier. *C'était bien hier ?* se demanda-t-il.

– On te l'a donnée hier ? Qui ça ?

– Un informateur anonyme. Du calme. Il ne s'agit pas de ton tueur inconnu. Vraiment, tu n'as pas à t'inquiéter de ce côté-là.

– Et c'est qui, alors ?

– Jusqu'à nouvel ordre, un informateur anonyme reste anonyme. J'ai exactement la même position que toi sur ce sujet, alors tu peux tout de suite arrêter de râler. Et rends-moi la barrette, pendant que tu y es.

Jarnebring haussa les épaules et la lui tendit – un peu à contrecœur.

– Excuse-moi, Lars. Arrête-moi si je me trompe. Tu as eu un caillot de sang dans la tête. Tu as atterri à Karolinska et, après quinze jours là-bas, dans ton lit, un informateur est apparu et t'a donné la barrette que portait une petite fille quand elle a été assassinée il y a vingt-cinq ans.

– C'est à peu près ça. *Et elle m'a remercié quand je la lui ai rendue.*

– Si on te l'a donnée seulement hier, je me demande comment ça se fait que tu aies commencé à me rebattre les oreilles avec cette affaire il y a déjà une semaine.

– Rien de bizarre à ça. L'informateur a eu besoin de temps pour la trouver. Elle ne savait même pas ce qu'elle cherchait. *Bo n'est plus tout à fait lui-même. Complètement à côté de la plaque.*

– Je ne suis pas d'accord avec toi, rétorqua Jarnebring. C'est l'histoire la plus bizarre que tu m'aies jamais balancée, mais je suppose que tu as une explication en béton.

– Absolument. *La meilleure qui soit.*

– Qui est donc ?

– La providence.

36

Mercredi 21 juillet 2010, après-midi

Avant de se quitter, ils accomplirent des démarches pratiques. Johansson signa le contrat de location de son Audi à son meilleur ami – ce qui lui inspira tout de même une certaine réticence.

– Tu es sûr de prendre la bonne décision ? La redevance que tu t'engages à payer tous les mois est plutôt salée...

– Ne t'en fais pas, rétorqua Jarnebring. Ton frère m'a promis que je pourrai l'acheter.

– Et combien il en veut, si je peux me permettre ?

– Deux cent mille.

– Hou là ! *Ça ne lui ressemble pas. Je me demande si Evert n'aurait pas lui aussi attrapé une merde dans la tête...*

– En échange, j'ai promis d'effectuer un certain nombre de missions, principalement en tant que chauffeur. Et quelques petites commissions pour une vieille connaissance. C'est bien à ça que ça sert, les retraités, non ?

– Ça me va, dit Johansson qui avait déjà l'esprit ailleurs. Dans ce cas, tu pourrais passer voir Herman et lui demander de me donner tout ce qu'il a sur cette chanteuse d'opéra dans ton vieux dossier ?

– Margaretha Sagerlied ?

– Exact. Et tous les actes de l'enquête de proximité aussi.

– Juin et juillet 1985. On a aussi fait des auditions complémentaires en août et à l'automne, quand les gens sont rentrés de vacances. Une montagne de paperasserie. Mais bien sûr, je vais t'apporter tout ça.

– Je n'oublie rien ?

– La Golf rouge que tu ne veux pas lâcher. Il existe un carton entier plein d'extraits du fichier des immatriculations et autres réquisitions sur les propriétaires de véhicules qui nous semblaient intéressants : ceux qui avaient des casiers, ceux qui habitaient dans les environs…

– Aussi, acquiesça Johansson.

– Je t'apporte ça demain. Y a-t-il autre chose que je puisse faire pour toi ?

– Partir d'ici. Je vais faire un petit somme, tu comprends.

– Ça ne me semble pas très prudent. Je pensais attendre le retour de Pia. Je peux aller m'asseoir ailleurs, si tu veux.

– D'accord, d'accord, l'interrompit Johansson, soudain épuisé. *Je n'en peux plus. Il faut que je dorme.*

Un sale mal de tête lui martelait les tempes.

– Je vais me mettre dans la cuisine, précisa Jarnebring. Appelle-moi si tu as besoin de quelque chose.

– Je viens de penser à un truc. Tu crois qu'on peut résoudre une enquête sur un meurtre commis il y a vingt-cinq ans sur un canapé ?

– On fera un petit tour sur le terrain de temps en temps, lança Jarnebring avec un sourire. On emportera le canapé, si tu veux. Ne t'en fais pas.

– Hmm… grogna Johansson. *Ça devrait être possible. Le frère aîné de Sherlock Holmes, par exemple, y serait certainement arrivé. Comment s'appelait-il, déjà ?*

Puis il s'endormit.

37

Mercredi 21 juillet 2010, après-midi

Il fut réveillé par les délicieux effluves du repas que lui avait préparé Pia, puis par le contact de sa main qui lui caressait les joues et les tempes. Ses maux de tête disparurent, comme par miracle.

– Et Jarnebring ? demanda Johansson. Il est toujours là ?

– Rassure-toi, répondit Pia. Je l'ai mis à la porte il y a une heure. Je t'ai fait à manger, ajouta-t-elle en désignant un grand plateau posé sur la table basse.

Enfin chez lui. Enfin une gastronomie digne de ce nom. Peut-être pas le repas rêvé, mais cette cuisine provenait manifestement d'un monde meilleur que la centrale communale. Une salade de riz complet tiède au saumon grillé, dont une cuisson parfaite avait laissé le centre rosé. Un peu trop de céréales au goût de Johansson. Il y avait aussi des asperges et des champignons. Ni bière, ni vin, ni le moindre petit schnaps, bien sûr, mais l'eau minérale fraîche suffisait amplement. Et puis du vrai café. Un double expresso avec un pot de lait chaud.

Tu es en vie, se dit Lars Martin Johansson, *alors arrête de pleurnicher.*

– Tu es beaucoup trop gentille avec moi, Pia. Si tu étais le personnage principal féminin du genre de roman qui se déroule dans notre monde contemporain, tes sœurs journalistes des suppléments culture à travers le pays te lamineraient parce que tu trahis la cause des femmes.

– Et si c'était le contraire ? Si c'était moi qui étais tombée malade ? *Je te reconnais enfin.*

– Pareil, répliqua Johansson.

– Pour le meilleur et pour le pire, affirma Pia en levant son verre.

– *For better or for worse*, renchérit Johansson.

– Tu as la force de discuter un peu des dispositions pratiques qu'il faudra prendre ? lui demanda Pia à la fin du repas.

Johansson acquiesça, traversé par une soudaine inquiétude dont il ne comprenait pas la source. Les choses étaient comme elles étaient. On ne pouvait pas revenir en arrière. Quant à ce qui l'attendait, il n'y avait pas grand-chose à y faire non plus.

D'après Ulrika Stenholm, le mieux pour toutes les parties, y compris Johansson, aurait été de le placer dans un centre de réadaptation spécialisé dans ce genre de cas.

– Exclu, avait dit Pia en secouant la tête. Il n'acceptera jamais.

– Tu ne pourrais pas lui faire entendre raison ? Il ne s'agit que d'un mois.

– Je n'essaierai même pas. *Mais qu'est-ce qu'elle raconte, celle-là ?* s'indigna Pia en son for intérieur.

– Ça va vous faire beaucoup de transports. Et il faudra qu'il reste sous surveillance. Il a droit au transport médicalisé, mais je doute que le service communal d'aide à domicile puisse faire grand-chose. Surtout en plein été. Tout le monde est en vacances.

– Donne-moi la liste de ses rendez-vous, je m'en occuperai.

– Il y a des possibilités dans le privé... La situation est telle que je la décris, j'en ai bien peur. Ne sois pas fâchée contre moi, Pia. C'est ce que j'ai de mieux à vous proposer.

– Je ne suis pas fâchée, répliqua Pia. Je suis furieuse que tu aies le culot de me proposer de le placer en maison de repos. Tu l'as eu dans ton service pendant plusieurs semaines mais, manifestement, c'est un parfait inconnu pour toi.

– Excuse-moi. Je ne voulais pas te blesser.

– Je ne suis pas blessée. Donne-moi la liste de ses rendez-vous et je m'en occuperai.

Dans son compte rendu de la conversation à son mari, Pia omit cette partie.

– J'ai discuté avec ton médecin, Ulrika Stenholm. Elle m'a chargée de te dire que si tu voulais, tu pouvais continuer à la voir pour ton suivi. Sinon, je te trouverai quelqu'un d'autre. Il y a plusieurs excellents médecins à la clinique Sophia, par exemple. C'est eux que nous contactons en cas de problème avec la banque.

– Pourquoi ? demanda Johansson, étonné. Elle n'est pas mal, la Stenholm ? *Et puis, nous avons une affaire en cours, elle et moi.*

– Dans ce cas, tu as rendez-vous avec elle lundi.

– Bien. *Je me demande à quel propos elles se sont fritées...*

– Tu auras besoin d'aide pendant la journée aussi, reprit Pia. À la banque, quand quelqu'un a eu le même genre d'accident que toi, nous faisons appel à une société privée de services à la personne.

– C'est rassurant. Je veux dire que vous preniez soin de vos caissières.

– Oui, vraiment. Tu sais quoi ? dit-elle, souriante, en lui prenant la main.

– Non. Quoi ?

– Tu commences à me rappeler mon mari.

– Après un traitement cinq étoiles sur mesure pour les banquiers, j'irai encore mieux.

– Une jeune femme va venir s'occuper de toi. Elle s'appelle Matilda ou Tilda. Elle passera demain matin. Je comptais rester à la maison pour la première prise de contact.

– Ah bon. Pourquoi ? Qu'est-ce qu'elle a ?

– Rien du tout. Elle a vingt-trois ans, elle est mignonne, en pleine forme, gaie et enthousiaste. Elle était en option « soins et services à la personne » au lycée et, après, elle a suivi une formation d'aide médico-psychologique.

– Arrête. Qu'est-ce qu'elle a ?

– Eh bien, elle ressemble à tous les jeunes de notre époque.

– Qu'est-ce que tu veux dire par là ?

– Elle a des tatouages sur les bras, ce genre de chose.

– Ce genre de chose ?

– Des anneaux dans les oreilles.

– Merde ! C'est quand même incroyable qu'ils se peinturlurent comme ça ! De mon temps, il n'y avait que les voyous et les marins qui se faisaient tatouer. Et puis ce roi du Danemark dont j'ai oublié le nom.

– À part ça, elle a l'air adorable...

Johansson ne l'écoutait plus.

– Imagine si la petite Alicia se pointait chez nous comme une tapisserie à fleurs indélébile, avec un mât à travers le nez aussi, pourquoi pas... Elle aurait affaire à moi !

– Les jeunes sont comme ça, de nos jours, conclut Pia en guise de transition – elle avait fait un sauna avec la petite-fille aînée de Johansson et, manifestement, en savait plus sur son corps que son grand-père. À part ça...

– Oui ?

– Qu'est-ce que vous manigancez, Bo et toi ? Vous avez repris une vieille affaire ?

– Oui. Une enquête sur un meurtre. Non élucidé. Le genre qu'un policier, en tout cas de notre trempe, a du mal à lâcher.

– Mais c'est passionnant ! s'exclama Pia, l'air sincère. Tu ne veux pas me raconter ? C'est un de tes vieux dossiers ?

– Non, vraiment pas. Mes vieux dossiers sont élucidés quand je les mets aux archives.

– Excuse-moi, dit Pia. Tu es fatigué. Tu veux dormir.

– Non, répliqua Johansson. Je veux tester mon nouveau lit.

Mais Hypnos s'approcha de lui avec un gentil sourire. Il déposa une capsule verte de pavot dans la main valide de Johansson, le prit doucement par le bras et le plongea dans le noir.

38

Jeudi 22 juillet 2010

Pour la première fois depuis longtemps, Johansson fit ses huit heures de sommeil habituelles. Il aurait donc dû se sentir frais et dispos, mais, au contraire, il se réveilla maussade et fatigué, souffrant de maux de tête. Il dut prendre un cachet – un de plus, car il en avalait déjà une quantité phénoménale.

Quelle mine de déterré, se dit-il en s'examinant dans le miroir de la salle de bains. Mal rasé, l'air patraque et la gueule de travers, littéralement. Il n'eut pas le courage de se raser.

Peu après huit heures du matin, Jarnebring apporta trois grands cartons remplis à ras bords de papiers et les posa par terre dans le bureau de Johansson.

– Herman te dit bonjour. Il a ajouté un formulaire de demande que tu dois signer. L'affaire est classée et prescrite, mais elle est toujours couverte par le secret professionnel. Il te faut une autorisation pour accéder aux informations.

– D'accord, acquiesça Lars Martin. Tu as un stylo ? *Dire que ce serait si difficile de la main gauche...*

– Bravo ! ricana Jarnebring, en récupérant le papier signé. Lars Martin Johansson, quatre ans. Enfin, à en juger par l'écriture. Je dois te féliciter, au fait. Tu es nommé chercheur de police.

– Chercheur de police ?

– D'après Herman, c'était le moyen le plus simple. À peu près n'importe qui peut obtenir l'autorisation d'effectuer des recherches dans les archives de la police, ne serait-ce que pour assouvir sa curiosité personnelle. Le professeur, tu sais, le type complètement timbré à la Direction de la Police nationale, celui qui débite des conneries dans l'émission *Avis de recherche*, eh bien, il a tout de suite approuvé ta demande, au téléphone avec Herman. Il te passe le bonjour aussi, d'ailleurs. Le fameux professeur. Il a dit qu'il ne fallait pas trop s'inquiéter. Il a lui-même eu des embolies cérébrales, et même des hémorragies. Et il a fait plusieurs infarctus du myocarde.

– Il n'est pas encore mort ? demanda Johansson. *Il doit être vieux comme le monde.*

– Non, à ce qu'on me dit, il est frais comme un gardon. Son chant du cygne est prolongé. D'après Herman, il te dit aussi qu'il serait temps de réduire ce salopard en bouillie.

– Quel salopard ? Qui est-ce qu'il faut réduire en bouillie ?

– Celui qui a tué Yasmine, répondit Jarnebring. *Et voilà, il recommence... Il a l'air complètement absent.*

– Ah bon ? Il a dit ça ?

– Oui. Mot pour mot, selon Hermansson. Il faut que je file, au fait. La fuite chez ma fille, tu sais ? Eh bien, je vais être obligé de casser le sol pour faire sécher l'humidité avant que ça moisisse.

– Les papiers ? demanda Johansson avec un signe de tête en direction des trois cartons.

– C'est la pagaille, là-dedans. Ne t'en occupe pas tout de suite. On le fera ensemble à mon retour.

Matilda, l'aide médico-psychologique de Johansson, arriva. Pia l'avait assez bien décrite : ses bras dénudés semblaient noircis par quelque chose qui ressemblait à des serpents ondulants. Pia avait en revanche omis de mentionner les nombreux anneaux qu'elle portait au visage : un dans la narine gauche, deux à travers la lèvre inférieure et trois dans chaque lobe d'oreille.

Je me demande pendant combien de temps ma chère femme comptait me le cacher. Enfin, la jeune fille avait l'air de bonne volonté.

– À vous de prendre le relais, Tilda, déclara Pia. Vous avez mon numéro, au cas où.

– Ne vous en faites pas, c'est cool, répondit Matilda.

Exactement comme quand les enfants étaient petits et qu'ils les laissaient pour se rendre à une fête, se dit Johansson. *Ne jamais oublier de donner son numéro au baby-sitter.*

Johansson prit son petit déjeuner assis sur son canapé, dans son bureau : yaourt, muesli, fruits frais, café, eau. Pas de réclamations. Service impeccable. Tilda proposa de lui nouer sa serviette autour du cou, mais il insista pour le faire lui-même, bien sûr. La serviette tomba à deux reprises. Il y parvint finalement.

– Vous avez des demandes particulières ? lui demanda son aide médico-psychologique.

– Des demandes particulières ? *Mais qu'est-ce qu'elle raconte ? Des demandes particulières ?*

– Oui, vous savez, faire une promenade, quelque chose de spécial à becqueter. Un petit tour en voiture. Aller au cinéma. À vous de voir.

– J'aime le calme, répliqua Johansson. Et j'ai besoin de solitude.

– Je vais m'asseoir dans la cuisine pour lire, dit Matilda. Ça ne me dérange pas. Appelez-moi s'il y a quelque chose.

Johansson s'allongea sur son canapé et fixa le plafond. Il n'avait pas la force de penser aux cartons pleins de papiers.

Elle m'a l'air sympathique. Et puis, elle est mignonne. Mais pourquoi se barbouiller comme ça ? Elle n'a pas de parents pour la surveiller ?

Il s'endormit et fut réveillé par quelqu'un qui lui touchait doucement le bras.

– Allez, hop ! Debout ! lança Matilda. On doit être chez le kiné dans deux heures.

– Deux heures ? demanda Johansson. Il me faut au maximum un quart d'heure pour m'habiller. Combien de temps on met pour y aller en voiture ? *Vingt minutes tout au plus.*

– Je me suis dit qu'on pourrait vous faire beau avant de partir, proposa Matilda. Je crois que vous arriverez à vous asseoir sur le fauteuil, là, continua-t-elle en désignant un fauteuil qu'elle avait placé tout près du canapé.

– Oui, acquiesça Johansson. *Mais enfin... Elle me croit complètement paralysé, ou quoi ?*

Il se leva et s'assit, sans plus de discussion.

Matilda lui mit un coussin derrière la tête et une serviette chaude sur le visage. Soudain, ses maux de tête s'évanouirent. Matilda les avait fait fuir en un claquement de doigts.

– Restez assis sans bouger. Deux minutes. Je vais chercher un rasoir et de la mousse.

Elle rasa sa barbe de deux jours. Sans hâte et sans faire couler une seule goutte de sang, malgré les anticoagulants que prenait Johansson. Elle essuya la mousse avec une serviette propre imbibée d'eau chaude, appliqua sur le visage de Johansson de la lotion après-rasage qu'elle avait prise dans son armoire à pharmacie et lui tapota les joues et le menton jusqu'à ce qu'ils soient secs. Puis elle tint un miroir devant lui.

– Avouez que ça fait une différence.

– Oui, reconnut Johansson. *Et dans ma vie, ces derniers temps, à cause des satanés médicaments contre la tension, c'est ce qui se rapproche le plus d'une expérience sexuelle.* Merci, Matilda.

– Je vous en prie. Je sais qu'on dit des choses bizarres quand on a fait un AVC. Ce n'est pas grave. Mes amis m'appellent Tilda. Je veux dire au cas où vous vous poseriez la question.

– Merci, Tilda, reprit Johansson. *Mais qu'est-ce qu'elle raconte ?*

39

Jeudi 22 juillet 2010, après-midi

Jarnebring revint après le déjeuner, comme promis. Matilda leur servit du café, de l'eau et des fruits, puis sortit en fermant la porte et disparut dans le silence du grand appartement de Johansson.

– Mignonne, dit Jarnebring. Et pas bête avec ça.

– C'est vrai. Mais ces tatouages… Ces anneaux… À quoi ça sert ?

– Ils en ont tous de nos jours, répondit Jarnebring en haussant les épaules. Enfants et adultes. Ma femme, par exemple. Elle en a deux.

– Ça m'avait échappé, s'étonna Johansson. *Mais qu'est-ce qui se passe ?*

– Par où tu veux commencer ? lui demanda Jarnebring avec un signe de tête en direction des cartons. *Encore heureux, que ça t'ait échappé.*

– La pagaille, tu disais, soupira Johansson.

– Et encore, c'est un euphémisme. Enfin, je crois pouvoir m'y retrouver. Je peux au moins te décrire ce qu'ils contiennent, grosso modo.

– On va commencer par l'enquête de voisinage.

Johansson n'avait plus mal à la tête, mais il était envahi par cette étrange absence d'esprit, désormais si fréquente. Comme s'il cheminait vers un ailleurs.

– On va commencer par l'enquête de voisinage, répéta-t-il. *Allons, ressaisis-toi ! Tu es rasé, tu as fait tes exercices et dépassé un plateau. Ta kiné t'a félicité et ton meilleur ami est avec toi. Que demander de plus ? Tu es en vie, tout de même* !

En résumé, l'enquête de voisinage avait été un vrai fiasco. On ne s'y était mis qu'une semaine après la disparition de Yasmine. D'après Jarnebring, c'était encore un miracle que ses collaborateurs et lui aient déniché des témoins qui l'avaient vue dans les environs.

Il avait fait beau toute la semaine et la météo promettait encore du soleil, ce week-end-là. Les vacances scolaires avaient commencé. Le plus souvent, les représentants de la classe moyenne aisée typique de la zone possédaient leur propre maison de campagne. Par ailleurs, on ne manquait pas de se faire inviter chez untel ou unetelle. D'après le récapitulatif, moins d'un résident sur cinq était chez lui le soir du vendredi 14 juin, quand Yasmine avait disparu. Les seuls occupants qui restaient dans la zone étaient des personnes âgées déjà au lit, dans la fraîcheur de leur villa. Ils lisaient, regardaient la télé, écoutaient la radio, de la musique… Et n'avaient rien entendu de ce qui se passait en dehors de chez eux – enfin, de leur forteresse.

– Inutile que je te le précise, reprit Jarnebring, elle a très mal choisi son moment pour disparaître. Un vendredi soir, l'été suédois, les grandes vacances, les départs. Un vrai cauchemar pour les agents envoyés faire du porte-à-porte.

– Je vois tout à fait ce que tu veux dire.

Je me demande ce que l'agresseur faisait là, songea Johansson. Un vendredi soir, tard, en plein été. Par ce beau temps, en plus. Qu'est-ce qu'il fabriquait là ? Lui qui n'y habitait vraisemblablement même pas. Pourquoi n'était-il pas en ville, à faire des tours au volant de sa Golf rouge pour reluquer les fillettes en jupe courte qui jouaient encore dehors par cette douce soirée d'été ? Alors qu'elles auraient déjà dû être au lit.

– J'ai retrouvé le compte rendu de l'enquête de voisinage, indiqua Jarnebring. La liste de tous les occupants de la zone au moment des faits. Il n'y avait quasiment que des propriétaires occupants, pas de bureaux, et c'était tant mieux. On dirait que les interrogatoires sont dans le désordre, par contre.

– Si on a la liste, on s'y retrouvera. *C'est sûrement ce gros lard de Bäckström qui a mis la pagaille là-dedans avec ses doigts boudinés.*

– Pour les réquisitions sur la Golf, c'est encore pire. Je ne trouve même pas le récapitulatif. Après la panne informatique… Il a dû exister une version papier, mais on a dû l'égarer. On trouvera sûrement les véhicules dont les propriétaires ont un casier dans l'index. Pour le reste, c'est foutu.

Encore un récapitulatif qui aura atterri dans la corbeille de Bäckström, pensa Johansson.

– Il n'y a plus qu'à faire avec ce qu'on a. Au pire, il faudra refaire la liste.

– D'accord, acquiesça Jarnebring, mais je n'y crois pas beaucoup. Enfin, je te l'ai déjà dit. Même si tu refuses de l'entendre.

– Margaretha Sagerlied. Tu as retrouvé ses auditions ? *Parfois, j'ai l'impression que c'est Bo qui a eu une embolie cérébrale.*

– Oui. Deux auditions. La première est datée du mardi 2 juillet, c'est-à-dire deux semaines et demie après la disparition. La vieille était absente, comme tout le monde. On a fait un complément d'audition un mois plus tard, le vendredi 9 août.

– Je t'écoute.

– Figure-toi que j'ai réussi à les retrouver dans le bazar. Je les ai rangées avec le récapitulatif. Tu veux les lire ?

Jarnebring lui montra une pochette en plastique bleu.

– Raconte plutôt. *Je n'en ai pas la force.*

– C'est la même collègue qui a tenu les deux interrogatoires, Carina Tell. Vraiment canon. Elle devait avoir vingt ans de moins que moi. Fraîche émoulue de l'école. Elle nous avait été envoyée du commissariat de Solna en renfort. Pas bête. Pas bête du tout. Et tu aurais vu ses lolos…

– Venons-en au fait. Qu'est-ce qu'elle a dit, la vieille, quand elle l'a interrogée ?

– Qu'elle était partie à la campagne quelques jours avant la disparition de Yasmine et rentrée deux semaines plus tard.

– Où à la campagne ?

– Sa maison de campagne se trouvait dans les environs de Vaxholm. Sur l'île de Rindö. Une vieille villa de négociant héritée de son mari. Elle y avait passé une quinzaine de jours en compagnie d'une amie, également ancienne chanteuse d'opéra.

– Et vous l'avez interrogée, l'amie ?

– Tu me prends pour qui ? Ses déclarations correspondent à la lettre à celles de Sagerlied. Elle était encore plus vieille. Elle avait presque quatre-vingts ans, si je me souviens bien. Par contre, elle avait été très célèbre à son époque. Je veux dire l'amie.

– Bon, dit Johansson. Et qu'est-ce qu'elle raconte, cette Margaretha Sagerlied ? *Ça colle. Si elle fréquentait quelqu'un qui avait huit ans de plus qu'elle, elle devait avoir ses raisons.*

– En gros, quatre choses. Un : elle n'avait rien à dire sur l'affaire. Elle était absente au moment des faits.

– Deux ?

– Deux : elle connaissait Yasmine. La petite était venue chez elle plusieurs fois. Mignonne, aimable et bien élevée, disait Sagerlied. Elles avaient joué du piano et chanté ensemble. Sagerlied était évidemment angoissée et horrifiée par ce qui était arrivé. Et à cent pour cent sûre que ça n'avait pas eu lieu chez elle. Pas à Äppelviken, ni dans le reste de Bromma, parce qu'il n'y vivait que des gens bien, des gens éduqués.

– Trois ? demanda Johansson. *Pas chez elle. À ce moment-là, elle ne pouvait pas l'imaginer.*

– Fréquentations masculines, reprit Jarnebring.

– Oui ?

– Aucune. Pas d'enfant, pas de petits-enfants, ni personne d'autre. Ni de son côté ni de celui de son mari. Aucune fréquentation plus jeune, ni masculine ni féminine. Seulement des amis de son âge qu'elle connaissait depuis longtemps. Qui avaient un parcours semblable au sien. Anciens chanteurs, gens de théâtre, acteurs. Des célébrités de son temps, pour ainsi dire.

– Enfin, merde ! Tu as bien vu sa baraque ? Elle devait quand même avoir une femme de ménage ! *Quelqu'un qui lui faisait sa vaisselle. Qui portait des gants rouges usés, parce que son employeuse était avare de matériel neuf.*

– La collègue Tell lui a posé la question, justement. Carina est quelqu'un de très futé, comme je te le disais. La vieille a prétendu qu'elle faisait elle-même le ménage. Pour le grand ménage, avant Noël, elle faisait appel à une société. Même chose au printemps, quand il fallait laver toutes les vitres pour que la maison soit impeccable avant l'été.

– Sornettes ! vociféra Johansson. Et des artisans ? Elle n'en avait pas eu chez elle ?

– Pas depuis plusieurs années, quand son mari était encore en vie. Ils avaient fait remplacer les gouttières et les vieux tuyaux de descente en tôle tout rouillés par des nouveaux, en cuivre. Ça leur avait coûté les yeux de la tête. J'ai appelé Carina hier, au fait. La vieille faisait beaucoup ce genre d'allusions. L'argent, le vedettariat. Carina lui avait demandé si elles avaient passé de bonnes vacances à la campagne, et Sagerlied en avait profité pour lui raconter que sa villa avait quinze chambres et deux vérandas, et que son beau-père l'avait achetée pour telle et telle somme.

– Et l'aide à domicile communale ? *Évidemment*, pensa Johansson. *Tout à fait son genre.*

– Elle ne leur faisait pas confiance. Même pas en rêve. Elle ne les laissait jamais entrer chez elle. Pas depuis qu'elle avait lu dans le journal « L'Histoire de l'Indien » qui avait étranglé une vieille dame chez laquelle il faisait le ménage. Celui dont le procès a été révisé par la suite, tu te souviens ?

– Et quatre ? demanda Johansson. *C'était quoi, déjà, cette histoire ? Ça me dit quelque chose.*

– La Golf rouge devant sa maison.

– Qu'est-ce qu'elle avait à dire là-dessus ?

– Que dalle. Personnellement, elle n'avait ni voiture ni permis de conduire. Aucune de ses connaissances ne possédait de Golf rouge. Elle ne connaissait même pas le modèle.

Pas bon, se dit Johansson. Pas bon du tout. En plus, il ne voyait plus derrière les coins.

– La collègue…

– Nina. Carina. Carina Tell.

– Oui, c'est ça. Elle est encore dans la police ?

– Non. Elle a quitté la maison il y a plusieurs années. Elle est devenue conseillère en hygiène de vie. Et elle a un succès monstrueux, je peux te le dire. Elle donne des conférences, possède deux salles de gym et coache une demi-douzaine de milliardaires. En plus, elle apprend à un tas de bonshommes gros et riches comme toi comment mener une vie plus saine. Elle a même écrit des livres sur le sujet.

– Comment tu le sais ?

– Je la connais. Je l'ai appelée. Je te l'ai dit, ajouta Jarnebring avec un sourire fat.

– Comment ça, tu la connais ?

– Je la connais, répondit Jarnebring en ricanant. On s'est rencontrés il y a vingt-cinq ans, bien avant mon mariage.

– Tu pourrais lui demander de m'appeler ?

– À une condition.

– Laquelle ?

– Que tu ne le dises pas à Pia.

– D'accord. *Pourquoi je ferais ça ?* Encore une chose. J'allais oublier.

– Oui ?

– La deuxième audition, celle que Tell a réalisée cinq semaines plus tard… Qu'est-ce qu'on peut en tirer ?

– Rien.

– Rien ?

– Non. C'est Margaretha Sagerlied qui avait appelé Carina. Elle avait demandé comment avançait l'enquête, si on avait obtenu des résultats. Le truc habituel de toutes les vieilles dames qui ont frôlé l'horreur et qui bassinent ensuite la police. L'audition s'est faite par téléphone. Pas de raison d'aller chez elle. Tu n'as qu'à lire le rapport, si tu ne me crois pas. Autre chose qui te turlupine ?

– Je suis fatigué. Il faut que je fasse un somme.

– Mais tu vas bien ? demanda Jarnebring. *Ça y est, il recommence. Complètement absent.*

– Très bien. Il faut juste que je m'allonge un peu.

– Prends soin de toi, Lars. On se voit demain. Même heure, même lieu, même équipe de la brigade centrale d'intervention. Tu te rappelles ? Dix ans sur la même banquette avant, dans une vieille Volvo pourrie.

Il se pencha, l'entoura d'un bras et le serra fort.

– Promets-moi de prendre bien soin de toi.

– Je te le promets.

Cinq semaines plus tard, elle appelle pour demander si l'enquête avance, médita Johansson en regardant son meilleur ami fermer la porte derrière lui, doucement pour ne pas le déranger, pensant qu'il était en train de s'endormir.

Que s'était-il passé entre-temps ? Qu'est-ce qui lui a mis la puce à l'oreille ? Une personne qu'elle connaissait lui était apparue sous un nouvel éclairage… Quelqu'un qui se baladait en Golf rouge… Ou s'agissait-il plutôt d'une barrette en plastique rouge ? Un Kiki trouvé sous son lit ?

Johansson s'endormit.

40

Vendredi 23 juillet 2010

Une journée de plus dans la nouvelle vie de Lars Martin Johansson : petit déjeuner, kinésithérapeute et Matilda, qui se débrouillait de mieux en mieux, malgré ses anneaux et ses tatouages.

– Et maintenant, tu veux faire quoi ? lui demanda-t-elle alors qu'ils revenaient du rendez-vous de Johansson à Karolinska.

– Je dois voir Jarnebring.

– C'est dans plusieurs heures. Arrête. Qu'est-ce que tu voudrais vraiment faire, si tu avais le choix ?

– Aller nager.

– Nager ? s'étonna Matilda avec un coup d'œil à son bras pendant. C'est prudent, ça ?

– Dis donc… Je te bats à plate couture les bras attachés dans le dos.

– Bon, bon.

Elle sourit et haussa les épaules.

Elle lui proposa les piscines les plus proches : Eriksdal ou la Forsgrénska, à la Medborgarplats, mais Johansson voulait aller à Sturebadet, au centre-ville. C'est donc ce qu'ils firent. Ne pouvant pas plonger avec un bras droit tout flagada qui s'agitait au vent, Johansson dut s'aider de l'échelle pour descendre dans le bassin. Pas de crawl ni de papillon – trop de bras. Il fit surtout du dos avec de puissants mouvements des jambes et un seul bras. Il ne s'était pas senti aussi bien depuis le soir où il était descendu de voiture devant le meilleur kiosque à saucisses du monde pour acheter un *zigeuner wurst* avec de la choucroute et de la moutarde de Dijon.

– Où tu as appris à nager comme ça ? demanda Matilda en le ramenant à Söder. Tu es un vrai champion !

– Mon grand frère me jetait dans la rivière quand j'étais petit. Je n'ai pas eu le choix.

– Tu avais quel âge ?

– Un an, à peu près, dit Johansson en haussant les épaules.

– Il n'avait pas peur que tu te noies ?

– Non, répondit Johansson. *Tu ne connais pas mon frère.*

Elle lui prépara le déjeuner. Pas tout à fait du même niveau que Pia, et toujours avec un peu trop de légumes au goût de Johansson, mais avec tous ces tatouages et ces anneaux, c'était tout de même un miracle.

– Très bon, la complimenta Johansson avec un signe de tête en direction de son assiette vide. Où tu as appris à cuisiner comme ça ?

– Mon frère me jetait dans la rivière quand j'étais petite. Je n'ai pas eu le choix.

Jarnebring appela et s'excusa. La fuite chez sa fille avait eu des conséquences insoupçonnées.

– Le dégât des eaux s'étend jusque dans la cave, expliqua Jarnebring. Désolé, mais…

– Pas de problème. On se voit lundi.

– Tu es sûr ?

– Tout à fait. Appelle-moi si tu veux le numéro d'un vrai plombier.

– On n'a pas les moyens. Je viens de faire le plein d'essence. Et toi, tu vas faire quoi ?

– M'installer dans le canapé et lire quelques vieilles auditions.

Il commença par les auditions de Margaretha Sagerlied, que Jarnebring lui avait sorties des cartons. Il n'allait quand même pas se mettre à farfouiller parmi les liasses en pagaille.

La première, tenue par la collègue Tell, datait du mardi 2 juillet 1985, dix-huit jours après la disparition de Yasmine. Elle avait duré presque trois heures, de deux heures et quart à cinq heures cinq de l'après-midi, ce qui était tout à fait exceptionnel dans le cadre d'un porte-à-porte. En général, on devait se contenter des cinq minutes qu'il fallait pour sonner à la porte et demander à la personne qui ouvrait – éventuellement – si elle avait « vu ou entendu quelque chose », ce qui n'était quasiment jamais le cas. Mais pas cette fois. Carina Tell avait été minutieuse et systématique ; Margaretha Sagerlied, serviable et loquace. Le rapport faisait presque dix pages : entretien enregistré sur bande magnétique, résumé, tapé à la machine, lu et approuvé par Margaretha Sagerlied elle-même.

En substance, il ne contenait rien que Jarnebring n'eût déjà raconté à Johansson. Peut-être un détail ici et là. Que Margaretha Sagerlied possédait deux chats. Et qu'elle les avait bien entendu emmenés avec elle à la campagne. Qu'aucun de ses voisins n'avait la clef de chez elle. Qu'elle gardait jalousement sa vie privée. Qu'elle ne laissait personne entrer chez elle en son absence, et que ses fréquentations avaient toutes le même âge qu'elle. Et le même parcours. Et qu'elle les connaissait toutes depuis longtemps.

Johansson se sentait de plus en plus contrarié par ce qu'il lisait, et plus encore parce qu'il n'arrivait pas à mettre le doigt sur ce qui le dérangeait exactement. Aurait-elle eu un amant ? Ou, du moins, un cavalier, un admirateur dont elle avait préféré ne pas parler ? Est-ce qu'elle mentait, ou est-ce qu'elle n'avait pas encore compris qui nous recherchions ? Un homme plutôt jeune. Qu'elle connaîtrait, en qui elle aurait confiance, non seulement parce qu'elle le considérait comme parfaitement normal, mais aussi parce qu'il était bien élevé, cultivé, poli et attentionné. Rien à voir avec le monstre qui avait violé et tué la petite Yasmine.

À peine Johansson avait-il posé les papiers que Carina Tell l'appela sur son portable.

– Carina Tell. J'ai parlé à votre ami Bo Jarnebring et il semblerait que vous voudriez me poser quelques questions.

– Oui. Vous croyez que vous auriez le temps de passer me voir ?

– Je peux être chez vous dans une demi-heure. Je suis à la salle de gym. Je vais juste prendre une petite douche.

– Bien, alors je vais vous donner…

– J'ai votre adresse et votre code, l'interrompit-elle. À tout à l'heure.

Efficace, celle-là, se dit Johansson. *Et ponctuelle*, se dit-il encore lorsque la sonnette retentit, exactement une demi-heure plus tard.

41

Vendredi 23 juillet 2010, après-midi

– Asseyez-vous, je vous prie, proposa Johansson en gesticulant vers le siège le plus proche. Excusez-moi si je reste couché, mais je suis un peu fatigué, ces derniers temps. *Vraiment canon. Aussi belle que Pia. Presque.* Vous voulez quelque chose à boire ?

– Non, merci, ça ira. Vous vous intéressez au meurtre de Yasmine, c'est bien ça ? Plus particulièrement à la vieille chanteuse d'opéra que j'ai auditionnée quand on faisait le porte-à-porte, si j'ai bien compris…

– Exact. J'ai lu vos deux interrogatoires.

– Une question, l'interrompit Carina Tell, souriante. En toute sincérité – je sais qui vous êtes – je ne comprends pas bien pourquoi vous vous replongez dans cette affaire. Vous pouvez me le dire ?

– Une intuition. Racontez-moi plutôt. Vous vous souvenez d'elle ? Je ne l'ai jamais rencontrée, comme vous vous en doutez.

– Oui, très bien. Imbue d'elle-même, c'est le moins qu'on puisse dire. Elle adorait parler de sa carrière à l'opéra et de toutes les célébrités qu'elle avait fréquentées. En même temps, elle semblait très mal vivre ce qui était arrivé à Yasmine. En parlant de la petite, elle avait les larmes aux yeux. Une fillette ravissante, selon elle. Yasmine était venue chez elle plusieurs fois. Elles avaient joué du piano et chanté ensemble.

– C'était comment, chez elle ? Racontez-moi ce que vous avez vu. Vous vous en souvenez ?

– Une grande villa. Des meubles, des tapis, des lustres en cristal. Des tableaux, des photographies, des bibelots, des vases, des plantes en pot. Nous étions dans son salon, je crois. Il y avait du bric-à-brac partout. Une dizaine de photos d'elle dans différents rôles. Les cadres étaient en argent, je crois. Et puis une petite photo de son mari décédé, qui devait se contenter d'un modeste cadre en bois noir posé sur le manteau de cheminée. Il ne devait pas avoir la vie facile, ce pauvre homme. Elle avait deux gros chats. Le genre à poils longs, mesquin et antipathique. Je n'aime pas beaucoup les chats.

– Et elle les avait emmenés à la campagne ?

– Oui. Je lui ai posé la question, bien sûr, et je suis assez convaincue qu'elle disait vrai. Elle avait emmené ses chats.

– Pas de femme de ménage ? Personne pour jeter un coup d'œil à la maison de temps en temps ?

– Non. J'ai insisté là-dessus, mais elle était très claire sur ce point. Elle se chargeait elle-même des tâches domestiques. Avant Noël et au printemps, elle faisait appel à une société pour faire le grand ménage, laver les vitres et ainsi de suite.

– Et le jardin ? Qui s'en occupait ? Toutes ces satanées fleurs ? Ces plantes en pot ? Qui les arrosait ?

– Elle-même. Elle adorait jardiner. Rien ne laissait soupçonner le contraire. Elle avait de nombreux arbres fruitiers et de jolies plates-bandes.

– Elle avait une femme de ménage, c'est évident, insista Johansson, qui cachait mal son énervement. *Margaretha Sagerlied n'était pas le genre de femme à nettoyer sa propre crasse. Il faut vraiment être idiot pour ne pas le voir.*

– Qu'est-ce qui vous fait penser ça ?

– En vous écoutant, j'ai beaucoup de mal à croire que c'était le genre de femme à faire son propre ménage : le linge, la vaisselle et ainsi de suite.

– Pourquoi pas ? Elle était en parfaite santé. Je dirais même en bonne condition physique. Aucun problème de motricité. Elle ne faisait vraiment pas son âge.

– D'accord, mais écoutez. Elle avait été absente pendant une bonne quinzaine de jours durant lesquels il avait fait un temps chaud et très ensoleillé. Quelqu'un a forcément arrosé ses plantes. Sans parler des pelouses et des plates-bandes.

– Je ne crois pas que nous en ayons parlé. Mais vous avez peut-être raison.

– Aurait-elle employé quelqu'un au noir ? Qu'elle vous aurait caché ?

– Je n'ai pas abordé le sujet, répondit Carina Tell en souriant. Je veux dire, je ne lui ai pas demandé si elle employait de la main-d'œuvre illégale. C'est idiot de ma part, je sais. J'avais vingt-trois ans et un an d'expérience dans la police. Et j'interrogeais une vieille dame distinguée de plus de soixante-dix ans. Évidemment, j'aurais dû lui demander si elle avait engagé des travailleurs au noir.

Oui, c'est vraiment idiot. Complètement stupide.

– Je suis curieux de savoir... dit Johansson. La deuxième audition que vous avez faite au téléphone...

– Audition, audition... C'est elle qui m'avait appelée. Elle avait une question à me poser. Je lui ai demandé si elle se souvenait de quoi que ce soit d'autre, si elle avait quelque chose à ajouter, mais non. Elle voulait s'informer sur le cours de l'enquête. J'ai fait un petit mémo, mais un rapport d'audition, c'est beaucoup dire.

– Vous avez eu l'impression qu'elle était à l'affût de quelque chose en particulier ?

– Pas du tout. C'était la vieille dame typique : inquiète et curieuse. Elle m'a demandé si on avait retrouvé la voiture. La Golf rouge.

– Et vous avez répondu... ?

– Qu'on ne la recherchait plus. Que le témoin s'était rétracté. Que le véhicule n'intéressait plus les enquêteurs. Elle n'avait ni permis de conduire ni véhicule et n'y connaissait strictement rien. Elle voyait à peine la différence entre une Volvo et une Saab.

– Et comment vous avez fait pour y remédier ?

– À l'époque, j'étais jeune et ambitieuse. À la première audition, j'avais une photo de Golf rouge avec moi.

– Et ?

– Elle n'a pas reconnu le modèle. Ses amis, quand ils avaient leur permis, ne conduisaient pas des guimbardes. Elle a été très claire sur ce point. Des Mercedes, des Jaguar, des BMW, oui, mais pas ce type de véhicule là. Son mari préférait les grosses américaines. Elle me l'a raconté aussi. À sa mort, il possédait une Lincoln. Elle a semblé un peu vexée que je suppose qu'une de ses connaissances puisse avoir une pareille « guimbarde ». C'est le mot qu'elle a employé quand je lui ai montré la photo.

– Et vous étiez chez elle, à l'intérieur de sa maison ?

– Oui, d'abord dans le salon. Ensuite, elle m'a fait faire le tour du propriétaire.

– Et vous avez accepté ?

– Évidemment. Vous me prenez pour qui ?

– C'était comment ?

– Encombré, comme je vous le disais. De beaux objets, naturellement : des antiquités, des tapis, des lustres en cristal et des tableaux, sûrement très chers. Mais il y en avait tellement qu'on ne les voyait plus.

– Le salon était au rez-de-chaussée ?

– Oui. Voyons… On entrait dans un grand hall. À gauche, il y avait la cuisine et un bureau. À droite, une bibliothèque, que son mari utilisait comme fumoir ou comme bureau.

– Et ?

– Tout droit, un grand salon et une véranda qui donnait sur le jardin. C'est là que j'ai fait l'audition. À gauche, une salle à manger. La villa était vraiment impressionnante. Elle doit valoir une véritable fortune, maintenant.

– Et à l'étage ?

– D'abord un hall. Tout droit, c'est-à-dire au-dessus du salon, une grande pièce où elle avait installé son studio de musique. Un énorme piano à queue. Je me souviens, à l'époque, je me suis dit que ça n'avait pas dû être facile de le monter. À côté, il y avait sa chambre à coucher, un dressing-room, enfin, une garde-robe, et une grande salle de bains. Son mari et elle faisaient chambre à part. La salle de bains du mari, car il en avait une aussi, était deux fois plus petite que celle de sa femme, et sa chambre à coucher donnait sur la rue, si je me souviens bien. Et puis, il y avait une salle de couture et quelques petites chambres à coucher. La maison devait comporter huit ou dix pièces en tout. Ah oui, il y avait aussi une chambre de bonne derrière la cuisine. Mais elle était vide depuis longtemps. Autrefois, la bonne y avait logé, mais elle avait démissionné environ un an après la mort du mari.

– Une cave ?

– Oui. On y accédait depuis la cuisine, par un escalier, mais je n'y suis pas allée. Elle m'a quand même raconté qu'elle y gardait ses grands crus.

– Un grenier ?

– Je n'y suis pas allée non plus.

– Bien, dit Johansson. *Encombrée. Des bibelots partout. Du vin à la cave et Dieu sait quoi au grenier. De quoi farfouiller pour les amateurs.*

– À vous, maintenant, lança Carina Tell, souriante. Pourquoi la maison de Margaretha Sagerlied vous intéresse autant ?

– J'ai l'impression que c'est là que c'est arrivé. Je veux dire que Yasmine a été tuée.

– Sauf votre respect, répondit Carina Tell en secouant la tête, j'ai beaucoup, beaucoup de mal à le croire.

– C'est une intuition, répliqua Johansson en haussant les épaules.

– Bon, d'accord. Mais si c'est vrai, Margaretha Sagerlied n'était pas au courant. Ça, j'en suis convaincue. À mille pour cent.

– Je le crois aussi. Elle n'en avait aucune idée. *C'est plus tard qu'elle l'a compris. Et son univers a été réduit en miettes.*

– Il n'y a rien d'autre qui vous vienne à l'esprit ?

– Je pense assez souvent à cette affaire, figurez-vous. Pour diverses raisons. Un abonné à une de mes salles de gym habitait dans le même quartier que Yasmine et Margaretha Sagerlied quand c'est arrivé. Je le vois plusieurs fois par semaine.

– Et qui est ce client ?

– Un militaire à la retraite. Je crois même qu'il a terminé général. Il a plus de quatre-vingts ans, mais il en fait au maximum soixante. Il est en très bonne condition physique et a toute sa tête, constata Carina Tell, qui, pour une raison quelconque, ponctua sa description d'un signe de tête en direction de Johansson.

– Et comment il s'appelle ? *Ce salopard doit bien avoir un nom... Comme tous les imbéciles qui passent leur temps dans des salles de gym.*

– Axel Linderoth. Il est sûrement dans l'annuaire mais, si ce n'est pas le cas, je peux vous donner son numéro. Je crois qu'il était général de corps d'armée quand il a pris sa retraite. À l'état-major. Prenez ceci, pendant qu'on y est, ajouta-t-elle en déposant sa carte de visite sur la table de Johansson.

– Merci, dit Johansson.

– N'hésitez pas à m'appeler. Je pourrais vous aider à vous débarrasser de cette graisse que vous portez inutilement autour du ventre.

– C'est très gentil à vous, Carina. C'est gentil de me proposer votre aide. Je vous promets de réfléchir à votre proposition dans un esprit constructif. *Et vous avez de la chance que je ne sois pas votre chef, cette fois.*

– Bien. Saluez votre femme de ma part.

– Vous connaissez Pia ?

– Elle fréquente mes salles de gym. Comme tous les gens intelligents qui prennent soin d'eux.

Après un sourire et un hochement de tête, elle se dirigea vers la sortie et ferma la porte. *Te voilà seul. Vautré sur ton canapé, gros, mal-aimé. Tu as à peine la force de te retourner. Enfin, tu n'as plus mal au crâne, c'est déjà ça. Et fini l'inquiétude. Respiration légère. Bientôt, je t'aurai. Je t'aurai. En dépit de tous ces gens qui prétendent que tu n'existes pas.*

42

Vendredi 23 juillet 2010, après-midi

Malgré la fatigue, Johansson n'arrivait pas à s'endormir. Il n'arrêtait pas de se retourner, de se tordre et de pagayer de son bras valide, sans jamais trouver la paix. Le petit somme tranquille qu'il avait prévu semblait hors d'atteinte. Il n'avait donc pas le choix.

– Matilda ! hurla-t-il. Tu viens, ou quoi ?

Elle arriva comme une flèche. On aurait cru qu'elle attendait juste derrière la porte. Johansson se sentit tout de suite mieux.

– Qu'est-ce qui se passe ?

– Rien. Je vais très bien. Je faisais juste un petit exercice d'incendie.

– Ah bon. Et… ?

– Eh bien, puisque tu es là, j'en profite pour te demander de me trouver un numéro de téléphone.

Il désigna la carte de visite que Carina Tell avait posée sur la table basse.

– Carina Tell, lut Matilda. Elle a…

– Au verso.

– Axel Linderoth ?

– Exact, dit Johansson sur un ton inopinément chaleureux. Bravo, jeune fille ! Il habite à Bromma. Militaire à la retraite. *Comment ça, « bravo, jeune fille » ? Mais qu'est-ce que je raconte ?*

– Bien, chef. Autre chose ?

– Un triple expresso. Corsé. Sans lait.

– Tout de suite, chef.

Chef ? Pourquoi est-ce qu'elle m'appelle chef ? Elle n'est pas policière, quand même ?

– Tu veux que je te le compose ? demanda Matilda, l'air innocent.

– Oui, s'il te plaît, répondit Johansson.

– Fais-le toi-même. Il faut que tu t'exerces pour retrouver ta motricité.

Puis elle sortit et referma la porte derrière elle. *Et vlan dans les dents*, pensa Johansson.

– Tu peux m'appeler s'il y a autre chose, ajouta-t-elle. Chef.

Quel peps, cette petite. Jamais où on l'attend. Il faut quand même que je lui parle de ses tatouages.

Il composa le numéro du général à la retraite et, ce faisant, réfléchit à ce qu'il allait lui dire. De pieux mensonges. Si l'homme avait réellement travaillé à l'état-major des armées, il ne le prendrait pas mal.

Le général décrocha à la première sonnerie.

– Linderoth, déclara l'ancien général sur un ton martial.

– Johansson. J'espère que je ne vous dérange pas. J'ai une question à vous poser. Je me demande…

– Je sais ce que vous voulez, l'interrompit Linderoth. Ma coach, Carina Tell, m'a parlé de vous.

Il ne semblait guère apprécier les bavardages.

– Si c'est urgent, nous avons un problème pratique, reprit le général. Demain, je pars en Scanie jouer au golf pendant une semaine.

– Je peux être chez vous dans une demi-heure.

– D'accord.

– Matilda ! hurla Johansson dès qu'il eut raccroché.

Autant le lui demander tout de suite, se dit-il une fois qu'ils furent en voiture.

– Je me pose une question.

– Vas-y, chef.

– Pourquoi tu m'appelles chef ?

– On m'a raconté au boulot que tu étais un super flic. Directeur de la Sûreté et de l'autre truc, la criminelle nationale ou je ne sais pas quoi. Enfin, avant que tu prennes ta retraite.

– Ah bon ? On t'a raconté ça ?

– Oui, d'abord, je t'ai pris pour un client comme un autre. Quand j'ai vu ton appartement.

– Comme un autre ?

– Oui, un banquier. Un profiteur déchu, malgré les bonus et le parachute. Mais si tu préfères, je peux t'appeler « monsieur le directeur ».

– Chef, ça me va. *Futée, la gamine. Et puis, les tatouages, ça s'enlève, de nos jours.*

– Pas de problème, chef.

– Direction : l'Äppelviksgata.

– Je sais, acquiesça Matilda avec un signe de tête en direction du tableau de bord. J'ai déjà saisi l'adresse dans le GPS.

Johansson se contenta de hocher la tête. *Qu'est-ce qu'une fille comme elle fabrique avec un type comme moi ?* Mélancolie… Un agréable sentiment se propageait dans son corps. Elle conduisait bien, en plus. Avec calme et efficacité. Presque aussi bien que son meilleur ami, quand il était d'humeur.

– Il vaut mieux que je reste dans la voiture, je crois, dit Matilda en se garant devant la villa en bois jaune.

– Pourquoi ?

– Militaire à la retraite.

Johansson se contenta de hocher la tête. Et prudente, avec ça.

– Tiens, ajouta-t-elle en glissant une clef USB dans la poche intérieure de la veste de Johansson. Ça t'évitera de prendre des notes. Elle est allumée. La batterie dure à peu près vingt-quatre heures. Si tu ne veux pas la lui montrer, tu n'as qu'à la laisser dans ta poche.

– Merci, dit Johansson. Merci, Matilda. C'est vraiment gentil de ta part.

43

Vendredi 23 juillet 2010, après-midi

– Café, sirop de fruit, eau ? demanda Axel Linderoth.

Il désigna dans l'ordre une thermos, un pichet rempli de sirop rouge et une bouteille d'eau gazeuse Ramlösa, grand modèle, en rang sur la table du jardin. Il y avait également deux verres et deux tasses en porcelaine blanche ornées de l'emblème des forces armées.

– De l'eau, merci, répondit Johansson.

Cet homme-là n'a pas besoin d'uniforme. Maigre, en bonne condition, bronzé, vêtu d'un pantalon de coton blanc et d'un polo rouge à manches courtes. Il faisait à peine soixante ans. Soixante ans bien conservés.

– Ma femme et moi – je suis veuf depuis cinq ans –, nous avons emménagé dans cette maison en 1972. Comme vous le voyez, j'y habite encore. Nos trois garçons se sont depuis longtemps envolés du nid. Ils sont adultes, maintenant. Le plus vieux a quarante et un ans, le moyen, quarante et le plus jeune, trente-neuf.

– Vous n'avez pas chômé. *Seize, quinze et quatorze ans au moment de la disparition de Yasmine.*

Le calcul lui était venu comme ça, sans même avoir besoin de réfléchir.

– Oui, répliqua le général avec un vague sourire. À la naissance de notre premier, j'allais avoir quarante ans. Ma femme avait huit ans de moins que moi. Il a fallu trouver un nouveau cantonnement vite fait, sinon, on n'aurait pas pu continuer à accroître la lignée.

– Vous étiez là quand c'est arrivé ? Quand la petite Yasmine a disparu ? En juin 1985.

– J'étais au Moyen-Orient pour une mission de l'ONU, dans la bande de Gaza. J'ai donc échappé aux entretiens avec vos collègues. Ma femme et mes fils ont dû s'y coller, par contre.

– Parce qu'ils étaient là, constata Johansson.

– Non, mais vos collègues ont mis un bon bout de temps à le comprendre.

– Malheureusement, nous avons des consignes dans ce genre de situation. Des consignes nécessaires, insista Johansson.

– Manifestement, acquiesça le général, la mine sombre. Ils étaient en Scanie depuis le week-end précédent, chez les parents de ma femme. Ils sont rentrés quelques jours après la date présumée de la disparition de la fillette. On avait les billets d'avion et plusieurs témoins en Scanie – en plus de mes beaux-parents. Rien à faire. Un de vos collègues, un homme incroyablement bête, s'est obstiné. Un petit gros. Ma femme m'a appelé à Gaza, en larmes. Je me suis énervé et j'ai appelé le chef de la police. Un type bien, on se connaissait depuis son époque à la Sûreté. Il a tiré les oreilles à ce petit emmerdeur et lui a dit de laisser ma famille tranquille. Ce qu'ils vivaient était déjà assez horrible comme ça, sans que des policiers s'imaginent que ça ait pu se dérouler dans le coin.

Bäckström... Toujours lui, se dit Johansson.

– Vous ne croyez pas que ça ait pu se dérouler ici ?

– Vraiment pas, il suffit d'avoir les yeux en face des trous pour le comprendre. Ce n'est pas du tout le genre du quartier. En plus, les seuls habitants présents étaient des retraités. Encore un peu d'eau ? demanda le général en indiquant le verre vide de Johansson.

– Oui, merci.

– Vos collègues rabâchaient une histoire de petite voiture rouge soi-disant garée ici le soir des faits. Là-bas, dans le coin, à l'entrée du Majblommestig, indiqua le général du doigt. À cent mètres d'ici. Devant la maison de Johan Nilsson.

– Johan Nilsson ? *Ce nom me dit quelque chose...*

– Là où habitait Johan Nilsson avant sa mort, expliqua le général avec un sourire en coin. Enfin, il était déjà décédé quand c'est arrivé. Sa chère femme, par contre, la veuve, y habitait toujours.

– Margaretha Sagerlied.

– En personne. Née Svensson, Margaretha Svensson, ce qu'elle n'ébruitait pas volontiers. Contrairement à toutes les vétilles qu'elle adorait crier sur tous les toits.

– Elle était comment ?

– Prétentieuse, barbante et horriblement imbue de sa personne. Son mari, en revanche, était quelqu'un de bien. Nous avons souvent mangé des écrevisses et bu du schnaps ensemble. Il aurait pu être mon père, mais ça ne posait aucun problème. Et en affaires, il avait un sacré flair. Il était dans le négoce de la viande et des charcuteries. Il possédait des commerces de gros à Årsta et Enskede. Et plusieurs épiceries en ville. En tout cas, sa femme, la chanteuse d'opéra, était à l'abri du besoin.

– Ils se sont mariés sur le tard, si j'ai bien compris.

– Oui, Johan m'a raconté toute l'histoire : des années passées à la désirer, à lui faire la cour, avant qu'elle lui accorde finalement sa main. Et ensuite, des années à comprendre que ce n'était peut-être pas une très bonne idée.

– Il était amer ? *Aucun rapport, mais enfin...*

– Pas le moins du monde. C'était un homme sympathique, aimable et généreux. Et après quelques verres, entre quatre yeux, il lui arrivait de devenir très franc.

– Il n'avait pas eu de liaisons avec d'autres femmes avant ? Je veux dire des liaisons qui auraient donné des enfants ?

– Non. Il en parlait souvent, d'ailleurs. Ça lui manquait. Il adorait mes garçons. Enfin, il n'a pas dû avoir la vie facile, avec une femme pareille, constata le général avec un soupir. Cette prétendue voiture rouge, ma femme m'avait dit qu'il s'agissait d'une Golf... Franchement, ne perdez pas trop votre temps avec ça.

– Vraiment ? Et pourquoi pas ?

– Étant donné celui qui a prétendu l'avoir vue... Une vraie tête de linotte. Un voisin qui faisait de l'excès de zèle, se mêlait toujours de ce qui ne le regardait pas et mettait la pagaille un peu partout. Quel fouineur, celui-là...

– De quoi il se mêlait, par exemple ?

– De tout. De l'association des parents d'élèves, de l'association des riverains... Il s'était mis en tête de mobiliser les habitants du quartier pour lutter contre la criminalité, de faire des rondes chez les personnes âgées, d'organiser des fêtes de rue, un marché de Noël... D'affréter un transport collectif pour ceux qui voulaient aller à la messe de Noël après avoir bu du schnaps, c'est-à-dire a priori tout le monde... Le soir, tout maigre qu'il était, il arpentait les rues avec son énorme molosse noir. On avait l'impression que c'était le chien qui sortait le maître.

– Il faisait quoi, comme métier ?

– C'était une espèce de juriste. Je crois qu'il travaillait à l'Agence nationale de la comptabilité. Il menait sûrement une existence captivante.

– Il est encore en vie ?

– Non, il est mort quelques années après ce qui est arrivé à la fillette. Un problème de cœur, je crois. Comme c'est souvent le cas chez les gens qui se sentent concernés par tout et n'importe quoi.

– Alors Johan Nilsson n'avait pas eu d'enfant avec d'autres femmes ? *Arrête. Il t'est quand même déjà arrivé de te tromper...*

– Non.

– Et son épouse... Après la mort de son mari, elle voyait beaucoup de monde ?

– Je ne crois pas. Quelques vieux amis de son secteur d'activité. Des personnalités de la culture, comme on dit. Le plus souvent, elle était seule. Ses voisins ne l'appréciaient pas beaucoup, en général. On lui disait bonjour, mais ça s'arrêtait là.

– Dans cette grande maison, elle devait quand même avoir quelqu'un qui l'aidait à faire le ménage ? L'entretien, le jardinage…

– Quand son mari était en vie, ils avaient une bonne. Ils donnaient pas mal de réceptions, à l'époque. Pour les grandes occasions, ils engageaient des extras. Ma femme et moi, nous sommes allés chez eux plusieurs fois, malgré la différence d'âge. La bonne a démissionné aussitôt que Johan est mort. Je crois même qu'elle a déménagé avant l'enterrement. On peut se demander pourquoi.

– Qu'est-ce que vous en pensez ?

– Margaretha Sagerlied n'était pas commode. Et pas spécialement aimable.

– Alors elle a dû se débrouiller seule par la suite ?

– Pas du tout. Elle a aussitôt trouvé une femme de ménage qui faisait un peu tout. Ses employés la supportaient en général pendant un an au maximum avant de démissionner. Jusqu'à ce qu'elle tombe sur Erika. Erika Brännström.

– Erika Brännström ?

– Quelqu'un de très bien et de très patient. Du Norrland. Vous êtes des durs à cuire, vous, les Norrlandais. Elle a travaillé chez la Sagerlied pendant plusieurs années. Jusqu'à ce que la maison soit vendue, un an après le meurtre de la fillette. Au printemps 1986. Je suis assez sûr de ces données. À l'automne, j'avais à nouveau été envoyé en mission dans la bande de Gaza. Quand je suis rentré pour les fêtes, sa maison était en vente. Ma femme et moi, nous sommes même allés la visiter, mais elle était un peu chère pour un serviteur de la Couronne. Margaretha Sagerlied s'était déjà installée en ville. Elle avait acheté un appartement à Östermalm, je crois. La villa était vide.

– Dans son audition qui, d'ailleurs, a été tenue par notre connaissance commune, Carina Tell, elle nie fermement avoir eu des employés. Elle prétend s'occuper seule de la propriété. Pourquoi aurait-elle affirmé une chose pareille ? *Elle qui voulait toujours paraître plus distinguée que nature...*

– Erika devait être payée au noir.

– Qu'est-ce qui vous fait penser ça ?

– Parce que c'était le cas quand elle nous donnait un coup de main en faisant parfois le ménage chez nous.

– Erika Brännström ?

– C'est ça. Son mari l'avait quittée pour une autre femme et abandonnée avec deux petites filles. Elle devait avoir autour de trente-cinq ans. Ce qui doit lui en faire soixante aujourd'hui. Elle habitait à Lilla Essingen.

– Vous savez si elle est encore en vie ? *Deux petites filles.*

– Je peux vous le garantir. Je lui ai parlé la semaine dernière. Je l'ai croisée par hasard dans le tramway d'Alvik. Elle allait voir une amie à Nockeby.

– Vous n'auriez pas son numéro de téléphone ?

– Si. Je lui ai demandé si ça l'intéressait de faire le ménage chez un vieux bonhomme comme moi.

– Elle a accepté ?

– Oui. Je vais chercher son numéro. Je l'ai noté dans mon carnet, qui est dans l'entrée.

Les choses s'accélèrent. La seule explication, c'est qu'il est déjà trop tard, se dit Johansson. *Erika Brännström, qui avait deux petites filles, a fait le ménage chez Margaretha Sagerlied pendant plusieurs années. Je me demande de qui elles sont. Les petites filles. L'homme qui l'avait soi-disant quittée. De qui s'agissait-il ?*

44

Vendredi 23 juillet 2010, après-midi

Enfin rentré. On était mieux chez soi, tout de même. Johansson l'avait toujours pensé.

Ça marche comme sur des roulettes.

Matilda lui ouvrit la porte en lui tenant le bras, doucement. Agrippé à sa canne, il franchit le seuil. Au même instant, une idée lumineuse lui traversa l'esprit. Une idée tout à fait exceptionnelle.

– Alf Hult, dit Johansson à Matilda.

– Alf Hult ?

– Exactement.

45

Vendredi 23 juillet 2010, soir

Il n'y avait pas que son enquête qui avançait. Sa santé s'améliorait de jour en jour. Pas de victoires retentissantes, mais petit à petit, il retrouvait ses capacités et sa vie d'avant. Dans sa tête, c'était plus compliqué. Les pensées se bousculaient dans le désordre complet, sans structure apparente. Et les maux le tourmentaient encore quotidiennement, ou presque. *Une chose à la fois*, se disait-il. *Une chose à la fois.*

Un beau jour, ou plutôt, un soir, après une longue manœuvre de persuasion, sa femme accepta qu'ils dînent sur la terrasse, comme ils avaient l'habitude de le faire par les douces soirées d'été. Johansson monta l'escalier par ses propres moyens. Sans sa canne – elle ne faisait que l'encombrer –, sur ses cannes à lui, et en tenant la rambarde de la main gauche pour ne pas tomber. Malgré ses protestations, Pia le suivait de près.

– Si je me casse la figure, je te briserai les os ! s'exclama Johansson. *Têtue comme le péché.*

Il redevient lui-même, pensa Pia. *Rétif comme un vieux cheval.*

Alors qu'ils prenaient le café, après le repas, il lui raconta la brillante idée qu'il avait eue quelques heures plus tôt.

– J'ai invité Alf à déjeuner à la maison, demain.

– Alf ?

– Alf Hult.

– Ton beau-frère ?

– Oui.

– Anna viendra aussi ? demanda Pia, qui avait du mal à cacher sa surprise.

– Anna ? Quelle Anna ?

– Ta sœur. Ta plus jeune sœur.

– Je sais bien que c'est ma plus jeune sœur. Non, elle ne viendra pas. Il n'y aura qu'Alf et moi.

– Ah… Je croyais que tu supportais à peine de le voir en peinture, dit Pia, qui se souvenait bien de plusieurs réunions de famille chez les Johansson.

– Tu exagères un peu, quand même ! Alf a ses bons côtés. C'est même quelqu'un de très bien, sous certains aspects.

– Ce n'est pas l'impression que j'avais. Je veux dire que tu l'appréciais à ce point. Une question – simple curiosité. Pourquoi cette soudaine envie de le voir ?

– Je l'ai engagé. *Et c'est la meilleure idée que j'aie eue depuis ce détour par chez Günter qui m'a sauvé la vie.*

46

Samedi 24 juillet 2010, matin

Alf Hult, comptable à la retraite, était marié à la plus jeune sœur de Johansson, Anna, la petite dernière de la ribambelle de gamins qu'avaient eue Elna et Evert. Elle était née cinq ans après l'avant-dernier, Lars Martin Johansson, ancien chef de la Direction nationale de la Police judiciaire.

Alf Hult avait passé toute sa vie professionnelle, c'est-à-dire presque quarante ans, au Trésor public de Solna, depuis l'obtention de son diplôme de comptable jusqu'à son départ à la retraite : un employé zélé et redouté de toutes les personnes morales ou physiques susceptibles de devenir ses « objets d'inspection ».

Evert, le frère aîné de Johansson, le détestait du fond du cœur, le considérant comme une menace contre toute forme d'entreprenariat, enfin, contre toute forme de vie humaine en général, et n'avait besoin que d'un tout petit coup derrière la cravate pour claironner cette opinion.

Mais Alf Hult s'en fichait pas mal. Grand, maigre, en bonne condition physique, avec son profil d'aigle et sa calvitie naissante, il était tout de même un peu courbé après avoir passé des décennies penché sur les divers moyens déployés par ses objets d'inspection pour échapper à leurs obligations morales et à leurs devoirs civiques. Il ne craignait rien ou presque, d'ailleurs, car à la réunion organisée pour les cinquante ans de sa femme, à laquelle même le grand frère Evert avait été obligé de participer au nom du sacro-saint amour familial, il avait osé faire à ce même beau-frère une légère réprimande au moment du café et du cognac.

– Cher beau-frère, vous me trouvez peut-être nasillard, mais jusqu'ici, personne n'a réussi à me tirer les vers du nez.

À la retraite, Alf Hult se mit à faire des recherches généalogiques. Passionnément, avec la même méticuleuse objectivité qu'il appliquait auparavant aux livres de comptes. Comme il était aussi soigneux dans ses affaires personnelles que dans celles les autres, il dirigeait depuis quelques années une fructueuse auto-entreprise dans le secteur de la généalogie. Il s'était évidemment intéressé au vaste arbre de famille de son épouse – comme à son habitude, sans tolérer la moindre petite lacune historique, aussi insignifiante fût-elle, et s'attirant ainsi les foudres des deux patriarches de la lignée, papa Evert et son fils aîné, Evert, dit « le p'tit Evert » jusqu'à sa majorité, jour où son père avait pour la première fois prononcé l'inévitable :

– À partir de maintenant, je ne veux plus que vous appeliez mon fils aîné « p'tit Evert ». Nous sommes deux Evert et, un jour, c'est lui qui prendra la relève.

Toi, Alf, tu seras mon Sherlock. Moi, je serai Mycroft, se dit Lars Martin Johansson. Mycroft Holmes, le grand frère de Sherlock, n'avait même pas besoin de quitter son fauteuil pour élucider les affaires les plus complexes. Maintenant que Johansson passait le plus clair de son temps allongé dans un canapé, incapable d'aller au feu, ce rôle lui allait comme un gant. Notons en passant qu'il n'avait eu aucun problème à se souvenir du nom de l'aîné des Holmes.

Le Sherlock de Johansson, c'est-à-dire l'ancien directeur comptable Alf Hult, plus incisif que jamais, était désormais assis à sa droite sur le fauteuil qu'il avait avancé tout près du canapé pour ne pas fatiguer inutilement son beau-frère. Tout ouïe, aux aguets, toujours prêt à affronter des coups bas sournois ou autres guets-apens financiers.

– Margaretha Sagerlied et son mari Johan Nilsson... dit Alf Hult en regardant pensivement ses notes.

– Et la vieille femme de ménage de Sagerlied, Erika Brännström, ajouta Johansson.

– Vieille, vieille… Si tes informations sont exactes, elle a sans doute quelques années de moins que nous.

– Il y a un problème ? Je t'ai donné le numéro d'identité de Sagerlied et le numéro de téléphone de Brännström. C'est tout ce que j'ai.

– Aucunement, répondit Alf Hult en secouant légèrement la tête. Qu'est-ce que tu veux savoir ?

– Tout.

– Tout ? Dans ce cas, il vaut mieux que je te prévienne. Ce genre d'affaire chiffre vite.

– Pas grave, rétorqua Johansson avec un geste rabroueur.

Il était tout de même le deuxième membre le plus riche de sa nombreuse famille.

– Et tu me donnes une semaine, c'est bien ça ?

– Exact. *Ça te laissera le temps de fumer tes trois pipes. Mycroft préférait le cigare, non ?*

– Je ne suis pas un inconditionnel de Conan Doyle, constata Alf Hult. Il est beaucoup trop romantique à mon goût.

47

Lundi 26 juillet 2010

Lundi. Nouvelle semaine. Un jour de plus dans une vie qui avait failli être perdue. Petit déjeuner, kiné, rendez-vous avec Ulrika Stenholm – neurologue, fille de pasteur, quarante-quatre ans et pas une ride sur son long cou lisse, penchant sa tête blonde tantôt à droite, tantôt à gauche, ce qui lui donnait l'air d'un écureuil.

– Alors, comment ça se passe ?

– Ça avance, dit Johansson. *Mis à part les maux de tête constants, la poitrine oppressée et la serpillière que j'ai à la place du bras droit. Ça suffit, arrête de chouiner.*

– Il me semble aussi. Je veux dire : que ça avance. La kiné est très contente de vos progrès. Et Pia me dit que ça marche très bien à la maison.

– Et vous, ça avance ? demanda Johansson. *Qu'est-ce qu'elle en sait, Pia ?* se dit-il avec une soudaine amertume.

– Rien, répondit Ulrika Stenholm. J'ai parcouru tous les papiers de mon père. Les sacs et les cartons. J'ai été très minutieuse, je vous le promets. Je n'ai rien trouvé d'autre que l'enveloppe et la barrette.

– Vous avez bien dû tomber sur un petit quelque chose en passant, insista Johansson.

– Rien qui soit en rapport avec Yasmine. Quelques vieux programmes de concerts à l'église, sur lesquels figure Margaretha Sagerlied, quelques cartons d'invitation à des dîners chez elle du temps où son mari était en vie, des vieilles photos de mes parents dans sa villa. D'autres où on la voit en train de chanter, à l'église, sans doute à une messe de Noël dans les années 1970. J'ai tout mis là-dedans, ajouta-t-elle en lui tendant une enveloppe en papier kraft.

– C'est tout ?

– C'est tout. Et vous ? Comment ça va ?

– Bien. Je ne vais pas tarder à le coincer. *Pourquoi je dis ça ?*

– Vous savez de qui il s'agit ? Vous pouvez me le dire ? demanda Ulrika Stenholm, étonnée.

– Vous serez la première à l'apprendre. *Mais pourquoi je dis ça ?*

– Vous me le promettez ?

– Je vous le promets. *Mais d'abord, je dois voir derrière le prochain coin.*

– J'ai l'impression d'être un traître, lui dit son meilleur ami quelques heures plus tard.

– Je t'écoute, dit Lars Martin Johansson, qui savait déjà de quoi il s'agissait.

La vieille histoire habituelle : complications inattendues sur fond conjugal. Ça avait commencé avec la nouvelle voiture de Jarnebring. Il l'avait, certes, achetée pour la moitié du prix du marché mais, d'après sa femme, il y avait tout de même des dépenses plus pressantes, surtout pour deux personnes d'âge mûr qui prétendaient se débrouiller avec une retraite – celle de Jarnebring – et un salaire de la police – celui de sa femme.

– Et tu as fait quoi ? demanda Johansson, qui connaissait déjà la réponse.

– J'ai cédé, avoua Jarnebring. Elle a payé un voyage de dernière minute pour la Thaïlande, et je me retrouve comme un con. Un voyage en amoureux. Elle ferait mieux de bien réfléchir, si elle tient à moi. Une semaine, mais quand même.

– En plein été suédois, constata Johansson qui se sentait à nouveau envahi par cette hilarité qui alternait implacablement avec les maux de tête, la poitrine oppressée, l'angoisse, la rage et la mélancolie. *Vends la voiture.*

– Les femmes… lâcha Jarnebring.

– Je me débrouillerai, lui assura Johansson. *Et je te promets de ne rien dire à mon frère.*

– Au fait, j'en ai déjà parlé à ton frère, lança Jarnebring comme s'il lisait dans les pensées de Johansson.

– Et il a dit quoi ?

– Que je devais faire gaffe à ne pas laisser les bonnes femmes prendre le pouvoir. Il m'a filé quelques adresses en Thaïlande aussi.

Ça lui ressemble, pensa Johansson.

Une fois Jarnebring reparti, Matilda servit à Johansson une grande tasse de thé et un sandwich tout à fait correct : pain de seigle, salade, tranches de tomates et une généreuse portion de jambon sec. Il eut à nouveau mauvaise conscience.

– On ne s'est pas autant occupé de moi depuis que j'étais petit, quand je suis tombé malade et que j'ai dû rester à la maison. *Arrête de chouiner.*

– Politique de l'entreprise, répondit Matilda en faisant un signe de tête vers les papiers au pied du canapé. Tu travailles sur une vieille affaire ? Il faut rester calme, ne pas stresser, tu te souviens ? Il faut vraiment que tu apprennes à te détendre.

– Une affaire, une affaire… Un meurtre non élucidé.

– Un meurtre ? Passionnant.

– Ne sois pas puérile, répliqua Johansson en secouant la tête. Ça n'a rien de passionnant. C'est triste et sinistre. Et horrible.

– Je peux te filer un coup de main.

– Ça m'étonnerait.

– Pourquoi pas ?

– Le dossier est confidentiel, exprès pour empêcher les petites curieuses comme toi d'aller fourrer leur nez dedans.

– Tu peux me faire confiance, je ne suis pas du genre à ragoter à tort et à travers.

– Bon, d'accord, admit Johansson, qu'une nouvelle idée venait de traverser. Tu te débrouilles sur Internet ? *Pas du genre à ragoter...*

– Pas comme Lisbeth Salander, mais ça peut aller.

Lisbeth Salander ? C'est qui, ça ?

– Tu pourrais peut-être me trouver des informations sur un certain Joseph Simon. Ça s'écrit avec un « ph » à la fin.

– Bien sûr. Tu sauras tout sur lui. C'est le méchant de l'histoire ?

– Non. Il est médecin, né en 1951 en Iran, et a obtenu l'asile politique en Suède en 1979. Il a quitté le pays pour s'installer aux États-Unis en 1990, où il serait devenu richissime grâce à ses activités dans l'industrie pharmaceutique.

– Pourquoi il t'intéresse, puisque ce n'est pas le méchant ?

– J'aimerais savoir comment il a fait son deuil.

Pia rentra du travail et lui demanda comment il allait.

– Bien, répondit Johansson avec le sourire.

Malgré ses maux de tête et sa poitrine oppressée. Un quart d'heure auparavant, il avait encore avalé un de ces cachets blancs qu'il devait seulement prendre en cas d'urgence. Parce que son angoisse l'avait soudain étreint, qu'il s'était senti comme un enfant sans défense, et que son seul recours était l'absence d'esprit que lui apportaient les petits cachets blancs.

– Je me porte comme un charme, mentit-il. Viens t'asseoir. Raconte-moi ta journée à la banque, mon amour. *Pourquoi j'ai dit ça ? Pourquoi je ne lui ai pas simplement demandé si elle avait passé une bonne journée à son travail ?*

Le soir, son beau-frère l'appela. Le travail avançait comme prévu. Jusque-là, Alf Hult n'avait pas rencontré d'obstacle insurmontable.

– J'ai quasiment terminé le profil d'Erika Brännström et de ses deux filles.

– Tu as trouvé leur père ?

– Oui. Les deux filles ont le même, un certain Tommy Högberg, né en 1956. Trois ans de moins qu'Erika Brännström, née en 1953. La fille aînée, Karolina, est née en 1975 et sa sœur, Jessica, en 1979. Erika et Tommy Högberg ne se sont jamais mariés, mais ils ont vécu ensemble. Il a reconnu les deux filles. Tu préfères que je te l'envoie par fax ou par mail ?

– Par fax, ça m'évitera de devoir appuyer sur un tas de petits boutons, expliqua-t-il. *Paternité déclarée.*

– À en juger par son revenu imposable, le père m'a l'air d'un vrai paumé. Tu devrais peut-être vérifier auprès de tes anciens collègues s'il n'a pas eu des activités dans ton secteur. J'ai comme l'impression que ce serait possible.

– Vraiment ? s'étonna Johansson. *Je me demande si Tommy Högberg n'aurait pas autre chose à avouer aussi.*

Il raccrocha. À peine avait-il posé le combiné qu'il dormait à nouveau.

48

Mardi 27 juillet 2010, après-midi

Comme d'habitude, il consacra la matinée à essayer de recouvrer la santé. De retour de chez la kiné, Matilda lui proposa une promenade autour du pâté de maisons.

– Je viens de faire de l'exercice, rouspéta-t-il.

– Allez ! Tu n'en feras jamais trop.

Bon gré mal gré, trop fatigué pour protester, il se plia à sa volonté. Lorsqu'ils revinrent à l'entrée de l'immeuble, Johansson ruisselait de sueur. Pourtant, il avait parcouru à peine un kilomètre, ce qui lui avait tout de même pris vingt minutes. Son cœur martelait ses côtes, la douleur fusait dans son visage et son front. Matilda lui jeta un coup d'œil en douce dans l'ascenseur, l'air inquiète.

– Allonge-toi sur le canapé, je vais préparer le déjeuner, lui intima-t-elle en lui ouvrant la porte et en tenant doucement son bras flagada pendant qu'il franchissait le seuil.

Bien fait pour toi, se dit Johansson tandis qu'elle arrangeait les coussins derrière son dos. Voilà, c'était déjà mieux. Allongé, il souffrait moins.

– Je n'ai pas l'intention de te tuer, glissa Matilda, mais tôt ou tard, il faudra bien que tu te mettes à bouger. Tu es bien installé ?

– Arrête de me dorloter. Fais-moi plutôt quelque chose à manger. Et donne-moi les papiers qui sont dans le fax.

Erika Brännström avait grandi dans les environs de Härnösand. À l'âge de vingt ans, elle était partie à Stockholm où elle avait travaillé comme aide-soignante à l'hôpital de Huddinge. Puis elle avait rencontré Tommy Högberg, mécanicien diplômé d'un lycée technique qui avait vécu toute sa vie à Stockholm.

Ils avaient emménagé dans un appartement à Flemingsberg et eu deux enfants, Karolina en 1975 et Jessica en 1979. Quatre ans après la naissance de Jessica, en 1983, ils s'étaient séparés. Tommy était resté à Huddinge. La même année, il avait eu un fils avec sa nouvelle compagne, née en 1964, également aide-soignante à l'hôpital de Huddinge. Erika s'était installée à Lilla Essingen avec ses filles et avait débuté son travail à mi-temps à l'hôpital Sankt Göran. Aucune trace d'un nouveau compagnon.

Un mi-temps à Sankt Göran... songea Johansson. *Nous sommes en 1983, elle a emménagé dans un appartement en ville avec ses deux filles. Ce doit être l'époque où elle commence à faire le ménage chez Margaretha Sagerlied. Son ex-mari s'est trouvé une nouvelle femme qui a onze ans de moins qu'elle. Elle a sûrement besoin de tout l'argent qu'elle peut gagner.*

Alf Hult avait retracé le destin du père grâce aux registres de l'état civil et des revenus qu'il avait déclarés au fisc. Deux ans après la naissance de son quatrième enfant, en 1985, il se retrouve à nouveau seul, à une nouvelle adresse à Huddinge. Il a toujours le même employeur, mais ses revenus diminuent à mesure que ses indemnités maladie augmentent.

Il s'est mis à picoler sérieusement, se dit Johansson avec la clairvoyance qui, chez un policier, constitue une déformation professionnelle. *Sa compagne le met à la porte. Et que fait-il ? Est-ce qu'il reprend contact avec Erika ? Est-ce qu'il se pointe carrément chez elle, à son nouveau travail, dans la grande villa chic de Bromma ?*

Un an plus tard, manifestement, il est survenu un événement encore plus dramatique. Ses revenus sont divisés par deux mais, cette fois, il ne reçoit plus aucune indemnité de l'assurance maladie.

Johansson prit son téléphone portable et appela son ancien collègue, le commissaire Hermansson de la criminelle départementale de Stockholm.

– Johansson.

– Salut, chef ! Lars ! Tout va bien, j'espère ?

– Impeccable, Herman, mentit Johansson.

– Et que puis-je faire pour un si éminent personnage ?

– Une recherche. Sur un certain Högberg, Tommy Rickard, né en 1956…

– Une petite minute, je vais me mettre devant ma bécane. Voilà, je t'écoute.

– Högberg, Tommy Rickard, né le seize zéro deux mille neuf cent cinquante-neuf. Dernière adresse connue…

– Je l'ai. Il habite à Flemingsberg. Diagonalväg 14.

– Mais encore ?

– Il y a un peu de tout. Surtout du sordide, si je puis me permettre. Il semble avoir eu des problèmes d'alcoolisme. Première annotation : conduite en état d'ébriété en 1983. Dernière annotation : idem, en 2006. Il y a aussi des « conduite sans permis ». Il l'a perdu en 1996.

– Et après ?

– Rien. Il devait être de plus en plus décrépit, le petit gars. La bibine, ça use. Il a obtenu sa retraite anticipée à cinquante ans, c'est-à-dire en 2006.

– Rien de plus lourd ?

– Bof… dit Hermansson. Il a pris six mois pour vol aggravé en 1987. À part ça, surtout du sordide : trois conduites en état d'ébriété, quelques conduites sans permis, une tentative d'escroquerie à l'assurance, mais l'affaire a été classée. Violence contre une personne dépositaire de l'autorité publique, aussi classée. Il a dû se faire virer d'un bar. Voilà.

– C'est tout ?

– Oui. Maintenant, à ton tour. Raconte.

– Il n'est pas au fichier des empreintes génétiques ?

– Non, répondit Hermansson. Mais on a ses empreintes digitales. À cause du vol aggravé de 1987. Et moi, maintenant, je meurs de curiosité.

– Je te raconterai un autre jour, promit Johansson. Vois ce que tu peux trouver d'autre. À plus tard.

Malgré les protestations de Hermansson, il abrégea la conversation, se leva du canapé sans trop de peine et se rendit à la cuisine pour voir où en était le déjeuner. Matilda, qui parlait au téléphone, manifestement contrariée, ne l'entendit pas entrer. Johansson s'arrêta sur le pas de la porte et écouta – encore une déformation professionnelle.

– D'accord, mais ce n'est pas mon problème. Tu m'avais promis que tu me rembourserais au plus tard jeudi. C'est franchement dégueulasse, ce que tu me fais. J'ai un loyer à payer, tu devrais t'en rendre compte.

Petit ami, copine, meilleure amie... se dit Johansson. Puis il se racla la gorge. Matilda baissa la voix et tourna le dos à la porte.

– Tu devrais t'en rendre compte, répéta-t-elle.

Elle éteignit son téléphone et le fourra dans sa poche.

– Désolée. Ton déjeuner est bientôt prêt.

– Petit ami ? Copine ? l'interrogea Johansson avec un sourire.

– Ma folle de mère. Complètement barjo. Elle me rend dingue.

– Il ne faut pas se monter la tête, c'est mauvais pour la santé. J'ai faim. Qu'est-ce que tu me prépares de bon ?

– Du poulet bouilli avec du couscous et de la salade. J'ai mis un peu de vinaigrette légère. Je crois que tu vas bien aimer. Et il y aura aussi une surprise. Tu veux manger ici ou tu préfères que je t'apporte un plateau ?

– Ici, répondit Johansson. À partir de maintenant, on mangera à table, dans cette maison. *Une surprise ?*

49

Mardi 27 juillet 2010, après-midi

Matilda en avait parlé à Pia, qui en avait parlé au cardiologue de Johansson. Résultat : la surprise, un verre de bordeaux rouge étincelant sur la table. Johansson commença par en humer le parfum sans même le soulever. *Hmm... C'est ça, l'odeur du vin, quand on n'a pas bu depuis un mois ?* En le goûtant, il ressentit immédiatement la même sérénité que lui prodiguaient les petits cachets blancs, sans le décalage habituel entre la prise et l'effet.

– Deux verres au maximum, l'avertit Matilda. Non négociable. Deux verres, ça va, trois verres, bonjour les dégâts.

– Il suffit d'en choisir un plus grand, répliqua Johansson, souriant, en le levant vers elle. Tu habites où, au fait ?

– À Hägersten, dans un deux pièces cuisine. Seule, je n'ai pas de mec. Pourquoi tu me poses la question ?

– Je vais y venir. Qu'est-ce qu'on paye comme loyer pour ce genre d'appartement ? Deux milles couronnes ?

– Tu rigoles ? En Laponie, peut-être. Je paie six mille couronnes par mois. Et toi ?

– Je suis propriétaire.

– Je l'avais compris, figure-toi, rétorqua Matilda en levant les yeux au ciel. Je ne suis pas complètement débile. Mais les charges mensuelles sont de combien ?

– Zéro. La copropriété possède des locaux commerciaux dont les loyers rapportent assez pour payer toutes les charges. Pour les propriétaires, c'est zéro.

– La vie est injuste.

– Et tu gagnes combien ?

– Treize mille couronnes par mois, net. Et toi ? Enfin, c'est peut-être confidentiel.

– Honnêtement, je n'en sais rien. C'est Pia qui fait les comptes.

– Pourquoi est-ce qu'on parle de ça ?

– J'ai entendu ce que tu disais au téléphone – sans le faire exprès, bien sûr.

– Ce n'est pas beau d'écouter aux portes.

– Je sais. Déformation professionnelle.

– Moi aussi, je le fais souvent. J'aime bien ça, dit Matilda, ravie.

– Où voulais-je en venir ? reprit Johansson. *Où voulais-je en venir ?*

– Mon loyer, ce que je gagne, écouter aux portes.

– Ah ! Oui. Tu as reçu ton salaire le vingt-cinq, c'est-à-dire avant-hier. Tu as prêté de l'argent à ta mère, qui t'a promis de te rembourser avant que ton loyer soit dû, le 30 juin. C'est-à-dire dans quatre jours. Mais il se trouve qu'elle ne peut pas te rembourser. Du coup, tu n'as plus de quoi payer. Simple curiosité : combien tu lui as prêté ?

– Assez pour que je n'aie plus de quoi payer.

– Ça lui arrive souvent de t'emprunter de l'argent et de ne pas te rembourser ?

– Arrête… Ce ne sont pas tes affaires.

– J'en déduis que c'est déjà arrivé. *Sûrement trop souvent.*

– Pense ce que tu veux, de toute façon, ça ne te regarde pas.

– Tant que ma santé n'est pas en jeu, lança Johansson avec un sourire. Si tu as besoin d'argent, dis-le-moi. *Quelle mère ingrate.*

– Je n'ai pas le droit de t'en emprunter, je me ferais virer. Et puis, je ne veux pas de ton argent, sache-le.

– Dis-moi si tu changes d'avis, répliqua Johansson en haussant les épaules.

Après le repas, ayant rassemblé sur sa langue les dernières précieuses gouttes que contenait son deuxième verre de vin, il demanda à Matilda de lui faire du café. Puis il se faufila dans son coin secret, en sortit péniblement son sac d'urgence, le délesta de six mille couronnes, plia les billets et les fourra dans la poche du blouson de Matilda, accroché à un portemanteau dans le vestibule.

– Où tu étais passé ? demanda-t-elle en arrivant avec le plateau.

– Au petit coin, ricana Johansson. J'ai bu trop de vin, apparemment.

– C'est ça... Dis-moi stop, lui ordonna-t-elle en versant du lait chaud dans sa tasse.

– Stop. Et maintenant, tu m'excuseras, mais j'ai un coup de fil à passer.

Il appela Erika Brännström et lui expliqua de quoi il s'agissait : le meurtre de Yasmine, la petite voisine de Margaretha Sagerlied, alors âgée de neuf ans. Erika Brännström se montra fort récalcitrante.

– Axel, Axel Linderoth, m'a prévenue que vous m'appelleriez. Je sais très bien qui vous êtes, je vous ai même vu à la télé, il y a longtemps, mais je ne comprends vraiment pas ce que vous me voulez.

– Vous parler de Yasmine. Vous êtes la seule que je connaisse à l'avoir rencontrée.

– Et ses parents ?

– Injoignables. Ils ont quitté la Suède il y a plus de vingt ans.

– Eh bien, je ne comprends toujours pas. Je l'ai rencontrée une dizaine de fois, une vingtaine au maximum, et ça fait vingt-cinq ans.

– Vos filles avaient à peu près le même âge. Je me suis dit que ça vaudrait le coup de vous en parler. *Et elles sont en vie, tes filles. Elles ont eu la chance de devenir des femmes adultes, elles.*

– Je suis inscrite à la laverie, cet après-midi, je n'ai pas le temps, protesta-t-elle.

– Pas de problème, je peux passer chez vous. Dans une heure, ça vous va ?

– Appelez-moi en arrivant. Promettez-moi de m'appeler en arrivant.

Enfin ! se dit Johansson en raccrochant. *C'est si difficile de donner un coup de main à la police ?*

– Matilda ! hurla-t-il.

– Chef ? dit Matilda, qui devait avoir l'oreille collée à la porte.

– Fais chauffer le moteur de la Batmobile, on va sur le terrain ! *C'est sûrement le vin qui me fait ça. Pas de mal de tête, pas de poitrine oppressée, pas même d'hilarité. Ferme et serein. Un homme qui fait avec ce qu'il a, se méfie du hasard et ne complique pas inutilement l'affaire.*

50

Mardi 27 juillet 2010, après-midi

Essinge Brogata, immeuble des années 1930, ascenseur, un petit deux pièces cuisine au dernier étage, une alcôve à coucher dans le prolongement de la salle à manger – c'était sûrement là qu'Erika dormait, à l'époque, tandis que les enfants partageaient la petite chambre à coucher. C'était donc là qu'elle vivait depuis trente ans et que ses filles avaient grandi, avant d'aller faire leurs vies ailleurs. Johansson n'eut pas besoin de poser la question. À en juger par la décoration, les sols, les plafonds et les murs, il ne faisait aucun doute qu'Erika Brännström avait passé ici les vingt-sept dernières années de sa vie. Une vie modeste, laborieuse, ordonnée, sans aucune dépense inconsidérée, avec des marges de manœuvre très réduites.

Exactement comme le personnage. En bonne condition physique. Le corps tendu, les yeux vifs, des mains de travailleuse fortes et bronzées. On imaginait la belle jeune fille d'autrefois, la démarche dynamique, le sourire et les yeux encore pleins de rêves. *Bien conservée*, se dit Johansson avec un brin de mauvaise conscience. Le café était servi. Elle ne lui demanda pas s'il voulait du thé. *Nous sommes comme ça, nous, les Norrlandais*, pensa Johansson en sentant un remous dans son cœur écorché.

– Du sucre et du lait ? demanda-t-elle.

– Noir, ça ira.

– De quoi voulez-vous me parler ?

– Commençons par le début. Quand avez-vous commencé à travailler chez Margaretha Sagerlied ?

Au printemps 1983. Son mari l'avait quittée pour une autre aide-soignante de l'hôpital de Huddinge qui avait onze ans de moins qu'elle et un enfant. Et qui, de plus, était déjà enceinte du lui. Erika avait tout compris sans qu'il lui en touche un mot – tant mieux, cela évitait les mensonges et les crises de rage et de culpabilité venimeuse.

Son patron à Huddinge l'avait beaucoup aidée. Il s'était chargé de toutes les démarches. Médecin-chef, amateur d'opéra, riche, il était né avec une cuillère en argent dans la bouche et n'avait même pas besoin de son haut salaire pour vivre. Il lui avait trouvé un appartement à Lilla Essingen, dans un immeuble que possédait un ami à lui. Elle pouvait y loger gratuitement à condition de faire le ménage dans le hall et les escaliers une fois par semaine, de remplacer les ampoules grillées, etc. Son chef lui avait également déniché un poste à Sankt Göran, sur un simple coup de fil à un ami et collègue – ainsi que son emploi chez Margaretha Sagerlied, une amie de la famille.

– Vous vous demandez sûrement si j'avais une liaison avec lui, dit Erika Brännström.

– Non. Vous en aviez une ?

– Non. C'était quelqu'un de bien, tout simplement. Le genre d'homme à vous faire supporter les autres. Il avait le double de mon âge.

Et alors ? se dit Johansson, marié à une femme de vingt ans plus jeune que lui.

– Que faisiez-vous chez la Sagerlied ? demanda Johansson. *Entre Norrlandais.*

– Le ménage, la vaisselle, le linge, l'entretien de la maison et du jardin. Les courses. Et je donnais un coup de main quand elle avait des invités.

– Elle était comment ? Je veux dire comme patronne.

– Pas avare, mais très imbue d'elle-même. Si j'avais eu la patience d'écouter ses histoires, je serais passée dame de compagnie, et je n'aurais pas été obligée de faire le ménage.

– Exigeante ?

– Il fallait la prendre avec des pincettes, faire semblant d'entendre ses ordres et travailler comme on l'entendait après.

– Méchante ?

– Vraiment pas. Égocentrique, oui, mais pas méchante. Elle pouvait devenir pénible si on ne la caressait pas dans le sens du poil. Sa solitude la faisait souffrir. Et elle voulait paraître plus distinguée qu'elle ne l'était. Et puis elle n'avait pas d'enfant. Elle en parlait souvent. Elle disait que sa carrière l'avait empêchée d'en avoir. Et que c'était ce qu'elle regrettait le plus. De s'être mariée si tard avec un homme beaucoup plus âgé qu'elle.

– Et vos enfants ? Elle les connaissait ?

– Oh ! Oui, elles se voyaient souvent. Dès que l'une d'elles était malade, toussait et morvait trop pour qu'on l'accepte au jardin d'enfants, je l'emmenais au travail. Les filles venaient aussi avec moi quand je donnais un coup de main, les week-ends et les soirs. Parfois, c'était aussi bien qu'on passe la nuit chez elle. Vous avez des enfants, vous aussi, non ?

– Oui.

– Bon, alors vous savez ce que c'est, quand ils sont petits.

– Plus ou moins.

– Ça ne m'étonne pas, dit-elle avec un vague sourire, en tournant sa cuillère dans sa tasse.

– Et ça se passait bien, avec les enfants ? Je veux dire entre elles et la Sagerlied.

– Parfaitement bien. Elles adoraient Madame Margaretha. Elles jouaient du piano ensemble, chantaient, donnaient des représentations de théâtre et se déguisaient en Dieu sait quoi. C'était à moi de mettre les limites. Elle les gâtait. Elle leur donnait des cadeaux beaucoup trop chers. Elle les emmenait au grand magasin NK pour Noël et leurs anniversaires, des choses comme ça.

– Et votre mari ? Enfin, votre ex-mari. Il l'a rencontrée ?

Sur le qui-vive, brusquement, observa Johansson.

– Non, jamais. Mais je comprends pourquoi vous me posez la question.

– Comment ça ?

– Vous êtes policier, vous devez déjà tout savoir sur lui. Je suppose que c'est lui, la vraie raison de votre visite.

– Figurez-vous que non. J'allais en venir à Yasmine, mais puisque vous semblez comprendre pourquoi je vous interroge sur votre ex-mari, profitons-en. Parlez-moi de lui.

– Très bien. De toute façon, je n'ai rien à cacher. Tommy était un bon à rien. Il buvait déjà trop quand on s'est rencontrés, alors qu'il avait à peine dix-huit ans. Je venais de la campagne. J'étais une proie facile, même si j'avais quelques années de plus que lui.

– Il buvait trop ?

– Il aimait les femmes et la fête. Beaucoup trop. Je suis sûre qu'il en a fréquenté d'autres que moi pendant nos années ensemble. L'alcool a commencé à lui poser de sérieux problèmes mais, à ce stade, je l'avais déjà quitté.

– Il n'a jamais essayé de reprendre contact avec vous ?

– Non. Les premières années, il ne nous donnait quasiment pas de nouvelles. Je lui ai parlé une ou deux fois au téléphone à propos de la pension alimentaire. D'ailleurs, c'était peine perdue. Alors je me suis adressée à un avocat, et j'ai obtenu une avance sur les pensions qu'il ne nous versait pas. Tant mieux, ça m'a évité de le harceler. C'était un bon à rien et il buvait trop mais, au fond, il n'était pas méchant. Je suis au courant des histoires auxquelles il a été mêlé, bien sûr. Je sais aussi qu'il a fait de la prison. Il avait été embarqué dans une affaire de vol sur son lieu de travail.

– Et les filles ? Il n'a pas voulu garder contact avec elles ?

– Quand ma remplaçante – c'est comme ça que je l'appelle – l'a mis à la porte, il m'a appelée. On s'est revus, mais ça n'a pas marché. Il n'arrêtait pas de faire des promesses qu'il ne tenait jamais. Résultat : deux petites filles en larmes. En grandissant, elles ont essayé de garder contact avec lui. Ça n'a pas marché, bien sûr. Je crois qu'elles ne l'ont pas vu depuis dix ans. Tommy était un enfant. Un enfant qui buvait. Il n'est jamais devenu adulte.

– Quand l'avez-vous vu pour la dernière fois ?

– En privé ? Une seule fois depuis que je l'ai quitté, en 1983. Quelques années après la séparation. Il était venu me voir à Sankt Göran, où je travaillais, pour m'emprunter de l'argent. Et je lui en ai prêté. Quelques billets de cent. Évidemment, il ne me les a jamais rendus.

– Et à part ça ? Chez l'avocat ? Au bureau d'aide sociale ? Vous deviez quand même être en contact avec lui d'une manière ou d'une autre…

– Pendant tout ce temps, nous avons dû nous voir une demi-douzaine de fois. Et seul à seule, une seule fois, comme je vous le disais. Le jour où j'ai été assez bête pour lui prêter de l'argent.

– Ah bon, dit Johansson. *Quelle raclure, ce type.*

– Je crois deviner où vous voulez en venir. Si vous pensez que Tommy est mêlé à la mort de Yasmine, vous vous trompez. Il n'aurait jamais fait une chose pareille. C'est la vérité. Tommy s'intéressait aux femmes adultes, et elles le lui rendaient bien. Pour lui, une petite fille, ça devait être mignon, gentil et ne pas faire d'histoires. Il avait à peine la patience de leur lire un livre le soir.

– Je vous crois. Bien… Je passe du coq à l'âne : en juin 1985, quand Yasmine a été tuée, qu'est-ce que vous faisiez ?

– J'avais enfin réussi à prendre des vacances. Ça faisait plusieurs années que je travaillais sans interruption. Margaretha devait aller à sa maison de campagne avec une amie. Dès la fin de l'école, j'ai emmené les filles chez mes parents. On est restées chez eux tout l'été et on n'est revenues à Stockholm qu'à la mi-août, pour la rentrée scolaire. Ma plus jeune fille, Jessica, entrait en CP.

– Mes collègues ne vous ont pas interrogée ?

– Ils ont vu Margaretha, elle me l'avait raconté. Mais moi ? Pour quoi faire ?

– On peut se le demander, dit Johansson. Yasmine… Parlez-moi d'elle.

Au printemps, peu après qu'Erika eut commencé à travailler chez Margaretha Sagerlied, le père de Yasmine et sa nouvelle compagne avaient emménagé dans la maison du bout de la rue. La petite Yasmine n'avait pas tardé à devenir la chouchoute de l'ancienne diva.

– Elle était mignonne… Adorable, même. Une gamine pleine de charme, joyeuse, un vrai petit singe. Et gâtée aussi. Entre Margaretha et elle, ça a été le coup de foudre. Son père ne déméritait pas non plus, d'ailleurs.

– C'est-à-dire ?

– Grand, fort, sportif. Basané. Un bel homme. Et médecin, en plus. Margaretha l'adorait. Elle les a invités plusieurs fois à des soirées chez elle, lui et sa compagne. La première fois que je les ai vus ensemble, je veux dire le père de Yasmine et sa compagne, c'était chez Margaretha, justement. Je me suis demandé combien de temps leur relation tiendrait. Elle était aussi médecin.

– Vous vous êtes dit ça ?

– Lui, c'était un véritable aimant. Toutes les femmes, quel que soit leur âge, mettaient un point d'honneur à lui faire la conversation au moins une fois dans la soirée.

– Mais il était immigré. Iranien. Ça ne jouait pas ?

– Non, Margaretha n'avait rien contre. Au contraire. Ni ses amis, d'ailleurs. On aurait dit le shah d'Iran en plus jeune, plus grand et plus beau. Quelle femme ne se rêverait pas en Farah Diba ? Pour ma part, je n'aurais pas dit non.

– Vraiment ?

– Enfin, il ne m'a jamais fait de proposition. J'ai échappé à ça. D'ailleurs, à mon avis, ce n'était pas le genre à fréquenter la domesticité. Il était tout à fait charmant et poli avec moi, mais je pense qu'il visait plus haut.

– Et Yasmine… Elle connaissait vos filles ?

– Figurez-vous que je me suis posé la question. Quand c'est arrivé. Elles ne s'étaient jamais rencontrées. Enfin, peut-être saluées en passant, mais elles n'avaient jamais joué ensemble. J'étais plutôt soulagée, vu ce qui s'est passé. Et puis ça m'a évité les interrogatoires, si l'on peut dire.

– Franchement, c'est horrible ! Être capable de faire ça à une petite fille ! s'indigna Johansson.

– Je vous aurais cru plus blasé, répliqua Erika, étonnée. Ça fait tout de même partie de votre travail de vous frotter à ce genre de profil.

– Oui. Mais le comprendre, c'est autre chose.

– Ah... Je vois ce que vous voulez dire. C'est justement pour ça que vous pouvez rayer le père de Karolina et Jessica.

Margaretha Sagerlied semblait avoir décidé de vendre sa maison de l'Äppelviken dès l'automne 1985.

– Si je suis bien renseigné, la signature a eu lieu au printemps 1986, précisa Johansson. Environ neuf mois après le meurtre. Vous savez pourquoi elle a brusquement décidé de déménager ? *Elle recommence. Elle est sur le qui-vive, c'est évident.*

– Brusquement ? Ah bon ? Je n'ai pas remarqué. C'était presque un an plus tard.

– Oui, mais enfin... Une baraque de ce genre, on ne s'en débarrasse pas en un clin d'œil. Et l'agence immobilière l'a mise en vente dès l'automne, il me semble.

– Il n'y a rien de bizarre à ça. Elle en parlait depuis longtemps. La maison était trop grande pour elle toute seule, elle devenait vieille, elle voulait s'installer en ville, acheter un petit appartement à Östermalm pour être plus près de tout.

– La maison était trop grande ? *Pourtant, c'était son musée personnel. Un monument à sa vie. Ça m'étonnerait...*

– Oui, elle en parlait depuis longtemps. Si, si.

– Et ce qui est arrivé à Yasmine ? Vous ne pensez pas que ça a pu l'influencer ? Elle la chouchoutait. La petite traînait toujours dans ses jupons. Après sa mort, la maison devait être pleine de souvenirs douloureux. *Pourquoi est-ce que tu mens ?*

– Non, répondit Erika Brännström en secouant la tête. Je vois où vous voulez en venir, mais elle n'en parlait pas comme ça.

– Vous l'avez aidée à déménager, d'après ce que j'ai compris... Une fois la maison vidée, vous y avez fait le ménage... C'est bien ça ?

– Oui. Elle avait acheté un appartement à Östermalm. Dans la Riddargata. Je l'ai aussi aidée à s'installer.

– Et après ?

– Que voulez-vous dire ?

– Vous êtes restées en contact ? Elle vous a sûrement demandé de continuer à travailler pour elle, non ?

– Non. Un des avantages à prendre un logement plus petit était justement d'éviter d'engager une aide-ménagère. Et puis, un an après son déménagement, elle est tombée malade. Un cancer. Elle a souffert pendant assez longtemps avant de mourir. On a eu quelques conversations au téléphone, mais c'est tout.

– C'était elle qui vous appelait ou le contraire ? *Pourquoi tu mens ? Qui protèges-tu ?*

– Les deux, je crois. Tantôt moi, tantôt elle.

– Je change de sujet. Ses fréquentations... D'après ce que j'ai cru comprendre, il s'agissait surtout de gens de son âge. Du domaine de la culture.

– Oui, sauf un ou deux voisins, comme Axel et sa femme, ou le père de Yasmine et sa compagne. Et les enfants de ses vieux amis. Je veux dire ceux qui étaient déjà adultes, âgés de trente ou quarante ans. Enfin, pour les plus jeunes.

– Je vais y aller franchement : avait-elle un ami proche ? Quelqu'un qui aurait eu autour de trente ans. Qu'elle aurait fréquenté régulièrement.

– Qu'est-ce que vous voulez dire ? Qu'elle aurait eu une liaison avec un homme plus jeune ?

– Non, ce n'est pas ça. Quelqu'un qu'elle connaissait bien, qui lui rendait service de temps en temps, par exemple. Un parent, une connaissance, l'enfant d'un ami. *Toi, tu te fais plus bête que tu ne l'es...*

– Non, je ne vois pas. Et s'il y avait eu quelqu'un, je l'aurais su.

– Bien entendu, répondit Johansson avec un sourire. Et vos filles ? Si je suis bien renseigné, elles ont réussi dans la vie...

– Oui, tout à fait. Elles sont mariées, travaillent et ont des enfants. Comment le savez-vous ? Mes deux beaux-fils sont des gars normaux et parfaitement honnêtes, pour tout vous dire.

– Bien entendu. Avec une femme comme vous dans la famille...

– On n'a pas toujours eu la vie facile, vous savez.

– Je veux bien vous croire. Bon... Y a-t-il autre chose ? Quelque chose qui vous revienne à l'esprit ? *Je te donne une dernière chance. Qu'est-ce que tu attends ? Prends-la ! Je ne voudrais pas être obligé de te faire souffrir.*

– Non. En plus, le linge m'attend. Je vais rater mon tour à la laverie.

Il attendit qu'elle lui ouvre la porte, puis, dans le petit hall d'entrée, fouilla dans sa poche intérieure.

– Une dernière chose...

Il cn sortit le sachet contenant la barrette et le lui tendit. Elle refusa d'y toucher.

– Vous reconnaissez cet objet ?

– Non. Je vois bien que c'est une barrette, mais elle n'appartient à aucune de mes filles.

– Vous en êtes sûre ?

– Parfaitement. Je ne voudrais pas me montrer désagréable, mais...

– Réfléchissez. Vous avez mon numéro. Réfléchissez bien et appelez-moi si quelque chose vous revient à l'esprit.

La peur, maintenant, la peur au fond de ses yeux. Elle n'avait pas vociféré, elle ne s'était pas mise en colère comme elle aurait dû le faire si elle s'était sentie injustement accusée. *Je me demande où tu l'as trouvée*, se dit Johansson dans l'ascenseur. *Tu as dû te rendre compte qu'il manquait un drap et une taie d'oreiller. Et peut-être un oreiller. Un beau jour d'automne 1985, quand tu faisais le grand ménage après les vacances d'été.*

51

Mercredi 28 juillet 2010

Au moment où Jarnebring enfilait son caleçon de bain et faisait trempette dans l'océan Indien, au soleil couchant, Johansson se cassait la figure dans son bureau et manquait de s'assommer. Mais auparavant, il était arrivé un certain nombre de choses.

Lorsque Matilda lui apporta son café du matin, elle lui demanda un entretien.

– Il y a une chose dont je voudrais discuter avec toi, dit-elle. Si tu n'as rien contre.

– Vas-y, attaque, répondit Johansson avec un sourire affable, déjà bien préparé.

– Hier soir, en rentrant chez moi, j'ai trouvé six billets de mille couronnes dans la poche de mon blouson. Tu es au courant ?

– Non, répliqua Johansson en secouant la tête. Je ne vois pas de quoi tu parles.

– Je suis sérieuse. Je n'ai pas le droit de recevoir de l'argent de mes patients. Ni dons, ni prêts. Alors voilà...

– Arrête de râler, l'interrompit Johansson. Je n'ai pas la moindre idée de ce dont tu parles.

– On verra ça plus tard.

– J'ai bien peur de ne pas en savoir plus plus tard, dit Johansson avec un sourire mystérieux.

– J'en parlerai à Pia, je préfère t'avertir.

– Et tu auras parfaitement raison de le faire. Mais je crains qu'elle n'en sache pas plus que moi. *Les femmes*... Bon, maintenant, tu m'excuseras, mais j'ai besoin d'un peu de calme avant que tu me trimballes chez les blouses blanches.

– On doit voir ton cardiologue en plus, aujourd'hui. Avant le kiné.

– J'en ai, de la chance, dis donc. Une neurologue à moi, un cardiologue à moi, une kiné à moi, une baby-sitter à moi... *Tout ce qui me manque, c'est une vraie vie à moi.*

Le cardiologue de Johansson était un petit homme musclé d'une cinquantaine d'années, chauve, les yeux bruns, le regard vif. Il avait la même expression que les écureuils de l'enfance de Johansson – avant que ce dernier n'appuie sur la détente et ne leur brûle le cerveau – mais il ne tournait pas la tête sans arrêt. Il écoutait tranquillement la poitrine, les poumons et le cœur de Johansson, étudiait les résultats de sa dernière échographie ou contemplait son patient, le tout avec un sourire débonnaire.

– Je vais vous dire une chose, déclara Johansson. J'ai travaillé dans la police toute ma vie. J'ai l'habitude d'être renseigné sur-le-champ et j'en ai vraiment marre de vos salades, à vos collègues et à vous. Je veux savoir comment je vais. La raison pour laquelle je me le demande, c'est que j'ai l'impression d'aller mal. Et je ne suis pas particulièrement chochotte, sachez-le. Alors dites-moi ce qu'il en est, tout simplement.

– Bien, répondit le cardiologue. Votre cœur a pris de sacrées raclées au fil des ans. Vos résultats sont mauvais. Ce qui m'inquiète le plus, c'est votre tension. Il faut à tout prix la faire baisser. À l'aide de médicaments, mais aussi en perdant du poids, en améliorant votre condition physique et en ralentissant votre rythme de vie en général. Vous devez éviter le stress, l'inquiétude et l'énervement. Ai-je été assez clair ?

– Oui. Est-ce que je dois m'occuper des détails pratiques, au cas où ?

– Si vous faites ce que je vous dis, je crois que vous pouvez encore attendre un peu avant de faire votre testament.

– Bon, dit Johansson. *Faire avec ce qu'on a. Faire avec ce qu'on a et réagir le moment venu.*

À la fin de la séance, il posa la même question à sa kiné.

– Regardez-moi ce bras, lança-t-il.

Il avait levé le membre lésé, ouvert et fermé le poing et tendu l'index.

– Dans un mois, c'est la chasse à l'élan, reprit-il. Je chasse depuis que je suis gamin. Est-ce que je pourrai le refaire un jour, avec ce bras ? Lever un fusil ? Appuyer sur la détente ? Pour le moment, je n'ai quasiment aucune sensibilité dans les doigts. Je n'arrive même pas à tenir mon journal.

– Ça prendra du temps, l'avertit-elle.

– Qu'est-ce que ça veut dire ? Un an ? Cinq ans ? Jamais ?

– Je ne peux pas vous donner de réponse précise, mais comme je vous l'ai déjà dit, il ne faut pas raisonner comme ça, sinon...

– Merci, l'interrompit-il. *Mais j'en ai vraiment ras-le-bol de tous ces gens qui me disent quoi penser. Ou ne pas penser.*

Une vie qui se résume à décompter les jours jusqu'à la fin... À quoi ça rime ? se demanda Johansson dans sa voiture.

– Excuse-moi d'insister, dit Matilda, mais je voudrais te reparler de l'argent.

– Arrête de râler, enfin ! Je ne vais pas bien du tout, alors si tu pouvais la boucler et me ramener chez moi, ce serait bien. Sinon, dépose-moi ici et je prendrai un taxi.

– Excuse-moi, je ne voulais pas t'embêter.

Et voilà ! Une de plus que j'ai rendue malheureuse.

– À quoi ça rime, une vie qui se résume à décompter les jours jusqu'à la fin ? C'est une vie de merde, ça !

– Petit à petit, tu iras mieux, lui assura Matilda en lui tapotant gentiment le bras. Tu redeviendras comme avant, je te le promets.

Il prit son déjeuner seul, affalé dans son canapé. L'idée même d'être assis à une table avec sa baby-sitter personnelle l'épuisait. Quand elle lui demanda s'il voulait du vin, il refusa en secouant la tête.

Les maux de tête, la poitrine oppressée... Je n'en peux plus, songea Johansson en se levant pour aller prendre un petit cachet blanc qui l'emporterait loin de là. À peine avait-il fait un pas que le sol se déroba sous ses pieds. Ses jambes se plièrent sous son corps, les murs tournoyèrent, il battit du bras droit, tentant vainement de s'agripper à quelque chose, et tomba sur le côté. Sa vision s'obscurcit.

– Ne bouge pas, lui ordonna Matilda, à genoux devant lui.

Mais comment est-elle arrivée ?

– Tu m'entends ? Tu peux plier les jambes ? Essaie de bouger les pieds. J'appelle les secours.

– Je ne te le conseille pas ! s'écria Johansson. Aide-moi plutôt à me rasseoir.

– Tu dois rester immobile par terre, rétorqua Matilda en appuyant légèrement sur la poitrine de Johansson et en sortant son téléphone. J'appelle Pia. Du calme.

– Je ne te le conseille pas non plus ! cria Johansson en la poussant. Si tu l'appelles, ça va être ta fête !

Matilda secoua la tête et sortit en refermant la porte.

Il fallut cinq minutes à Johansson pour parcourir en rampant les quelques mètres qui le séparaient du canapé et s'y hisser. Brusquement, la porte s'ouvrit et son frère aîné Evert enjamba le seuil.

– Je déjeunais à La Gondole. Pia m'a appelé. Mais qu'est-ce qui se passe, nom d'un chien ?

En situation critique, Evert n'aimait pas se perdre en babillages.

– Mais rien ! Je me suis cassé la figure, c'est tout !

– Ne me raconte pas de conneries !

Matilda entra dans la pièce.

– Je crois qu'il s'est levé trop vite. Il a dû faire une chute de tension, avoir le vertige et tomber. Je vais...

– Ferme-la, sors d'ici et laisse-moi discuter tranquillement avec mon frère, ordonna Evert en pointant le doigt vers la porte.

Quand Evert montre la sortie, ça ne rigole pas, se dit Johansson, bizarrement hilare malgré ses douleurs à la poitrine.

Evert posa une chaise à côté de lui et s'assit.

– Tu veux un verre d'eau ?

– Sers-moi plutôt un cognac. Un grand.

– Pas de problème, répondit Evert en souriant. Tu vas avoir ton cognac. Moi, je prendrai un whisky.

Ils bavardèrent. Au calme, d'homme à homme, de grand frère à petit frère, Evert sirotant son whisky et Johansson, son cognac.

– Tu ne peux pas continuer comme ça, tu le sais bien, dit Evert.

– Tiens, tiens, c'est exactement ce que je me disais. Toutes les idées sont les bienvenues.

– Je te prête le p'tit. Il t'aidera. Il travaille à la ferme avec moi.

– Le p'tit ?

– Oui, répliqua Evert. Tu ne vas quand même pas te tordre le cou dans ton propre appartement !

– Pourquoi ? Qu'est-ce qu'il a de spécial, ce p'tit ?

– Rien. Il est grand et fort, pas bête et il fait ce qu'on lui dit.

– Et il n'y a rien qui cloche, chez lui ?

– Non, assura Evert avec un large sourire. De temps en temps, quand je l'invite à boire un verre de gnôle, il se met à radoter qu'il voudrait intégrer la police. À part ça, il est parfaitement normal.

– Et toi, tu n'en as pas besoin ? *Avec tes chevaux, tes chiens, tes champs, tes forêts, tes parties de chasse...*

– Je me débrouillerai ! le rabroua Evert. Pour le moment, c'est toi qui as besoin d'aide.

– Bon. C'est gentil de ta part.

– Tiens, serre-moi la pogne. Il est temps que tu te ressaisisses, tu sais. Dans un mois, c'est l'ouverture de la chasse.

– À la chasse, dit Johansson en levant son verre.

52

Mercredi 28 juillet 2010, soir

Il pleuvait. Faute de pouvoir s'installer sur la terrasse, Pia et lui dînèrent dans la cuisine, ce qui n'était pas plus mal, étant donné l'état de Johansson.

– Comment tu vas ? lui demanda Pia. Tu as failli me faire mourir d'inquiétude aujourd'hui, tu le sais ?

Elle caressait sa main inerte posée sur la nappe.

– N'importe quoi ! répliqua-t-il, furieux. J'ai juste dit à cette petite emmerdeuse couverte de tatouages de ne pas t'appeler, et elle l'a fait quand même ! Je lui ai demandé de m'aider à remonter dans le canapé, et elle ne l'a pas fait !

– Enfin, tu comprends quand même qu'elle est obligée d'appeler quelqu'un ? Et puis c'est pour ton bien.

– Non, je ne comprends pas. Enfin, je comprends ton point de vue, mais je ne suis pas d'accord, et j'en ai vraiment assez de tous ces gens qui pensent à ma place. Y compris toi, d'ailleurs.

– C'est difficile, en ce moment, je le sais bien. Mais toi, tu dois accepter qu'on t'aide.

Ça n'a pas de sens, songea Johansson. Cela dit, sa rage s'apaisait, refoulée par l'épuisement.

– J'ai parlé à ton frère, reprit Pia. Je trouve que c'est une très bonne idée de faire venir ce jeune homme. Je serais plus tranquille. Avec le retour des vacances, j'ai des montagnes de boulot à la banque. Je me disais que, jusqu'à nouvel ordre, il pourrait dormir dans la chambre d'ami.

– Content que vous vous soyez mis d'accord.

– Ne sois pas déraisonnable, Lars. J'ai aussi discuté avec le médecin qui t'a examiné. Tu n'as rien de cassé, mais tu t'es fait une entorse et un gros bleu. Tu dois faire attention en te levant. Si tu vas trop vite, tu peux avoir des vertiges.

Ce n'est pas possible... se dit Johansson.

– Une question, dit-il. J'ai l'impression d'être complètement épuisé. Je me demande si ce ne serait pas parce que je suis complètement épuisé. Ça ne te dérange pas si je vais me coucher ?

La main de Pia se figea, puis serra celle de Johansson. Elle esquissa un sourire forcé.

– Bien sûr. Tu sais bien que non. Je vais t'aider.

– Pas question que tu m'aides, rétorqua Johansson. Je vais me coucher tout seul. Je vais me rincer le visage, me brosser les dents, prendre toutes mes saletés de médicaments et m'effondrer au pieu. J'y arriverai.

Ne souriant plus, elle lâcha sa main.

Il fit tout ce qu'il s'était proposé de faire et conclut le cérémonial en prenant un petit cachet blanc et un somnifère. Aussitôt qu'il posa la tête sur l'oreiller, il s'endormit, malgré ses douleurs au côté et sa difficulté à respirer.

53

Jeudi 29 juillet 2010, après-midi

En ouvrant les yeux ce matin-là, Johansson décida de se réapproprier son existence. À peine six heures du matin : c'était l'heure à laquelle il se réveillait dans sa vie antérieure, c'est-à-dire avant d'être foudroyé par l'accident et d'entrevoir sa propre mortalité. Il clopina jusqu'aux toilettes, se doucha, se rasa, se brossa les dents, prit ses médicaments, but deux verres d'eau, enfila son peignoir, alla chercher son journal devant la porte, clopina jusqu'à son bureau, s'allongea sur le canapé et se mit à lire. Les maux de tête reprirent aussitôt. Il jeta le journal par terre. Pia vint lui demander s'il voulait prendre le petit déjeuner. Il secoua la tête en silence, les yeux fermés – en matière de réconciliation, c'est ce qu'il avait de mieux à offrir, surtout s'il voulait se reconquérir lui-même. Elle avait simplement tourné les talons.

Il avait dû s'assoupir, car son souvenir suivant était celui d'une discussion inintelligible entre Matilda et Pia dans le couloir. Cette dernière entra dans son bureau, se pencha au-dessus de lui et, lui caressant la joue gauche, murmura :

– Prends soin de toi, mon amour. À ce soir.

Il entendit la porte de l'appartement se refermer. Voilà tout. *Elle semblait plus en colère qu'inquiète*, pensa-t-il avant de s'assoupir à nouveau.

Lorsqu'il retrouva ses esprits, Matilda était debout devant lui, souriant gaiement comme si les événements de la veille n'avaient pas eu lieu.

– Debout, chef ! Et que ça saute ! On a rendez-vous chez le kiné.

– Qui ça, « on » ? demanda Johansson. Vas-y, toi. Moi, je reste. Et demande-lui s'il peut te débarrasser de ces tatouages. Peut-être qu'avec des exercices de motricité appropriés...

– Ne dis pas de bêtises.

Matilda pencha la tête exactement comme le faisait sa neurologue quand il n'était pas sage.

– En ce qui me concerne, je vais faire une promenade à Djurgården, annonça-t-il. Après, j'irai déjeuner au restaurant. Si tu veux m'y conduire, je n'ai rien contre. Sinon, j'appelle un taxi.

– Bon, d'accord, répondit Matilda en haussant les épaules. Préviens-moi quand tu seras prêt.

Johansson se vêtit avec soin : pantalon blanc, chemise bleue, veste jaune, le tout en lin – des couleurs qui reflétaient son état d'esprit et les rayons du soleil à travers la fenêtre. Il prit son temps et ignora ostensiblement le coup d'œil que Matilda, assise dans le salon, jeta à sa montre quand il passa devant elle. Il décida même de repousser encore un peu la ligne de front. *Si c'est un enfant qu'elles veulent, elles l'auront.*

– Prends ton temps, dit-il à Matilda. Je dois passer un coup de fil avant de sortir.

Il appela Hermansson.

– Ici Johansson. J'aimerais que tu fasses quelques bricoles pour moi.

– Je t'écoute, chef, répondit le commissaire avec diligence.

On eût dit que Johansson n'était jamais parti à la retraite.

– Tu as avancé dans le dossier Högberg ?

– J'ai ratissé large. Et j'ai demandé aux gars de la surveillance de le prendre en photo. Ils l'ont chopé quand il sortait en titubant de son bistrot de quartier, hier soir. Pas très en forme. Même un peu délabré.

– Vingt-cinq années sont passées, alors ça n'a pas grande importance. La question, c'est de quoi il avait l'air à l'époque. Envoie-moi ses vieilles photos d'identité judiciaire, je te prie.

– Entendu. Patrik passera te les déposer à la fin de son service. Mieux vaut faire profil bas, tu comprends. Il ne faudrait pas que ça s'ébruite.

– Comment ça, profil bas ?

– Eh bien, le dossier est quand même sous prescription. Autant rester discret, je veux dire.

– Sottises ! Envoie une patrouille lui prendre un échantillon d'ADN. D'après ce que tu m'as dit, il doit être en train de cuver, à cette heure-ci. Il n'y aura qu'à sonner à la porte. Tout ce qu'il nous faut, c'est son ADN.

– Laisse-moi réfléchir un peu. C'est quand même une affaire sous prescription. Je n'ai pas très envie d'avoir le médiateur de justice sur le dos.

– Laisse tomber, j'appelle quelqu'un d'autre.

– Deux secondes ! Enfin, Lars, pas la peine d'en arriver là ! On se connaît depuis un bout de temps, tous les deux, non ?

– Parfois, tu m'inquiètes, Herman. Si c'est vraiment Högberg qui a tué Yasmine, tu n'imagines quand même pas qu'il en est resté là ?

– Non, bien sûr. Bon, je vais me débrouiller pour faire prélever un échantillon sur-le-champ, d'une manière ou d'une autre.

– Tu n'as qu'à envoyer ton gendre. Ça lui prendra deux secondes. Si cette ordure refuse d'ouvrir le bec, il n'aura qu'à lui enfoncer le coton-tige dans le nez.

– Entendu.

– Bien. Ensuite, il faudrait qu'on puisse passer en priorité au laboratoire de police scientifique.

– Doucement… Je les ai eus au téléphone hier à propos d'une autre affaire, un meurtre à énigme sur lequel on enquête en ce moment à la PJ régionale. Deux Russes abattus et balancés à la pointe de Biskopsudden. Ils n'ont pas de créneau avant trois semaines.

– Qui est le chef ? Je veux dire du laboratoire.

– C'est la bonne femme, celle qui était directrice générale adjointe de la Police nationale, à ton époque.

– Appelle-la de ma part et dis-lui que tu veux les résultats dans les six heures qui suivront la réception de l'échantillon.

– D'accord. Compris. Je vais me débrouiller.

– Parfait. J'ai hâte d'accueillir ton gendre.

Il rangea son téléphone dans la poche intérieure de sa veste, attrapa sa canne à embout de caoutchouc et boitilla jusqu'au couloir. Matilda l'attendait, assise sur une chaise, un vague sourire aux lèvres.

– C'est le premier jour de ta nouvelle vie, déclara-t-elle. Où tu veux aller ?

– Mets-toi au volant et boucle-la. Je te donnerai les instructions en chemin. *Back on the road again.*

Il lui indiqua le chemin de sa main gauche, au fur et à mesure : Slussen, le pont de Skeppsbro, la Vieille Ville, le Grand Hotell, le quai de la Strandväg, l'ambassade des États-Unis et la tour de Kaknäs, le petit pont du Djurgårdsbrunnskanal. Soleil jaune, ciel bleu, petits nuages blancs, légers comme le duvet pectoral d'un eider à la saison des amours, le genre de rembourrage avec lequel on pouvait étouffer une fillette de neuf ans. Stockholm dans toute sa splendeur, arborant ses plus beaux atours pour ravir ses spectateurs.

– Arrête-toi là, ordonna Johansson.

Pas d'objections. Matilda stationna en silence.

– Je continue à pied, reprit Johansson. On se retrouve devant l'auberge en bas de la Bergbana, à côté du parc de Skansen. *Comment ça s'appelle, déjà ?*

Impossible de s'en souvenir. Pourtant, du temps de sa vie normale, il avait dû y manger une centaine de fois.

– Ulla Winbladh, répliqua Matilda.

– Exact. On se retrouve devant Ulla Winbladh. Dans une heure, plus ou moins.

Elle le regarda longuement. Puis hocha la tête.

– D'accord. À tout à l'heure.

Elle redémarra.

Se promenant seul le long du canal, à son rythme, il se sentit presque gai. Le chemin était agréablement plat. Ni montées ni descentes laborieuses. Après un quart d'heure, il éprouva une certaine fatigue. S'asseyant sur un banc, il s'essuya le front et respira profondément, les yeux fermés. Sa tension diminua. Après un moment, il se leva pour reprendre son chemin, lentement, avec prudence, laissant à son rythme cardiaque le temps de se réadapter au mouvement. Inutile de se retrouver par terre.

Encore un quart d'heure plus tard, il avait parcouru presque la moitié du chemin. Il respirait mieux et transpirait moins. Profitant d'un nouveau banc pour faire une pause, il se dit qu'il ne lui manquait qu'une thermos de café et un bon sandwich de pain au lait à la saucisse de viande. Peut-être aussi la rigueur de l'air de septembre contre sa joue et son menton. Une souche sur laquelle s'asseoir, une vue sur la rivière de son enfance et les gros aboiements d'un chien d'élan face à la bête.

Tu es en vie, Lars Martin, se dit Johansson en pénétrant dans le restaurant à l'heure prévue.

– Qu'est-ce que tu dirais d'un omble à la poêle accompagné d'une salade tiède ? suggéra Matilda, déjà penchée sur le menu.

– Ne te prive pas pour moi ! Je prendrai du lard grillé et des crêpes de pommes de terre, une bière tchèque bien fraîche et une grande vodka.

54

Jeudi 29 juillet 2010, après-midi

De retour chez lui, il s'allongea sur le canapé, dans son bureau, et demanda à Matilda de lui apporter une tasse de café et une bouteille d'eau minérale. Ça faisait longtemps qu'il ne s'était pas senti aussi en forme. Pas de mal de tête, pas de poitrine oppressée. *Mieux vaut en profiter tant que ça dure*, pensa-t-il en sortant l'enveloppe en papier kraft que lui avait donnée Ulrika Stenholm quelques jours auparavant, d'une épaisseur raisonnable – une tâche appropriée pour quelqu'un qui devait rester tranquille et éviter le stress.

Il y trouva une collection de programmes de Margaretha Sagerlied.

Concert de Noël à l'église de Bromma. *Répertoire standard*, conclut Johansson sans être expert en la matière.

Concert à l'église de Spånga. *Répertoire plus varié.*

Mozart à l'opéra de Drottningholm. *Tout le monde connaît*, songea Johansson qui n'y avait jamais mis les pieds.

Une demi-douzaine de photos – un matériau bien plus évocateur pour Johansson, puisqu'elles donnaient enfin des visages à un certain nombre de personnes qu'il n'avait fréquentées que par ouï-dire.

Un portrait dédicacé de Sagerlied, jeune et très belle, datant de 1951 d'après le cachet du photographe, au dos. Si cette image avait atterri chez le père d'Ulrika Stenholm bien des années plus tard, c'était certainement que Margaretha Sagerlied le lui avait elle-même offert. *Enfin, à lui et à sa femme*. Une vue de trois quarts sur une toile de fond sombre, tête jetée en arrière, paupières mi-closes, sourire légèrement dédaigneux.

Le genre d'expression dramatique tombée dans l'oubli un demi-siècle plus tard. *Carmen. Était-ce ainsi qu'elle se voyait elle-même ?*

Encore une photo. « Première fête des écrevisses de l'année 1970, chez Margaretha et Johan », lut Johansson au dos. Puis, en dessous : « Notre hôte Johan, ma chère épouse Louise, notre charmante hôtesse Margaretha et moi-même ». L'auteur de ces lignes était donc le papa pasteur. Deux gentlemen en smoking flanqués de deux dames en robe de soirée, tous affublés de chapeaux de fête, tenant de larges coupes de champagne, telles qu'on les faisait à l'époque, et arborant des mines réjouies. *Je me demande qui l'a prise.* Enfin, peu importe, puisque quinze ans plus tard, le photographe devait être bien trop vieux.

À droite de l'image, un homme âgé de plus de soixante-dix ans, le cheveu clairsemé, rougeaud, grand et rude, l'air jovial. À ses côtés, une femme qui semble n'avoir que la moitié de son âge et pourrait être la sœur jumelle de la neurologue personnelle de Johansson. Puis la charmante hôtesse, qui fait dix ans de moins que les cinquante-six qu'elle devait avoir au moment du cliché, et une tête de plus que la mère d'Ulrika. Elle décoche un sourire radieux à l'objectif, levant son verre dans sa direction tout en entourant le dos de son cavalier de son bras gauche. *Le papa pasteur*. Maigre, cheveux fins, traits réguliers et ouverts, sourire aimable, peut-être un peu timide. Un homme bon et intelligent, semble-t-il. *Peut-être un brin gêné par ce bras autour de sa taille*, pensa Johansson en reposant la photo. Au même instant, son téléphone sonna.

– Johansson, répondit-il.

Depuis son départ à la retraite, il se présentait à son interlocuteur plutôt que de l'accueillir par un vague grognement.

– Bonjour, Lars, dit son beau-frère. Ici Alf. J'espère que tu vas bien.

– Ni mieux ni plus mal, répliqua Johansson – inutile de mentir à un personnage comme Alf Hult. Comment ça se passe avec notre chanteuse d'opéra et le vieux boucher qu'elle avait épousé ?

– J'allais y venir.

– Vas-y, je t'écoute.

Selon toutes les sources disponibles, aucun n'avait eu d'enfant et, pour une fois, Alf Hult avait l'impression que c'était réellement le cas.

– Pas d'enfant derrière le dos de quelqu'un ? insista Johansson.

– Toutes les familles n'en ont pas les moyens, répondit le beau-frère avec un discret raclement de gorge.

– Personne d'autre ? Des hommes jeunes, de l'âge qui nous intéresse ? Un neveu, un cousin ou Dieu sait quoi ?

Non plus. Ni Johan Nilsson ni Margaretha Sagerlied n'avaient eu de frère et sœur.

– Johan Nilsson, né en 1895 et mort en 1980, représente la troisième et dernière génération de grossistes en viande de sa famille. Il était le fils unique de son père, le grossiste Anders Gustaf Nilsson, né en 1870 et mort en 1959. Le grand-père, en revanche, le marchand de bétail Erik Johan Nilsson, né en 1948, avait eu une flopée de gamins. Huit selon mes calculs, trois garçons et cinq filles, mais aucun ne semble avoir produit d'héritier mâle qui aurait eu l'âge approprié.

– Et elle ?

– Enfant unique, elle aussi. Pratique. Née Svensson à Stockholm, père fourreur, mère au foyer. Petite bourgeoisie, comme on disait à l'époque. Au risque de te décevoir, c'est à peu près le même topo. Aucun parent plus jeune de sexe masculin. Elle a changé de nom en 1937, à l'âge de vingt-trois ans, deux ans avant d'obtenir un poste permanent à l'opéra de Stockholm.

– Ça fait plus distingué.

– Évidemment. Si tu savais tous les ennuis qu'entraîne ce genre de changement de nom au Trésor public… Je pourrais te raconter des histoires qui te feraient dresser les cheveux sur la tête – même à toi, qui as passé ta vie à la police.

– J'en suis persuadé. *Et maintenant, on fait quoi ?*

– Bon... On fait quoi, maintenant ? demanda Alf Hult.

– On creuse, répondit Johansson.

– Celui que tu cherches n'appartient peut-être même pas à sa famille. S'il existe.

– C'est vrai.

– Mais s'il existe, on le trouvera. Sur ce point, tu peux me faire confiance.

– Bien sûr. *S'il existe*, se dit-il en raccrochant.

Et si tu te fourrais le doigt dans l'œil depuis le début à cause de ce caillot de sang dans ton cerveau ?

Il s'endormit dans le canapé et se réveilla lorsque Matilda, penchée au-dessus de lui, lui secoua doucement l'épaule.

– Tu as de la visite. Un policier. Il dit qu'il a plein de papiers à te donner.

– Et il s'appelle comment, ce policier ?

– Il ne l'a pas dit. Pas à moi, en tout cas, précisa-t-elle avec un sourire espiègle.

– Comment peux-tu être sûre qu'il ne ment pas ? *Patrik Åkesson, dit « P2 »*.

– C'est écrit sur son front, répliqua Matilda en ricanant. Comme sur le tien et celui de ton meilleur ami. Tu sais ? Le géant qui fait penser à un loup.

Pas sur son front, mais dans ses yeux. Comme chez tous les vrais policiers, c'est-à-dire Jarnebring, Johansson et leurs anciens collègues. Un air d'amabilité et de patience suffisamment menaçant pour faire comprendre à son interlocuteur que le diable l'emportera s'il ne se conduit pas correctement. Qu'en un clin d'œil, on pourrait le menotter, lui ordonner de la boucler et lui botter les fesses. Ou pire, si nécessaire.

– Assieds-toi, proposa Johansson. J'ai dit à la bonne de nous apporter du café.

– Formidable.

– Dis-moi tout, P2. Éclaire le vieil homme que je suis. Tu as trouvé quelque chose sur ce vieux pochtron de Högberg ?

– Mon beau-père m'a engueulé au téléphone ce matin.

– Je veux bien te croire.

– L'ADN de Högberg, Tommy Rickard, a été prélevé. De toute façon, mes collègues et moi, on passait par chez lui, expliqua P2 avec un sourire.

– Et qu'est-ce qu'il a dit ?

– Pas d'objection. Il s'est montré très coopératif. Un peu fatigué, peut-être, il avait dû se coucher tard la veille, mais quand on a réussi à le faire émerger de son coma, ça n'a pas posé de problème. Mon beau-père a envoyé l'échantillon au laboratoire de police scientifique sur-le-champ. Il a dit qu'on aurait la réponse pas plus tard que demain.

– Il y a intérêt, grogna Johansson. Tu l'as en photo ?

– Bien sûr.

P2 farfouilla dans ses papiers et tendit à Johansson une photo d'identité judiciaire de 1987, prise à la criminelle de Stockholm dans le cadre de son arrestation pour vol aggravé. Face, profil droit et profil gauche de Tommy Högberg. Malgré les circonstances, il souriait à l'objectif.

Cheveux bruns, bouclés, traits réguliers, dents blanches, large sourire. *Tommy Högberg, charmeur de ces dames.*

– Qu'est-ce que vous en pensez, chef ? C'est lui ? demanda P2 avec un signe de tête inquisiteur en direction de la photo.

– Ça m'étonnerait. *Trop faible et, à en juger par son regard, un peu trop bête.* Enfin, on le saura bien assez tôt. *C'est-à-dire sans tarder.*

– Si c'est lui, vous pouvez m'envoyer le prendre.

Le regard de Patrik Åkesson ne présageait rien de bon pour Tommy Högberg.

– Sous prescription, répliqua Johansson sur le même ton que le beau-père de P2. Pas si simple.

– Il a sûrement quelque chose à se reprocher ! Ce genre de type, ça n'arrête jamais ! s'emporta soudain P2. On trouvera quelque chose. Le moment venu, tu n'auras qu'à décrocher ton téléphone et j'irai te le chercher. Et s'il fait des siennes, je lui arracherai les bras et les jambes.

Oups, se dit Johansson. *J'ai déjà entendu ça quelque part...*

– Tu n'aurais rien à me raconter, par hasard ?

– Herman te l'a dit ? Mon beau-père...

– Non. Mais si tu as quelque chose à me dire, je t'écoute.

– Notre plus jeune fille, Lovisa, allait à cette saleté de jardin d'enfants à Tullinge. On habitait dans le coin, à l'époque. Il y a quatre ans. Tu as sûrement entendu parler de l'affaire. Le bureau d'aide sociale a essayé d'étouffer le scandale, mais la presse s'est déchaînée.

– Ça ne me dit rien. Vas-y. *Quelqu'un a dû m'effacer complètement la tête.*

– Ils avaient un stagiaire qui suivait une formation d'animateur. Il avait déjà travaillé deux mois quand ils ont découvert qu'il avait l'habitude de...

Patrik Åkesson se tut, déglutit et se pencha en avant, coudes sur les genoux, serrant et desserrant les poings.

– De s'attaquer aux gamins, l'aida Johansson.

– De leur montrer sa bite et de leur demander de la toucher pendant qu'il les tripotait. En plein jardin d'enfants. Il profitait des passages aux toilettes, sans qu'une seule de toutes ces animatrices à la noix ne se doute de quoi que ce soit. Jusqu'au jour où la directrice l'a pris sur le fait, pantalon baissé. Après trois mois. Pourtant, il a sûrement commencé dès le premier jour. Quelle bande de débiles...

– Et ta fille...

– Non. Pas Lovisa. Ce spécimen-là ne s'intéressait qu'aux petits garçons. Elle l'a échappé belle. Enfin, pour cette fois.

– Ça n'a pas dû être facile, compatit Johansson. *Un véritable calvaire.*

– Non, ce n'est pas évident d'emmener une fillette de quatre ans à un examen gynécologique. Et je ne te parle même pas du nombre d'heures passées avec des psychologues qui l'écoutaient en balançant leurs têtes vides.

– On le pincera. Si c'est lui, on trouvera quelque chose, sûr et certain.

– Et si on ne trouve rien, on peut toujours trouver quelque chose quand même. J'espère que tu m'excuseras, chef, mais je n'ai pas le temps de rester pour le café, ajouta P2 en se levant.

– Bien sûr. Prends soin de toi. Et à titre indicatif, je ne veux pas que tu fasses de bêtises.

– Promis, chef. Tu as ma parole.

Le soir, après le dîner en compagnie de Pia, Johansson se retrouva seul avec ses pensées sur le canapé de son bureau. Son téléphone sonna. *Ça y est, Alf, ce vieux bonze, cet Einstein des recherches archivistiques, l'a trouvé.*

– Ici Herman. Je ne te réveille pas, au moins ?

– Pas du tout. Tu l'as trouvé ? *Celui-là n'est pas un Einstein, par contre.*

– Désolé, mais non. J'ai reçu les résultats. Pas de correspondance d'ADN de Tommy Högberg avec l'affaire Yasmine. Ni aucune autre affaire, d'ailleurs.

– Bon, dit Johansson, qui pensa soudain à Erika Brännström.

– La prochaine fois, tu l'auras.

– Oui. *Bien sûr que je l'aurai. Je me demande de quoi elle a peur… Une Norrlandaise travailleuse aux mains marquées par une vie de labeur. Deux filles qui ont réussi leurs vies. Contrairement à Yasmine, qui, si elle avait vécu, aurait eu le même âge qu'elles et serait probablement allée encore plus loin.*

– Promets-moi de me tenir au courant, demanda le commissaire. Je veux être le premier à connaître le coupable.

– Bien entendu. On se tient au jus.

Quand je le dénicherai, je ne le dirai ni à toi, ni à ton gendre, pensa-t-il en posant son téléphone, qui sonna à nouveau.

Encore un qui veut arracher des bras et des jambes…

– Ici Evert, grogna une grosse voix. Ton grand frère, au cas où tu ne t'en souviendrais pas.

– Et qu'est-ce que tu me veux, grand frère ? *Evert a dû arracher une multitude de bras et de jambes dans sa jeunesse. Des tonnes. Dans le parc de Kramfors, entre autres.*

– Samedi, je t'envoie le p'tit. On s'est mis d'accord sur l'organisation avec Pia, tu n'auras pas besoin de t'en soucier.

– Alors pourquoi tu m'appelles ?

– J'avais oublié de te dire un truc.

– Quoi ?

– Eh ben, le p'tit…

– Oui ? *Il y a anguille sous roche, j'en étais sûr.* Je t'écoute.

– Il est russe.

– Russe ? Mais il comprend le suédois, au moins ? *Evert m'envoie un salaud de Russe !*

– Évidemment. Il habite ici depuis bientôt quinze ans, quand même.

– Et il a quel âge ?

– Né en 1987, arrivé enfant. Quand il avait dix ans, je crois. Avant, il était dans un orphelinat à Saint-Pétersbourg. Ça ne devait pas rigoler.

– Tu te portes garant ?

– Évidemment ! C'est un bon garçon, pas du tout gâté, contrairement aux miens.

– Et il est comment ? Tu peux me le décrire un peu ?

– Comme moi, dit Evert. C'est quelqu'un de bien. Oui, il me ressemble.

– Et il a un nom ? *Un p'tit Evert rien qu'à moi. Une embolie cérébrale, et le tour était joué.*

– Maxim. Maxim Makarov. Comme… Tu sais ? Le génie du hockey, le monstre qui réduisait nos gars de Tre Kronor à l'état de plots. On l'appelle plutôt Max, au fait. Ou Mackan.

– Sergueï, rectifia Johansson. Le joueur de hockey. Il s'appelait Sergueï Makarov.

– Ah bon ? C'est peut-être son père… ricana Evert.

– Autre chose ?

– Non. Enfin, si. Il viendra avec ta nouvelle voiture. La même qu'avant, mais avec une boîte de vitesses automatique.

– Merci.

Un p'tit Evert à moi tout seul… Il va habiter chez nous, en plus. Dans cet appartement qui était jusque-là mon refuge. Mais qu'est-ce qui m'arrive ?

55

Vendredi 30 juillet 2010, après-midi

– Tu as deux minutes ? demanda Matilda. Il y a une chose dont je voudrais qu'on parle avant d'aller chez le kiné.

– Bien sûr, répondit Johansson en posant son journal. *Autant s'en débarrasser.*

De toute façon, dès qu'il se remettait à lire, sa tête lui faisait souffrir le martyre.

– Il s'agit de ce Joseph Simon sur lequel tu m'as demandé de faire des recherches sur Internet.

– Tu as trouvé quelque chose ?

– Un tas de choses. Une montagne de renseignements.

– Essaie de me faire un résumé.

– D'accord. Né en 1951 à Téhéran, arrivé en Suède en tant que réfugié politique en 1979 avec sa femme et sa fille, encore petite. À l'époque, il s'appelait Josef Ermegan. Médecin. Il a travaillé comme chercheur et praticien à l'Institut Karolinska de Solna. Il a acquis la nationalité suédoise en 1985 et divorcé la même année. Et changé de nom l'année suivante. Il s'appelle désormais Joseph Simon. Il quitte la Suède en 1990 et s'installe aux États-Unis. Il avait sa carte verte avant même d'être descendu de l'avion. Il devient citoyen américain en 1995. D'habitude, outre-Atlantique, ce genre de formalités ne va pas aussi vite. Surtout maintenant, après le 11 Septembre. Enfin, ça, c'était avant. Mais tout ce que je te dis là, tu le savais déjà, n'est-ce pas ?

– Oui. La question que je me posais, c'est ce qui lui est arrivé depuis. *Eh ben, on dira ce qu'on voudra, mais cette jeune fille n'est pas une idiote, même avec la dégaine qu'elle a.*

– Il y a trois choses qui m'ont frappée.

– Je t'écoute.

– Premièrement, sa fortune semble illimitée. Et se renouveler sans cesse. Vraiment illimitée. C'est un gros bonnet, un très gros bonnet de l'industrie pharmaceutique. Il est propriétaire ou actionnaire majoritaire d'un tas d'entreprises dans le secteur, et de start-up dans l'e-business lié au secteur. Il en a récemment vendu une qui avait créé un logiciel permettant de diminuer le nombre de cobayes utilisés dans les expériences en laboratoire. Les souris, les rats, les lapins, les chimpanzés, les chats, les chiens... Enfin, toutes ces bêtes que les industries pharmaceutique et cosmétique trucident sans arrêt. Tu as une idée du nombre que ça fait, par an ?

– Non. Combien ?

– Selon l'industrie, des centaines de millions ; selon des sources indépendantes, plus d'un milliard. La start-up qu'Ermegan vient de vendre avait inventé un logiciel de simulation qui permet d'économiser presque vingt pour cent des cobayes. Pas parce qu'ils sont mignons ou quelque chose du genre, mais parce que Jeannot lapin, même si on finit par le jeter aux ordures, a un coût.

– Et il a gagné combien sur la vente ?

– Un virgule sept milliards de dollars. C'est-à-dire environ treize milliards de couronnes suédoises. Comme ça, en un claquement de doigts. Quand il a créé l'entreprise, il y a sept ans, il n'avait investi que quelques millions. Je veux dire de dollars.

– Ça fait une belle somme.

– Une montagne de fric. Il fait partie d'une liste, d'ailleurs. Depuis des années.

– Quelle liste ?

– Celle des cinq cents individus les plus riches du monde.

– Et il pèse combien, finalement ?

– L'année dernière, sa fortune privée était évaluée à douze ou quinze milliards. Je veux dire de dollars.

Tu peux aller te faire cuire un œuf, Evert. Même Picsou peut aller se faire voir.

– Deuxièmement ?

– Deuxièmement, il semble mener une espèce de croisade contre les pédophiles et les *child molesters*. Tu vois ce que ça veut dire, non ? Je ne sais pas comment on dit en suédois. Bourreaux d'enfants ?

– Oui, oui, je sais. Une croisade ? Quel genre ? Je suppose qu'il ne se balade pas avec une épée pour couper la tête des infidèles ? *Cela dit, ce ne serait pas si bête. Un géant persan noireaud coiffé d'un fez et armé d'un cimeterre qui, avec mille ans de décalage, ferait tâter de l'acier froid et biblique à tous les John Ingvar Löfgren, Ulf Olsson et Anders Eklund.*

– Non, mais pas loin.

– C'est-à-dire ?

– Il utilise tous les moyens possibles et imaginables. En 1995, il a créé une fondation, la Yasmine's Memorial Foundation. Lui et son entreprise y ont investi des centaines de millions de dollars au fil des ans.

Non imposables. Enfin, dans son pays d'adoption, peu importait que son activité philanthropique fût également profitable – *good for business*. Cela ne changeait rien au feu qui consumait son cœur et sa tête depuis vingt-cinq ans, et sur lequel il avait désormais les moyens de verser autant d'huile qu'il le désirait.

– Une simple marge d'erreur pour un homme comme lui, commenta Johansson. Et concrètement, ils font quoi ? Je veux dire dans cette fondation.

– La plupart du temps, des campagnes d'information. Ils diffusent des annonces contre les pédophiles et les *child molesters* dans tous les médias : télévision, radio, presse écrite, Internet… Même dans les bons vieux livres papier. Ils font de la politique, en somme.

– Et ils obtiennent des résultats ?

– Absolument. Aux États-Unis, à chaque déménagement, les individus condamnés pour un ou plusieurs crimes sexuels perpétrés contre des enfants sont tenus de déclarer à la police leur nouvelle adresse, leur lieu de travail, leur numéro de téléphone, le numéro d'immatriculation de leur véhicule, la personne avec qui ils partagent leur vie, tous les membres de leur famille, y compris les enfants, bien sûr, toutes les personnes qui habitent sous le même toit qu'eux, bref, la totale. Aujourd'hui, cette loi est en vigueur presque partout dans le pays. Peu importe que tu aies purgé ta peine. Ni que tu aies été dénoncé à l'âge de quinze ans par le père de ta copine de quatorze ans qui a disjoncté en apprenant votre relation. Et ce n'est pas tout.

– Quoi d'autre ?

– La police locale peut délimiter les zones où tu as le droit de te trouver et t'interdire des fréquentations. Tu n'es pas autorisé à t'approcher de jardins d'enfants, de crèches, d'écoles, de piscines ni d'équipements sportifs qui accueillent des enfants ou des jeunes. Ni d'aucun endroit où on peut imaginer que tu céderais à la tentation. Il suffit que tu passes devant une école deux fois le même jour pour que tu te retrouves en taule.

– Et le troisième point, c'est quoi ? *Ce sera bientôt pareil en Suède, même si, pour l'instant, ça se limite à Internet et aux journaux à scandale.*

– Il déteste la Suède. Dans chacune de ses interviews, il en profite pour débiner la Suède, même si le sujet n'a rien à voir. En général, on l'interroge sur ses affaires. Peu importe. Il trouve toujours le moyen de filer un ou deux gnons à son ancien pays d'adoption.

– Autre chose ? *Comment ça se fait qu'on ne sait rien de tout ça, ici ?*

– Je t'ai fait un topo de vingt pages.

– Je les lirai volontiers. *Dès que mes maux de tête me le permettront.*

– Il est super canon, en plus.

– Pardon ?

– Il est super beau. Dire qu'il a autour de soixante ans… Enfin, il n'en fait que cinquante. Au plus. Il ressemble à ton meilleur ami. Je veux dire de corps. Pas le regard.

– Pas le regard, en effet.

– Non, il ne fait pas penser à un loup, renchérit Matilda en souriant. Il a souffert, et ça se voit. Il n'est pas né avec une cuillère en argent dans la bouche. Voilà justement ce qui nous fait craquer, nous, les filles. Les mecs qui conservent leur dignité malgré les épreuves qu'ils ont traversées. Imbattable, je dois dire.

– Comment ça ?

Âgé de soixante-sept ans, Johansson n'avait jamais été particulièrement beau, mais s'était tout de même bonifié jusqu'à tout récemment – un mois auparavant, pour être exact.

– J'ai vingt-trois ans, précisa Matilda. Si Joseph Simon me faisait une proposition et qu'il est celui qu'il semble être, même s'il n'a pas un sou… Ouah !

– Quoi ? demanda Johansson. Quoi, « ouah » ?

– Je me jette à ses pieds. Sur le dos, enfin, comme il veut.

– Ah, oui ? *Ça explique peut-être les tatouages et les piercings…*

– Parfaitement. Et j'ai une question à te poser, ajouta-t-elle avec un signe de tête vers les cartons posés par terre.

– Je t'écoute.

Johansson connaissait déjà la réponse.

– Dans tes cartons, il y a le dossier sur sa fille, Yasmine, c'est bien ça ?

– Oui. *Voilà où elle a terminé sa vie : dans des cartons. Et tout ce que j'ai réussi à faire jusqu'ici, c'est lui rendre sa barrette.*

– Bonne chance. J'espère que tu coinceras le coupable. Et que tu me diras son nom quand tu le sauras.

– Pour quoi faire ? *Pour que tu puisses lui arracher bras et jambes ou le réduire en bouillie ?*

– Pour que je puisse lui arracher les yeux de la tête. Y enfoncer mes ongles et les sortir, comme ça. Plop, plop.

56

Vendredi 30 juillet 2010, après-midi

En rentrant de chez le kiné, Johansson resta silencieux, pensif. Qui était à blâmer ? Pourquoi d'honnêtes gens parfaitement normaux, et même convenables, se proposaient-ils sans arrêt d'ôter la vie par des moyens effroyables à un individu qu'ils n'avaient jamais rencontré ? À qui la faute ?

Si, à l'époque, j'avais été chargé de l'enquête, on l'aurait pincé un mois après les faits. On n'aurait pas évité l'irrémédiable, certes, mais on se serait épargné tout le reste. Bref, le meurtrier avait disparu dans l'oubli collectif exactement comme Ingvar Löfgren, Ulf Olsson et Anders Eklund, qui ne survivaient que dans l'esprit des victimes, c'est-à-dire des jeunes proies qu'ils n'avaient pas tout simplement liquidées, et de leurs proches. Ils ne hantaient plus que celles et ceux qui avait eu la chance de continuer à vivre – avec leur perpétuelle souffrance. Tout cela parce qu'Evert Bäckström avait été chargé de l'affaire. L'enquête s'était d'ailleurs terminée comme d'habitude quand le gros lard était sur le coup.

La faute de Bäckström ? Oui, mais pas seulement. Il y avait aussi cet idiot de chef de la police – un taré qui se croyait capable de mener une enquête alors qu'il ne savait même pas conduire un simple interrogatoire. Et le meilleur ami de ce dernier, l'éditeur cambriolé et tabassé après avoir fricoté avec des voyous, qui lui avaient dérobé son portefeuille et une robe de soirée ayant appartenu à Rita Hayworth. Puis, cerise sur le gâteau, Evert Bäckström avait été désigné pour permettre à la justice terrestre d'être rendue.

La faute d'Ebbe, l'éditeur ? Pas vraiment. Le fait qu'il moucharde n'avait rien d'étonnant après l'injustice que Bäckström lui avait fait subir.

Il se pouvait même qu'au fond, on ne puisse pas mettre le gros lard en cause. Pire, que Johansson soit à blâmer pour cet abject fiasco. En effet, il n'avait pas réussi à préserver le corps de police, cette institution qu'il avait dirigée pendant les vingt dernières années de sa carrière, de parasites tels que Bäckström.

– Je pensais à un truc, dit-il à Matilda, sa conductrice.

– Je t'écoute, chef.

– Ce que tu as dit tout à l'heure... Que tu allais arracher les yeux à celui qui a tué Yasmine... Tu le ferais vraiment ? *Réfléchis bien avant de répondre.*

– S'il s'agissait de ma propre fille ? Si des gens comme toi n'avaient pas réussi à l'attraper et le faire condamner ?

– Oui.

– Alors je le ferais.

– Je vois.

– Je comprends pourquoi tu me poses la question.

– Comment ça ?

– Parce que je crois que tu le trouveras. J'en suis sûre, en fait. Et tu as peur que j'apprenne de qui il s'agit et que le père de Yasmine me propose... genre... cent millions pour lui refiler le tuyau. Nom et adresse.

– Et tu le ferais ? *Tu ne serais pas la seule...*

– Non, répondit Matilda en secouant la tête. En ce qui me concerne, ce serait dépasser les bornes. S'il s'agissait de ma propre fille, oui. Je te jure que je l'écrabouillerais vivant. Mais pour le reste, non.

– Pourquoi pas ?

– Il y a des limites. Tu devrais le savoir.

– Oui, je le sais. *Des limites que tu ne franchirais jamais. Parce que tu n'en serais pas capable, parce que cela ferait de toi quelqu'un de pire que les bourreaux.*

– Mais fais en sorte qu'il prenne la perpétuité. Dans ce cas, tu n'auras pas à t'inquiéter de ce que pourraient avoir envie de faire les gens comme moi.

À peine rentré, Johansson appela un ami de son frère. Les trois hommes se connaissaient bien, ils chassaient ensemble. Il s'agissait d'un journaliste établi, un spécialiste en économie qui couvrait le monde des affaires depuis bientôt quarante ans et qui, au courant de tout dans son domaine, ne craignait pas de donner un coup de griffes quand cela s'avérait nécessaire.

– J'aurais une question à te poser. Je ne te dérange pas, au moins ?

– Ravi d'avoir de tes nouvelles, Lars. Pas du tout. Tu ne me déranges jamais. Comment tu vas ?

– C'est la grande forme, mentit Johansson.

– Alors on se voit à la chasse à l'élan, comme d'habitude ?

– Je l'espère. Comme je te le disais, j'ai une question.

– Pose-la, c'est gratuit.

– Joseph Simon. Tu le connais ?

– Oui. Je dirais même que je le connais plutôt bien. Je l'ai rencontré quand il habitait encore en Suède, dans le cadre d'un reportage, au début des années 1980. Lui et son beau-père, professeur à Karolinska, avaient créé une entreprise d'analyse de prélèvements : sang, urine, excréments – toutes sortes de rebuts dégoûtants que leur envoyait le conseil général. Ça doit remonter à trente ans.

– Et ça a marché ?

– Une brillante réussite. C'est la raison pour laquelle je me suis intéressé à lui. Un caca ordinaire peut valoir son pesant d'or, surtout si on le soupçonne de contenir des bactéries incongrues. Ou autre chose. En quantité trop grande ou trop petite. Bref…

– Et comment tu le décrirais ? Je veux dire Simon. En une phrase.

– En une phrase ?

– Oui. *Tu es journaliste, tu devrais y arriver.*

– En une phrase… Voici ce que je dirais. S'il y a une personne au monde avec laquelle je ne voudrais pas me brouiller, et je ne parle pas d'un différend en affaires, mais d'une querelle affective ou relationnelle, c'est bien lui. Jamais de la vie.

– Pourquoi ? Quelles en seraient les conséquences ?

– Il pourrait me tuer. Je suppose que tu sais ce qui est arrivé à sa fille, Yasmine.

– Évidemment. Mais… Une petite minute. Tu veux dire qu'il serait capable d'éliminer quelqu'un ? Même moi, par exemple ?

– Bien que tu aies été patron de la Sûreté et de la Police nationale ?

– Oui.

– Si tu t'avérais mêlé au meurtre de sa fille, il n'hésiterait pas. Même si tu étais le président des États-Unis. En tout cas, il tenterait le coup. Joseph a des ressources illimitées. Il doit déjà y avoir quelques pédophiles aux États-Unis qui l'ont compris à leurs dépens. Sans jamais avoir entendu parler de sa fille.

– Vraiment…

– Quand le meurtre de Yasmine a passé le délai de prescription et quand, trois semaines après, la prescription a été abolie pour les meurtres, je suis allé faire un tour sur Internet. Je ne sais pas si tu l'as lu, mais le *Svenska Dagbladet* a publié un éditorial dans lequel on comparait les meurtres d'Olof Palme et de Yasmine. Celui de Palme ne sera jamais prescrit alors que celui de la fillette l'est déjà, tout ça parce qu'il s'est produit trois semaines trop tôt, ou que la loi est entrée en vigueur trois semaines trop tard. Pourtant, le dossier doit contenir des échantillons d'ADN qui pourraient condamner l'agresseur, quel que soit le temps qu'on met à le trouver. Je veux dire, s'il y a un type de crime qui nous révolte tous, c'est bien les agressions sexuelles sur les enfants. Nous sommes tous parents.

– Je suis d'accord avec toi. *Le pire cauchemar d'un parent.*

– J'ai trouvé pas mal de trucs intéressants. Sais-tu par exemple combien de pédophiles ont été assassinés l'année dernière aux États-Unis ?

– Non.

– Environ trois cents. Les chiffres proviennent du FBI, au cas où tu te poserais la question. A priori, c'est du solide. Ces crimes portent désormais un nom aux États-Unis : *pedophile-victim-related-murders*. Plus de trois cents l'année dernière. Tu sais combien ont été élucidés ? C'est-à-dire ont donné lieu à des poursuites judiciaires…

– Non.

– Trois. Dans le premier cas, l'agresseur a été acquitté pour vice de procédure lors d'une perquisition. Une espèce de Hillbilly du Sud. Le jury était composé de gens du coin. Et devine qui avait engagé l'avocat à un million de dollars qui a défendu ce taré ? Eh bien, oui. La fondation créée par Joseph en hommage à sa fille.

– Et le deuxième ? Qu'est-ce qui lui est arrivé ?

– Il était lui-même victime. Il s'en est tiré avec une conditionnelle et une injonction thérapeutique. Il avait coupé la bite de la victime, enfin, de son agresseur, et la lui avait enfoncée dans la bouche. Ça s'est passé à New York, où il règne tout de même un semblant d'État de droit.

– Et la troisième affaire ?

– Unité psychiatrique fermée. Mais il y a déjà un pourvoi en appel. Les faits vont être rejugés par une instance supérieure. En attendant, le condamné a été libéré sous caution.

– Ce n'est quand même pas Joseph en personne qui arpente les rues pour rendre justice ?

– Bien sûr que non. Pour quelle raison étrange ferait-il ça ? Il fait don d'un milliard par an – je parle en couronnes suédoises – à des gens qui le feraient volontiers gratuitement. Qui paieraient même pour le faire, si on leur donnait un nom et une adresse. Et il s'agit souvent de personnes qui n'ont pas été personnellement victimes d'agressions.

– Vraiment…

– Joseph est dans l'ère du temps. Les Démocrates Suédois en ont fait un des principaux points de leur programme électoral de l'automne : ils veulent faire passer la même législation chez nous qu'aux États-Unis, c'est-à-dire que toutes les informations sur les pédophiles et autres individus condamnés pour des crimes sexuels soient rendues publiques et consultables par n'importe qui. La Pologne a fait passer ce type de législation l'année dernière. Et on en prépare de semblables dans une dizaine d'autres pays de l'Union européenne. Au Danemark, par exemple.

– Je vois… *Mais qu'est-ce que je pourrais bien y faire ?*

– Excuse ma curiosité, dit le bon ami. Loin de moi l'idée que tu farfouilles dans le dossier d'enquête sur le meurtre de la petite Yasmine… Cela dit, une chose me tracasse. Toi et tes collègues, vous n'avez tout de même pas consciemment occulté l'identité du coupable ?

– Non, vraiment pas. J'ai juste jeté un coup d'œil à l'affaire quand le délai de prescription est passé.

– Tant mieux. Je préfère. Joseph donnerait son bras droit pour connaître l'identité du coupable, tu t'en doutes. Tu pourrais devenir aussi riche que ton frère si tu lui soufflais son nom. Et si tu refusais, il pourrait se montrer intransigeant…

– Peu importe, conclut Johansson. On se voit à la chasse.

Espèce de lavette ! pensa-t-il en raccrochant. *Il se pisse dessus pour un rien. Comment ça, assassiner le président des États-Unis ? Pour qui se prennent-ils, à la fin ? Quelques rentrées d'argent, et ils se croient tout permis. Et qu'est-ce qui se passe dans mon cerveau ? Pourquoi je ne peux pas simplement la fermer ?*

57

Vendredi 30 juillet 2010, soir

Le soir, il eut une conversation avec Pia et lui demanda franchement, d'homme à femme, de mari à épouse-de-vingt-ans-plus-jeune :

– Je me pose une question, dit Johansson. Plusieurs, en fait.

– Tu as trouvé l'interlocutrice qu'il te faut, Lars, répondit Pia en souriant.

– D'après toi, quelle proportion d'hommes adultes seraient capables de coucher avec des enfants ? Je parle d'hommes ordinaires comme moi, Evert, ton père ou tes frères, c'est-à-dire, en gros, n'importe qui.

– Aucun. Pas s'ils sont normaux. Aucun homme normalement constitué, ni aucune femme, d'ailleurs, n'a de relation sexuelle avec un enfant.

– Bon. Ce n'est pas de moi qu'il s'agit, je préfère te le préciser. Et si on prend les hommes en général ?

– Un pour cent... Un sur cent, un sur cinquante, peut-être même un sur quarante. S'il s'agit bien d'enfants. Pas de fillettes de douze ans dont les seins et les poils ont commencé à pousser. Et qu'on peut facilement raser, si on a cette préférence.

– En élargissant aux pubères, quelle proportion ?

– Beaucoup trop. Jette un coup d'œil sur Internet si tu ne me crois pas. Les sites spécialisés accueillent des dizaines de millions de visiteurs par semaine. De visiteurs, parce que si on compte les visites, ça fait des centaines de millions.

– Je me suis renseigné.

– J'ai à mon tour une question, intervint Pia. Ça... fit-elle avec un signe de tête en direction des cartons sur le sol.

– Oui ? Quoi ?

– Ils contiennent le dossier sur le meurtre de la petite Yasmine Ermegan, n'est-ce pas ?

– Oui. Comment tu le sais ? *Qu'ils abritent Yasmine.*

– J'ai jeté un coup d'œil, bien sûr. Tu me prends pour qui ?

– Ah bon…

– Du moment que ça ne te tue pas…

– Comment ça ?

– Quand tu le trouveras… expliqua Pia. Parce que je suis convaincue que tu le feras. J'espère que ce ne sera pas au prix d'un AVC ou d'un infarctus.

– Non, ne t'inquiète pas.

– Et qu'est-ce que tu en feras, de cet agresseur ? En tant que policier, tu as les mains liées, puisque d'après une loi d'une bêtise tellement profonde qu'elle est une véritable insulte au sens commun, il est trop tard.

– Je n'aurai pas besoin de lever le petit doigt. *Quand je l'aurai trouvé, il sera déjà trop tard, les autres seront à ses trousses.*

58

Samedi 31 juillet 2010, matin

– Lars ! On sonne à la porte ! cria Pia. Tu ouvres ? Tu vas y arriver ?

– Pourquoi ? répondit Johansson depuis son canapé, levant le nez de son journal qui, pour une fois, ne lui donnait pas de maux de tête.

– Je suis aux toilettes !

Je croyais que les directrices de banque n'allaient jamais aux gogues. Il se leva péniblement, attrapa sa canne, clopina jusqu'à la porte et ouvrit sans même jeter un coup d'œil dans le judas. De toute façon, il ne pouvait pas aller plus mal. Au pire, s'il était agressé, il se défendrait avec sa canne.

– Bonjour, je m'appelle Max. C'est votre frère Evert qui m'envoie.

Un p'tit Evert. Où mon frère l'a-t-il dégoté ? Je croyais qu'on ne les faisait plus comme ça.

– Entre donc, Max ! lança Johansson, qui, tout à coup, se sentit inexplicablement hilare. Je te souhaite la bienvenue chez nous. Du fond du cœur. *Un p'tit Evert à moi tout seul. Après soixante ans... En plus, il va habiter chez nous.*

Pia tomba sous le charme de leur nouveau pensionnaire. Au déjeuner, elle leur servit du steak. Johansson eut droit à un morceau calibré accompagné de salade verte, alors que Max engouffrait une montagne de crêpes de pommes de terre coiffées de généreuses noisettes de beurre à l'ail fait maison. Johansson fut autorisé à boire deux verres de vin rouge – un prix de consolation à côté des quantités consommées autour de lui. Son épouse les mesura au centilitre près, en lui tournant le dos. Deux verres de vin rouge et un verre d'eau minérale, alors que Max s'enfilait au moins un litre d'oranges pressées. *Il va me ruiner*.

– Ça te plaît ? demanda Johansson, l'air de rien.

– Super, répondit Max avec un signe de tête à l'adresse de Pia. Merci. C'était super bon.

– Surtout, dis-nous si tu en veux encore.

– Merci, mais…

– Il y a un dessert aussi, les interrompit Pia en fusillant son mari du coin de l'œil. Une salade de fruits.

Johansson s'allongea sur son canapé pendant que Max aidait Pia à débarrasser les restes de leurs agapes. En plus d'un solide appétit, le p'tit semblait avoir le sens de l'humour. Johansson entendait Pia éclater de rire dans la cuisine. *Et il se déplace en silence, le chenapan*, se dit-il en découvrant Max sur le pas de sa porte. Petit et baraqué comme la porte du grenier à grain, à la ferme de ses parents. Et pas un bruit.

– Excusez-moi de vous déranger, chef, dit Max. Je peux vous appeler chef, chef ?

– Ça ira très bien. Et mon frère, tu l'appelles comment ?

– Evert, répondit Max. Comme tout le monde.

– Et lui, il t'appelle comment ?

– Max. Ou Mackan.

– Et comment tu voudrais que je t'appelle ?

– Max, c'est bien. Ou Mackan. Comme vous le sentez.

– Tu mesures combien ?

– Un mètre soixante-quatorze.

– Et tu pèses combien ?

– Cent… Cent cinq kilos, par là. Ça dépend si je fais du sport ou pas.

– Et tu es fort ?

– Oui. En tout cas, je n'ai jamais rencontré plus fort que moi.

– Je te pose la question parce que l'autre jour, j'ai eu un vertige et je me suis étalé par terre, et ça a été un véritable enfer de me hisser sur le canapé. Je pèse cent vingt kilos. *Plus ou moins.*

– Pas de problème, répondit Max. Cent vingt, c'est bon. On pourrait commencer par vous changer de canne. Celle-ci est instable, surtout quand vous la tenez de la mauvaise main.

– Ah, oui ?

– Levez-vous, je vais vous montrer.

Johansson s'exécuta. Max sortit un mètre de sa poche et mesura la distance entre l'aisselle droite de Johansson et le sol.

– Une béquille, ce serait bien, conclut Max en rangeant son mètre.

– Le problème, c'est que j'ai du mal à les tenir, expliqua Johansson en montrant son bras droit mou. Les béquilles qu'ils m'ont données à l'hôpital sont trop courtes.

– On va arranger ça, le rassura Max. Autre chose : je suis venu avec votre voiture, chef. Si vous êtes d'accord, on pourrait aller faire un tour.

– Oui, on pourrait. *Drôle de p'tit gars. Clair comme de l'eau de roche.*

Même modèle que son véhicule précédent – celui dont son frère venait plus ou moins de faire cadeau à son meilleur ami. Celui de Johansson était en revanche équipé d'une boîte de vitesses automatique et d'un tas de subtilités électroniques censées faciliter la conduite.

– Vous pouvez ouvrir et fermer la porte du conducteur à l'aide de la télécommande, expliqua Max en lui faisant la démonstration. Une fois que vous êtes assis, le siège se règle automatiquement. La ceinture aussi. Le moteur démarre automatiquement aussi quand vous appuyez sur le bouton. Ce bouton-là, précisa-t-il en indiquant le tableau de bord. On peut conduire cette voiture en n'utilisant que la main gauche et le pied droit.

– Formidable, lança Johansson. Et noire, en plus.

Les hommes de sa trempe conduisaient toujours des voitures noires.

Alors qu'il avançait le long de la rue, sans but précis, sa poitrine s'allégea. Sa respiration se libéra. Pour la première fois depuis bientôt un mois, il était au volant. *Back on the road again*. Un pas de plus vers une vie normale. Il ne pensa pas une seconde aux deux verres de vin qu'il avait avalés au déjeuner.

59

Dimanche 1er août 2010

Le dimanche matin, lorsque Johansson entra dans la cuisine, il trouva sa femme en train de préparer un pique-nique.

– Qu'est-ce qui se passe ? demanda Johansson.

– On va à la campagne, répondit Pia. La maison est vide depuis bientôt un mois et j'ai plein de choses à y faire.

– Qui, « on » ?

– Toi, moi et Max.

– Si tu m'épargnes le ménage. Je ne me sens pas tout à fait dans mon assiette, tu comprends…

– Tu n'as jamais fait le ménage. Ne t'inquiète pas.

Qu'est-ce qu'elle raconte ? Mais si, je fais le ménage.

En s'installant au volant, il nota le coup d'œil silencieux que s'échangèrent Max et Pia. Peu après avoir pris la direction de Norrtälje, il quitta l'autoroute et s'arrêta devant un arrêt de bus vide.

– Maintenant, à quelqu'un d'autre de conduire. Je préfère me mettre à l'arrière. Comme ça, je pourrai m'allonger un peu.

Ayant changé de place avec Pia, il s'assoupit sans doute, car lorsqu'il se réveilla, ils étaient déjà dans la cour de leur maison de campagne, sur la presqu'île de Rådmansö.

– On est arrivés, l'informa Pia. Comment tu te sens ?

Elle souriait pour cacher son inquiétude.

– Bien. *Je n'ai plus mal à la tête. Depuis deux jours. Un record. Et j'ai la poitrine moins oppressée.*

Mais, pour des raisons qui lui échappaient, il se sentait encore plus épuisé et abattu qu'avant sa sieste. *Ressaisis-toi !*

– Je me sens bien, lui assura-t-il. Mieux que depuis longtemps. D'ailleurs, je vais faire trempette.

Personne n'émit d'objection, ni quand il parcourut le ponton en boitant, ni quand il rassembla ses forces et contracta ses pauvres jambes, ni quand il plongea tête la première dans le lac. Même en le tenant fermement de la main gauche, son bras droit s'agitait au vent. Johansson se laissa lentement couler vers le fond. Sans résistance. Il domina un élan de lâcher-prise et le besoin d'inspirer un grand bol d'eau, retint son souffle le plus longtemps possible, puis remonta en battant des pieds à la surface. *De mieux en mieux.*

Ils déjeunèrent. Max proposa de faire un peu de déblayage, ce qui sembla convenir aux autres. Pia s'allongea dans une chaise longue et lut le journal. Johansson s'assit à côté d'elle, muni des documents de P2, et lui raconta le calvaire qu'avait vécu la fille du gardien de l'ordre au jardin d'enfants. Enfin, le calvaire auquel elle avait échappé de justesse, pour voir les choses du bon côté.

La première page de la liasse était une analyse d'ADN élargie commandée par l'unité des *Cold Cases* six mois auparavant, alors qu'on faisait une dernière tentative louable de résoudre le crime avant qu'il ne tombe sous prescription. Malheureusement, le mail était arrivé le jour où un agresseur encore non identifié, ou peut-être plusieurs, assassinaient un procureur un peu trop zélé à Huddinge en lui tirant une balle dans la tête, au moment où il franchissait le seuil de son immeuble, le matin, pour aller promener son chien. Les agresseurs avaient également enlevé ses deux enfants en bas âge – et ainsi, en quelque sorte, ôté un souci à leur mère, qui demandait le divorce depuis un an parce que son mari le procureur travaillait trop et ne consacrait pas assez de temps à sa famille.

À la Direction nationale, on avait réaffecté les ressources. La chef de la police de Stockholm avait organisé une conférence de presse et fait des déclarations à la radio, à la télévision et dans tous les autres médias, désignant sans ciller les coupables. Il ne s'agissait pas seulement du meurtre désastreux d'un procureur doué et consciencieux, avait-elle expliqué. Dans le cadre de cette agression soigneusement mise en scène par la criminalité organisée, c'était l'État de droit lui-même qui était visé. Bien entendu, toutes les ressources imaginables avaient été affectées à l'enquête. Ce disant, elle n'avait pas consacré une seule parole à la fillette de neuf ans violée, tuée et piétinée dans un marécage à proximité du château de Skokloster dans l'Uppland, vingt-cinq ans auparavant.

Selon des instructions que le commissaire Kjell Hermansson avait reçues de son supérieur direct à la criminelle de Stockholm, on avait donc mis l'enquête sur le meurtre de Yasmine « au placard », jusqu'à nouvel ordre. Une semaine plus tard, le commissaire, qui était également le beau-père de l'inspecteur Patrik Åkesson, avait rangé les cartons de l'affaire Yasmine dans la remise de l'unité.

La petite Yasmine avait reposé ainsi, dans un cercueil de carton, jusqu'à la date de prescription.

Un jour, l'ancien chef de Kjell Hermansson, Bo Jarnebring, demanda à emprunter le dossier pour le compte d'un vieil ami. Et pas n'importe lequel.

– Lars Martin voudrait y jeter un coup d'œil.

– Nom de Dieu ! s'exclama Hermansson, qui avait du mal à cacher son étonnement. *Pourquoi ne l'a-t-il pas fait plus tôt ?*

– Pourquoi ne l'a-t-il pas fait plus tôt ? Maintenant, c'est trop tard, on ne peut plus rien faire.

– Je ne vais pas t'expliquer ce que Lars Martin pense des *Cold Cases*, répliqua Jarnebring avec un sourire entendu.

– Je crois le savoir, en effet, répondit Hermansson.

Puis il poussa un soupir. Dix ans auparavant, l'homme qui était à l'époque chef de la PJ nationale avait tiré à boulets rouges sur les responsables d'unités de *Cold Cases* venus du pays entier à l'occasion d'un colloque. L'événement était resté gravé dans la mémoire d'Hermansson.

– Sans son embolie, si ça se trouve, il n'aurait pas eu l'idée, ajouta Jarnebring en ricanant.

Lars Martin Johansson n'était évidemment pas au courant de ces propos. Pour l'heure, il découvrait la « dernière tentative louable » de résoudre l'affaire. Un coup d'épée dans l'eau. Concrètement, il s'agissait d'une analyse d'ADN élargie du sperme que l'agresseur avait laissé sur le corps et les habits de Yasmine.

– Quelque chose d'intéressant ? demanda Pia, dont l'attention avait été attirée par les grognements de son mari.

– Bof… Je lis l'analyse d'ADN. Le sperme prélevé dans l'affaire Yasmine. On serait à plus de quatre-vingt-dix pour cent sûr qu'il provient d'un agresseur d'origine nordique, vraisemblablement suédoise, et même du centre du pays, sans aucune trace d'ADN étranger, dans le sens ethnique du terme. *Ils commencent à devenir sacrément pointus, ces tarés de l'ADN. Bientôt, ils nous faxeront le portrait du coupable.*

– Eh bien, c'est intéressant, non ?

– Bof, répondit Johansson. *Un enfant l'aurait compris.*

Pour sa part, il l'avait su avant même d'avoir localisé la scène de crime.

– Ah bon ? s'étonna Pia en souriant. *Ça y est, je le reconnais.*

Max apparut sans un bruit.

– J'ai vidé le frigo, sorti les poubelles, passé l'aspirateur et fait un peu de rangement, déclara-t-il. Et puis j'ai préparé du café.

Pincé entre le pouce et les autres doigts de la main gauche, il tenait par le bord un grand plateau sur lequel étaient posés trois verres, trois mugs, une thermos de café, une bouteille d'eau minérale, un pichet de lait et un grand bol de fruits. Sans le poser, il déplaça la table qui se trouvait entre eux.

Je veux bien croire que tu ne connaisses personne de plus fort que toi, songea Johansson.

– Je conduis, décida Johansson quelques heures plus tard, alors qu'ils montaient en voiture.

Max et Pia se contentèrent de hocher la tête, sans même se lancer de regard à la dérobée.

Mon dernier été, se dit Johansson en prenant la grande route de Stockholm. *Mon dernier été. Mais avant, je vais chasser l'élan.*

Cette nuit-là, il rêva de Maxim Makarov, né en Russie, placé dans un orphelinat de Saint-Pétersbourg, arrivé en Suède à l'âge de dix ans et qui, avec raison, ne connaissait personne de plus fort que lui. Il rêva aussi d'un pédophile sensible, délicat et encore sans visage.

– Réveillez-vous, chef, dit Max en lui secouant doucement l'épaule. Que voulez-vous que j'en fasse ?

Sans le moindre tremblement, il tenait le tueur d'enfants à bout de bras, sous les yeux de Johansson, en tenaille entre son pouce et les autres doigts de sa main, comme s'il s'agissait d'un plateau de service ordinaire. Le pédophile pendait, inerte, les yeux fermés. Sa tête se balançait mollement.

– Laisse-moi réfléchir, lança Johansson.

Il se réveilla en sursaut, le cœur martelant la poitrine.

60

Lundi 2 août 2010

Lundi. Un jour de plus dans la nouvelle vie de Lars Martin Johansson, c'est-à-dire sa vie de patient. Il somnolait encore lorsque Pia, penchée au-dessus de lui, lui caressa le front avant de partir au travail. Il se sentait trop fatigué pour lui dire quoi que ce soit.

Matilda lui servit son petit déjeuner diététique sur un plateau : lait fermenté, fruits et muesli, un œuf dur et une tasse de café bien fort – seule concession de son ancienne vie. Sous le journal du matin, il trouva une enveloppe contenant douze billets de cinq cents couronnes.

J'espère qu'elle a donné à sa vieille mère un bon coup de pied au derrière. Car cette dame avait enfreint le quatrième commandement, c'est-à-dire infligé à sa fille ce qu'elle n'aurait pas voulu elle-même subir.

– Dis-moi, Matilda, demanda Johansson quand elle revint chercher son plateau vide. Tu es au courant de ça ?

Il lui montra l'enveloppe.

– Absolument pas. Tu n'aurais pas perdu une dent ?

– Une dent ?

– C'est peut-être la petite souris. Merci, au fait, ajouta Matilda en sortant.

Seulement deux employés, et j'ai déjà du fil à retordre, pensa Lars Martin Johansson qui, il y a peu, dirigeait des milliers de policiers.

Il s'assit au volant pour se rendre à sa séance de kiné. Matilda s'apprêta à monter à côté de lui, mais Max secoua la tête.

– À l'arrière, dit-il en lui faisant un signe du pouce.

– Pourquoi ? C'est pour les mecs, le siège avant ?

– Tu peux t'asseoir à l'avant, rectifia Max. Mais à une condition.

– Quoi ?

– Que tu aies ton diplôme de moniteur d'auto-école, ricana-t-il.

– Tu ne l'as pas non plus.

– Mais je suis fort.

– Arrêtez de vous chamailler, les enfants ! s'écria Johansson, qui se sentait soudain en pleine forme.

La petite souris s'assit à l'arrière, boudeuse.

Conclusion de la séance de kiné : pas de rechute inattendue, pas de progrès non plus. Mais la bonne humeur de Johansson s'obstinait.

– Maintenant, on va déjeuner. Appelle Ulla Winbladh et demande-leur s'ils ont du chou farci à la sauce à la crème, des pommes de terre nouvelles et de la confiture d'airelles, ordonna-t-il à Matilda en la regardant dans le rétroviseur.

– Je suis sûre qu'ils auront de quoi te le préparer, répondit-elle en levant les yeux au ciel.

– Bien, dit Johansson. *On dira ce qu'on voudra, mais malgré son allure de dégénérée, elle n'a rien d'une idiote.*

– La sauce à la crème, ce n'est pas peut-être pas l'idéal, glissa Max.

– Écoute-moi bien, Max, rétorqua Johansson sans se soucier d'un taxi qui, lorsqu'il lui coupa la route, klaxonna et lui fit des appels de phares. Écoute-moi bien, reprit-il. Un homme, un vrai, n'obéit qu'à un seul chef, et si ce chef dit « sauce à la crème », alors, c'est « sauce à la crème ». Peu importe ce que ma femme a essayé de te mettre dans le crâne.

– Compris, chef.

– Et lance-lui un regard méchant, pendant que tu y es, conclut Johansson en lui indiquant le chauffeur de taxi qui gesticulait sauvagement, désormais au coude-à-coude avec eux.

– Compris, chef.

Max baissa la vitre et secoua son poing fermé dans la direction de l'homme.

– Bravo, le félicita Johansson.

Le taxi ralentit immédiatement et se rangea derrière eux, exactement comme quarante ans plus tôt, lorsque Johansson parcourait les rues à côté de son meilleur ami, Bo Jarnebring, en se croyant tout permis. En fait, il ne s'était pas senti aussi bien depuis qu'il s'était arrêté pour discuter avec P2 et ses collègues de la surveillance devant le meilleur kiosque à saucisses de Suède, dans la Karlbergsväg.

En rentrant, il piqua un somme sur le canapé. Puis Matilda entra.

– Tu es réveillé ?

– Oui. *Une petite tasse de café, ce serait parfait.*

Matilda lui tendit une enveloppe blanche.

– Tu as reçu une lettre.

– Ah ? De la petite souris ?

– Non, mais elle me paraît un peu louche, quand même.

– Comment ça, louche ?

– Le courrier est arrivé il y a deux heures. Sans affranchissement ni expéditeur. Seul ton nom est indiqué : Lars Johansson. Quelqu'un a dû la déposer directement dans la boîte.

– Eh bien, ouvre-la ! s'exclama Johansson en agitant impétueusement son bras droit invalide.

– Vraiment louche.

Elle sortit une feuille A4 pliée en deux.

– Qu'est-ce que c'est ?

– Un nom. Staffan Leander. C'est tout.

– Staffan Leander… répéta Johansson.

– Regarde, dit Matilda en lui tendant la feuille.

– Tu te souviens quand tu m'avais emmené à Lilla Essingen ? C'était quel jour ?

– La semaine dernière. Mardi. Ça va faire huit jours.

Erika Brännström, pensa Johansson. Il la revit, assise sur le fauteuil en face de lui, doigts croisés sur les genoux, vigilante. Ses mains de travailleuse. Erika, dont les deux filles avaient peu ou prou l'âge de Yasmine.

61

Lundi 2 août 2010, après-midi

Un élan – irréfléchi, sans doute, mais il fallait bien s'occuper. Ayant sorti le carton de listings du fichier des immatriculations, Johansson parcourut les premiers et les derniers, tout au fond. Il régnait un désordre complet, résultat des furetages successifs et non concertés de collègues à la recherche d'une donnée ou d'un quelconque détail. En l'absence de liste informatisée, vingt-cinq ans plus tard, Johansson n'avait aucun repère.

Max, songea-t-il. N'ayant pas envie de hurler, il l'appela au téléphone. Pas question de confier la mission à Matilda, qui, cela dit, faisait sûrement le guet devant sa porte. *Avec une mère pareille, Dieu seul sait ce qui a pu lui arriver*. Non, pas de « plop, plop ». Pas de globes oculaires arrachés à l'aide de longs ongles rouges.

– Tu peux venir ? demanda Johansson.

– Je suis à la cuisine, chef, répondit Max.

– Eh bien, viens ici, et que ça saute.

Vingt mètres de distance, dix secondes pour les parcourir. Incroyable que ça puisse prendre autant de temps.

– Qu'est-ce que je peux faire pour vous, chef ?

– Assieds-toi, dit Johansson en lui indiquant le fauteuil le plus proche.

– Je vous écoute.

– Une question directe, Max. Est-ce que tu es le genre à savoir la fermer ?

– Oui. En tout cas, je ne connais personne qui le fait mieux que moi.

– Pas un mot. Même pas à Evert. Compris ?

– Oui.

– Bien. Dans ce carton, il y a des listings du fichier des immatriculations. Il s'agit des individus qui possédaient une Golf rouge il y a environ vingt-cinq ans. En juin 1985, pour être exact. Tu peux voir si l'un d'eux s'appelle Staffan Leander ?

Johansson lui tendit la mystérieuse feuille.

– Il y en a combien ?

– Des centaines. Ou des milliers. Un tas. *Qu'est-ce que tu veux que j'en sache ?*

– Il n'y a pas de liste ?

– Non. Un idiot l'aura égarée.

– Je vois. Je peux emporter le carton dans ma chambre ?

– Bien sûr. À une condition, que tu ne...

– Je sais, répliqua Max avec un sourire entendu.

Il revint une heure plus tard.

– Ça a été ? demanda Johansson. Tu as trouvé quelque chose ?

Question stupide, car il lisait la réponse dans le regard de Max.

– Pas de Staffan Leander. Ni aucun autre Leander.

– Sûr ?

– Cent pour cent. Il y a un peu plus de mille sept cents véhicules, des Golf de modèles datant de 1982 à 1986. Le modèle concerné est daté de 1986, mais il a été mis sur le marché dès juin 1985. Il y a un tas de propriétaires dont le prénom est Staffan, mais pas de Leander. La moitié des véhicules appartiennent à des entreprises, par exemple des agences de location. Vous êtes sûr que Leander n'avait pas loué une voiture ?

– Possible, en effet. *Ou alors je me trompe sur toute la ligne.*

62

Mardi 3 août 2010

Le matin, Johansson reçut sa nouvelle béquille, qui allait de son aisselle droite au sol, comme une rallonge de son bras. Elle était pourvue d'une poignée en forme de crosse de pistolet sur laquelle il s'appuyait pour avancer sa jambe droite affaiblie, d'un arrondi pour stabiliser l'aisselle et d'un dispositif de soutien du haut du bras. Il la tenait sans aucune peine.

– Tu l'as fabriquée toi-même ?

– Des contacts, glissa Max. Du temps où je faisais du hockey, j'ai moi-même dû me balader en boitillant avec ce genre d'instrument.

– Merci.

Alf Hult appela.

– Je crois que j'ai trouvé quelque chose.

– Vas-y, raconte.

– Il vaudrait mieux que je passe chez toi, c'est un peu compliqué. Enfin, si tu es disponible, bien sûr.

– Je suis toujours disponible. Je t'invite à déjeuner ?

– J'ai un bus dans un quart d'heure, je serai là dans une heure, précisa Alf, qui habitait à Täby, en banlieue, et qui, d'après les dires de son autre beau-frère, Evert, n'avait même pas pris un taxi pour se rendre à son propre mariage.

Une demi-heure plus tard, Matilda frappa à la porte de Johansson.

– Oui ? demanda celui-ci depuis son canapé, levant les yeux de l'œuvre posthume de J.D. Salinger, *Considérations américaines*, paru en anglais quelques semaines plus tôt.

D'après la citation du supplément littéraire du *New York Times* reproduite sur le rabat de la couverture : « Une violente diatribe contre tous les – *ismes* qui, non contents d'anéantir le rêve américain, ont également transformé une névrose privée fort compréhensible en traumatisme national. »

Vlan dans les dents.

– Kiné, annonça Matilda en indiquant l'heure sur sa montre.

– Désolé, c'est annulé, répliqua Johansson. J'attends de la visite. C'est important. Mon beau-frère.

– Il déjeunera ?

– Évidemment. Je crois qu'il aime le poisson. Il est du genre précautionneux. Va donc faire un tour aux halles de Söder et vois si tu trouves un saumon dans la pêche du jour.

Matilda sortit. Au même instant, Johansson eut une idée. *Du hareng. Du hareng frais pané à la moutarde et frit à la poêle, accompagné de pommes de terre pressées avec un filet de vinaigre, d'une bière tchèque fraîche et de...*

– Ou du hareng frais ! cria Johansson. *Je me demande si elle a entendu*, pensa-t-il en entendant la porte se refermer.

Qu'est-ce qu'il est alambiqué, mon beau-frère, songeait Johansson une demi-heure plus tard. D'abord, Alf Hult avait insisté pour lui serrer la main. Pourtant, allongé sur son canapé, Johansson s'était contenté de lui faire un petit signe de la main à son arrivée. Puis l'ancien inspecteur des impôts avait placé la table entre eux, ajusté sa chaise et, enfin, sorti une mince liasse de feuilles de sa vieille serviette en cuir élimée.

– Tu as trouvé quelque chose ? demanda Johansson. *Il le fait exprès, ou quoi ? Il me fait poireauter pour faire grimper la facture ?*

– Oui, répondit Alf. En tout cas, il y a du vrai là-dedans. J'ai découvert que Johan Nilsson avait une demi-sœur. Tu sais, le mari de Margaretha Sagerlied.

– Qui s'appelle ?

– Vera Nilsson, née le 21 octobre 1921, décédée le 10 mars 1986. Si tu te demandes pourquoi je ne l'avais pas trouvée avant, c'est parce que son lien de parenté avec Johan Nilsson n'apparaît pas dans le registre d'état civil, dans lequel il est indiqué qu'elle est de « père inconnu » – une annotation classique dans ce genre de littérature, précisa Alf Hult, l'air réjoui et même quasiment exultant.

– Et comment tu sais qu'ils étaient frère et sœur ? *Vingt-six ans de moins que Johan, son aîné.*

– Cela apparaît dans un testament que Johan Nilsson a fait rédiger le 15 novembre 1959, exactement deux mois après le décès de son père, le grossiste Anders Gustaf Nilsson, le 15 septembre de la même année. Le document est enregistré au tribunal de première instance de Stockholm.

– Vraiment ?

– Oui. Une hypothèse qui n'a rien de très téméraire consisterait à supposer que sur son lit de mort, Anders Gustaf ait révélé l'existence de sa sœur à Johan.

– Mieux vaut tard que jamais. Tu en es sûr ?

– Entièrement. Dans le testament de Johan Nilsson daté de novembre 1959, il lègue une part considérable de sa fortune à... je cite... « ma chère demi-sœur Vera Nilsson »... fin de citation.

– Une part considérable ?

– Environ un dixième de l'intégralité de sa fortune, c'est-à-dire, d'après mon estimation, environ la moitié de ce dont il a hérité de son père Anders Gustaf, qui, d'ailleurs, n'avait pas fait dresser de testament avant sa mort. Il était veuf et son fils unique, Johan, a donc hérité de tout ce qu'il possédait.

– Et à combien ça monte, en monnaie sonnante et trébuchante ?

– À environ trois cent mille couronnes. De l'époque. C'est-à-dire un paquet. Aujourd'hui, ça équivaudrait à plus de deux millions, après déduction des impôts sur la succession qui, en 1959, étaient encore considérables. Sans compter des biens meubles de grande valeur. Entre autres un tableau, un Leander Engström intitulé *Le Chasseur vagabond*, daté de 1917 et vendu trois millions et demi chez Bukowski au printemps 2003. Dans le testament, il était estimé à quinze mille.

– Un Leander Engström... répéta Johansson. *Leander, mais comme prénom... Mort dans les années 1920.*

Johansson avait lui-même un paysage montagnard du même artiste sur le mur de son salon.

– Vera Nilsson est un personnage intéressant, reprit Alf.

– Comment ça ?

– C'était la fille de la cousine du père de Johan – Anders Gustaf.

– Une époque de perdition, ricana Johansson.

– Précisons que la famille Nilsson est tout de même originaire de la région de Stockholm, où, généralement, les mœurs sont un peu différentes de celles de l'Ångermanland. Bref, le 5 octobre 1960, Vera Nilsson donne naissance à un fils. Âgée de trente-neuf ans, ce qui, à l'époque, était tardif. Lui aussi de père inconnu. L'histoire semble se répéter. En juillet de la même année, Johan Nilsson fait don à sa demi-sœur d'une partie de sa fortune, une partie qui correspond à ce qu'il lui léguait dans le testament rédigé l'année précédente. En août 1960, c'est-à-dire un mois plus tard, il épouse Margaretha Sagerlied. Un peu avant, il a fait dresser un nouveau testament qui remplace celui de novembre 1959. C'est-à-dire que d'abord, il soustrait de sa fortune la part de l'héritage paternel qui reviendrait à sa sœur et lui en fait don, puis il dresse un nouveau testament dans lequel il lègue tous ses biens à sa nouvelle épouse. Dans ce nouveau document, la demi-sœur n'est même pas mentionnée. Ensuite, il épouse Margaretha Sagerlied et quand il meurt, vingt ans plus tard, elle hérite de sa fortune.

– Et le fils ? demanda Johansson. Le fils illégitime de Vera Nilsson ? Comment s'appelle-t-il ? J'en étais sûr.

– Staffan Leander Nilsson, répondit Alf Hult. Leander est son deuxième prénom. On peut toujours se demander d'où il sort. Né le 5 octobre 1960. J'ai noté son numéro d'identité quelque part.

– Il est toujours en vie ?

– Oui. Célibataire, sans enfant. Sa dernière adresse connue est à Frösunda, dans la commune de Solna, au 20 boulevard Gustaf III. De sa naissance à 1986, il a vécu au 104 Birger Jarlsgata, à la même adresse que sa mère. Tu sais, c'est le grand pâté de maisons qui appartient à l'Association des locataires et copropriétaires de Stockholm, à côté de la Valhallaväg. En mai 1986, il quitte le pays et revient à l'automne 1998, douze ans et demi plus tard.

– Il part à l'étranger ? Où ça ?

– Vraisemblablement en Thaïlande. Mais je n'ai pas encore d'adresse. Je m'efforce de te dégoter des informations là-dessus. Ajoutons qu'en partant, il laisse une grosse dette au Trésor public. Plusieurs centaines de milliers de couronnes, entre autres l'impôt impayé sur la succession de sa mère. Mais dix ans plus tard, sa dette est sous le coup de la prescription. Bref, il avait pour ainsi dire de bonnes raisons de se tenir à l'écart.

– En ce qui concerne la Thaïlande, tu es sûr de ce que tu avances ?

– Assez. Il semble avoir participé à un projet hôtelier à Pattaya.

La Thaïlande... songea Lars Martin Johansson. À la fin des années 1980, ça devait être le paradis pour un type comme lui. Et ça l'est sûrement toujours.

– En résumé, sa mère meurt le 10 mars 1986. Quelques mois plus tard, il quitte le pays après avoir liquidé la succession, dont il est le seul héritier. Apparemment, sa mère n'avait pas rédigé de testament. D'après l'inventaire de la succession, elle lui lègue à peine un million, mais si tu veux mon avis, je dirais le double. Il ne revient en Suède que douze ans et demi plus tard.

– Bien, dit Johansson en se relevant sur le canapé. Ce Staffan Leander Nilsson...

– Oui ?

– Je veux tout savoir sur lui. Absolument tout.

– Très bien, je m'en occupe.
– Tu peux m'excuser une petite minute ?
– Bien sûr.

Johansson attrapa sa nouvelle béquille et, sans aucune peine, se rendit dans la chambre d'ami, où il trouva son p'tit Evert rien qu'à lui assis devant un ordinateur, des écouteurs sur les oreilles, occupé à ce qui ressemblait fort à un jeu vidéo violent.

– Chef ? s'étonna Max en ôtant ses écouteurs.

– Tu peux jeter un dernier coup d'œil là-dessus ? demanda Johansson en indiquant le carton de listings sur le lit. Regarde si tu trouves un certain Staffan Nilsson... Ou Staffan Leander Nilsson, né le 5 octobre 1960.

– Une petite seconde, dit Max en sortant une liasse de listings assemblée à l'aide d'un trombone.

Il se mit à la feuilleter.

– J'ai rassemblé tous les Staffan quelque chose. Il y en a trente.

– Sage initiative, commenta Johansson. *Ce p'tit gars est loin d'être un idiot.*

– Le voici, annonça Max en lui tendant un imprimé. Staffan Nilsson, né le 5 octobre 1960. À l'époque, il habitait au 104 Birger Jarlsgata, à Stockholm. Le 5 juin 1985, il a été enregistré en tant que propriétaire d'une Golf GTI neuve, modèle 1986. Rouge. Achetée directement au concessionnaire Volkswagen.

– Vraiment ?

Maintenant, espèce de salaud, tu vas en voir de toutes les couleurs, pensa l'ancien chef de la PJ nationale, qui avait appris à détester le hasard. *Une fois équivaut à rien, mais deux, c'est deux de trop. Je te tiens !* Et bien qu'il se soit préparé à cet instant, il fut brusquement envahi par une haine immense et déraisonnable.

– Ça va, chef ? demanda Max en le soutenant légèrement par le bras.

– Oui, oui. Très bien. *Et maintenant, je fais quoi ?*

IV

Œil pour œil, dent pour dent,
main pour main, pied pour pied…

Exode, 21:24

63

Mercredi 4 août 2010, matin

Instaurer des routines, autant que possible. Les jours où son corps ne le torturait pas plus que d'ordinaire, il prenait son petit déjeuner dans la cuisine. Ce matin-là, il dut se résigner à rester dans le canapé. Dès le réveil, il avait ressenti des maux de tête lancinants. La sensation de poitrine oppressée n'avait pas tardé. Puis vint l'angoisse, lui serrant la gorge. Il s'était soulagé en avalant une petite pilule blanche – une de plus. Caché dans un coin de son bureau, Hypnos aux cheveux blonds et légers comme ceux d'un enfant était apparu, lui tendant avec un doux sourire une capsule verte de pavot. Johansson avait sans doute somnolé un moment.

Une demi-heure plus tard, il se sentait déjà mieux. Il sortit son ordinateur portable, le posa sur ses genoux et décida d'élaborer un plan d'action. À sa grande époque, il griffonnait ce genre de chose sur des post-it qu'il collait sur la table dans son grand bureau, mais, maintenant, il ne fallait pas rêver.

Désormais, il n'arrivait même plus à écrire lisiblement. Sa main droite lui servait à tenir l'ordinateur coincé contre ses genoux pendant qu'il tapotait de la main gauche.

« Mesures à prendre », écrivit-il tout en haut. À la ligne. « Continuer à rassembler des éléments sur Staffan Leander Nilsson. » À la ligne. « Dresser la petite biographie de Staffan Leander Nilsson. » Matilda entra et jeta un coup d'œil intransigeant à sa montre.

– Kiné. Allez, zou !

– Donne-moi cinq minutes.

« Ressources humaines : un plus quatre », écrivit-il. Lui-même, son meilleur ami Bo Jarnebring, son beau-frère Alf Hult, Matilda et Max. Personne d'autre. Surtout pas d'anciens collègues comme le commissaire Hermansson ou son gendre, qui pourraient avoir du mal à garder la tête froide en situation critique.

J'ai dirigé des équipes bien pires que ça, se dit Johansson en éteignant son ordinateur. Puis il se leva.

Après la séance de kiné, sur le chemin du retour, Max lui fit une proposition.

– J'ai réfléchi à cette histoire de chasse à l'élan, chef. Vous avez une minute pour que je vous explique ?

– Bien sûr que j'ai une minute, répliqua Johansson. *Qu'est-ce que je pourrais bien fabriquer d'autre ? À part farfouiller dans une affaire sous prescription, me gaver de médicaments et compter les jours qui me restent à vivre alors qu'il y a tout juste un mois, je menais encore une existence digne, voire agréable.*

– J'ai discuté avec un armurier. Je lui ai expliqué votre souci avec votre main droite. Est-ce que vous vous croyez capable de manœuvrer la culasse pour recharger ?

– Oui, répondit Johansson, qui s'y entraînait en cachette depuis une semaine.

– Alors c'est la détente, le problème ?

– Oui. Je n'ai plus aucune sensation dans l'index.

– D'après l'armurier, ça peut se résoudre. Il l'a déjà fait pour un client qui a eu le même souci que vous, chef. Il avait installé une nouvelle détente à l'avant de la crosse pour que le chasseur puisse l'actionner de l'index gauche.

– Vraiment ?

– Alors si vous arrivez à tenir la crosse contre votre épaule avec votre main droite et viser, ça peut s'arranger.

– Qu'est-ce qu'on attend ?

Enfin une bonne nouvelle. Cela lui rappelait son ancienne vie.

64

Mercredi 4 août 2010, après-midi

Alf appela Johansson avant le déjeuner. Une heure plus tard, il sonnait à la porte.

– Allez, raconte, demanda Johansson.

Son beau-frère sortit une nouvelle liasse de sa vieille serviette en cuir élimée.

– Il y a un peu de tout. Tu te souviens du tableau dont je t'avais parlé ? *Le Chasseur vagabond* de Leander Engström, celui que Vera avait reçu de son demi-frère Johan, qui en avait vraisemblablement hérité de leur père, Anders Gustaf Nilsson ?

– Bien sûr. Qu'est-ce qu'il a ?

– Il a été mis aux enchères chez Bukowski en mai 1986 et vendu un peu moins d'un million de couronnes, après retenue de la commission. Le vendeur était Staffan Nilsson, le fils de Vera Nilsson. Il s'en est débarrassé avant même que l'inventaire de la succession ne soit dressé, au cas où tu te poserais la question.

– Ça ne les a sans doute pas empêchés de dormir, chez Bukowski, répliqua Johansson. *Marchands de tapis !*

– Sûrement pas, sûrement pas, renchérit Alf. D'ailleurs, je pourrais t'en raconter, des histoires sur le marché de l'art, mais il te faudrait de la patience. Je t'ai apporté une reproduction du tableau. Très beau, commenta-t-il en tendant une grande photographie en couleurs à Johansson.

Le Chasseur vagabond faisait manifestement une pause au bord d'un lac, lorsque le pinceau de Leander Engström l'avait capturé. Un paysage montagneux en rouge et bleu, vert et gris, s'évanouissait au fond, la transparence évoquait un air automnal froid, mais qui ne faisait que présager l'hiver. Le chasseur, assis devant un feu de camp qu'il venait d'allumer, lisait un livre ; il avait appuyé son fusil contre un rocher et suspendu son gibier, deux oies et un lièvre, sur une grande branche fourchue.

Le Chasseur vagabond. On ne pouvait pas mieux le décrire.

– Un million, constata l'ancien inspecteur des impôts. En plus, la mère de Staffan Nilsson possédait plusieurs appartements dans la Birger Jarlsgata. Son fils les a vendus à peu près au même moment. À l'aide d'une procuration établie seulement une semaine avant son décès. Un peu inhabituel, tout de même.

– Et combien il a engrangé en tout ?

– Selon mon estimation, environ deux millions. Un pour le tableau, sept cent mille pour les appartements, encore quelques centaines de milliers en avoirs bancaires, obligations et biens meubles.

– Il a vendu toute la boutique, résuma Johansson. Avant même que le corps de sa petite maman ait eu le temps de refroidir.

– Oui, répondit son beau-frère avec une moue dédaigneuse. C'est assez bien résumé.

– Ensuite, il oublie de payer ses impôts, se tire en Thaïlande et achète un hôtel, continua Johansson, qui pensa soudain à son grand frère.

– Exactement, soupira Alf. À ce propos, il te faudra encore un peu de patience. J'attends des renseignements sur le projet hôtelier auquel il était mêlé.

– Et qu'est-ce qu'il a fait d'autre ? Je veux dire avant de partir en Thaïlande.

– Le genre de bêtises que font les jeunes gens. Il était, semble-t-il, du genre un peu négligent. J'ai trouvé deux faux CV à son nom.

– Vraiment…

– Lorsqu'il cherchait du travail, au début des années 1980 – j'y reviendrai, à ce travail, d'ailleurs –, il affirme avoir passé son bac en 1979 au lycée Norra Real, ici, à Stockholm, et avoir fait des études d'économie à l'université. D'Uppsala, en plus. Une année d'économie d'entreprise, un semestre de macroéconomie, un de statistiques et un cours d'introduction en droit. En tout, ça revient à peu près à une licence.

– Mais c'est faux ?

– Oui. Il a bien fréquenté le lycée Norra Real, mais il a interrompu sa scolarité après seulement un an et demi. Et il ne semble jamais avoir été inscrit à l'université d'Uppsala.

– Quel petit farceur… Où est-ce qu'il a fait son service ?

– Réformé. Sur la foi d'un certificat médical. Scoliose. Il devait avoir de gros problèmes de dos.

– Mais encore ? demanda Johansson. *Pas quand il a violé la petite Yasmine, en tout cas.*

– J'ai aussi trouvé une fondation. Quelques années après la mort de son mari Johan Nilsson, sa veuve, Margaretha Sagerlied, a créé une fondation.

– Qui s'appelle ?

– La fondation Margaretha Sagerlied de soutien à l'art de l'opéra, dit Alf avec un soupir.

Tu m'en diras tant.

– Allez, raconte.

65

Mercredi 4 août 2010, après-midi

Après le décès de Johan Nilsson, lorsque sa veuve avait hérité de sa fortune considérable, elle en avait utilisé cinq millions pour créer une fondation de soutien à l'art de l'opéra, qui attribuait des bourses de formation ou de séjour d'études à l'étranger à de jeunes chanteurs ou musiciens, ainsi que des aides pour organiser des concerts. La fondation discernait également un prix annuel de vingt mille couronnes, le « prix Margaretha Sagerlied », à « la jeune soprano la plus prometteuse de l'année ». Les activités avaient démarré en 1983. Le président de la fondation était un avocat de Stockholm très renommé, un habitué de l'opéra ; le service des fondations de la banque SE s'occupait de la trésorerie.

– Cette madame Sagerlied semble avoir été une vraie fée de la philanthropie, commenta Johansson en croisant les doigts sur son ventre.

Il se sentait plus en forme que jamais.

– Possible, soupira son beau-frère. Malheureusement, le bonheur n'a pas duré.

– Pourquoi ça ? Cinq millions, c'était une sacrée somme, à l'époque, non ?

– Ce n'était pas là que le bât blessait. Margaretha Sagerlied a eu la mauvaise idée d'engager son seul et plus proche parent, je veux parler du jeune Staffan Nilsson, pour gérer la fondation. Un ou deux ans plus tard, elle fermait boutique. Nilsson avait embarqué la fondation dans des affaires douteuses.

– Comment en est-on arrivé là ? Je croyais que les contrôles de ce genre d'organisations étaient draconiens.

– Oui, en temps normal. Principalement parce que ces organismes bénéficient d'une politique fiscale avantageuse. Avec tous les risques de dérive que ça comporte. Quand Margaretha Sagerlied a recruté Staffan Nilsson, le président de la fondation l'a avertie du danger : que ce soit perçu comme une façon détournée de faire profiter un parent proche d'un certain nombre de privilèges fiscaux. C'est aussi la raison pour laquelle il a demandé à voir son CV. Il voulait vérifier que Nilsson avait bien les qualifications requises et qu'il n'était pas recruté sur des bases… fantaisistes.

– Et Nilsson a inventé des qualifications.

– Oui, enfin, dans la mesure où j'ai pu les vérifier. De sa propre plume, ce jeune homme exceptionnellement zélé a fait des petits boulots tous les étés depuis sa plus tendre scolarité. Cela dit, je ne me suis pas appesanti sur cet aspect de son parcours. D'ailleurs, j'ai ici le CV en question, ajouta Alf en tendant une pochette en plastique à Johansson.

– Pose-le sur le tas. *De toute façon, Nilsson a sûrement tout inventé.*

– La fondation semble avoir tourné correctement à ses débuts, conformément aux statuts. Pendant ses trois premières années d'existence, c'est-à-dire jusqu'en 1985, le prix est décerné une fois par an. Des bourses et des aides sont attribuées à hauteur de cent mille couronnes par an. En y ajoutant les coûts de fonctionnement, les défraiements du conseil d'administration, le salaire de Staffan Nilsson et le loyer d'un petit bureau situé dans le quartier d'Östermalm, plus exactement dans la Linnégata, les dépenses annuelles sont d'environ trois cent mille couronnes.

– Six pour cent du capital. C'est un peu beaucoup, non ?

– La première année, on a eu un bon rendement. Il y a même eu un excédent de l'ordre de cent mille couronnes.

– Et puis ça a tourné en eau de boudin.

– À mon avis, à partir de 1984. On a essayé de compenser les pertes par des placements aventureux et des instruments financiers douteux. C'est sans doute à ce moment-là qu'on a perdu le contrôle. En interne et sur le plan bancaire. La banque SE était tout de même responsable de la gestion financière.

– Et combien le jeune Nilsson a-t-il empoché au passage ?

– À ce que j'ai pu voir, pas grand-chose. Il s'agit principalement de mauvais placements. Bref, pour résumer une longue histoire, un audit comptable est réalisé à la mi-86. On découvre alors que la moitié du capital est épuisé. À ce stade, le jeune Nilsson a déjà démissionné et quitté le pays pour une destination inconnue.

– Et après ? *Décidément, il s'est passé un tas de choses début 1986*, songea Johansson.

– Depuis, la fondation s'ankylose, lentement mais sûrement. Le capital actuel est d'environ deux millions. Il a été plus ou moins constant depuis la mort de Margaretha Sagerlied. On distribue encore des bourses et des subventions, ainsi que le fameux prix, mais au total, ça monte à moins de cent mille couronnes par an. En y ajoutant les coûts de fonctionnement, les dépenses sont d'environ deux cent mille couronnes par an. Le capital diminue donc de façon constante de quelques pour cent par an et ce, depuis longtemps.

– Elle n'a pas essayé de couvrir la fuite ? Je veux dire quand elle a passé l'arme à gauche.

– À sa mort, Margartha Sagerlied était encore passablement riche. Sa succession représente plus de dix millions de couronnes nets, et nous sommes en 1989. Eh bien, la fondation n'a pas reçu un centime.

– Et qui a hérité de tout cet argent ?

– Elle avait fait rédiger un nouveau testament en octobre 1986, quatre mois après l'audit, c'est-à-dire lorsqu'elle était déjà parfaitement consciente des difficultés économiques de la fondation. Quasiment tous ses biens sont légués à diverses causes charitables en rapport avec l'enfance et la jeunesse : la Fondation de l'enfance de l'Église, Sauver les enfants, l'Aide à l'enfance de la Croix-Rouge...

– Et le jeune Nilsson ?

– Pas un centime. Par contre, son ancienne femme de ménage refait surface : Erika Brännström. Tu t'en souviens, non ? Elle hérite de cinq cent mille couronnes. Selon le testament, la somme doit servir à financer les études de ses filles.

– Tu m'en diras tant… *L'argent censé racheter les crimes d'un autre… Au pire, en échange du silence. Elle a dû vivre un véritable calvaire avant sa mort.*

– Erika Brännström… répéta Hult. Si ça t'intéresse, je peux me renseigner sur elle aussi. Elle et ses filles sont en vie, c'est déjà vérifié. La mère a un peu plus de soixante ans, les filles, la trentaine. Mais tu le sais déjà.

– Laisse tomber Erika Brännström. *Ce que je voudrais savoir sur elle, tu ne pourrais pas me l'apprendre de toute façon.* Autre chose ?

– Oui, tout à fait. Il s'agit de la mère de Staffan Nilsson, Vera Nilsson.

– Et qu'est-ce qu'elle a ?

– Je t'ai dit qu'elle était morte le 10 mars 1986. Sans laisser de testament, ce qui, en termes juridiques, n'est pas d'un grand intérêt, puisque son seul héritier est son fils unique. Par contre, les circonstances de sa mort laissent plutôt perplexe. Surtout quelqu'un comme toi. Je veux dire étant donné ton ancien métier.

– Vraiment ? *Ça se corse enfin…*

66

Mercredi 4 août 2010, après-midi

Vera Nilsson, soixante-cinq ans, avait été retrouvée morte à son domicile du 104 Birger Jarlsgata, dans la matinée du 11 mars 1986. C'est son fils Staffan, occupant un appartement plus petit dans le même immeuble, qui l'avait trouvée sans vie.

Vera Nilsson, étendue sur le canapé de son salon, était vêtue d'une culotte, d'un soutien-gorge, d'un peignoir et de chaussons. Sur la table basse, une bouteille de whisky vide, une demi-douzaine de grandes canettes de bière, une bouteille de vodka à moitié pleine, une bouteille d'eau minérale vide, une bouteille de soda vide et un verre de type Collins contenant un mélange de vodka et de tonic. Dans la salle de bains, deux boîtes vides, l'une ayant contenu des somnifères puissants, l'autre, des calmants. On n'avait pas trouvé de lettre d'adieu ni aucun autre message.

Dans la chambre, le lit n'était pas défait. À part ce détail, bizarrement, le petit deux pièces cuisine était sale et en grand désordre : tiroirs ouverts à moitié déversés sur le sol, vêtements jetés en tas dans les penderies, garde-manger et meubles de cuisine sens dessus dessous. L'appartement semblait avoir été fouillé.

Au vu de ces circonstances pour le moins douteuses, le corps avait été envoyé au centre de médecine légale de Solna pour y être autopsié, et la criminelle de Stockholm avait réalisé un examen technique de l'appartement, intitulant le formulaire d'enregistrement : « décès suspect au domicile ».

D'après l'autopsie et la fouille, Vera Nilsson était morte intoxiquée d'un mélange fatal composé d'alcool, de calmants et d'une forte dose de somnifères. Son alcoolémie sanguine était de trois pour mille, et son taux urinaire, légèrement plus faible. On n'avait trouvé dans son logement aucune trace de tendance systématique à la consommation abusive d'alcool, et ces chiffres étaient donc très élevés pour une femme de son âge, dans sa condition physique.

Le médecin légiste avait pris son temps. Lorsque son rapport arriva, après plus d'un mois, il constatait en introduction qu'on ne pouvait pas exclure la possibilité d'agissements criminels, mais que la plupart des indices tendaient à établir l'hypothèse du suicide. C'était d'ailleurs aussi ce que concluait le légiste en fin de rapport : Vera Nilsson s'était ôté la vie. Que quelqu'un l'ait intoxiquée sans qu'elle en ait eu conscience lui semblait peu vraisemblable. Les médicaments qu'elle avait absorbés avaient trop mauvais goût pour être camouflés par de l'alcool fort, de la bière ou du soda. Qu'on les lui ait fait prendre par coercition semblait également peu probable. Aucune marque corporelle n'indiquait que des violences physiques ou une quelconque action contraignante auraient eu lieu.

Dans un paragraphe à part, le médecin notait néanmoins une circonstance étrange. Plusieurs éléments révélés au cours de l'autopsie portaient à croire que Vera Nilsson était restée morte chez elle pendant plus de vingt-quatre heures avant le signalement des faits.

Son fils, qui l'avait trouvée vers onze heures le 11 mars, affirmait lui avoir parlé vers sept heures du soir la veille. Il subsistait donc une zone d'ombre. Le médecin ne pouvait, certes, pas complètement exclure que le décès ait eu lieu le soir du 10, mais les résultats de l'autopsie tendaient tout de même à indiquer une mort antérieure.

– Une petite minute, Alf, l'arrêta Johansson. Comment tu sais tout ça ?

– Pour une fois, j'ai eu de la chance. L'un des membres de mon cercle de généalogie est le patron des pompes funèbres qui ont effectué l'enterrement de Vera Nilsson. D'ailleurs, nous siégeons tous les deux au conseil d'administration du cercle. Son entreprise s'est occupée de toutes les démarches entourant sa mort. À part l'inventaire de la succession et l'enterrement proprement dit, ils ont aussi fait le ménage chez elle et mis son fils en contact avec une société de ventes aux enchères. C'est en faisant le ménage chez elle qu'ils sont tombés sur le rapport d'autopsie.

– Ah bon ? Et sous quel prétexte ils l'ont gardé ? Il a dû être envoyé au fils après la clôture de l'enquête. *Il aurait dû...*

– Mon confrère généalogiste connaissait personnellement Vera Nilsson, expliqua Alf avec un léger raclement de gorge. Je ne sais pas si je te l'ai dit, mais Vera Nilsson était maître d'hôtel dans un restaurant où mon confrère prend souvent son déjeuner ou son dîner. C'est ainsi qu'ils avaient fait connaissance. Il trouvait ça très bizarre que Vera se soit suicidée. Il la décrit comme quelqu'un de joyeux, qui prenait la vie du bon côté. Voilà pourquoi il a fait une copie du rapport. Je présume qu'il a remis l'original au fils avec tous les autres papiers trouvés dans l'appartement.

– Et ce monsieur n'a jamais fait part de ses doutes à la police ?

– Non. On avait conclu au suicide. En plus, il s'est senti obligé de défendre les intérêts de son client, c'est-à-dire du fils. Il n'a donc rien signalé.

– Et le réquisitoire introductif ? Il l'a trouvé ? On a bien dû ouvrir une instruction ?

– Non, répondit Alf en secouant la tête. Mais je me disais que si quelqu'un pouvait le trouver, c'était bien toi. En temps normal, quand je fais des recherches généalogiques, je ne manipule pas ce genre de document. Enfin, si le réquisitoire existe toujours, je devine qu'il se trouve aux Archives administratives de Stockholm.

– Sûrement, renchérit Johansson. *Ou dans un vieux carton à la cave du siège de la police.*

– Si ça peut t'aider, je t'ai mis une copie du rapport d'autopsie, ajouta Hult en tapant de son maigre doigt sur la liasse posée sur la table basse.

– On va y arriver, promit Johansson.

67

Mercredi 4 août 2010, soir

Johansson dîna en compagnie de Max – repas italien commandé à un restaurant du quartier. Pia était en représentation pour le compte de la banque qui l'employait. C'était la première fois qu'elle laissait Johansson seul le soir depuis qu'il était rentré de l'hôpital. Enfin, il avait été plus ou moins obligé de la pousser dehors.

– Tu es sûr que tu t'en sortiras ? avait-elle répété sur le palier.

– Mais enfin, ma petite puce ! Tu as peur que Max me cambriole, ou quoi ?

Ragoût de veau et pâtes complètes – pas aussi appétissant que ce qu'il prenait d'habitude. Boisson : eau minérale. Pendant que Max dressait la table, Johansson, assis sur une chaise, feuilletait le journal et le regardait s'activer.

– Je veux du rouge, ordonna-t-il en indiquant le casier à vin. Prends une bouteille d'italien. Celle avec l'étiquette noire, ajouta-t-il, craignant que les connaissances de Max dans ce domaine soient limitées.

– Bien, chef.

Après le repas, Max regarda un match du championnat de foot d'Espagne à la télé. Johansson s'allongea sur le canapé, fermement décidé à terminer la bouteille.

Voyons voir... se dit-il en prenant les papiers de son beau-frère.

Il lut d'abord le rapport d'autopsie, qui penchait fortement en faveur du suicide. Le seul élément *a contrario* était l'heure du décès.

Pas étonnant. Ce petit salopard a dû mettre vingt-quatre heures à fouiller l'appartement pour s'assurer que sa mère ne laissait pas de notes ni aucun autre document qui pouvait le rendre suspect.

Le fidèle compagnon de Johansson – le mal de tête – se manifesta. Johansson se mit alors à feuilleter un peu au hasard les inventaires de la succession et les extraits d'actes de naissance. Finalement, il tomba sur le CV rédigé par Staffan Nilsson sous la contrainte d'un avocat formaliste et président de surcroît, afin d'obtenir le poste d'homme à tout faire à la fondation de sa tante, Margaretha Sagerlied.

En tête, le lieu et la date : « Stockholm, 15 avril 1983 ».

Puis, un titre : « Curriculum Vitae de Staffan Leander Nilsson, né le 5 octobre 1960. » Pas de numéro d'identité – sans doute une mesure de précaution, étant donné la faible véracité du document.

En bas de page, une attestation signée de la main de Staffan Nilsson : « Je soussigné Staffan Nilsson certifie sur l'honneur que les renseignements ci-dessus sont véridiques. » Se terminant par une ample boucle, la signature pouvait sembler un peu pompeuse pour un jeune homme de vingt-trois ans ; elle témoignait en tout cas d'une certaine confiance en soi.

Entre le titre et la signature, la vie de Staffan Nilsson :

En 1967, il était entré à l'école Engelbrekt, dans la Valhallaväg, à Stockholm. En 1976, neuf ans plus tard, il achevait la première partie de son instruction. La même année, il entrait au lycée Norra Real, dans la Roslagsgata – les deux établissements étant situés à proximité du domicile de sa mère, dans la Birger Jarlsgata.

Au printemps 1979, le jeune Nilsson, soi-disant en section économique, était censé passer son bac. À la rentrée de septembre, il aurait dû commencer ses études supérieures d'économie à l'université d'Uppsala. Après deux ans, il aurait fait une « pause afin d'effectuer un stage » en tant qu'apprenti au siège d'Ericsson, à Stockholm. Après cette « pause » d'un an, au printemps 1982, il prenait un prétendu « semestre sabbatique pour suivre des cours intensifs de langue » pendant lequel il aurait séjourné « en Angleterre et en France ». En janvier 1983, il affirmait être revenu en Suède, où il comptait « terminer ses études d'économie à l'université d'Uppsala ».

Ainsi s'achevait la partie « formation » du CV de Staffan Nilsson, certifié sur l'honneur.

Il faisait ensuite le compte rendu de ses divers boulots d'été et autres postes occupés en parallèle de ses études.

Un vrai modèle d'assiduité et de zèle, celui-là !

À seize ans, Nilsson obtenait son premier emploi saisonnier de « garçon de cuisine » au Strand Hotell, à Stockholm. L'été d'après, il était « serveur » à l'Hotell Mornington et, les deux étés suivants, « aide portier » dans le même établissement. À l'automne 1979, il passait son permis de conduire et, les étés 1980 et 1981, travaillait comme « assistant du directeur et chef de restaurant adjoint » au restaurant du château et musée de Skokloster, à proximité de Sigtuna.

Tiens, tiens... pensa l'ancien chef de la PJ nationale en reposant le CV, daté de deux ans et deux mois avant que Yasmine Ermegan ne soit retrouvée violée, tuée et enfouie dans la roselière, à un kilomètre de l'ancien lieu de travail de Nilsson.

68

Jeudi 5 août 2010, après-midi

Un jour de plus dans la nouvelle vie de Lars Martin Johansson. Pour commencer, il accompagna d'un grand verre d'eau ses médicaments désormais vitaux que, de la main gauche, il avait péniblement extirpés du boîtier en plastique rouge gracieusement offert par la commune. Puis il prit une douche et un petit déjeuner diététique, principalement du yaourt, des fruits et du muesli.

Allongé dans son canapé, il lut le journal du matin : les pages nationales, le supplément économique, puis le supplément culture, tout cela sans aucun mal de tête. Téméraire, il s'attaqua au sudoku qu'il faisait quotidiennement dans son ancienne vie. Deux minutes plus tard, les maux de tête étaient de retour.

Il jeta le journal par terre, s'installa plus confortablement et tenta de tourner son regard vers le canapé pour retrouver son calme. Respirer profondément, ne penser à rien. Il suivit autant que possible les conseils du petit livre sur la méditation et la paix intérieure que lui avait offert le plus âgé de ses petits-enfants.

Comment faire pour ne penser à rien ? C'est contraire à mes principes.

– Tu as de la visite, l'informa Matilda. Ton meilleur ami. Tu sais, le mâle alpha.

Jarnebring était rentré de son escapade romantique en Thaïlande la veille au soir. Maigre, musclé, bronzé, regard de loup amusé. Sans une trace du vol de vingt heures qu'il venait de faire.

– J'ai discuté un peu avec le valet de ferme que t'a envoyé Evert, dit Jarnebring. Je suppose qu'il est plus aimable qu'il n'en a l'air.

– C'est un jeune homme tout à fait convenable, répliqua Johansson. Gentil, serviable, pas bête. Et il fait ce que je lui dis. *Contrairement à vous autres.*

– Alors, ça avance ?

– Quoi ?

– L'affaire Yasmine.

– Absolument. J'ai trouvé le coupable, comme je te l'avais promis. Il est toujours en vie. Plus que quelques formalités.

– Je te crois, mais seulement parce que c'est toi. Allez, raconte !

– C'est un dénommé Staffan Leander Nilsson, né le 5 octobre 1960. Célibataire sans enfant, domicilié à Frösunda. Je n'ai pas d'informations sur sa profession mais, à mon avis, il doit se charger de menus travaux à droite et à gauche. Affaires en tout genre, pour ainsi dire.

– Tu te fous de ma gueule, Lars ! Tu sais très bien ce que je te demande ! Comment tu l'as trouvé ?

– Travail de réquisition. Ça n'a pas été très difficile, finalement. Hier soir, avant de m'endormir, je me suis même dit que cette misérable boule de graisse d'Evert Bäckström l'aurait trouvé aussi, si on lui avait donné le même tuyau qu'à moi il y a trois semaines.

– Enfin, merde, Lars ! Réfléchis un peu à ce que tu dis ! J'ai moi-même participé à l'enquête, tu le sais bien !

– Si on t'avait donné le tuyau, tu l'aurais résolue en quelques jours. Maximum.

– Et maintenant, on fait quoi ?

– Bonne question. Personnellement, je vais aller jeter un coup d'œil à ce zigoto et lui faire un prélèvement d'ADN – une pure formalité parce que je sais que le recoupement l'incriminera. Après ? Bonne question. L'affaire est sous prescription, donc, si j'ai bien compris, on est censés oublier tout ça.

– Enfin, merde, Lars ! Tu n'es pas sérieux !

– Non, répondit Johansson. *À chaque jour suffit sa peine.*

– Alors, on fait quoi ?

– On s'assure que c'est bien lui. Même moi, il m'est arrivé de me tromper. *Mais cette fois, ça n'arrivera pas...* Tout d'abord, il faudrait dénicher un vieux réquisitoire introductif rédigé dans le cadre de la mort de Vera Nilsson.

– Je vais voir ça avec Herman. Il va...

– Sans en parler à Herman, l'interrompit Johansson. À partir de maintenant, tout reste entre nous. Entre toi et moi. On n'y mêle personne d'autre, et surtout pas d'anciens collègues.

– Tu as entendu ce qui est arrivé à la petite fille de Herman ?

– Oui. Son père me l'a raconté. *Ce même P2 qui m'a sans doute sauvé la vie.* Ne t'inquiète pas. Je n'ai pas l'intention de laisser ce salopard nous échapper. Les délais de prescription, c'est bon pour les juristes et autres esthètes. Ils peuvent se les mettre où je pense, d'ailleurs.

– Bien, dit Jarnebring. Donne-moi le nom de la maman de Nilsson. Je m'en occupe.

– Tu trouveras tout ce qu'il te faut dans la pochette bleue, là. Et puisque j'ai une confiance aveugle en toi, je t'ai même fait une note sur la manière dont ça s'est déroulé.

– Une question. Qui est ton informateur ?

– Tu sauras tout sauf le nom de mon informateur, asséna Johansson. *Il y a des limites, quand même.*

69

Vendredi 7 août 2010

Johansson prenait son déjeuner dans la cuisine, lorsque Jarnebring l'appela.

– Ça va ?

– Impeccable, répondit Johansson, malgré son mal de tête, sa poitrine oppressée et son souffle court. Je mange du hareng frit. Avec des pommes de terre. *Il faut se réjouir du peu qu'on a.*

– Ne te gêne pas pour moi, répliqua Jarnebring, carnivore notoire. Au fait, je t'ai dégoté le réquisitoire.

– Rapide, s'étonna Johansson.

– J'ai eu une chance de pendu. Je te retrouve dans une demi-heure.

Johansson était allongé sur le canapé lorsque Jarnebring fit son entrée et posa une pochette en plastique sur la table basse.

– Le réquisitoire introductif de l'instruction sur la mort de Nilsson, Vera Sofia, née en 1921. Il a été établi par l'ancienne brigade criminelle de Stockholm. « Circonstances incertaines », a-t-on noté dans l'enregistrement.

– Tu l'as trouvé où ? demanda Johansson, un peu méfiant.

– J'ai eu une chance de pendu, comme je te le disais. Tu te rappelles le vieux médecin légiste, Lindgren ? Le grand échalas qui parlait en chuchotant et ne regardait jamais son interlocuteur dans les yeux ? Complètement zinzin.

– Non, il ne me dit rien, celui-là. *De toute façon, ils sont tous fous.*

– Tout à coup, je me suis souvenu que sa thèse de doctorat parlait de suicide. Quand il travaillait dessus, il me demandait souvent si j'avais des affaires pertinentes à lui mettre sous la dent.

– Oui ? *Allez, viens-en au fait !*

– Eh bien, dans le cadre de sa thèse, il a fait des recherches sur la mort de Vera Nilsson. Le dossier traînait parmi d'autres cartons, au centre de médecine légale de Solna. Il l'avait trouvé par hasard.

– Parfait. Je t'écoute. *Il devait y avoir une lettre…*

– C'est son fils, notre cher Staffan Leander Nilsson, qui a signalé le décès. Il a été entendu très brièvement par la première patrouille sur place dans le cadre de l'enregistrement. Il raconte avoir essayé d'appeler sa mère à plusieurs reprises, et même sonné à sa porte. Pas de réponse. Là, il commence à s'inquiéter. Lui et sa mère se voient quasiment tous les jours, ils habitent le même immeuble. Évidemment, il a les clefs de chez elle. Il ouvre et la trouve morte sur le canapé. Et appelle immédiatement la police.

– C'est le seul interrogatoire qu'on a de lui ? *Stupéfiant.*

– Non. Une semaine plus tard, une fois que les techniciens ont terminé l'examen de l'appartement, il a été convoqué à la criminelle et entendu en tant que témoin. Parce que les techniciens ont trouvé que l'appartement avait l'air d'avoir été fouillé. Ils n'ont rien découvert de particulièrement bizarre, mais la scène leur a tout de même semblé un peu louche.

– Et qu'est-ce que le petit Staffan avait à dire là-dessus ?

– Que depuis un an, sa mère était très déprimée. Ça aurait commencé quand elle avait quitté son travail, l'été précédent. Elle s'était mise à picoler. D'après lui, elle pouvait être complètement soûle pendant des jours d'affilée. À plusieurs reprises, elle avait été complètement à côté de la plaque quand il lui avait rendu visite.

– Tu m'en diras tant…

– Si elle avait compris que son fils avait violé et tué la petite Yasmine, elle ne devait pas aller très bien.

– En effet. Qui a été chargé de l'enquête, à la criminelle ?

– Alm, ricana Jarnebring. Plus connu comme « Tête de pioche ». C'est d'ailleurs son chef, le vieux commissaire Fylking, « Tête de biture » – tu dois t'en souvenir –, qui a classé l'enquête. D'après lui : « Pas d'agissements criminels. » Et comme, à l'époque, on était complètement débordés par l'assassinat du Premier ministre, personne n'a rien eu à y redire. D'ailleurs, je suis d'accord avec lui.

– Autre chose ? demanda Johansson en secouant un papier.

– Une semaine après le soi-disant suicide de Vera Nilsson, une amie et collègue a pris contact avec la police. Elle avait beaucoup de mal à croire que Vera avait fait ça, puis qu'elle s'était mise à picoler immodérément. D'après elle, Vera était toujours prudente avec l'alcool. Pas abstinente à cent pour cent, mais modérée. L'amie la décrit comme quelqu'un de joyeux, qui prend la vie du bon côté, une collaboratrice quasiment idéale à l'époque où elles travaillaient ensemble.

– Et elles se fréquentaient toujours quand Vera Nilsson s'est suicidée ?

– Oui, depuis plusieurs années. Au travail, naturellement, mais aussi en privé. Alm insiste d'ailleurs sur ce point. Le témoin raconte que pendant les derniers mois de sa vie, Vera Nilsson paraissait plus soucieuse que d'habitude. Son amie lui avait demandé ce qui n'allait pas, mais Vera avait esquivé la question. Le témoin tenait pour acquis qu'il s'agissait de son fils, un je-m'en-foutiste et un vaurien, d'après elle, une source constante d'ennuis pour sa mère. Le dernier contact que l'amie avait eu avec Vera, c'était au téléphone, quelques semaines avant son décès.

– Ah bon, soupira Johansson.

– Alors, qu'est-ce qu'on fait, maintenant ?

– Il faut que je réfléchisse.

– Enfin, merde, Lars ! Ressaisis-toi !

– Tu as une meilleure idée, peut-être ?

– On pourrait foncer dans le tas, tout simplement. On fait un prélèvement d'ADN à ce salopard, on l'envoie au labo pour le recoupement et, si le résultat est positif, on n'aura plus besoin de lire une ligne.

– Donne-moi le week-end pour y réfléchir.

– D'accord. Mais si tu changes d'avis entre-temps, tu n'as qu'à me faire signe. On ira faire un tour sur le terrain. User le bitume. Coller l'oreille aux rails.

J'ai besoin de réfléchir, songea Johansson. Pas évident. Dès qu'il essayait, son crâne lui faisait souffrir le martyre.

70

Samedi 7 août 2010

Après le petit déjeuner, Pia partit à la campagne ramasser des champignons avec sa meilleure amie.

– Ne faites pas trop de bêtises, les garçons ! lança-t-elle.

Elle embrassa son mari sur la bouche et donna une accolade maternelle à Max.

– Promis, répondit Johansson qui s'imaginait déjà attablé devant un repas interminable, comme au bon vieux temps, en compagnie de son p'tit gars rien qu'à lui.

Je devrais peut-être passer un coup de fil à Jarnebring.

Jarnebring trouva l'idée excellente, à tel point que Max passa le chercher en voiture. Deux heures plus tard, ils étaient en route pour l'endroit que Johansson appelait son « auberge de campagne », dans le quartier bucolique de Djurgården, à Stockholm.

– Tu m'as l'air en pleine forme, dit Jarnebring en lui donnant une tape amicale sur l'épaule.

– Oui, je sais, répondit Johansson. *Ils me rebattent les oreilles !*

Il commanda une entrée, un plat principal et un dessert. Surtout pour embêter ses compagnons de table. Max se tortilla mais eut le bon goût de ne pas faire de commentaire. En revanche, Johansson n'intimidait pas son meilleur ami.

– Parfois, j'ai l'impression que tu essayes vraiment de te tuer.

– Comment ça ? demanda Johansson innocemment, en étalant une généreuse couche de sauce sur son toast de saumon fumé.

– Le saumon passe encore, mais la mayonnaise, là, c'est un poison mortel pour quelqu'un dans ton état ! Tu as un trouble de la mémoire immédiate, ou quoi ? Il y a à peine un mois, tu as failli y passer parce que tu n'arrêtais pas de te gaver de ce genre de cochonnerie et que tu refusais de bouger.

– Il y a un peu plus d'un mois, il n'y avait pas un pelé pour me demander comment j'allais ni commenter ce que je mangeais. Maintenant, je n'entends plus que ça. Des gens qui me parlent comme à un enfant.

Il prit une grosse bouchée de toast, essuya la sauce au coin des lèvres, se lécha l'index et avala la moitié de son shot de schnaps, qu'il rinça d'une gorgée de bière.

– Où en étions-nous ? Ah oui, enchaîna Johansson en levant la main pour faire taire Jarnebring. Si vous n'êtes pas capables de me traiter comme quelqu'un de majeur et vacciné, je propose que vous preniez vos foutues salades et vos foutus steaks et que vous alliez vous asseoir à une autre table. Comme ça, au moins, je pourrai manger en paix.

Max, absorbé par sa salade, se contenta de hocher la tête. Jarnebring haussa les épaules et décida de changer de sujet.

– Dis-moi, Max, Evert m'a dit que tu envisageais d'entrer dans la police. Tu as quel âge ?

– Vingt-trois ans.

– Alors il ne faut pas tarder. Lars et moi, on en avait vingt et un quand on a été admis à l'école de police.

– Je n'ai pas mon bac. J'ai arrêté l'école après la troisième.

– Tu peux faire un rattrapage. Facile, lança Jarnebring qui avait fait l'école de police grâce à ses résultats sportifs, malgré des résultats scolaires pitoyables obtenus après huit ans d'études « livresques ».

– Peut-être. Enfin, ce n'est pas le problème.

– Je comprends, dit Jarnebring. Moi aussi, j'ai flanqué quelques dérouillées à des nazes. Plus fréquemment avant de devenir flic, d'ailleurs.

– Mais tu n'as jamais été en maison de correction.

– Non. Mais je sais faire la différence entre quelqu'un de bien et quelqu'un de nocif et toi, tu es quelqu'un de bien, Max. C'est ce qui compte.

– Vous allez arrêter vos conneries ! s'écria Johansson. Notre monde est dirigé par des salauds. Raconte-nous ce qu'il y a à savoir sur toi, Max, de ton point de vue. Qui est Max ? Allez, vas-y.

– Par quoi je commence ? demanda Max, un vague sourire aux lèvres, ses gros avant-bras musclés reposant sur la table.

– Par le début. Et toi, Bo, ferme-la.

– D'accord, acquiesça Max. Je m'appelle Maxim Makarov et je n'ai pas de lien de parenté avec le grand Sergueï.

Maxim Makarov était né à Léningrad en 1987, cette même Léningrad qui retrouva quatre ans plus tard son nom de baptême du temps des tsars, Saint-Pétersbourg. À l'époque, Maxim écrivait son prénom avec un « ks » à la place d'un « x ».

– Ma mère était médecin et mon père, chauffeur et garde du corps des chefs du parti local. Il gagnait quatre ou cinq fois plus que ma mère. En Union soviétique, la médecine était un secteur à bas salaires. Ça l'est toujours, d'ailleurs. Enfin, je crois. Sauf si, en tant que membre du parti, tu as eu la possibilité de voler un hôpital à la « libération ».

– Tu vois ! s'exclama Jarnebring. Ne t'en fais pas pour ces histoires de scolarité.

– Tu vas la fermer, Bo ? Continue, ajouta Johansson avec un signe de tête à Max.

Les parents de Max s'étaient séparés peu après sa naissance. Quand il avait deux ans, en 1989, dans un empire soviétique qui tremblait sur ses fondements, sa mère s'était rendue à une conférence médicale à Talinn, se glissant ainsi à travers une faille du mur. Ses amis estoniens l'avaient aidée à poursuivre son chemin jusqu'en Finlande, où d'autres relations lui avaient procuré une place sur un bateau pour la Suède. Quarante-huit heures après avoir quitté Léningrad et laissé son jeune fils chez ses parents, elle demandait l'asile politique en Suède.

– Et je suis resté chez mes grands-parents.

– Et ton père ? demanda Jarnebring, défiant les coups d'œil menaçants de Johansson.

– Non, répondit Max en secouant la tête. J'ai dû le rencontrer une dizaine de fois dans ma vie. Pour moi, il n'a même pas de visage. En plus, il s'est fait tirer dessus quand j'avais quatre ans. Il était allé chercher son patron chez lui. Quand ils ont franchi la grille, on les a mitraillés. Mon père, son patron et le chauffeur. À Léningrad, c'était la guerre, à l'époque. Le camarade Kalachnikov était partout, et les anciens apparatchiks voulaient garder l'argent pour eux…

– Pas marrant, remarqua Jarnebring.

– Ça ne m'a pas fait grand-chose. On ne se connaissait pas. En fait, j'ai trouvé ça plutôt exaltant qu'il se fasse tirer dessus. Ma grand-mère était quelqu'un de bien. Mon grand-père aussi. Mais, un peu plus tard, ça a mal tourné.

– Qu'est-ce qui est arrivé ? demanda Johansson.

– D'abord, mon grand-père est mort. Il était vieux, il avait combattu dans la grande guerre patriotique. Il était déjà à la retraite quand je suis né. Il a fait une crise cardiaque fatale. J'avais cinq ans. L'année suivante, le jour de mes six ans – je m'en souviens très bien – ma grand-mère est morte à son tour. D'une crise cardiaque, elle aussi. Sur le point de servir mon gâteau d'anniversaire, elle s'est effondrée dans la cuisine. Je me suis retrouvé à l'orphelinat, où j'ai passé quatre ans. Et puis, à l'âge de dix ans, je suis arrivé en Suède.

– Et c'était comment ? Je veux dire l'orphelinat, demanda Jarnebring.

Les yeux de Max s'amincirent, il serra les poings.

– Je fais de mon mieux pour l'oublier, alors je ne vais pas vous le raconter.

– Et ta mère ? le questionna Johansson en guise de diversion. Pourquoi elle ne t'a pas fait venir en Suède avant ? Si j'ai bien compris, elle était durablement établie ici. Elle devait avoir un permis de séjour et un travail, non ?

– Oui, répondit Max. Au début, les choses ont très bien marché pour elle. Elle a obtenu ses papiers, un emploi... En seulement un an. Médecin à l'hôpital de Sundsvall. Ensuite, elle a rencontré un homme, un Suédois, et ils ont eu des enfants. J'ai un demi-frère et une demi-sœur, respectivement âgés de dix-neuf et dix-huit ans. Ils ont réussi dans la vie. Mon frère étudie l'informatique à l'université et ma sœur est en terminale, au lycée.

– Je ne voudrais pas radoter, mais : ta mère, pourquoi elle ne t'a pas fait venir en Suède ?

– Elle ne devait pas en avoir envie, répliqua Max en haussant les épaules. Elle avait une nouvelle vie, un nouvel homme, de nouveaux enfants. En fait, je n'ai pas très envie d'en parler non plus. Et puis, ça n'avait pas d'importance. Enfin, pas au début. J'étais bien, chez mes grands-parents.

– Alors, changeons de sujet, proposa Johansson.

– Les choses ont mal tourné, reprit Max d'une voix creuse. Elle s'est mise à picoler, son mec s'est tiré en emmenant les enfants. Elle s'est fait virer de l'hôpital. En plus de sa consommation d'alcool, elle avait piqué des médicaments pour les revendre en ville à des drogués. D'abord, elle s'est retrouvée à l'hôpital psychiatrique et, après, dans une espèce de foyer de réhabilitation. Et là, tout à coup, elle a pensé à moi.

– Corrige-moi si je me trompe, fit Johansson. C'est donc son psychothérapeute qui a eu la bonne idée de te faire venir ici. Dans le cadre de son rétablissement, comme un genre de médicament, en quelque sorte.

– Oui, répliqua Max avec un sourire. C'est ça, chef. Je ne l'aurais pas mieux dit. J'ai emménagé chez elle alors que je ne l'avais pas vue depuis huit ans. À ce stade, elle allait mieux. Elle avait obtenu un logement et un poste d'assistante sociale dans le foyer où elle avait elle-même séjourné. Elle donnait des cours, des conférences, ce genre de choses. En plus, elle avait une relation amoureuse avec son psychologue. D'ailleurs, il l'avait accompagnée quand elle était venue me chercher à l'orphelinat. Je ne parlais pas un mot de suédois, bien sûr. Ma mère a refusé de me parler en russe.

– Et quand tu es arrivé, ça s'est mal passé, constata Johansson. *Une femme passionnante...*

– Un sale petit Russe qui atterrit à l'école primaire à Sundsvall... Enfin, à quatorze ans, j'avais déjà la carrure que j'ai maintenant. Je me suis vite intégré.

– Et ta mère ? Avec son nouveau compagnon, ça allait ?

– Elle a reproduit exactement le même scénario qu'avant. D'abord...

– Je pige, l'interrompit Johansson. Et toi, qu'est-ce qui t'est arrivé ?

– On m'a placé dans une famille d'accueil à Timrå, au nord de Sundsvall. J'y suis resté jusqu'à l'âge de quinze ans. C'était des gens bien, ce n'est pas leur faute si j'ai terminé en maison de redressement. À l'époque, j'étais insupportable. J'ai fait des allers-retours au centre jusqu'à mes dix-huit ans et, la dernière fois que j'en suis sorti, mon surveillant m'a trouvé du travail. Chez Evert, dans son entreprise de bâtiment, à Sundsvall. On rénovait surtout ses propres bâtiments. Depuis, je travaille pour lui. L'année dernière, j'ai commencé à la ferme, là où il habite.

– Et qu'est-ce qu'il a dit, mon frère, quand vous vous êtes rencontrés ? *Question idiote...*

– Je m'en souviens très bien, répondit Max avec un sourire amusé. Il m'a dit que si je n'arrêtais pas de faire le con et que je ne me conduisais pas comme une personne honnête et normalement constituée, il allait personnellement veiller à ce que je ne désire plus qu'une chose : retourner dans mon putain d'orphelinat, dans mon putain de pays, chez les putains de Russkofs.

– Ça lui ressemble.

– Il ne faut pas le chercher, Evert. À part ça, c'est l'homme le plus intègre et généreux que j'aie jamais rencontré. Et il dit toujours beaucoup de bien de vous, chef.

– Oui, et il dit beaucoup de bien de toi aussi, Max. Il est comme ça. Bo ? Encore des questions ?

– Ta mère… Comment ça s'est passé pour elle ?

– Elle est morte, répondit Max en haussant les épaules. Il y a sept ans. C'est bizarre. J'avais quand même seize ans à l'époque. Pourtant, je me souviens à peine de son visage. Comme pour mon père, mais dans ce cas-là, je n'avais que quatre ans et je le connaissais à peine.

Ça a dû être une libération pour toi… songea Johansson.

– Dis donc, Bo, la petite serveuse blonde, celle que tu reluques depuis cinq minutes…

– Oui, quoi ?

– Tu peux lui faire signe ? Je voudrais un verre de vin rouge avec mes boulettes de viande.

– Il y a une question que je me pose, chef, dit Max quelques heures plus tard, alors qu'ils avaient déposé Jarnebring chez lui et se dirigeaient vers le quartier de Söder.

– Je t'écoute, l'encouragea Johansson.

– Ces histoires d'école de police… C'est réaliste ? On admettrait quelqu'un comme moi ?

– Non, répondit Johansson. Mais si ça peut te consoler, je ne pense pas que ça te manquera.

– C'est bien ce que je pensais.

En rentrant, Johansson s'endormit sur le canapé presque immédiatement. Il fut réveillé par Max, qui lui secouait doucement le bras.

– Oui ?

– Votre femme a appelé. Elle m'a demandé comment vous alliez et si ça ne vous dérangeait pas qu'elle et son amie passent la nuit à la maison de campagne.

– Et tu lui as dit quoi ?

– Que c'était la grande forme.
– Bien.

Johansson replongea dans un sommeil sans rêves. À son réveil, il vit le jour poindre à travers la fenêtre. Maux de tête. Il avait oublié de prendre ses médicaments. Dans la salle de bains, il se rinça le visage à l'eau fraîche et avala quantité de pilules. Puis il se recoucha.

71

Dimanche 8 août 2010

Ce dimanche s'annonçait mal – sans doute une conséquence du repas de la veille, Johansson ne pouvait pas l'ignorer. Cette certitude ne fit qu'empirer les choses. Le seul point positif était que Pia ne devait pas rentrer avant l'après-midi, ce qui lui laissait le temps de se remettre d'aplomb. Il l'appela, pas par amour, mais pour apaiser sa mauvaise conscience. Elle lui répondit gaiement. Son amie et elle avaient trouvé quantité de champignons. Il fallait profiter de la manne.

Poitrine oppressée, respiration pénible et mal de tête opiniâtre. Johansson tenta de se réfugier dans ses petites habitudes : médicaments, douche, rasage. Alors qu'il préparait son petit déjeuner dans la cuisine, Max arriva. Après lui avoir lancé un coup d'œil, le jeune homme eut du mal à cacher son inquiétude.

– Ça va, chef ?

– Ça pourrait aller mieux, mais ça va aller. Et toi ?

– Moi, ça va. Ça va, ça vient. Pas de problème. Asseyez-vous, chef. Je vais vous faire à manger.

Max se mit à l'œuvre. Johansson choisit la solution de facilité : il se rendit à la salle de bains et prit une pilule blanche – une de plus – et le plus fort de ses analgésiques. Puis il s'allongea sur son canapé et attendit que Max lui apporte son plateau.

Il but son café, son eau minérale, son orange pressée et un grand verre de yaourt. Les douleurs s'apaisèrent légèrement, les contractions de son cœur et de ses poumons s'adoucirent. Il respirait mieux.

– Comment ça va, chef ? demanda Max.

– Arrête de me cajoler comme ça ! grogna Johansson. Donne-moi plutôt ce livre, là. Le petit avec une couverture bleue.

– Vous lisez l'allemand ?

– Oui, mais j'étais bien plus vieux que toi quand je l'ai appris.

– Moi, je ne parle quasiment plus le russe.

– Je l'ai en suédois aussi, si ça t'intéresse. *Der Richter und sein Henker*. En suédois : *Le Juge et son bourreau*. Friedrich Dürrenmatt, l'auteur, était suisse. Écrivain et peintre. Il est mort il y a vingt ans. Très bon écrivain et très bon peintre, insista Johansson, qui aimait que les êtres qui peuplaient sa vie soient correctement catalogués, même ceux qu'il ne connaissait pas personnellement.

– Je lis rarement des livres. Mon temps libre, je le passe plutôt devant l'ordinateur.

– Lire un livre, ça ne fait jamais de mal, crois-moi. S'il est mauvais, poubelle. S'il est bon, il donne à réfléchir. S'il est très bon, il peut carrément rendre meilleur. Celui-ci, figure-toi que je l'ai lu plusieurs fois.

– Je crois comprendre. *Le Juge et son bourreau*. Je veux dire de quoi ça parle. Dites-moi si vous avez besoin d'un coup de main.

– Avec quoi, par exemple ?

– Cette saleté de pédophile. Ce Nilsson, qui a tué la petite fille.

– Merci, mais je m'en chargerai moi-même. *Ah... Tu l'avais compris.*

Max se contenta de hausser les épaules. Puis il débarrassa le plateau de Johansson en l'attrapant en tenaille entre le pouce et l'index et glissa son corps massif dans le couloir sans un bruit. Ayant refermé la porte derrière lui, il laissa Johansson seul avec ses pensées.

Non, se dit Johansson une heure plus tard, en reposant le livre. *Pas même sur mon lit de mort.* Le mal de tête s'était évanoui. Épuisé, il s'endormit. *Je me demande ce qui lui est arrivé dans cet orphelinat*, songea-t-il avant de sombrer.

À son réveil, Pia était à ses côtés.

– Tu m'as fait un peu peur, dit-elle. Tu sais combien de temps tu as dormi ?

– Oui, répondit Johansson. *Il faut que j'aille aux gogues.*

La pression sur sa vessie était quasiment insupportable, même pour un homme, un vrai.

– Tu veux ton déjeuner, avec trois heures de retard ? demanda Pia en se levant.

– Il faut que j'aille aux gogues. Assieds-toi. Je voudrais te parler de quelque chose.

Elle se rassit sans un mot. *Bien. Pour une fois, elle fait ce que je lui dis.*

– Je t'écoute, lui dit-elle à son retour.

– Je l'ai trouvé, fit-il avec un signe de tête vers les cartons.

– Il est en vie ?

– Oui, et je ne crois même pas qu'il soit spécialement tourmenté par ce qu'il a fait à Yasmine.

– Mon Dieu, mais c'est affreux ! Je ne comprends pas. Comment peut-on se supporter soi-même après avoir fait une chose pareille ?

– En effet, ce n'est pas une histoire très édifiante.

– Est-ce que quelqu'un d'autre est au courant ?

– Bo. *Et l'orphelin le plus fort du monde, qui l'a déduit par ses propres moyens. Et peut-être Matilda. Et les collègues, tôt ou tard. Quand ils comprendront que le salopard est caché quelque part dans leurs vieux cartons. Terré dans son trou pendant que les chiens reniflent au-dessus de sa tête.*

– Et qu'est-ce que tu vas faire ?

– Je n'en sais rien. Voilà pourquoi je demande conseil à mon épouse adorée. *Pourquoi j'ai dit ça ? Pour atténuer l'insupportable ?*

– Tu ne vas pas balayer l'affaire sous le tapis, n'est-ce pas ? Ce serait affreux. Et ça ne te ressemblerait pas.

– Formellement parlant, je ne peux plus rien faire. Depuis un mois, il est libre comme le vent. Le meurtre de Yasmine est arrivé au terme de son délai de prescription le 21 juin, vingt-cinq ans exactement après qu'on a retrouvé son corps. Le seul espoir, c'est qu'il ait commis d'autres méfaits qui ne sont pas sous prescription, grâce auxquels je pourrai le coincer. Mais pour être honnête, je n'y crois pas beaucoup.

– Et si tu livres son nom aux médias ?

– Si je fais ça, c'est un homme mort. Il n'aura même pas le temps de porter plainte contre moi avant qu'un débile mental sorti de ses gonds l'ait trucidé. À chacun ses atrocités…

– Tu sais qui est son père, n'est-ce pas ? Je veux dire le père de Yasmine.

– Oui, répondit Johansson, étonné. Mais je ne savais pas que tu le connaissais.

– Dans le business de l'argent, tout le monde sait qui est Joseph Simon. Quand j'ai compris ce que tu fabriquais, j'ai fait un tour sur Internet pour me rafraîchir la mémoire. Quelle histoire ignoble…

– Ma petite fouine… dit Johansson, sans éprouver aucun scrupule à atténuer ainsi l'insupportable.

– Et maintenant, tu vas faire quoi ?

– Je n'en sais rien. Rien du tout. Je ne veux pas du sang de ce salopard sur mes mains. Je ne supporterais pas de me salir de cette façon.

– Si je peux faire quelque chose, n'hésite pas.

– J'ai peur que non. Il faut que je réfléchisse.

– Du moment que ça ne te tue pas, toi aussi.

– Bien sûr que non. De quoi aurais-je l'air ?

Il l'entoura de son bras et la serra contre lui – de son bras droit qui, malgré ses douleurs à la poitrine et à la tête, lui paraissait reprendre des forces. *À chaque jour suffit sa peine.*

72

Lundi 9 août 2010, matin

En ce lundi matin, une Matilda en pleine forme entra dans le bureau de Johansson alors qu'il terminait son petit déjeuner.

– Joseph Simon, lança-t-elle, le type que tu m'as demandé de googler…

– Oui ? Alors ? *Googler…*

– Il avait une femme à l'époque, la maman de Yasmine, Maryam Ermegan. Iranienne aussi. Ils ont divorcé en 1986, l'année après le meurtre.

– Je sais, répliqua Johansson. Et alors ?

– J'ai fait une recherche sur elle aussi. Ce week-end. Je n'avais rien de mieux à faire.

– Vas-y, raconte.

Quelques années après le meurtre de sa fille, Maryam Ermegan, convertie à l'islam, avait écrit plusieurs articles dans la presse suédoise. Elle prenait la défense du rôle de la femme dans sa religion, en comparant sa culture avec celle des progressistes occidentaux qui, en apparence, accordaient une certaine liberté sexuelle et émotionnelle aux femmes, en encourageant leur affranchissement de la domination masculine et familiale. Cela dit, selon Maryam Ermegan, il ne s'agissait pas d'atteindre l'égalité homme-femme, mais de faire des femmes des proies plus faciles pour les hommes occidentaux – les hommes, collectivement, abstraction faite de leur ancrage religieux, moral, historique et familial. Elle citait de façon récurrente l'exemple de sa fille, à laquelle il n'aurait jamais pu arriver des horreurs pareilles dans son pays d'origine, l'Iran.

À l'automne 1995, dix ans après le meurtre, elle avait participé à un débat télévisé en direct dans lequel on avait discuté du rôle des femmes dans l'islam – oppression, port du voile, excision, crimes d'honneur et un tas d'autres sujets en lien direct ou non avec l'islam. Maryam avait fait scandale. À la fin de la transmission, les caméras ayant cessé de tourner, elle avait tenté d'arracher les cheveux de la présentatrice chrétienne. Cela avait naturellement fait couler beaucoup d'encre dans les journaux du lendemain.

– Elle avait complètement perdu la tête, j'étais persuadée qu'elle allait me tuer, racontait la présentatrice « choquée » au reporter de l'*Expressen*.

Un mois plus tard, Maryam quitta son pays d'adoption et retourna en Iran. Six mois plus tard, le quotidien *Dagens Nyheter* avait envoyé un journaliste et un photographe sur place dans le but de réaliser un reportage sur sa nouvelle vie, mais ils ne l'avaient pas retrouvée. Elle semblait s'être évaporée, ce que, d'ailleurs, ils écrivirent dans un article. Se dérobait-elle volontairement ou le régime totalitaire implacable du pays l'avait-il mise hors d'état de nuire ?

Ni le ministère des Affaires étrangères, ni l'ambassade de Suède en Iran n'avaient pu les éclairer. Maryam Ermegan ayant renié sa nationalité suédoise avant de quitter la Suède, au ministère, on avait secoué la tête. En ce qui les concernait, le dossier était « clos et passé en dehors de la juridiction suédoise ». L'ambassadeur de Suède à Téhéran n'avait fait aucun commentaire non plus. Normal : Maryam Ermegan était devenue « une affaire interne iranienne qui ne concernait que les autorités locales ».

– Tu crois qu'elle a été assassinée ? lui demanda Matilda. Je veux dire par les ayatollahs.

– Je n'en sais rien. *D'ailleurs, quelle importance ? De toute façon, la vie de Maryam, dans tout ce qu'elle avait de vital ou d'essentiel, s'était arrêtée le 22 juin 1985 au matin, lorsque la police de Solna avait sonné à sa porte pour lui annoncer qu'on avait retrouvé sa fille. Morte, sans doute à la suite d'agissements criminels. On lui avait épargné les détails, mais les journaux à sensation n'avaient pas eu cette délicatesse.*

– Tu n'en sais rien ? reprit Matilda. Comment ça, tu n'en sais rien ? Tu t'en fiches, ou quoi ?

– Pas du tout. Mais c'est ce qui est arrivé avant qui me tracasse. *Le droit bafoué de Maryam Ermegan à une vie décente, à ne pas subir ce qu'elle n'aurait jamais eu l'idée d'infliger à autrui. Toutes ces choses dont lui et ses collègues étaient censés la protéger. Et pour lesquelles on était au moins censés lui rendre justice.*

– Je comprends. C'est trop. Je pourrais le tuer, ce salaud.

– Une petite question. Il ne t'est rien arrivé, à toi, dans ton enfance ou ta jeunesse ? Des copains, des hommes qui s'en seraient pris à toi... Qui auraient profité de toi, qui t'auraient dominée. Ou pire. *Et voilà, ça recommence.*

– Si, comme à toutes les filles, répondit Matilda. Enfin, peut-être pas à toutes, mais presque. À toutes les filles comme moi, en tout cas.

– Raconte. *Heureusement que Pia ne m'entend pas...*

– Quand j'étais une gamine de quatorze ans tout à fait ordinaire, je suis allée à une fête avec des copains. Il y avait un mec de ma classe, un copain, quoi. On n'était jamais sortis ensemble... Il a pété un câble. Il m'a traînée dans une chambre et m'a enfoncé sa bite dans la bouche, en me menaçant de me tuer si je ne lui obéissais pas.

– Et tu l'as fait.

– Oui, répliqua Matilda en haussant les épaules. J'étais aussi bourrée que lui. Et il était deux fois plus fort que moi.

– Et après ?

– Rien. Qu'est-ce que j'aurais dû faire ? Aller le dénoncer à la police et passer pour la chochotte du collège ? En plus, je n'avais pas de père. Ni de grand frère. Personne pour lui mettre une raclée.

– Et c'est la seule fois ?

– Tu te fiches de moi, ou quoi ?

– Non, je t'écoute.

– Toutes les fois qu'un garçon te tanne tellement qu'à la fin, tu baisses les bras... Tu n'en peux plus de l'entendre répéter la même chose, alors tu décides de te débarrasser du problème en cédant. Tu n'as jamais fait ce genre de chose ?

– Non, répondit Johansson. *Je n'ai jamais fait ça !*

– Je te crois. Tu es du genre à te faire servir les choses sur un plateau. Sans même avoir à les demander. Et tu peux en être sacrément content. Ce n'est pas si courant que ça, je peux te le dire. J'aurais bien aimé rencontrer ta mère.

– C'était une femme formidable.

Elna était quelqu'un de bien. Elle avait eu le bon sens de le laisser construire la vie qu'il désirait. Toujours là quand il avait besoin de soutien, sans jamais se mêler de ses choix. Enfin, il y avait bien eu un ou deux incidents quand il n'était encore qu'un morveux, mais rien de plus.

– Pas la peine de me le dire, ça se voit. Ta mère a tout fait pour toi sans faire de toi un enfant gâté. Tiens, un autre exemple : ton meilleur ami. Lui non plus n'a jamais rien eu à demander. Son problème, ça a dû être de gérer la liste d'attente.

– Ce n'est pas faux. Mais ce qui est arrivé à la petite Yasmine... Tu n'as rien vécu de pareil ?

– Seulement des exhibitionnistes, dit Matilda en haussant les épaules. Il y en a des tas. Des vieux schnoques qui se frottent contre toi sur un quai de métro bondé, des pleins de morve qui se mettent les doigts dans le nez en se branlant à l'arrêt de bus. La première fois que ça m'est arrivé, c'était au jardin d'enfants. J'avais cinq ans. Quel cirque... Les animatrices, les parents, la police... J'ai cru que ça n'en finirait jamais. Moi et ma copine, on trouvait ça super horrible. Et super excitant.

– Ah bon ? *Qu'est-ce qu'on peut bien répliquer à ça ?*

– Mais ce qui est arrivé à Yasmine… Si je te raconte un truc, ça restera entre nous, d'accord ?

– Tout ce que tu me dis restera entre nous, ne t'inquiète pas.

– D'accord. Ma mère a toujours été un peu borderline, elle ramenait tout le temps des nouveaux mecs à la maison. Ma famille, c'était ma mère, ma sœur qui a trois ans de plus que moi, moi-même et les nouveaux mecs de ma mère qui apparaissaient et disparaissaient dans la foulée.

– Pas évident. *Et pas étonnant que la gamine ait cette allure…*

– Bof. Ils étaient tous à peu près normaux, et ma mère allait plutôt bien. Tout le temps folle amoureuse, et puis super déprimée quand ça se terminait. Et hop ! Il en apparaissait un nouveau. La seule fois où elle a sérieusement pété les plombs, c'est quand l'un d'entre eux est sorti avec ma sœur.

– Tu avais quel âge ?

– Dix ans. Ma sœur en avait treize. C'était les grandes vacances, ma mère travaillait comme A.S. et son nouveau mec était au chômage. Il habitait chez nous.

– Comme A.S. ?

– Aide-soignante. Elle faisait beaucoup de gardes. Bref, cet été-là, le mec de maman, qui avait trente ans, est sorti avec ma sœur. Ma sœur et moi, on dormait dans la même chambre. J'ai dû faire semblant de dormir pendant tout l'été.

– Treize ans ? *Détournement de mineur. Mais quel rapport ?*

– Oui, mais elle avait des seins et des poils sur le pubis. De vrais lolos. Difficile de le croire en me voyant, mais je te jure que si. En plus, elle était dingue de ce mec. Moi, il ne m'a jamais touchée. Ma sœur m'aurait tuée. Un jour, il m'a enlevé ma couverture et a jeté un coup d'œil, mais rien de plus. Il m'a dit qu'il fallait que je grandisse un peu. Ce n'était pas un mauvais bougre, au fond. Il picolait pas mal, fumait de temps en temps, mais il n'était jamais violent.

– Et alors, qu'est-ce qui s'est passé ? *Je me demande ce que Pia subit à la banque.*

– Ma mère les a pris en flagrant délit. À poil. Elle a pété un câble, elle a fait un cirque infernal, elle l'a jeté dehors et balancé ses affaires du balcon. Elle était folle de rage contre ma sœur, et contre moi aussi. Parce que je n'avais rien dit.

– Elle a porté plainte ?

– Non. Elle a organisé un voyage de dernière minute. On est allées en Grèce. Elle s'est trouvé un nouveau mec. Ma sœur aussi. Ma mère et ma sœur se sont réconciliées. Ça n'a mis qu'une semaine. Elles se ressemblent pas mal, en fait, je veux dire niveau mecs.

– Et toi, tu as fait quoi, pendant cet été en Grèce ?

– Je ne me souviens pas. Pas de mecs, en tout cas. J'étais petite. Je suppose que j'ai barboté dans la piscine avec les autres gamins.

– C'est courant, ce genre de chose ? Je veux dire, parmi les jeunes de ta génération ?

– Hé ho, chef ! Réveille-toi ! Nous sommes des enfants de banlieue nés dans les années quatre-vingt. Tu crois qu'on a grandi dans des familles nucléaires idéales ? Quand je suis entrée au collège, dans ma classe, sur plus de trente enfants, trois habitaient encore avec leurs deux parents. On ne vivait pas dans des lofts au centre-ville, avec des vieux bourrés de fric. Toi et moi, on ne vit pas sur la même planète.

– Oui, dit Johansson, qui pensait à ses enfants et à ses petits-enfants. *Eux, au moins, ils ne sont pas concernés. Ils sont sur la même planète que moi.*

73

Lundi 9 août 2010, après-midi

L'après-midi, Jarnebring passa faire un compte rendu de ses résultats et remit à Johansson un paquet de photos de surveillance de Staffan Leander Nilsson.

– Où tu les as eues ? demanda Johansson, méfiant.

– Ne t'inquiète pas, ricana Jarnebring. Je les ai prises moi-même. Hier, je suis allé deux fois devant chez ce salopard, une le matin, une le soir. Il a l'air d'avoir ses habitudes dans la pizzeria en face de chez lui, alors j'ai bavardé un peu avec le patron. Nilsson est un client assidu. Il y mange plusieurs fois par semaine.

– Tu as bavardé avec le patron ? Tout simplement ? demanda Johansson en parcourant les clichés. *Un homme ordinaire. L'air plutôt sympathique. Il va avoir cinquante ans à l'automne, mais il fait plus jeune que son âge. Un peu en dessous de la taille moyenne nationale, léger embonpoint, ni gros ni maigre, cheveux courts blond foncé, grisonnants au niveau des tempes, traits réguliers, bien habillé mais sans excès : jean, polo rouge, veste d'été bleue. À quoi tu t'attendais ? À une cape noire et des canines proéminentes ?*

– Oui, tout simplement. Je n'ai pas encore perdu la main, tu sais. Le patron est turc. Très gentil. Je suis entré juste après que Nilsson est sorti. Je voulais essayer de piquer le verre dans lequel il avait bu, mais je n'ai pas eu le temps. Apparemment, il ne fume pas et ne chique pas. Pour deux retraités comme nous, ça pourrait prendre un certain temps de lui faucher un échantillon d'ADN. Bref, j'en ai profité pour bavarder avec le patron. J'ai pris une bière et prétendu que je reconnaissais vaguement le client qui venait de sortir. Que c'était peut-être un ancien du transporteur pour lequel je bossais. Enfin, Lars, tu me prends pour qui ?

– Et il a dit quoi, le Turc ? *Tu n'as pas changé.*

– Un tas de choses. Que le client était un dénommé Staffan Nilsson, un habitué de la maison, un chic type, toujours tranquille, pas le genre turbulent. Et que j'avais dû me tromper en ce qui concernait le transporteur, parce qu'il était dans l'immobilier : condominiums, immeubles, hôtellerie en Thaïlande. Il travaille sur un projet touristique à Åre aussi. Il a un bon réseau, il a aidé un jeune frère du patron à trouver une location à Solna. Pas gratuitement, si j'ai bien compris, mais pas non plus les yeux de la tête. Un type bien, quoi. En résumé.

– Le Suédois moyen, l'honnête homme ordinaire par excellence. *Pas un retardé baveux, ni un déviant sexuel violent et procédurier complètement zinzin, ni même un camionneur obèse, chauve et simple d'esprit qui parle le dialecte de Dalécarlie.*

– Exactement. Un citoyen lambda d'âge moyen parfaitement ordinaire.

– Quoi d'autre ?

– Pas mal de choses, précisa Jarnebring en lui tendant une liasse plus épaisse que celle des photos.

– Tu as demandé à Gunsan de faire une réquisition sur lui ? s'exclama Johansson, accusateur. On avait dit qu'on ne mêlait pas d'anciens collègues à l'affaire.

Gunsan, employée civile de la police de Stockholm depuis trente ans – et sans doute secrètement amoureuse de Jarnebring –, avait consacré la majeure partie de sa carrière à faire les réquisitions de son enquêteur préféré à sa place, Jarnebring évitant si possible ce genre de tâche ingrate.

– Gunsan ne compte pas ! lança Jarnebring. Elle est aussi muette que la muraille de Chine. Pas une faille, pas une seule pierre branlante.

– Si je comprends bien, tu n'as jamais vu la muraille de Chine. Et qu'est-ce qu'elle dit, Gunsan ?

– Tu n'as qu'à lire.

– Mal au crâne, répliqua Johansson en posant le dossier. Vas-y, raconte.

Comme toujours, Gunsan avait lancé des recherches sur le suspect dans tous les fichiers pertinents, depuis sa naissance jusqu'au jour où il avait croisé Jarnebring dans son restaurant de quartier – en toute ignorance, bien sûr.

– Commençons par les éléments récents, déclara Jarnebring. Il habite à la même adresse depuis la construction de la zone d'habitation, il y a une quinzaine d'années. Il a dû y emménager dès son retour de Thaïlande. Il est propriétaire. Il n'a ni femme ni enfant. Par contre, il a un passeport, un permis de conduire et une voiture, une petite Renault, modèle d'il y a quelques années. Écologique, en plus. Pas de Golf rouge, en tout cas.

– Casier ?

– Ni condamnation, ni mise en examen, ni même une quelconque notification de soupçon. Des mains courantes, par contre. Classées.

– Comme quoi ?

– M. Nilsson sent un peu la filouterie. À la fin des années 1980, il est soupçonné de fraude fiscale, aggravée, même. Elle est classée quelques années plus tard, faute de preuves. Sûrement quand il s'était réfugié en Thaïlande. Je suppose que les gars de la brigade des escroqueries n'ont pas eu le courage de lui courir après. On a beau indiquer son domicile aux collègues étrangers pour qu'ils n'aient plus qu'à aller le cueillir, ce genre de vétille ne suffit pas pour faire une demande d'extradition.

– Je sais, l'interrompit Johansson. Quoi d'autre ?

– Deux autres fraudes. La première concerne un appartement vendu mais jamais livré. La plainte a été retirée. La deuxième, un investisseur dans un projet hôtelier qui s'est senti escroqué, mais l'enquête a été classée. Sans trop d'explications.

– C'est tout ?

– Non. Il y a encore une main courante. Et là, ça commence à devenir intéressant.

– Comment ça ?

– Il y a six ans, en 2004, nos collègues de la criminelle spécialisés en pornographie infantile ont fait une razzia sur Internet et cueilli un paquet de pédophiles – le genre qui télécharge des images et agit en réseau. L'un d'entre eux était Staffan Leander Nilsson.

– Vraiment ? Et l'enquête, qu'est-ce qu'elle est devenue ?

– La figure de proue du réseau s'est pris plusieurs années de taule. En fait, ils se sont quasiment tous fait pincer. Sauf notre cher Nilsson. Plainte classée par le procureur.

– Pourquoi ? Il lui avait acheté un appartement au noir ?

– Le procureur a gobé son histoire. Pas les collègues. Avant que tu me poses la question, sache que je n'ai parlé à aucun d'entre eux. J'ai lu l'enquête préliminaire et les auditions de Nilsson, quatre en tout. Le procureur était lui-même présent à la dernière. C'est à ce moment-là qu'il a décidé de classer la plainte, mais ce qu'en pensent nos gars ne fait aucun doute. Ils n'ont pas gobé l'histoire de Nilsson, eux. D'ailleurs, aucun vrai policier ne croirait des salades pareilles.

– Et c'est quoi, ces salades ?

– Nilsson prétend avoir sous-loué une chambre à un immigré marocain, un dénommé Ali Hussein rencontré dans un bar gay de la Vieille Ville.

– Dans un bar gay ? Mais Nilsson n'est pas homosexuel ! C'est ce qu'il essaye de leur faire avaler ? Qu'il est gay ?

– On lui pose la question.

– Et il dit quoi ?

– Qu'il ne voit pas le rapport. Que son orientation sexuelle ne regarde que lui.

– Tu m'en diras tant… Et après ?

– D'après Nilsson, Hussein aurait utilisé son ordinateur à son insu pour surfer sur des sites pornos. Nilsson prétend avoir noté ses mots de passe sur un papier rangé dans son bureau. Il est très déçu de M. Hussein. Très en colère. Et très ennuyé aussi. Il trouve ça épouvantable.

– Ça ne m'étonne pas. Et que dit Ali ?

– Ali n'a pas été entendu parce que, malheureusement, les collègues ne l'ont jamais retrouvé. D'après Nilsson, il séjourne illégalement sur le territoire. Nilsson avait commencé à soupçonner cet état de fait après quelques mois, mais quand il a interrogé Ali à ce sujet, celui-ci a tout simplement déménagé. Du jour au lendemain. Il a pris ses cliques et ses claques et a disparu.

– Nom de Dieu ! Quelle espèce de procureur avale ce genre de sornettes ?

– Nilsson a présenté un contrat de sous-location signé par le propriétaire Staffan Nilsson et le sous-locataire Ali Hussein, un contrat standard selon lequel le premier loue au second une chambre dans son appartement, un quatre pièces cuisine, pendant six mois. Ali se serait fait la belle après trois mois sans régler son préavis.

– Et quel genre d'images Ali aurait-il téléchargées ?

– Presque exclusivement des fillettes. Un ou deux garçonnets aussi, mais seulement lorsqu'ils étaient nécessaires au déroulement de l'action. Des fillettes auxquelles on inflige des actes sexuels violents, voire très violents, trouvées sur des sites du genre *Petites filles en maison de correction, Le maître sévère, La colonie des enfants, Enfants à vendre, Une petite juive raconte…* Des sites criminels classés pornographie infantile et pornographie avec violence. Enfin, tu vois le genre d'immondices.

– Oui. Des types comme lui qui ont des rapports sexuels avec des fillettes. C'est pour ça que Nilsson a fait croire qu'il était pédé ? Pour suggérer que ce qu'on avait trouvé sur son ordinateur n'était pas son truc ?

– Qu'est-ce que tu crois ?

– Comme toi.

– Pédophile hétérosexuel. Et sadique. Nilsson bande en voyant des fillettes se faire baiser. De préférence après qu'elles se sont pris une raclée.

– Et le procureur a classé la plainte ? *Mais où est donc passé le pédophile sensible et délicat ?* se demanda Johansson.

– Eh oui, répondit Jarnebring avec une grimace dédaigneuse. Les pseudonymes internet d'Ali Hussein ont dû jouer en faveur de Nilsson : l'Empereur Hussein, Master Ali, Le Maître des Esclaves Arabe. On est en plein délire orientaliste. Et tout ça accuse le dénommé Ali Hussein.

– Nom de Dieu ! On n'a pas fait d'enquête de voisinage ? Quelqu'un a-t-il vu un individu qui correspondrait à la description ? Quelqu'un d'autre que Nilsson peut-il témoigner de son existence ?

– Non. On n'a pas dû y penser. Et on ne devait pas avoir le temps. À l'époque, ce genre d'occupation n'était même pas passible de prison. Il n'aurait eu qu'une amende.

– Quoi d'autre ?

– Comme je te le disais, ça sent la filouterie. Staffan Leander Nilsson possède et dirige trois petites entreprises : la Staffan Leander Holding, elle-même propriétaire de Leander Thai Invest et de Staffan Nilsson Immobilier et Hôtels.

– Capital ?

– Pas grand-chose, selon Gunsan. Du vent. Rien qui puisse mettre l'eau à la bouche de ton frère Evert. Toutes les entreprises sont domiciliées chez Nilsson, qui en est seul propriétaire. Deux autres personnes sont mentionnées dans les conseils d'administration. D'après Gunsan, il s'agit probablement d'employés de l'agence comptable à laquelle il a recours. Douteux, mais pas exactement illégal.

– Et lui, il a de l'argent ? Qu'est-ce qu'il gagne, ce salopard ?

– Beaucoup moins que toi, Lars, répliqua Jarnebring avec un large sourire. Alors à ce niveau, pas d'inquiétude. Comparé à toi, c'est un miséreux. Comparé à ton grand frère, une fiente de mouche. Il déclare quelques milliers de couronnes par an. Une partie de ces revenus proviennent d'ailleurs de l'assurance vieillesse de sa petite maman, contractée il y a cinquante ans et dont il est seul bénéficiaire.

À la mort de son frère, le grossiste en viande, songea Johansson. Vera Nilsson, une femme honnête, convenable et travailleuse. Une bonne mère qui élève un tueur d'enfants.

– Avec les intérêts des intérêts, depuis tant d'années, ça fait une coquette somme : cinquante mille couronnes par an. Qu'il touchera jusqu'à sa mort, si j'ai bien compris.

– Une petite minute, l'interrompit Johansson. On ne touche ce genre d'assurance qu'à cinquante ans ou plus, non ?

– Ce n'est pas à moi qu'il faut demander ce genre de chose. Enfin, Nilsson est en retraite anticipée depuis l'année dernière. Coup du lapin. Il a été percuté au rond-point de Gullmarsplan. L'assureur du conducteur en infraction lui a versé un paquet de fric.

– C'est tout ? demanda Johansson. *Coup du lapin, scoliose... Le pauvre. Je me demande combien il a fait cracher aux assurances.*

– L'essentiel. Si j'ai oublié quelque chose, tu le trouveras dans le dossier de Gunsan.

– Bon, dit Johansson.

Pédophile, sadique sexuel, tueur d'enfants potentiel toujours actif. Johansson avait chassé toute sa vie, c'est-à-dire abattu des bêtes innocentes. Finalement, il pouvait bien se salir les mains encore un peu.

Ça y est, il fait sa drôle de tête, pensa Jarnebring. *Tout à coup, il paraît complètement absent.*

– Alors, Lars ? On sort faire un tour, ce soir ? On va faire une petite surveillance ?

– Oui. *D'abord, je veux le voir. Puis, lui parler. Ensuite, il faudra se décider.*

74

Lundi 9 août 2010, soir

Quand Pia rentra de la banque, son mari, Jarnebring et leur nouveau collaborateur Max étaient dans l'entrée, prêts à partir.

– Vous sortez faire des bêtises, les gars ? N'oubliez pas le casse-croûte et les thermos. Vous êtes bien emmitouflés, au moins ? Il fait treize degrés. Je ne voudrais pas que Lars s'enrhume.

– Prends bien soin de toi, ma chérie, dit Johansson. Et ne t'inquiète pas pour moi.

À peine étaient-ils sortis que Jarnebring prit le commandement.

– Max, tu conduis. Toi, Lars, tu te mets devant et moi, derrière, comme ça, je pourrai le photographier sous différents angles. Des questions ?

– Aucune, dit Max.

– Aucune, dit Johansson.

– En route, mauvaise troupe ! commanda Jarnebring d'un air renfrogné. Ça va barder.

– Qu'est-ce que tu as prévu ? demanda Johansson. *Je me demande s'il y a moyen de prendre un petit sandwich. J'ai un creux.*

– Comme d'habitude, ricana Jarnebring. On lui fait un petit canular téléphonique.

– Toi ou moi ? *Pas de sandwich, alors*, se dit Johansson, déçu.

– Je vais faire le mec de Scanie. Tu as déjà fait le mec de Scanie ?

Jusqu'à la lie, dans toutes les variantes possibles et imaginables, pensa Johansson.

– La première fois, c'était il y a bientôt quarante ans, dit-il. À l'automne 1975, je crois, quand on enquêtait sur les maisons closes.

– Si tu n'as pas de souhait particulier, ce sera Larry de Ängelholm. Tu sais, celui qui ne sait pas trop ce qu'il veut.

– J'aurais préféré Börje de Kristianstad, le débile colérique.

– Non, non ! Pas la peine de faire peur au suspect !

Jarnebring prit son téléphone et composa le numéro de Staffan Leander Nilsson.

Celui-ci répondit à la troisième sonnerie. Après une conversation confuse de deux minutes, il raccrocha au nez de Jarnebring.

– Nilsson, répondit-il sur un ton poli.

– Salut, heu... Staffan, bégaya Jarnebring avec un accent scanien à couper au couteau. C'est Larry. Ça va, Staffan ? Tu vas bien, j'espère ?

– Excusez-moi... Vous pouvez répéter votre nom ?

Toujours convenable, un peu méfiant.

– Larry. Larry Jönsson, tu sais ? Tu es venu me voir chez Les Paysans, à Ängelholm. Je t'avais promis de t'appeler quand je passerais, et il se trouve que moi et ma femme, on est à Stockholm, alors je me suis dit...

– J'ai peur que vous ayez fait un mauvais numéro, répliqua sèchement Nilsson.

– Un mauvais numéro ? Je ne suis pas chez Staffan Nilsson, à Solna ? Tu ne travailles pas à Bilia ? Bilia à Haga. Haga ? C'était bien là, non ? Larry. Larry Jönsson. Tu es passé...

– Vous avez fait un mauvais numéro, répéta Staffan Nilsson. Je m'appelle Staffan Leander Nilsson et je crains qu'on ne se soit jamais rencontrés.

Nilsson prenait désormais Larry Jönsson pour un débile profond.

– Ben ça alors… souffla Larry. Et dis donc, je me demandais…

– Excusez-moi, l'interrompit Staffan Nilsson. Je suis un peu pressé. Je dois sortir dîner avec un ami, vous comprenez ?

Il raccrocha.

– Génial ! s'écria Max, ravi.

– Un vieux classique, ce « Larry », expliqua Jarnebring. Quand Lars et moi, on enquêtait sur les putes, dans les années 1970, on lui faisait appeler les nanas pour leur demander leurs tarifs et les services qu'elles proposaient.

– Et ça marchait ? demanda Max.

– Cette fois, ça a marché, en tout cas, répondit Jarnebring en désignant Staffan Nilsson, qui franchit la porte de son immeuble, cent mètres plus loin, et mit le cap sur son restaurant de quartier.

– Il ne mentait même pas, constata Jarnebring lorsque Nilsson, un instant plus tard, pénétra dans la pizzeria, salua le patron et s'assit sur un tabouret, au comptoir.

– Pas cette fois, en tout cas, ajouta Johansson. Son « ami » n'est pas encore arrivé, on dirait.

– On fait quoi, maintenant ? demanda Max en éteignant le moteur.

– On attend, dit Jarnebring. La surveillance, c'est surtout ça : attendre.

Exactement comme à la chasse, songea Johansson. On attend patiemment que l'improbable se produise.

– Exactement comme à la chasse, fit Max.

Ben, merde, alors ! se dit Johansson. *Il n'a pas pu apprendre ça à l'orphelinat, tout de même…*

– Ah oui ? Et comment tu sais ça ? C'est Evert qui te l'a dit ?

– Je l'ai dans le sang, affirma Max en haussant les épaules. Enfin, Evert m'emmène souvent à la chasse. À l'élan, au lièvre… Aux oiseaux de forêt.

Ça me plaît, ça, pensa Johansson.

– Et tu es fort ? Je veux dire à la chasse.

– Je n'ai jamais rencontré plus fort que moi, en tout cas, répondit Max en toute simplicité, ses grandes mains posées sur les genoux.

Ils attendirent dans la voiture pendant près d'une demi-heure. Max, immobile, silencieux, observait sans interruption l'homme au comptoir, dans la pizzeria, cinquante mètres plus loin, et répondait à peine quand on lui adressait la parole. Ses yeux gris, enfoncés, sur le qui-vive, ressemblaient à de minces meurtrières retranchées derrière les bordures irrégulières des orbites. Pas un clignement, pas même une ombre sur son visage fermé, alors qu'il scrutait leur proie.

Staffan Nilsson jetait des coups d'œil de plus en plus fréquents à sa montre. Après cinq minutes d'attente, il passa un coup de fil, manifestement en vain, remit son téléphone dans sa poche et prit une gorgée de vin rouge. Encore cinq minutes plus tard, il commanda un deuxième verre et appela une deuxième fois. Il sembla laisser un message, puis rangea son téléphone, l'air ennuyé. Inquiet, impatient. Il se leva, dit quelque chose à l'homme au comptoir, termina son deuxième verre et s'assit à une petite table, dans un coin de la salle, où il avait vue sur l'entrée du restaurant.

– Il est sur ses gardes, nota Johansson. *Il a choisi la table où je me serais moi-même assis.*

– Il a dû arriver quelque chose à son ami, constata Jarnebring.

– Un sandwich, c'est possible ? demanda Johansson. Et une tasse de café.

– Tout de suite, chef, répliqua gaiement Jarnebring, ravi d'être en mission sur le terrain, comme à la grande époque. Alors, qu'est-ce que tu en penses, Lars ? J'entre et j'essaie de subtiliser son verre ?

– Laisse tomber. Il n'y a que cinq clients. Il faut attendre qu'il y ait un peu plus de monde.

On apporta à Nilsson une assiette et un quatrième verre de vin. En mangeant, il appela deux fois, toujours en vain. Après une demi-heure, il fit signe au serveur, qui débarrassa son assiette et ses deux verres vides, puis revint avec une tasse de café et un cinquième verre de vin.

– Dites donc, il picole ! commenta Johansson, grognon, en ouvrant le plastique de son troisième sandwich.

– Tu es jaloux, rétorqua Jarnebring, qui n'avait pas touché au casse-croûte. La prochaine fois, demande à Max de te préparer un menu à trois services. Un petit schnaps, une bière fraîche, un bon vin rouge et tout le tralala.

– Je crois qu'on va devoir bouger. Il est sur le point de partir, fit remarquer Johansson.

Nilsson se leva, emporta sa tasse de café et son verre vide au comptoir et les posa derrière, dans l'évier, avant de sortir son portefeuille.

– Je change de position, annonça Max en démarrant.

Il avança de cent mètres et s'arrêta à l'instant où Nilsson sortait du restaurant, se dirigeant vers chez lui.

– Je me demande ce qui est arrivé à son ami, dit Johansson, qui semblait penser tout haut.

– Sa maman n'a pas dû la laisser sortir, ricana Jarnebring. Il est quand même huit heures passées. Les petites filles dorment, à cette heure-ci, non ?

À cinq mètres de son immeuble, Nilsson s'arrêta pour jeter un coup d'œil à sa montre. Puis se remit en marche. À pas pressés.

– Qu'est-ce qu'il fabrique ? demanda Jarnebring.

– Je parie qu'il va déplacer sa voiture, dit Johansson qui, contrairement à son ami, avait passé toute sa vie adulte au centre de Stockholm, et provoqué le destin à plusieurs reprises.

Ensuite, il ira s'asseoir devant son ordinateur pour surfer sur des sites pornos sous le nom d'un nouveau locataire.

Deux minutes plus tard, Nilsson garait sa voiture de l'autre côté de la rue, traversait et s'engouffrait dans son immeuble.

– Merde, alors ! s'exclama Jarnebring. Si on était en service, on lui aurait fait souffler dans un ballon, on aurait dressé un P.-V., gardé le tube et, hop !, le tour était joué.

– Il y a un autre moyen, suggéra Max.

– On se calme, rétorqua Johansson. De toute façon, il ne va pas s'évaporer. *Je me demande si on a bien fait d'emmener Max.*

– Et maintenant, on fait quoi ? demanda Jarnebring. On rompt les rangs ?

– Si vous voulez passer la nuit ici, surtout, ne vous gênez pas. En ce qui me concerne, je vais rentrer manger une omelette au jambon et boire quelques verres de vin rouge.

– Bonne idée, dit Max.

– D'accord, acquiesça Jarnebring. On rentre. On pourra planifier la suite de l'opération dans ta cuisine, pendant que ce cher Nilsson se branle devant son ordinateur.

Je me demande qui il attendait, pensa Johansson avant de s'endormir.

75

Mardi 10 août 2010

Hygiène personnelle, prise du premier repas quotidien, rendez-vous chez le kiné. Puis, ce mardi, visite chez le cardiologue. Électrocardiogramme, échographie, prise de la tension. Conclusion : un médecin qui secouait la tête, l'air soucieux.

– Vous vouliez que je sois franc avec vous. Eh bien, je peux vous dire que j'ai eu des patients qui se portaient mieux que vous, dit-il aimablement.

– Sûrement. Et un ou deux qui se portaient moins bien, peut-être ?

– Le problème, dans ces cas-là, c'est qu'ils sont presque tous morts. Vous avez pris deux kilos depuis la dernière fois, ce qui signifie que vous vous fichez de mes conseils diététiques et sportifs. Votre tension a augmenté. Je vais même être obligé d'augmenter votre dose d'antihypertenseurs. Mais c'est une solution à très court terme, je vous préviens. Une alimentation saine, de l'exercice et moins de stress. Est-ce que c'est si difficile à comprendre ?

– Ce n'est pas à moi qu'il faut le demander, je ne suis pas médecin.

– J'ai pourtant l'impression que si. Est-ce que c'est si difficile de faire ce que je vous dis ?

– Une vie qui se résume à compter les jours jusqu'à la fin, ça rime à quoi ? répondit Johansson en se levant.

Max ramena Johansson à Söder en lui lançant des regards en coin, mais ne dit rien avant d'être garé dans la Wollmar Yxkullsgata.

– Comment ça va, chef ?

– Bien. Et toi, Max ?

– Mieux que vous, j'ai l'impression.

– Foutaises ! sourit Johansson en lui tapotant le bras. Dis-moi quand tu auras envie de faire une partie de bras de fer.

Max le dévisagea, l'air grave, et secoua lentement la tête.

– Dites-moi si je peux faire quelque chose pour vous.

– Merci, c'est gentil.

– Je sais ce que c'est, quand quelqu'un vous ronge de l'intérieur.

Après le déjeuner, Johansson s'allongea dans son canapé. Matilda lui arrangea ses coussins et lui apporta une grande bouteille d'eau minérale dans un seau à champagne. Puis elle le regarda, tête penchée.

– Appelle-moi s'il te faut autre chose.

– Arrête de me cajoler ! grogna Johansson.

Il s'endormit et se réveilla alors que Pia, assise à côté de lui, lui caressait les joues et le front.

– Le médecin a dit quoi ? l'interrogea-t-elle.

– Que je suis en pleine forme.

– Tu es sûr ? demanda Pia avec un faible sourire.

– Ça ne me viendrait pas à l'esprit de te mentir, mentit Johansson en se redressant dans le canapé, sans trop d'efforts. *Mon bras droit. Lui, en tout cas, son état s'améliore de jour en jour. Il doit avoir très envie d'aller à la chasse à l'élan, tout comme son propriétaire.*

– Tu as la force de parler un peu ?

– Bien sûr. *Du moment qu'il ne s'agit pas de moi.*

– Je pensais à ce qu'on s'était dit l'autre jour. Sur l'homme qui a tué Yasmine.

– Oui ?

– S'il s'agissait d'un de tes enfants ou de tes petits-enfants, qu'est-ce que tu ferais ?

– Je lui ferais la peau. Comme on le préconise dans l'Ancien Testament. Œil pour œil, dent pour dent. *En comptant les coups.*

– Quand on en a parlé, l'autre jour, ce n'est pas l'impression que j'ai eue. J'aurais espéré…

– C'est parce qu'on ne parlait pas de moi, l'interrompit Johansson. La haine est une question de distance. Si quelqu'un s'approchait de trop près, si cet individu te faisait du mal ou s'en prenait à mes enfants ou à mes petits-enfants, et s'il n'y avait pas d'autre solution… Est-ce que je serais capable de le tuer ? Eh bien, oui.

– Pour moi ?

– Oui, pour toi. Comment ça ?

– Si c'était pour moi, j'aurais espéré que tu trouves une autre solution.

– Ne t'en fais pas, la rassura Johansson en lui prenant la main. Je te promets de bien réfléchir avant d'agir.

– Et tu ne pourrais pas lâcher l'affaire ? Je m'inquiète pour ta santé.

– Jamais de la vie. De quoi ça aurait l'air si quelqu'un comme moi lâchait une affaire pareille ? Où irait-on ? On vivrait dans un monde dont ni toi ni moi, on ne voudrait.

76

Mercredi 11 août 2010

Au petit matin, avant le petit déjeuner, Alf appela pour inviter Johansson à déjeuner. *Ça alors !* se dit Johansson. *Je suis curieux de voir la note quand elle arrivera.*

– J'ai rassemblé pas mal de renseignements qui devraient t'intéresser, annonça Alf. À propos des premières années de Staffan Nilsson en Thaïlande. Fin des années 1980, début des années 1990.

– Tu m'en diras tant... *Intéressant, en effet.*

– Il s'est révélé qu'une de mes vieilles relations avait fréquenté Nilsson – un frère de loge, pour tout te dire. En plus, il est membre du Grand Directoire. Nilsson et lui ont participé au même projet hôtelier à la fin des années 1980, mais ce monsieur-là est quelqu'un de très sérieux. Un peu plus vieux que nous. Il a fait de longs séjours en Thaïlande. Après le tsunami, il a vendu la plupart de ses biens là-bas. Je crois qu'il ne lui reste plus qu'un appartement dans une copropriété. Si tu n'as rien contre, nous pourrions nous réunir tous les trois. Il vaut mieux entendre les choses de source directe, pour ainsi dire.

– Parfait, dit Johansson. Et tu lui as dit quoi ? À propos de mon intérêt pour Nilsson, je veux dire.

– J'ai dit que Nilsson t'avait proposé d'investir dans un nouveau projet en Thaïlande et que tu m'avais demandé de faire des recherches sur lui, en particulier sur son profil dans les affaires. Discrétion oblige, précisa Alf avec un petit raclement de gorge.

– Excellent. Où et quand ?

– Je te propose la confrérie. Vers treize heures, quand l'heure de pointe sera passée. Comme ça, on aura la paix.

Lorsqu'à treize heures précises, Johansson franchit le seuil du restaurant de la Grande Confrérie, au Blasieholme, à Stockholm, « l'heure de pointe » était de toute évidence passée. Dans un coin de la grande salle, un vieux bonhomme en costume trois-pièces tripotait le contenu d'une assiette de hareng mariné en lisant *Dagens Industri* et en sirotant quelque chose qui, au départ, avait dû être un assez grand schnaps. Dans le coin opposé, Johansson aperçut son rendez-vous : Alf et un monsieur un peu plus âgé qui, du moins en apparence, ressemblait étonnamment à son beau-frère : grand, maigre, un peu voûté et légèrement chauve. Il arborait un bronzage seyant et portait une veste bleue décorée de l'emblème du Yacht Club Royal de Suède, un pantalon de lin gris et des chaussures brunes bien cirées. À part eux, la salle était vide, hormis un serveur vieillissant au garde-à-vous devant la porte des cuisines.

– Ravi de faire enfin votre connaissance, Lars Martin, fit le nouvel informateur en souriant de ses yeux bleus et de ses dents relativement blanches, tout en tendant à son invité une main noueuse. La filleule de ma femme est dans la police. D'ailleurs, elle vit avec l'un de vos anciens collaborateurs. J'ai donc eu l'occasion d'entendre un certain nombre d'histoires à votre sujet. Je m'appelle Carl, mes amis m'appellent Calle, Calle avec un « C », et je me réjouis de déjeuner avec vous.

Je me réjouis de déjeuner avec vous, se dit Johansson. Voilà qui explique la situation. Il jeta un regard en coin à Alf, qui semblait penser à autre chose.

– Merci, Calle, répondit Lars Martin Johansson en lui tapotant amicalement le bras – sa main droite n'était toujours pas capable d'en serrer une autre ; de plus, Alf avait certainement raconté ses mésaventures à Calle. Mes amis m'appellent Lars. *Et si tu t'avises de m'appeler Lasse, je te casse la gueule.* Au fait, votre filleule, ajouta Johansson en s'asseyant péniblement sur un fauteuil et en appuyant sa béquille à côté de lui, elle s'appelle comment ?

Du coin de l'œil, il vit le serveur se diriger vers eux à pas pressés pour l'aider.

– Susanne Söderhjelm. Elle travaillait sous vos ordres quand vous dirigiez la criminelle nationale. Maintenant, elle vit avec un de vos plus proches collaborateurs de l'époque, le commissaire principal Wiklander. Mais vous le saviez peut-être déjà.

Ils se sont enfin trouvés, ces deux-là ? Il était temps, pensa Johansson. *Le monde est petit, tout de même. Il faudrait que je passe un coup de fil à Wiklander. On s'est à peine échangé deux mots depuis mon départ à la retraite.*

– Deux excellents collaborateurs, lui assura Johansson. Très compétents. *Ça suffit, enfin !*

– Avec un pareil guide et patron, comment pourrait-il en être autrement ? renchérit Carl avec un sourire. Alf et moi, nous venons de commander deux bières. C'est encore l'été. Mais s'il y a autre chose pour vous faire plaisir… Je me disais par exemple qu'un petit dry, pour commencer le déjeuner…

– Très bonne idée, dit Johansson en faisant un signe de tête au serveur, qui avait eu le bon goût de ne pas essayer de le débarrasser de sa béquille.

– Parfait, répliqua son hôte. Nous prendrons donc une bière fraîche de plus et deux dry bien froids, ma recette. Faites attention au Martini. Très attention. Il suffira de passer avec la bouteille.

– Tout de suite, directeur Blomquist, répondit le serveur en s'inclinant légèrement. Faites-moi signe quand vous serez prêts à commander les plats.

Kalle Blomkvist, pensa Johansson, *mais avec un « c », et sûrement un « q » et un « u » aussi*. Quoi qu'il en soit, le nom était significatif, puisque le fameux détective avait influencé l'orientation professionnelle de Johansson, et la plupart de ses activités du temps où, à la ferme de ses parents, dans le nord de l'Ådalen, il courait à droite et à gauche en culottes courtes et s'écorchait constamment les genoux.

Une demi-heure plus tard, les Dry Martinis terminés, attablé devant son assiette de hareng mariné, le nouveau frère de Johansson lui avait parlé sans détour.

– Alf me dit que vous avez été approché par Staffan Nilsson à propos d'un projet immobilier en Thaïlande. Il voudrait que vous investissiez dedans, c'est bien cela ?

– Je ne l'ai jamais rencontré, dit Johansson en saupoudrant de ciboulette son hareng Matjes gras et brillant, infiniment appétissant, accompagné de quelques pommes de terre nouvelles à la chair jaune pâle. Il nous a envoyé de la documentation. Comme je siège au conseil d'administration de notre société immobilière familiale, mon frère Evert, qui n'avait pas le temps de le faire lui-même, m'a demandé d'y jeter d'œil. Il s'agit d'immeubles en propriété ou en copropriété proposant des services communs : hôtel, restaurant, domesticité et tout le tralala. À Khao, en Thaïlande. Je ne sais même pas où ça se trouve. Ça monte à quelques centaines de millions. Mon frère et moi, on pourrait participer à hauteur de dix pour cent, poursuivit Johansson sans gêne, car, après sa séance de kiné, il avait passé une demi-heure à étudier le dossier de Gunsan.

– À votre place, je prendrais mes précautions avec cet énergumène, mit en garde l'homonyme du maître détective Blomkvist en levant une fourchette de hareng dans un geste d'avertissement.

– Vraiment ? Et pourquoi ça ? *Les témoins font tous des récits, mais celui-ci, il sait ménager le suspense*, songea Johansson.

Il ne s'agissait que d'un avertissement. Blomquist n'était pas au courant du projet auquel on avait proposé à Johansson et à son frère de participer. D'ailleurs, il avait lui-même vendu tous ses biens en Thaïlande juste après le tsunami. Désormais, il ne s'y rendait plus qu'en qualité de touriste, avec son épouse, ses enfants et ses petits-enfants. Il possédait tout de même encore, au nord de Khao Lak, une maison qu'il partageait avec sa famille. Un pays merveilleux, un climat magnifique, des gens formidables mais, tout de même, un petit avertissement. Staffan Nilsson, ou Staffan Leander Nilsson, ou encore Staffan Leander, comme il se faisait parfois appeler, n'était pas un homme d'affaires recommandable, quel que soit le secteur concerné.

– Vraiment ? Et pourquoi ça ? Décrivez-le-moi. Comme je vous le disais, je ne l'ai jamais rencontré, je ne lui ai même pas parlé au téléphone.

– Un fainéant, un bon à rien et un filou. Les gens de son espèce, il vaut mieux les éviter.

– Vraiment ? répéta Johansson.

Au milieu des années 1980, le directeur Carl Blomquist avait investi une somme considérable, gagnée à la Bourse de Stockholm l'année précédente, dans un projet hôtelier sur la côte thaïlandaise, plus précisément dans le golfe de Koh Samui, une région grosso modo inexploitée à l'époque, vierge, d'une beauté exotique qu'en tant que Suédois, on avait du mal à s'imaginer. Il s'agissait en outre d'un nouveau concept. On ciblait principalement des familles avec des enfants. Classe moyenne, trentenaires ou quadragénaires qui avaient envie de soleil et de chaleur, de calme, d'une gastronomie juste assez exotique, pas trop épicée tout de même, et d'un cocktail parapluie en couple pendant que les nounous et les animateurs de l'établissement prenaient soin de leur progéniture.

– Nous voulions éviter les bandes de jeunes de vingt ans qui font la fête vingt-quatre heures sur vingt-quatre, les interminables successions de discothèques et de bars à putes, enfin, le genre de phénomènes qu'on associe encore aujourd'hui au tourisme en Thaïlande, malheureusement, expliqua Carl

Blomquist en versant de la sauce HP sur le steak à la Rydberg qu'on venait de lui servir.

– Et comment Staffan Nilsson a-t-il été introduit dans le projet ? le questionna Johansson en tripotant avec méfiance le bifteck au raifort qu'après plus mûre réflexion, il aurait sans doute mieux fait d'éviter.

– Mon associé et moi, nous cherchions des investisseurs. Nous ne voulions pas porter seuls le projet. La banque SE nous a donné un coup de pouce en nous envoyant le jeune Nilsson. Je dis « le jeune Nilsson » car il devait avoir vingt ans de moins que nous. Pas encore trente, si je me souviens bien. Charmant, agréable. Argenté. Prêt à miser quelques millions hérités de sa mère. Nous nous sommes donc laissé convaincre, et nous avons accepté qu'il monte à bord de notre barque, poursuivit Carl Blomquist avec un soupir.

– C'est malheureux, renchérit Johansson.

– Et nous avons commis une erreur plus grave encore.

– Ah ? le relança Johansson en essayant de paraître blasé.

– Avant d'investir dans le projet, il nous avait raconté qu'il avait l'intention de quitter la Suède pour de bon et de s'installer en Thaïlande. C'était l'année du meurtre de Palme, l'été 1986. À l'époque, c'était inutile de voter à droite pour trouver que la Suède était sur la mauvaise pente. Il n'était sûrement pas le seul à nourrir ce genre de projets. Il voulait donc s'établir en Thaïlande, dans le secteur de l'hôtellerie et de la restauration. Se construire un avenir sous de nouveaux auspices. Le projet nous semblait sympathique, à mon associé et à moi. De plus, et nous l'avions vérifié, il avait de l'expérience dans le secteur de l'hôtellerie et de la restauration. Il y avait fait ses armes depuis le collège, pendant les vacances d'été, avant d'entrer à l'université d'Uppsala pour étudier l'économie. Avec une spécialisation dans le secteur hôtelier, justement. Il me semble en tout cas que c'est ce qu'il nous avait dit.

– Et vous l'avez engagé. Pour gérer l'affaire. *On peut dire que vous avez effectué des vérifications en profondeur de ce petit mythomane*... se moqua intérieurement Johansson.

– Mon associé et moi, nous étions basés en Suède et débordés. Nous recrutions du personnel local. Cela allait du PDG, un collaborateur thaïlandais, au personnel de ménage. Nous pensions que ce serait un avantage d'avoir aussi un Suédois sur place : un bras droit, un homme de liaison. Nous avons donc nommé le jeune Nilsson vice-directeur et chef du service comptable.

– Et ça a mal tourné, suggéra Johansson en éloignant son bifteck grisâtre. *Je prendrai un gros dessert à la place.*

– Mais après un bon moment. Il s'est d'abord révélé complètement incompétent en comptabilité. Ça, nous l'avons assez vite découvert.

– Il volait ?

– Oui, mais ça ne nous a pas surpris outre mesure. Pas dans ce secteur. D'ailleurs, il ne volait pas plus qu'un autre. Non, il y avait bien pire. Quand nous avons découvert ses lacunes en comptabilité, et c'est un euphémisme, nous l'avons remplacé et fait travailler dans la partie hôtel et restaurant, en particulier auprès de notre clientèle type, des familles avec des enfants.

– Et qu'est-ce qui s'est passé ? demanda Johansson qui connaissait déjà la réponse.

– Au début, ça s'est très bien passé. Il organisait un tas d'activités pour les enfants : gym aquatique, excursions, chasses au trésor en bateau dans les îles, représentations de théâtre, cours de danse thaïlandaise... Tout ce qu'on peut imaginer.

Carl Blomquist secoua la tête.

– Et c'était quoi, le problème ?

Le directeur Carl Blomquist, homonyme du détective Blomkvist à quelques différences orthographiques près, avala une rasade de vin rouge pour se redonner courage, et parvint enfin à dire ce que son nouvel ami attendait depuis le début.

– Il était si jeune... Charmant, plutôt beau gosse. Il paraissait tout à fait normal. Un vrai rêve de belle-mère. Quand j'ai appris que des clients s'étaient plaints et l'accusaient d'avoir tripoté leurs enfants, enfin, les petites filles, les garçons ne semblaient pas l'intéresser, j'ai failli en tomber de ma chaise.

– Ignoble, commenta Johansson. Et comment vous avez résolu le problème ?

– Comme on le fait généralement. On passe l'affaire sous silence. On trouve un arrangement. Ça nous a coûté une somme considérable, mais nous n'avions pas le choix. Nous avons même engagé du personnel de surveillance pour nous assurer qu'il ne s'approchait plus de l'établissement.

– Il ne s'est jamais fait coincer ? La police n'a jamais été informée ?

– À l'époque, en Thaïlande... Non, je le crains. Les vieux bonshommes occidentaux qui voulaient avoir des rapports sexuels avec des fillettes arrivaient par millions tous les ans. La seule chose étrange avec Nilsson, c'est qu'il avait la moitié de leur âge. Mon Dieu, Lars... À l'époque... Je ne sais pas ce qu'est devenue la Thaïlande aujourd'hui et, franchement, je n'ai pas très envie d'y penser... Bref, à l'époque, les paysans pauvres du nord du pays vendaient leurs enfants. Leurs propres enfants, pour des sommes inférieures au prix d'un chiot ici, en Suède. Les fillettes atterrissaient dans les bordels et les bars à putes de Bangkok et des autres centres touristiques. Rares étaient celles qui obtenaient un travail ordinaire d'aide-ménagère chez des particuliers ou dans l'hôtellerie. Quelle part du gâteau finissait dans les poches de la police locale ? Eh bien, je n'ai pas le courage d'y penser non plus. La police thaïlandaise, ce n'est pas vous et vos collègues.

– Et vous savez ce qu'il a fabriqué ensuite, ce Nilsson ? Quand vous l'avez licencié ?

– Quelques rumeurs ont circulé. Il y avait beaucoup de Suédois là-bas, et les potins allaient bon train. Entre autres à propos de Staffan Nilsson. Il a commencé par acheter des parts dans des bars à putes à Phuket – le genre qui propose des fillettes – avec l'argent qu'il nous avait escroqué. Je crois que cette activité est devenue sa principale source de revenus. Il possédait également une boutique de souvenirs. À Phuket aussi.

– Il a toujours des actifs là-bas ? demanda Johansson.

– D'après les dernières nouvelles, il se serait brouillé avec ses associés thaïlandais, à tel point qu'il aurait été obligé de revenir s'installer en Suède. Enfin, d'après ce que j'ai compris. Mon Dieu… Ça doit faire plus de dix ans. Quand Alf m'a raconté qu'il montait encore des projets en Thaïlande, ça a été la surprise. Je croyais qu'il s'était retiré depuis longtemps.

– Je vous remercie, dit Johansson. *Il est temps d'aller aux toilettes éteindre le dictaphone avant qu'il se mette à piailler dans ma poche.*

– Tout le plaisir était pour moi, répliqua Carl Blomquist en levant son verre. Je tiens pour acquis que cette conversation restera entre nous.

– Évidemment. Discrétion oblige, répondit Johansson en levant son verre à son tour.

77

Jeudi 12 août 2010

L'après-midi, il retourna voir le docteur Ulrika Stenholm. Après les palpages et les martelages d'usage sur ses articulations, elle le salua de la part de son kiné, qui était satisfait de ses progrès, puis de son cardiologue, qui l'était beaucoup moins.

– Moi non plus, je ne suis pas très contente, lui fit savoir Ulrika Stenholm en penchant sa tête blonde, l'air soucieuse. Vos résultats pourraient être bien meilleurs. Franchement, comment allez-vous, Lars ?

– Ce n'est tout de même pas à moi de répondre à ce genre de question. C'est vous, le médecin. Et vous, comment ça va ?

– Je suis curieuse de savoir comment notre autre affaire avance, évidemment. Je veux dire Yasmine.

– Très bien. J'ai trouvé le coupable.

– Quoi ? Vous plaisantez ?

– Le sujet ne se prête pas à la plaisanterie.

– Qui est-ce ? Il est en vie ?

– En grande forme, si vous voulez mon avis.

– Je dois dire que c'est un choc…

C'est vrai, tu m'as l'air bouleversée, songea Johansson. *Et plutôt effrayée que curieuse.*

– Ça fait du bien que ce soit réglé, en tout cas, dit-il.

– Je ne comprends pas. Vos collègues, il y a vingt-cinq ans… Ils étaient nombreux sur le dossier. Ils ont enquêté pendant plusieurs années… Sans succès. Et vous, en un mois, vingt-cinq ans plus tard, vous prétendez avoir trouvé le coupable ?

– En partie grâce à vous. Et je vous en suis reconnaissant. *Fort heureusement, ce n'est pas le petit Bäckström qui a atterri dans ton service. Enfin, un abcès au cul peut difficilement avoir un caillot dans la tête.*

– Vous devez me dire de qui il s'agit. Des événements si terribles…

– C'est là que ça se corse. L'affaire est sous prescription et, en termes purement juridiques, on ne peut plus rien y faire. En conséquence, je me demande si ce serait une sage décision de ma part d'aller répandre la nouvelle à droite et à gauche. Au fait, je tiens pour acquis que cette conversation, enfin, que toutes nos conversations à propos de l'affaire resteront entre nous.

– Vous n'avez aucun souci à vous faire, Lars. Je n'en ai parlé à personne. Mon Dieu… C'est affreux. On doit bien pouvoir faire quelque chose, tout de même ? Un individu de la sorte… Il doit bien y avoir un moyen de le punir ?

– Notre Seigneur pourra peut-être arranger ça. En ce qui concerne la justice terrestre, je crains que ce ne soit peine perdue.

– Vous devez quand même pouvoir faire quelque chose ?

– Je réfléchis. Je comprends votre point de vue. *Mais inutile de te faire de faux espoirs.*

Finalement, tu aurais peut-être mieux fait de la boucler, chère Ulrika, pensa Johansson dans sa voiture, sur le chemin du retour. *Elle semblait complètement terrorisée, la petite puce.*

– Comment ça s'est passé chez monsieur le docteur ? lui demanda Matilda quand il eut retrouvé son canapé.

– Madame le docteur. Le docteur Stenholm est une femme. Très bien, merci. Excellents résultats. Elle est très contente de moi.

– Ne mens pas. Tu sais quoi ? Tu es un grand enfant, dit Matilda en secouant la tête.

– Un double expresso. Avec du lait chaud à côté. Et un sandwich au jambon. Ce sera parfait, merci.

– Oublie le sandwich. Je vais te faire du café. À une condition.

– Laquelle ?

– Que tu te ressaisisses et qu'à partir de maintenant, tu prennes soin de toi.

– Promis.

Sympathique, cette Matilda, songea Johansson en la regardant sortir. *C'est vraiment ignoble qu'elle se soit peinturlurée de cette façon. Enfin, avec la mère qu'elle a eue, il faut s'estimer heureux qu'elle ne se soit pas tailladé les bras.*

78

Jeudi 12 août 2010, soir

Pia était convoquée à une réunion tardive à la banque, ce soir-là. À peine avait-elle franchi le seuil de l'appartement que Johansson mit à profit sa liberté retrouvée pour organiser une petite visite impromptue chez Erika Brännström.

– Fais chauffer les moteurs, Max ! Je dois aller parler à un témoin.

– Pas de problème, chef.

À un stade aussi critique, certaines conversations, quand elles advenaient malgré des circonstances délicates, ne pouvaient avoir lieu qu'entre quatre yeux. Lorsque Johansson expliqua la situation à Max, celui-ci accepta de bon cœur de l'attendre dans la voiture.

– Ça peut prendre cinq minutes comme une heure. Alors reste dans les parages et attends mon coup de fil.

– Comment il s'appelle ? demanda Max. Au cas où.

– Elle. Elle s'appelle Erika Brännström, a une soixantaine d'années et habite au troisième.

– Bon. Appelez-moi en cas de besoin.

Johansson appliqua la méthode qu'on lui avait apprise. Le problème, c'est qu'il n'avait pas accompli ces gestes depuis vingt ans. D'abord, au prix d'un effort considérable, il s'accroupit devant la porte de l'appartement. Puis il entrouvrit doucement l'entrée de la boîte aux lettres et tendit l'oreille : il y avait quelqu'un à l'intérieur... Qui écoutait radio Nostalgie. Lors d'une pause entre deux morceaux,

Johansson l'entendit chantonner la fin de *Dancing Queen* d'Abba.

Bien, se dit-il en se relevant. Il s'apprêtait à sonner lorsque, brusquement, sa vision s'obscurcit. Sous ses pieds, le sol se transforma en balançoire à bascule. Il tomba contre la porte, rebondit et se retrouva par terre, sur le derrière. Les choses se passèrent néanmoins beaucoup mieux que la fois précédente. Et il n'eut même pas besoin de sonner. Dix secondes plus tard, Erika Brännström ouvrit la porte et secoua la tête en le découvrant. À en juger par son expression, elle n'était pas mécontente du spectacle.

– Tu comptes passer la nuit sur le palier, ou quoi ?

– Tu le sais bien. Toi et moi, on est norrlandais.

– Doucement, ne te lève pas trop vite, lui intima-t-elle en attrapant fermement son bras gauche valide.

– Merci.

– Un peu de café ?

– C'est pas de refus.

Cinq minutes plus tard, ils étaient installés dans le salon d'Erika Brännström devant des tasses de café fumant. Elle l'observa, d'abord silencieuse. Sans hostilité. Avec de la curiosité teintée d'inquiétude – plutôt pour lui que pour elle-même, semblait-il.

– Il serait peut-être temps de te ressaisir, tu ne crois pas ? Tu es encore plus gros que la dernière fois.

J'ai l'impression d'avoir déjà entendu ça quelque part.

– Ce n'est pas évident, dit-il. Franchement pas évident, c'est moi qui te le dis.

– Pour quelqu'un d'aussi tenace que toi ? Et récalcitrant ? Ne me dis pas que tu n'en es pas capable. Tu tiens trop à ton petit confort, voilà tout. Ou alors c'est encore plus simple : tu t'en fiches.

– Je te promets de faire un effort. Excuse-moi, mais j'ai quelques questions à te poser.

– Vas-y, qu'on s'en débarrasse. Avant que les voisins commencent à s'interroger. Je suppose que c'est la barrette qui te tourmente. Celle qui aurait appartenu à Yasmine selon toi.

– Oui, répondit Johansson. *Autant commencer par là.*

– Ce n'est pas moi qui l'ai trouvée, mais Margaretha, sous son lit, quand on faisait le grand ménage en vue du déménagement, après l'épouvantable été du meurtre de Yasmine. Elle m'a demandé si elle était à Karolina ou à Jessica. Comme tu le sais sûrement déjà, ce sont mes filles. Un peu bizarre, comme question. À l'époque, elles avaient les cheveux courts, comme des garçons.

– Et tu lui as dit quoi ?

– Que non. D'ailleurs, ce n'est que bien plus tard que je me suis demandé si elle n'était pas à Yasmine. Sans que ça n'éveille forcément de soupçons dans mon esprit. Elle venait jouer plusieurs fois par semaine. Elle se baladait un peu partout dans la maison. Jessica et Karolina était plus sages. Le désordre, au final, c'était moi qui le rangeais. Je leur avais appris les bonnes manières.

– Et Margaretha, elle n'avait pas d'idée concernant la provenance de la barrette ? Elle n'a pas pensé à Yasmine ?

– Elle ne m'en a jamais parlé. Enfin, pas la peine d'être médecin pour voir qu'elle allait mal. Pas étonnant, d'ailleurs. Elle adorait cette fillette.

– Non, bien sûr. Ça a dû être un choc qu'une chose pareille puisse arriver à une enfant du voisinage.

– Si tu es là aujourd'hui, je suppose que c'est mille fois pire que ça.

– Tu peux m'expliquer ? demanda Johansson qui savait pourtant exactement ce qu'elle allait lui dire.

– Elle a été tuée chez Margaretha. Pendant que j'étais chez mes parents à Härnösand avec les filles, et que Margaretha se trouvait dans sa maison de campagne, à Rindö. C'est bien ce que tu penses, non ?

– Ce n'est pas ce que je pense, c'est ce qui est arrivé, j'en suis à peu près sûr. Dans la chambre à coucher de Margaretha Sagerlied, au cas où tu te poserais la question. C'est mon hypothèse depuis le début.

– Ça expliquerait une ou deux choses.

– Comme quoi ?

– Au moment de l'inventaire de la succession, quand on vidait ses affaires... La majeure partie allait être vendue... Eh bien, j'ai eu l'impression qu'il manquait une taie d'oreiller et un drap. Elle en avait une douzaine de chaque. Son mari les lui avait offerts en cadeau de mariage. Du lin délicat, d'une très grande qualité, avec ses initiales brodées dessus : « MS ».

– Et tu en as pensé quoi ?

– Rien de spécial. Je ne pouvais pas imaginer que ce genre de chose arrive chez elle. C'était impensable. Je me suis sûrement dit qu'ils avaient dû se perdre au moment d'un lavage. Ou qu'elle les avait emportés à la campagne, ou offerts à quelqu'un. Voilà ce que j'ai dû penser.

– Tu ne lui as jamais posé la question ?

– Non. Son état empirait de jour en jour. Les événements dont je te parle, c'était au printemps, où peut-être en hiver, bref, après le Nouvel An, je veux dire en 1986. Ses affaires ont été vendues. Je m'inquiétais beaucoup pour elle. Elle était devenue complètement absente. Sache que malgré toutes ses excentricités, je l'aimais beaucoup. Au fond, c'était quelqu'un de sincère et de généreux. Mes filles n'ont pas eu lieu de s'en plaindre non plus. Madame Margaretha était leur idole.

– Ça ne m'étonne pas. *Pas de mensonges, cette fois.*

– Bon... Eh bien... Il ne reste plus qu'une chose.

– Quoi ?

– Staffan Leander, le neveu du mari de Margaretha. Le fils de la demi-sœur de Johan. Cela faisait de Margaretha sa tante par alliance. Oui, c'est ça, confirma Erika Brännström avec un hochement de tête décidé. Margaretha était sa tante.

– Staffan Leander Nilsson. Leander est son deuxième prénom.

– Ah bon ? Staffan Nilsson. Ça alors… Avec moi, en tout cas, il s'est présenté comme Staffan Leander. C'est lui qui m'a annoncé que Margaretha était sa tante, ce dont je n'avais aucune idée. Je croyais tous les membres de sa famille morts et enterrés.

– Raconte, demanda Johansson. *Lars Martin, tu devrais devenir policier, et même te spécialiser dans les interrogatoires.*

Erika Brännström avait rencontré Staffan Leander Nilsson pour la première fois au printemps 1984, alors qu'elle faisait le service lors d'une réception chez Margaretha. La dernière fois qu'ils s'étaient parlé, six mois plus tard, au téléphone, elle l'avait confronté à ce qu'elle le soupçonnait d'avoir fait à ses filles. Entre-temps, durant le printemps et l'automne 1984, ils s'étaient vus à une dizaine de reprises, tout au plus. À deux d'entre elles, il était passé chercher ses filles, une première fois pour emmener Margaretha et les petites au parc de Skansen, une deuxième fois pour aller seul avec les filles au zoo de Kolmården.

– Sache qu'il était charmant. Drôle, divertissant, poli, serviable et je ne sais quoi d'autre. Rien à voir avec mon ancien mari.

– Il a essayé de te séduire ?

– D'abord, c'est ce que j'ai pensé. Enfin, il ne m'intéressait pas du tout. Il avait dix ans de moins que moi et, à l'époque, les hommes, je les avais assez vus. Mais il était très gentil avec les filles. Il jouait, il rigolait avec elles. Vraiment rien à voir avec leur père.

– Tu ne t'es pas posé de questions ?

– Je me souviens de lui en avoir parlé. Il m'a dit qu'il était fils unique, qu'il avait grandi seul avec sa mère. Qu'il ne connaissait pas son père. Qu'enfant, son rêve le plus cher était d'avoir des frères et sœurs. De préférence des petites sœurs, pour jouer, pour faire des bêtises.

– C'est plausible, dit Johansson, qui, ayant lui-même grandi avec trois frères et trois sœurs, avait pourtant toujours rêvé d'être enfant unique.

– Tout ça, c'était avant le débat sur les pédophiles. Qu'un jeune homme aussi agréable et aussi gentil puisse s'intéresser à des fillettes de cette façon-là, c'était... impensable. Je veux dire, Jessica, ma plus jeune fille, n'avait que cinq ou six ans, à l'époque. Et sa grande sœur, dix. Les premières fois qu'ils se sont vus, en plus, c'était sous ma surveillance. Une fois, on est allés à Gröna Lund. Une autre, on a fait une excursion au Hagapark. En fait, j'étais ravie d'avoir trouvé un jeune homme sympathique, content de jouer avec des petites sœurs qu'il n'avait jamais eues.

– Quand as-tu commencé à te dire qu'il y avait anguille sous roche ?

– Je ne sais pas exactement... C'était juste une intuition. Que quelque chose clochait. Un jeune homme aussi beau et charmant qui n'avait pas de petite amie... Je lui ai posé la question, d'ailleurs.

– Et il a dit quoi ?

– Qu'il en avait eu plusieurs, mais que ça n'avait pas duré. Il trouvait les filles de son âge beaucoup trop superficielles. Il cherchait encore la bonne. Des soupçons, j'ai commencé à en avoir quand il a emmené mes filles au zoo de Kolmården. J'ai compris qu'il avait dû se passer quelque chose. En rentrant, elles étaient complètement changées. Je leur ai demandé ce qui leur arrivait, mais elles n'ont pas voulu en parler. C'était vers la fin de l'été.

– Et tu as fait quoi ?

– J'ai beaucoup travaillé dans le secteur de la santé. J'ai demandé conseil à un ami, un ancien collègue pédiatre, qui les a examinées. Mes filles le connaissaient, ce qui rendait les choses plus faciles, je veux dire au cas où elles auraient subi quelque chose. Mais il n'a trouvé aucune trace physique. En revanche, il était très fort probable qu'il leur était arrivé quelque chose qu'elles avaient trouvé désagréable ou que, du moins, elles n'avaient pas compris. Mais, en tout état de cause, il ne s'agissait pas de viol.

– Ça a dû être un soulagement. Tu en as parlé à un psychologue ?

– Mon ami m'a fortement déconseillé de consulter un psychologue. Il pensait que cela rendrait encore plus difficile le processus de reconstruction. Il ne trouvait pas justifié que des adultes creusent et farfouillent dans ce genre d'expériences vécues par des enfants. En tout cas, pas à ce stade, pour ainsi dire.

– Et tu as suivi son conseil.

– Oui. Ce n'était pas très difficile. J'en avais rencontré, des fous, dans le secteur de la santé. En plus, je dois être un peu norrlandaise, à ce niveau-là.

– Sage décision. Et Staffan Nilsson ? Que lui est-il arrivé ?

– C'est ça qui est bizarre. Il ne m'a pas donné de nouvelles pendant un mois alors qu'auparavant, il appelait plusieurs fois par semaine. Finalement, je l'ai appelé et je suis allée droit au but. Je lui ai demandé franchement ce qu'il avait fait à mes filles au zoo.

– Et il a dit quoi ?

– Qu'il était choqué. Il m'a juré sur tous les saints qu'il ne s'était rien passé. À un moment, il a même chialé. Enfin, c'est ce que j'ai cru entendre, en tout cas. Il ne comprenait pas ce que je voulais dire. Il était innocent. Blanc comme neige. Je lui ai dit que ça valait mieux pour lui et que s'il faisait la moindre tentative de nous revoir, j'irais immédiatement le dénoncer à la police.

– C'est le dernier contact que vous avez eu ?

– Oui, je ne l'ai pas revu depuis. Je ne lui ai pas parlé non plus.

– Et Margaretha, tu lui en as parlé ?

– Non. Elle serait morte sur le coup si je l'avais fait. Elle était encore plus naïve que moi.

– Ta réaction n'a rien d'inhabituel. Pour les gens normaux, découvrir que quelqu'un en qui on a eu confiance commet ce genre d'actes, c'est incompréhensible. Plus encore si on est parent.

– Tu dois te demander si j'ai soupçonné quelque chose après ce qui est arrivé à Yasmine. C'est très bizarre, je m'en rends compte, et je comprendrais que tu ne me croies pas, mais la réponse est non. Pas que Staffan l'aurait fait. Que le coupable soit quelqu'un du même genre, oui, bien sûr. Mais que ce soit lui... Ça ne m'a pas traversé l'esprit. Les faits étaient tellement épouvantables... Ça dépassait de très loin ce qu'avaient subi mes filles. Il ne pouvait s'agir que d'un monstre, et le Staffan Nilsson que je connaissais n'en était pas un. Il avait peut-être convaincu mes filles de lui toucher le zizi ou quelque chose du genre, mais il ne les avait ni violées ni étranglées. C'était impensable. Trop horrible pour être vrai.

– Je veux bien te croire, répondit Johansson. Tu ne serais pas la première à avoir réagi de cette manière. *Pas la dernière non plus.*

– En tout cas, sincèrement, je n'ai pas compris.

– Et Margaretha Sagerlied, tu es restée en contact avec elle après la vente de sa maison ? Tu ne travaillais plus chez elle. Après le printemps 1986, c'est bien ça ?

– Elle m'a appelée. Six mois plus tard, à l'automne 1986. Elle voulait qu'on se voie. On s'est donné rendez-vous chez elle, à Östermalm. Dans la Riddargata, si je me souviens bien. Ça m'a fait un choc, à vrai dire. Elle n'était plus du tout la même. Elle paraissait égarée. Maigre comme un clou. Elle m'a raconté qu'elle avait un cancer. J'ai mis un moment à comprendre de quoi elle voulait me parler. Du neveu de Johan. Elle semblait persuadée qu'il s'était suicidé. Elle a longuement disserté sur mes filles. Je ne devais pas m'inquiéter pour elles.

Il n'y avait pas de raison. Elle était sûre qu'il n'était rien arrivé. Finalement, cette rencontre a été vraiment horrible.

– J'imagine. C'est la dernière fois que tu lui as parlé ? *Et maintenant, c'est parti pour le test de vérité.*

– Quand elle était encore en vie ? Oui. Après, j'ai lu dans les journaux qu'elle était morte. Au printemps 1989, je crois bien. Une semaine plus tard, son avocat m'a appelée pour m'annoncer qu'elle me léguait une grosse somme d'argent pour mes filles. Cinq cent mille couronnes. Un demi-million. Tu te rends compte de ce que ça représentait, à l'époque ?

– Oui, répliqua Johansson avec un sourire. L'équivalent de deux millions aujourd'hui.

– Pour moi... Pour nous, c'était une véritable fortune. Le testament précisait que l'argent devait être dépensé pour les études de mes filles, pour les aider à vivre dignement. C'est ce qu'elle avait écrit.

– Et il a servi à ça ?

– Tout à fait. Mes filles n'ont pas un centime de dettes et elles sont toutes les deux diplômées. Karolina est kinésithérapeute et Jessica est diplômée en administration des affaires et en économie. Elles ont toutes les deux des enfants et des maris qui ne ressemblent en rien à leur père. En plus, il nous est resté assez d'argent pour constituer les apports de leurs appartements, qu'elles ont achetés dès qu'elles sont parties de chez moi. Ça peut paraître anodin, mais quand même... En terminant leurs études, elles étaient toutes les deux propriétaires de leur logement. Combien de gamins de classe moyenne peuvent en dire autant ?

– Ça me fait plaisir d'entendre ça. Oui, je suis vraiment content qu'elles aient réussi leurs vies. *Quel enfer elle a dû vivre en essayant de racheter les méfaits de son neveu...*

– À mon tour de te poser une question, dit Erika. Cette histoire de suicide, c'est vrai ?

– Sa mère s'est suicidée. Au printemps 1986. Ça, j'en suis sûr, c'est la vérité. Lui, il a disparu. On ne sait pas bien ce qui lui est arrivé.

– Tu es sincère ?

– Quoi qu'il en soit, nous pouvons être sûrs d'une chose.

– Laquelle ?

– Que la seule personne responsable du crime contre Yasmine est celui qui l'a commis. Ce n'est donc pas toi.

– Dans ce cas, qu'est-ce qui me fait penser que j'aurais peut-être quand même dû appeler la police après l'excursion au zoo ?

– Sois tranquille. Si tu avais appelé pour dire que tu soupçonnais Staffan Nilsson de pédophilie, on n'aurait pas levé le petit doigt contre lui. Au mieux, tu serais passée pour la folle de service. Tu ne crois quand même pas qu'il aurait tout bêtement avoué ?

– Tu es quelqu'un de bien, Johansson. Tu sais quoi ?

– Non. Qu'est-ce que je devrais savoir ?

– Depuis notre première rencontre, il ne se passe pas un jour sans que j'y pense. Sans que je me demande si je n'aurais pas pu faire quelque chose pour l'empêcher. Pour lui sauver la vie. Je ne crois pas, mais qui sait ? Est-ce que j'aurais pu vous aider à le coincer ? Je ne crois pas. Je n'arrivais pas moi-même à croire que c'était lui. Ni que ça avait eu lieu chez Margaretha. C'était impensable.

– Je n'ai pas dit que c'était lui.

– C'est vrai, mais c'est parce que tu es quelqu'un de bien. Et d'attentionné.

– Tu crois ?

– Oui, affirma Erika Brännström. Je sais que tu sais que c'est Staffan Leander... enfin, Staffan Nilsson, qui a tué Yasmine. D'ailleurs, je suis persuadée que tu as raison. Comment tu l'as découvert, ça, par contre, je n'en ai aucune idée. En tout cas, moi, je ne l'avais pas compris. En deuxième lieu, je suis sûre qu'il est encore en vie et que tu sais très bien où il se trouve. Qu'il ne s'est pas suicidé. Que sa mère l'ait fait, je n'en doute pas. Elle a dû comprendre ce qui s'était passé. Si mon fils avait commis de tels actes, j'en aurais fait autant. J'ai compris autre chose aussi... Même si, d'abord, je ne l'ai pas cru. Quand je l'ai lu dans le journal.

– Quoi ?

– Que c'est trop tard pour qu'il soit puni. Pour qu'il expie son crime. À cause d'une espèce de loi bidon que seul un avocat serait capable de déchiffrer.

– C'est vrai. Le crime a passé le délai de prescription, le coupable n'est donc plus passible de peine.

– Dans ce cas, je voudrais te demander quelque chose.

– Quoi donc ?

– Que tu fasses en sorte qu'il soit puni quand même.

– Je ferai de mon mieux, je te le promets.

– Bien, dit Erika Brännström. Pour pouvoir regarder en face les honnêtes gens, il faut l'être soi-même. Mais ce n'est pas toujours facile de maintenir la tête hors de l'eau. Dans certains cas, on est même obligé de rendre le mal pour le mal. Après, avec un peu de chance, on tourne la page et on retrouve une vie normale. Enfin, tu sais sûrement ça, toi. Tu es quand même norrlandais.

– Je n'ai pas l'intention de le tuer, si c'est ce que tu veux dire.

– Je ne l'espère pas ! En tout cas, ce n'est pas ce que je souhaite. Mais tu trouveras sûrement un moyen de le punir, un moyen qui te permette de te regarder ensuite dans la glace.

– Ça a été, chef ? demanda Max.

– Très bien, répondit Johansson. *Malgré le sujet de conversation.*

– Tant mieux. Dites-moi si je peux faire quelque chose.

– Promis. *L'issue la plus simple serait de laisser Max et consorts tabasser Staffan Leander Nilsson à mort. Œil pour œil, dent pour dent, etc., jusqu'aux pieds.*

– Dis-moi, Max, tu ne voudrais pas t'arrêter en route pour qu'on s'envoie un hamburger ?

– Mauvaise idée, répliqua Max en secouant la tête.

– Tu n'en as pas la moindre envie ?
– Si, mais comme Pia me tuerait, c'est une très mauvaise idée. Excusez-moi, chef, mais c'est comme ça.
– Et une petite salade en rentrant ? Tu pourrais me préparer ça ?
– Bonne idée. Une petite salade, c'est une très bonne idée.

79

Vendredi 13 août 2010

Le vendredi soir, Jarnebring et Max tentèrent à nouveau de piquer à Staffan Nilsson un échantillon de son ADN. Ils l'appelèrent sur son fixe. Pas de réponse. Même pas de répondeur. Ils composèrent le numéro de portable trouvé par Gunsan. Pas de réponse. Et pas question de laisser un message, bien entendu.

Comme ils étaient dehors, autant aller jeter un coup d'œil chez lui. Ils trouvèrent sa voiture garée à son emplacement habituel, propre, verrouillée et protégée par son alarme.

Jarnebring pénétra dans l'immeuble de Nilsson et colla l'oreille à sa porte. Pas un bruit. Il redescendit dans la rue et monta l'escalier de l'immeuble en face, d'où on avait une assez bonne vue de l'appartement de Nilsson. Pas de lumières ni de télévision allumées, aucune trace de présence humaine.

– Il ne se serait quand même pas envolé ? demanda Max quand Jarnebring revint à la voiture.

– Ce n'est pas l'impression que j'ai, répondit Jarnebring. *Si j'étais toujours en service, sur une affaire fraîche, un meurtre à énigme, qui plus est, avec les troupes habituelles pour s'occuper des détails pratiques, je ne m'embêterais pas à émettre ce genre d'hypothèse.*

– On rompt les rangs, annonça Jarnebring. On fait un dernier tour du quartier en jetant un coup d'œil dans les restaurants et les bars, et après, on y va. Sauf s'il arrive quelque chose entre-temps, bien sûr.

– Il ne s'est quand même pas envolé ! s'écria Johansson quand Max lui fit le compte rendu de leurs opérations nocturnes.

– Si vous le dites.

– Ce n'est pas son genre. Pas le genre à se suicider, il s'aime beaucoup trop pour ça. Pas le genre à laisser sa voiture s'il se tire. Il la vendrait avant. Les gens qui s'aiment sont souvent radins. C'est très pratique pour les coincer. Ils ont tendance à prendre du retard.

– Bien dit, chef.

– Pour l'instant, je suis plus intelligent que toi, mais ce n'est pas ta faute.

– Comment ça ?

– Toutes les crasses que tu as subies, enfant… Toutes les crasses que les adultes t'ont infligées quand tu étais trop petit pour te défendre, toutes ces choses auxquelles tu ne peux rien mais qui continuent à te hanter… Le jour où tu les dépasseras, tu seras aussi intelligent que moi.

– Tant mieux.

– Sois tranquille, tu y arriveras. Et puisque tu es debout et que moi, je suis couché, et que Pia est en train de jacasser avec des amies sur son ordinateur, est-ce que tu pourrais aller dans la salle de bains me chercher ma pochette de médicaments ? *J'ai besoin de faire taire ce bruit dans ma tête pour pouvoir respirer normalement.*

– Tout de suite.

Quand il revint, deux minutes plus tard, Johansson dormait. Max s'assit sur une chaise à côté de lui et écouta ses ronflements. Il resta au même endroit pendant deux heures, craignant que s'il ne gardait pas un œil sur lui, son patron ne soit plus là le lendemain. Finalement, il monta dans sa chambre et s'allongea sur le dos, sans même ôter ses chaussures.

Le chef est un type bien. Mais il est rongé de l'intérieur par un mauvais esprit. Je dois l'aider, sinon, il risque de mourir, et je le perdrai.

Il dormit aussi silencieusement qu'il se déplaçait, les yeux mi-clos, comme il l'avait toujours fait sans même le savoir.

80

Samedi 14 août 2010

Le samedi 20 août, Bo Jarnebring fit une dernière tentative pour récupérer l'ADN de Staffan Nilsson. Avec plus de vigueur, cette fois. Il se rendit chez lui tôt le matin, composa le code de l'immeuble que lui avait donné sa fidèle Gunsan qui, contrairement à lui, travaillait toujours à la police de Stockholm et n'avait donc aucun mal à obtenir ce type de renseignement. Dans la cage d'escalier, afin d'obliger Nilsson à sortir de sa tanière, Jarnebring vola son journal du matin, le *Svenska Dagbladet*, qui dépassait de l'entrée de sa boîte aux lettres.

Une heure plus tard, il vit Nilsson débarquer au rez-de-chaussée en pyjama, chaussons et peignoir. Le suspect jura comme un charretier – Jarnebring, l'observant de l'extérieur, n'entendit pas les termes exacts qu'il employa.

Nilsson tenta ensuite de chiper le *Dagens Nyheter* de son voisin, mais comme, en matière de provocation policière, Jarnebring était consciencieux, il avait parcouru les escaliers en enfonçant tous les journaux qui dépassaient dans leurs boîtes respectives. Après des tentatives infructueuses chez plusieurs voisins, Nilsson abandonna et prit l'ascenseur jusque chez lui, au troisième étage.

Dix minutes plus tard, il sortait dans la rue, vêtu d'un short, d'un blouson et d'une paire de tennis. Il mit le cap sur une supérette de proximité, où l'on trouvait des journaux, du tabac et divers produits de première nécessité. On pouvait également y prendre un petit déjeuner sur le pouce. En longeant le trottoir à la recherche de la meilleure position possible, Jarnebring se sentit envahi par un nouvel espoir.

Staffan Nilsson acheta le *Svenska Dagbladet*, un petit pain à la cannelle et un gobelet de café et rentra tout droit chez lui, emportant ses emplettes, pendant que Jarnebring jurait à son tour comme un charretier.

Ce dernier inspecta la voiture de Nilsson pour voir s'il n'y apercevrait pas, par hasard, un objet d'un quelconque intérêt scientifique et technique. Manque de chance, le véhicule était propre, verrouillé et protégé par son alarme, comme toujours.

Cet emmerdeur ne perd même pas un cheveu, songea Jarnebring, agacé, en examinant à travers la vitre le siège et l'appuie-tête du conducteur. *Il ne faut pas baisser les bras*, se dit-il en retournant à son propre véhicule. Il se gara devant chez Nilsson, sous les fenêtres de la cuisine et du salon, et se mit à surveiller l'entrée de l'immeuble en feuilletant son journal fraîchement volé.

Après deux heures d'attente infructueuse, il abandonna.

Au volant, il appela Johansson pour lui raconter ses peines.

– Cet emmerdeur ne perd même pas un cheveu !

– C'est ce qui arrive quand on ne fume pas.

– Il serait peut-être temps d'appeler les gars de la surveillance, non ? Avant qu'il ne déplace à nouveau sa voiture. On pourrait le pincer pour conduite en état d'ébriété. Ce serait l'apéro avant le plat principal.

– Niet, répliqua Johansson. Excuse-moi, mais je dois prendre mon petit déjeuner.

81

Dimanche 15 août 2010

– Chef, votre copain et moi, on voudrait aller surveiller le pédophile, dit Max. Pour voir si on arrive à obtenir son ADN.

– Ça me va, répondit Johansson. Bonne chance.

– Vous ne venez pas avec nous ?

– Non, je préfère rester regarder la téloche. Je veux dire la télévision, précisa-t-il, songeant soudain que, durant sa courte vie, Max ne s'était sans doute pas familiarisé avec l'argot des années 1970. Je vais regarder une vieille bobine des années 1980. Je l'ai en DVD. *Bobine, il doit comprendre, non ?*

– Ça parle de quoi ?

– Une histoire intéressante à laquelle Jarnebring et moi avons été plus ou moins mêlés quand on travaillait à la surveillance, dans les années 1970. Une vraie soupe. Un garde des Sceaux qui allait régulièrement chez les putes. Enfin, le film est bien.

– Alors passez une bonne soirée tranquille.

– Toi aussi. Salue Bo de ma part. Je vous souhaite bonne chance.

– Merci.

Ce n'était pas un mauvais film, mais Johansson s'était quand même assoupi au milieu. Il faut dire qu'il s'endormait à tort et à travers. Quoi qu'il se passe autour de lui. Il se réveilla lorsque Max, penché au-dessus de lui, lui secoua doucement l'épaule valide.

– Ça y est.

– Quoi ? demanda Johansson en se redressant. Comment ça, « ça y est » ?

– L'ADN. On l'a. J'ai réussi, lança Max en lui tendant un sachet de congélation de deux litres contenant quelque chose qui ressemblait à une serviette en papier ensanglantée.

– Mais qu'est-ce que vous avez encore fabriqué ? l'interrogea Johansson en attrapant le sachet.

– Bo est innocent.

– Comment ça, « innocent » ?

– Il a eu un empêchement. Il a été obligé d'aller aider sa fille à faire un truc.

– Ah bon ?

– Alors je suis allé chez le type tout seul.

– Vraiment ?

– C'était exactement comme quand vous étiez là. Il est sorti de chez lui pour aller à la pizzeria mais, cette fois, il n'a pas téléphoné en mangeant. Il a commandé une pizza et une bouteille de vin rouge. Une bouteille entière, et il l'a bue en entier.

– Et après ?

– Il était sur le point de déplacer sa voiture... Demain, c'est lundi. Ce que je ne comprends pas, c'est qu'il ne la gare pas du bon côté dès le départ. Enfin, c'est son problème. Bref, je l'ai suivi. Quand il a fait marche arrière, je me suis mis derrière le véhicule, et il m'a renversé.

– Renversé ? *Mais qu'est-ce que tu racontes, bonhomme !*

– Oui, quand il reculait. Rien de grave. Pas la peine d'en faire tout un plat. Il a ouvert sa portière et m'a demandé comment ça allait.

– Et tu as fait quoi ?

– Je suis allé vers lui, je l'ai sorti de sa voiture et soulevé. Puis je lui ai demandé ce qu'il fabriquait. Je lui ai dit qu'il était bourré et qu'il n'avait rien à faire au volant. Il s'est mis à rouspéter, alors je lui ai mis une baffe sur le nez. Et puis j'ai sorti une serviette que j'avais dans la poche et je l'ai essuyé. Je lui ai dit de ne plus conduire en état d'ébriété parce qu'il pouvait tuer quelqu'un s'il ne faisait pas attention.

– Tu lui as mis une baffe ? Sur le nez ? *Pas possible...*

– La paume ouverte, expliqua Max en tendant la main droite, qui était encore plus grande que celle de Jarnebring. Sur le nez. Il venait de me renverser.

– Sur le nez ? *Ce garçon connaît la chanson. Il sait que les coups et blessures infligés de la main ouverte sont moins pénalisés que du poing.*

– Quand on veut faire saigner quelqu'un sans le tabasser à mort, c'est ce qu'il y a de mieux à faire, conclut Max en haussant les épaules. Si je lui avais mis un pain dans la mâchoire ou les sourcils, il aurait pu mourir. J'aurais pu lui fêler le crâne sans qu'il verse une goutte de sang.

– C'est tout ce que tu as fait ? *Attentionné, ce petit.*

– Oui. Je suis parti.

– J'espère qu'il est toujours en vie.

– Bien sûr qu'il est en vie. On ne meurt pas d'un saignement de nez.

– C'est vrai. Et tu n'as pas envisagé d'autres moyens ?

– Non. Je ne pouvais pas le frapper en plein restaurant. Il y aurait eu un tas de témoins. J'espère que vous n'êtes pas en colère contre moi, chef.

– Eh bien, figure-toi que non. Enfin, si les choses se sont passées comme tu me le dis. Mais je devrais. *D'ailleurs, je connais deux personnes qui, si elles entendaient ça, t'adopteraient sur-le-champ.*

– Soyez tranquille, chef. Je ne vous mens pas. Il n'y a que les gens malhonnêtes qui mentent. Moi, je n'ai jamais eu besoin de le faire.

Pourquoi aurais-tu besoin de le faire ?

– Une question. Tu te balades toujours avec une serviette en papier dans la poche ?

– Toujours. Au cas où j'aurais besoin de me moucher, par exemple. Autre chose ?

– Non. Enfin, si.
– Quoi ?
– Merci, Max. Un grand merci. Par contre, la prochaine fois que tu veux résoudre un de mes problèmes, j'apprécierais que tu me demandes la permission avant.
– D'accord.

Il faut que j'appelle Bo, pensa Johansson, soudain bizarrement hilare, comme si on venait de lui ôter le bandeau qui lui étreignait la poitrine et l'empêchait de respirer. Pas de maux de tête. Libéré. Enfin.

82

Lundi 16 août 2010

Johansson avait pris sa décision avant de s'endormir, la veille : il chargerait la Sûreté d'effectuer un certain nombre de démarches pratiques. En ce qui concernait l'efficacité de cette vénérable institution, les avis étaient, certes, partagés, mais, en tout état de cause, les agents secrets savaient se taire. Si Johansson décidait d'envoyer la serviette ensanglantée à l'un de ses contacts de la criminelle ordinaire, il lirait les résultats dans le journal du lendemain. Quant aux conséquences, il n'avait pas la force de les imaginer. Enfin, elles étaient évidentes.

Il faut que je parle à Lisa. Lisa Mattei, la collaboratrice la plus jeune et la plus douée qu'il avait eue pendant ses dix dernières années de carrière. Elle l'avait suivi de la Sûreté à la criminelle nationale. Quand il était parti à la retraite, elle était retournée à la Sûreté, où elle était désormais commissaire divisionnaire et faisait partie de l'équipe du directeur général – à seulement trente-cinq ans.

Lundi matin, Johansson annula sa séance de kiné et l'appela.

– Ici Johansson.

– Lars ! Ça me fait plaisir de t'entendre ! D'après les rumeurs qui circulent dans la salle de repos, tu vas de mieux en mieux.

– Rien de grave, répondit Johansson. *Lars ?* se dit-il. *Où est passé le « chef » ? On se tutoie, maintenant ?*

– Qu'est-ce que je peux faire pour toi ?

– Eh bien, figure-toi que tu es la seule à pouvoir m'aider. Et c'est urgent.

– On peut se voir dans une heure. Il nous faudra combien de temps, à ton avis ?

– Un quart d'heure, répondit Johansson. *La petite Lisa est une grande fille, maintenant*, songea-t-il en raccrochant.

Une blonde sportive, élégante, soignée, agréable à regarder : *Lisa Mattei en résumé*, se dit Johansson en entrant dans son bureau. En plus, étant donné la rondeur de son ventre, elle était manifestement enceinte. *Une très grande fille, maintenant.*

– Lars ! Ça me fait vraiment plaisir de te voir ! Laisse-moi te faire l'accolade !

– Tu peux, répondit Johansson en se penchant vers elle pour lui faciliter l'opération. Garçon ou fille ? demanda-t-il.

– Fille. Je n'ai pas pu m'empêcher de demander.

– Et le père ? Policier ?

– Pas du tout. Chercheur en cinéma à l'université.

– Tant mieux.

– Qu'est-ce que je peux faire pour toi, Lars ?

– Il me faudrait une analyse ADN. C'est délicat. Si le recoupement est positif, je veux à tout prix éviter les fuites.

– De quelle affaire s'agit-il ?

– Du meurtre à caractère sexuel d'une fillette de neuf ans, non élucidé, datant d'environ vingt-cinq ans, sous prescription.

– Yasmine Ermegan ? demanda Lisa Mattei en le regardant droit dans les yeux.

– Oui.

– Tu as résolu l'affaire ?

– Oui. Je suis assez sûr de tenir le coupable. Et il est en vie.

– Apaise ma curiosité. Qu'est-ce qui t'a poussé à reprendre l'affaire ? Tu ne dirigeais pas l'enquête à l'époque, n'est-ce pas ?

– J'avais besoin de m'occuper un peu à l'hôpital.

– Tu n'as pas changé, Lars.

– Plus ou moins. Pour être honnête, je ne suis pas complètement dans mon assiette. Tiens, voilà son ADN, et une barrette qui, je le crois bien, a appartenu à la victime, dit-il en posant les deux sachets sur la table.

– Du sang, releva Mattei en soulevant le sachet contenant la serviette.

– Oui. On a dû s'adapter aux circonstances. Je t'expliquerai plus tard.

– La barrette aurait appartenu à Yasmine ?

– Oui. Enfin, elle ne donnera rien, du moins je ne le crois pas, mais ce serait quand même intéressant d'y jeter un coup d'œil, académiquement parlant. Peut-on considérer que l'affaire comporte un risque sécuritaire ?

– Si le recoupement donne quelque chose, bien sûr ! Je suppose que tu sais qui est le père de Yasmine ?

– Oui. Et pour l'instant ?

– À quoi ça sert, les amis ? répondit Mattei avec un sourire. En plus, je travaille ici, alors…

– Tiens-moi au courant, dit Johansson en se levant. Et prends bien soin de toi, ajouta-t-il avec un geste vers le ventre de Mattei.

– Toi aussi, Lars.

À la fin de son déjeuner, l'esprit de Johansson fut traversé par une nouvelle idée et, après une rapide évaluation, il décida d'enfreindre l'une de ses propres règles. Il appela une vieille relation à la criminelle de Solna.

– Toivonen, répondit le commissaire.

– Ici Johansson.

– Merde alors ! Comment tu vas ?

– Bien. Tu sais toujours la boucler ?

– Je me suis même amélioré. C'est qu'on se lasse de jacasser. À la fin, on n'a même plus la force de se parler à soi-même. Qu'est-ce que je peux faire pour toi ?

– Tu peux regarder si vous avez reçu une plainte hier soir ? Frösunda. Le parking à côté de la place. Vers vingt-deux heures. Coups et blessures.

– Une minute.

Cela en prit cinq, mais Johansson obtint son renseignement.

– Excuse-moi de t'avoir fait attendre, reprit Toivonen. Problème informatique. J'ai dû demander directement au collègue qui s'occupe de l'affaire. Écoute-moi ça : vol aggravé. Le plaignant, un certain Staffan Nilsson, né en 1960, s'est fait agresser et voler peu avant vingt-deux heures hier alors qu'il rentrait se coucher. Il était allé dîner dans son restaurant de quartier.

– Vol aggravé ?

– Oui. Les agresseurs qui, d'après le plaignant, étaient au moins deux, voire trois – le genre habituel, d'après le signalement –, lui ont pris sa Rolex en or et en acier, une pince à billets en or, douze mille couronnes en liquide, la chaînette en or qu'il portait au cou et une chevalière en or blanc. Des biens d'une valeur d'environ cent cinquante mille couronnes en tout. C'est de la pure provoc de se balader comme ça ! Ou alors il a une très très bonne assurance.

– Des témoins ? *De mieux en mieux...*

– Non. Un couple âgé qui faisait sa promenade du soir a trouvé le plaignant peu après les faits, assis sur un trottoir, saignant du nez. Ils ont appelé les secours. La première patrouille est arrivée dans les cinq minutes. Et le fourgon à viande à la suite.

– Des caméras de surveillance ?

– Pas où c'est arrivé.

– Comment va le plaignant ?

– On lui a mis un pansement et il a quitté l'hôpital hier soir. Fracture du pif. Pas de quoi écrire une lettre à sa maman. Tu le connais, ou quoi ?

– Qui ?

– Le plaignant.

– Quel plaignant ?

– D'accord, je comprends. Prends soin de toi.

Qu'est-ce que je vais bien pouvoir faire de ça ?

83

Lundi 16 août 2010, soir

Ce soir-là, Lars Martin Johansson, soixante-sept ans, eut une discussion d'ordre privé, pendant plus d'une heure, avec Maxim Makarov, vingt-trois ans. Ce dernier lui raconta des événements à peine supportables qu'il avait vécus. Johansson l'y poussa – pour le meilleur ou pour le pire, il ne le saurait jamais. Cela commença en toute innocence, sur un ton plutôt badin.

Considérant que c'était sans risque de demander à un Russe, quel que soit son sexe, de préparer l'une des boissons nationales, Johansson pria Max de lui faire du thé – du thé russe, bien sûr, pas du jus de chaussette anglais. Une fois qu'ils furent installés dans son bureau, Johansson fit le compte rendu des mésaventures de Staffan Nilsson à Max. Se prendre une baffe dans le nez et se faire essuyer, même de façon peu avantageuse pour son amour-propre, n'en constituait qu'une infime partie. On lui avait également volé une pince à billets, de l'argent, une montre, une chaîne qu'il portait au cou et une chevalière, sur son petit doigt gauche.

– Il ment, affirma Max. Il n'avait pas de chaîne. La bague et la montre, oui, je les ai vues.

– Je te crois. En plus, tu ne corresponds vraiment pas au signalement des agresseurs. Deux, voire trois, si j'ai bien compris. *À cette heure-ci, ça fait longtemps qu'il a dû déclarer le vol à son assurance.*

– Ça n'a pas été facile. J'ai du mal avec les gens de son espèce.

– Je suis content que tu ne l'aies pas tué.

– C'était pour vous. Rien que pour vous.

Il a l'air complètement absent, songea Johansson.

– Raconte-moi ce qui s'est passé dans ton orphelinat. Parfois, ça fait du bien de parler. Et puis, ça restera entre nous.

– D'accord.

1993. Maksim Makarov avait six ans et venait de perdre pied dans l'existence. Sa grand-mère était morte, il se retrouvait seul, sans aucun parent pour le nourrir ni lui offrir un toit. Plus aucune main adulte à saisir, plus aucun réconfort. Restait l'orphelinat, où finissaient les enfants comme lui.

Saint-Pétersbourg, sur le delta de la Neva, au bord du golfe de Finlande : cinq millions d'habitants se pressant sur une surface équivalente à celle de Stockholm. Les commissaires politiques et l'ordre relatif de l'État soviétique ont cédé la place à la foire d'empoigne des requins du capitalisme sauvage – il s'agit d'ailleurs le plus souvent des mêmes personnes.

Pendant ce temps, les gens ordinaires souffrent, salaires et retraites sont versés avec des retards récurrents – ou pas du tout. La soudaine abondance de biens de consommation ne profite qu'à une poignée de personnes. Le prix du pain, des pommes de terre et de tout ce qui sert à se remplir le ventre est en constante augmentation. La criminalité aussi ; elle vire à l'ouragan. Le nouveau lumpenprolétariat transforme rues et places en dortoirs, mais les fourgonnettes de police ne chargent plus les pauvres matin et soir, à heures fixes, pour les conduire dans les cellules de dégrisement de la république populaire, leur donnant au passage de l'eau, une soupe claire, du pain et un seau pour vomir, pisser et chier. Plus rien de tout ça. L'État-providence soviétique n'existe plus. Il a été remplacé par la libre entreprise.

Les enfants abandonnés, privés d'adultes pour les guider dans la vie, sont eux aussi livrés à l'infortune. Dernier recours : les orphelinats. Au moins, ils offrent un toit, trois repas par jour et, de jour comme de nuit, des raclées à qui se conduirait mal ou aurait simplement fait pipi dans sa culotte. Reste l'espoir d'être adopté par de nouveaux parents qui vous mettraient à l'abri, au paradis capitaliste, loin de la misère.

– J'ai grandi à Grajdanka, dit Max. Ce n'est pas exactement Östermalm, le quartier riche où Evert a son bureau.

– C'est une banlieue, non ? l'interrogea Johansson qui connaissait mal Saint-Pétersbourg bien qu'il y soit allé avant et après la fin du communisme.

– Il n'y a pas vraiment de banlieue de Saint-Pétersbourg, pas comme ici. Pétersbourg est une ville en pierre et Grajdanka, un bidonville. Chez mes grands-parents, les toilettes étaient à l'extérieur. Il y avait des orphelinats quasiment à tous les coins de rue. Ensuite, ça s'est amélioré. Le pire est passé. Le personnel ne vend plus d'enfants, par exemple. Poutine a mis fin à cette pratique, je crois.

Le commerce d'enfants suivait les règles du marché. Les prix dépendaient de l'offre et de la demande. Bien entendu, en matière d'enfants, les clients avaient des préférences : aussi jeunes que possible, en bonne santé, gentils, mignons. Les filles étaient plus demandées que les garçons.

– Alors tu es resté là, constata Johansson avec une grimace.

– Devine, dit Max en souriant. Je n'étais pas plus haut que trois pommes, mais j'avais déjà la carrure que j'ai aujourd'hui.

– Tu n'étais pas une bonne affaire.

– Il y a bien eu un couple de Finlandais, un gros bonhomme et sa femme, encore plus grosse. L'homme a commencé à me tâter. Je me suis levé et je lui ai mis un coup de boule. Tu imagines la raclée que je me suis prise après... J'ai dormi sur le ventre pendant une semaine.

L'établissement où Max avait passé quatre ans, un ancien hôpital désaffecté, rénové à la va-vite et transformé en orphelinat l'année avant son arrivée, possédait trois cents places et employait une vingtaine de personnes, presque exclusivement des femmes. Les enfants étaient triés selon le même principe que le contenu d'une commode ordinaire : nourrissons et tout-petits au rez-de-chaussée, enfants de six à douze ans au premier étage, où, dans l'interminable couloir, garçons et filles étaient séparés, et puis les grands, tout en haut. À quinze ans, on était muté dans un autre foyer.

– Quand on avait des poils au zizi, ou une touffe pour les filles, on était transféré au dernier étage. Si ma mère avait attendu un an de plus, c'est là que j'aurais atterri. Et quand tu arrivais là, tu étais foutu.

– J'imagine.

– Tous mes amis plus âgés, ceux qui étaient là-haut, sont morts, aujourd'hui. Alcool, diluants, solvants, drogues ordinaires, crime. Après l'orphelinat, tu passais directement à la rue. Un de mes meilleurs copains, qui avait quatre ans de plus que moi, a avalé une bouteille d'alcool de bois qu'il avait apportée en cachette. Il est mort pendant la nuit. À treize ans.

– Vous n'étiez pas scolarisés ?

– Si, dans l'immeuble à côté. On y apprenait à lire, à écrire et à compter, mais on y suivait surtout des enseignements techniques. On travaillait à l'atelier, tout simplement. Figure-toi que j'ai cloué des palettes pendant un an. Ma dernière année là-bas. Avant, je lavais des récipients en verre et j'épluchais des pommes de terre. C'était le truc du personnel. Quand les enfants produisaient quelque chose, ils palpaient. Ils ne gagnaient rien à nous apprendre à lire.

– Ils « palpaient » ?

– Ils empochaient l'argent. On avait un tas de clients : des restaurants, des boutiques, des entreprises de bâtiment. Quand un camion venait décharger des gravats dans la cour, on se précipitait sur le tas et on se mettait à trier les clous, le bois et le reste. On raclait les briques pour enlever les restes de mortier. Une nuée de petits Russes, comme dans le film sur les sept nains. Enfin, si je me souviens bien, les nains travaillaient dans une mine.

– C'est ça, confirma Johansson avec un soupir.

Que dire ? Que lui-même, dans la cuisine de la ferme de ses parents, taillait des bûchettes bien avant sa première rentrée à l'école, pendant que sa mère Elna le gavait de chocolat chaud à la chantilly et de petits pains à la cannelle ?

– Je trouve normal qu'on contribue au foyer, répliqua Max comme s'il lisait dans ses pensées, mais là, le personnel nous exploitait comme des esclaves. Quand ils ne pouvaient pas tirer de nous une commission en nous vendant à des riches Occidentaux, on n'avait plus qu'à bosser. Nous apprendre à lire, à écrire et à compter, ce n'était qu'une façade.

– Ça n'a pas dû être facile. *Il faut que je dise quelque chose. Que gamin, j'ai taillé des bûchettes, butté des pommes de terre et rentré le foin.*

– D'autres ont sûrement vécu encore pire, répondit Max en haussant les épaules. D'ailleurs, ce que je vous raconte n'est pas le pire.

– Eh bien, vas-y.

– Je ne suis pas sûr que vous vouliez entendre ça, chef.

– On verra bien.

– Bon. J'avais une amie, une fille un peu plus âgée que moi. On était arrivés à l'orphelinat à peu près en même temps. Elle, quelques mois avant moi. On se connaissait, on était du même quartier. Elle est devenue une sorte de grande sœur. Nadiesta. Nadiesta Nazarova.

Est-ce vraiment une bonne idée de lui demander de raconter ça ? se demanda Johansson en voyant l'expression de Max.

– Si tu as la force d'en parler, vas-y. Raconte-moi ce qui est arrivé à Nadiesta.

84

Lundi 16 août 2010, soir

Nadiesta Nazarova, de trois ans l'aînée de Max, habitait un immeuble de l'autre côté de la cour, dans laquelle grouillait une centaine de gamins du quartier. Nadiesta ne connaissait que vaguement l'identité de son père et vivait avec les petits amis successifs de sa mère – pas tous très recommandables. Sa mère est morte deux mois avant la grand-mère de Max.

– Et de quoi elle est morte, la mère de Nadiesta ?

– Elle est tombée d'un échafaudage, soûle comme une barrique. Décédée sur le coup.

– Qu'est-ce qu'elle faisait sur un échafaudage ?

– Elle ravalait la façade, expliqua Max avec un sourire. Elle était maçonne. On est en Russie, chef.

– Compris.

Lorsque Max se retrouve à l'orphelinat à six ans, Nadia y est déjà.

– Elle est devenue ma grande sœur, dit Max en hochant la tête, le regard perdu au loin. On était dans la même unité. Dans des salles différentes, bien sûr, puisque j'étais un garçon et elle, une fille, mais on se voyait tout le temps. Le soir, quand les autres dormaient, elle venait me serrer dans ses bras. Elle me murmurait des histoires jusqu'à ce que je m'endorme.

– Et puis ? demanda Johansson, qui avait pourtant deviné la suite dans le moindre détail.

Il pouvait voir les événements se dérouler comme s'ils se passaient sous ses yeux.

– Elle était super mignonne. Malgré ses neuf ans, plein de gens voulaient l'adopter.

– Mais elle a préféré rester avec toi. *Merde...*

– Ben oui. Elle avait promis de s'occuper de moi jusqu'à ce qu'on soit assez grands pour s'évader et s'installer dans une maison à nous, une maison dont personne d'autre ne connaîtrait l'adresse. On allait se marier et avoir des enfants. On leur aurait fait des bisous et des câlins tout le temps. Un jour, un couple de Suédois a voulu l'emmener. Ils avaient l'air normaux, en plus. Ils ont beaucoup insisté. Lui était directeur de je-ne-sais-pas-quoi et elle, enseignante. Ils habitaient à Västerås, j'en suis assez sûr. Västerås...

– Qu'est-ce qui est arrivé ?

– Je croyais que c'était foutu. Je me disais : Voilà, c'est fini. Mais Nadia a feint une espèce de crise d'hystérie, elle est devenue complètement folle, elle s'est jetée par terre et a essayé d'arracher les yeux de la dame de Västerås. Le personnel l'a traînée dehors et enfermée dans le bureau. Le couple a choisi un autre enfant, un pauvre petit qui ne disait jamais un mot. Tout allait bien. J'étais ravi. Mais après, la touffe de Nadiesta a poussé. Et là, c'était foutu. Vraiment foutu.

Nadia ayant atteint la puberté avant douze ans, ses seins et ses poils pubiens s'étaient mis à pousser. Comme toutes les autres fillettes, elle fut envoyée en consultation au cabinet du gynécologue attitré de l'orphelinat. Et comme toutes les autres femmes en devenir qui plaisaient suffisamment à ce « médecin », elle y fit ses premières expériences sexuelles.

– Il l'a baisée, lâcha Max. Dès qu'elles avaient des poils entre les jambes, elles y passaient, systématiquement. Tous les enfants le savaient. Contrairement au personnel. Enfin, c'est en tout cas ce que les employés ont déclaré à la police. Nadia a disjoncté. C'était comme si je n'existais plus. Elle ne voulait plus me parler. Elle ne me regardait même plus. Elle se baladait dans les couloirs comme un zombie.

– Pourquoi la police est venue ?

– Cette nuit-là, Nadia est morte. Monsieur le docteur l'avait encore baisée dans son cabinet fermé à clef. Il lui avait fait boire de la vodka avant, pour qu'elle ne crie pas pendant qu'il la violait. Et pour sa part, il en avait sûrement bu un bon litre. La vodka est le carburant qui fait avancer la mère Russie. Après, il s'est endormi. Ou il est tombé dans les pommes. Il avait attaché Nadia au fauteuil de consultation. Elle s'était endormie aussi. Enfin, évanouie. Je ne suis pas sûr.

– Comment tu sais tout ça ? *Mais tu ne peux pas la boucler, pour une fois ?*

– C'est moi qui l'ai trouvée, lança Max en se levant brusquement, les pommettes saillantes et le visage blanc comme un linge, hagard. Excusez-moi, chef, dit-il, le poing fermé contre la bouche.

Il se précipita dans le couloir.

– Bon… On en était où ? reprit-il dix minutes plus tard.

– C'est toi qui l'as trouvée.

– Oui. Je m'étais levé en pleine nuit pour aller pisser aux toilettes, à côté du cabinet de gynécologie. Je ne sais pas comment, mais, tout à coup, j'ai compris. La porte était fermée à clef. J'ai pris l'extincteur accroché au mur et je l'ai enfoncée.

À neuf ans, pensa Johansson.

– Nadia était déjà morte. Enfin, je ne l'ai pas compris tout de suite. J'ai essayé de la réveiller en la secouant. Elle s'était étouffée dans son propre vomi. Le docteur dormait, allongé par terre, complètement dans les vapes. J'ai pris l'extincteur et je lui ai mis un coup à la tête. Je n'ai pas eu le temps d'en faire plus avant qu'on n'accoure et qu'on me plaque au sol. Et puis la police est venue.

– Et après ?

– Il a démissionné. Voilà tout. Il s'appelait Alexander Konstantinov, chef, à titre d'information. Médecin auprès de plusieurs orphelinats. La première fois que je me suis retrouvé en maison de redressement, en Suède, je me suis évadé. J'ai pris le bateau pour la Finlande et le ferry pour Saint-Pétersbourg. Je me disais qu'il fallait boucler la boucle. Le saluer de notre part, à Nadia et à moi.

– Tu avais quel âge ?

– Seize ans. Mais j'avais déjà le physique que j'ai aujourd'hui. Ça m'a évité des ennuis.

– Et tu l'as trouvé ?

– Non. J'ai fait des recherches, mais il était mort un an avant. En tombant dans la Neva, soûl. Je crois que ça a été le deuxième plus grand chagrin de ma vie.

– Je comprends, compatit Johansson. *Après Nadia.*

– Non, répliqua Max. Sauf votre respect, chef, vous êtes quelqu'un de bien. Vous ne pouvez pas comprendre. Vous ne le pourrez jamais, et c'est tant mieux. D'après ce que m'a dit Evert, vous étiez sacrément doué pour mettre les tueurs en taule quand vous étiez chef de la police. Eh bien sachez que ça ne compte pas. Je vous parle d'une autre dimension. Quand vous m'avez demandé de trouver la fiche du pédophile Staffan Nilsson dans le fichier des immatriculations – celui qui a tué la petite fille – j'ai failli me mettre à croire en Dieu.

– Pourquoi ça ?

– Premièrement, il est né en 1960, comme le docteur Konstantinov. Deuxièmement, ils se ressemblent, physiquement. J'ai trouvé une photo de Nilsson sur Internet. Pas récente, mais justement, il y avait vraiment une ressemblance. Ils auraient pu être frères. D'une certaine manière, ils le sont. Les Nilsson et les Konstantinov. Des hommes adultes qui baisent des petites filles à mort. J'ai eu un élan mystique avant de mettre une baffe à Staffan Nilsson. Je me suis dit que Dieu me l'avait donné pour lui à la place d'Alexandre Konstantinov, qui, malheureusement, a eu le temps de se noyer avant que je lui mette le grappin dessus.

– Je suis content que tu ne l'aies pas tué.

– Par respect pour vous, chef. J'étais sur le point de le faire, mais je me suis dit qu'il vous appartenait. Vous l'avez trouvé. Il est à vous, pas à moi. C'est comme ça.

85

Mardi 17 août 2010

– Chef, tu as de la visite, annonça Matilda à Johansson qui, allongé sur son canapé, digérait tranquillement son déjeuner.

– Jarnebring, devina Johansson. *Ça le dérangerait de m'appeler pour me prévenir ?* pensa-t-il, agacé.

– Niet. Pas de loup en vue. Le petit Max joue à des jeux vidéo dans sa chambre et votre meilleur ami doit être dans sa tanière en train de grignoter un quelconque innocent qu'il aura croisé en ville. Non, c'est beaucoup mieux que ça.

– Ah ?

– Votre visiteur est une femme. Jeune, mignonne. Enfin, relativement jeune.

– Aussi mignonne que toi ? lui demanda Johansson, d'humeur enjôleuse.

– Peut-être. Mais ce n'est pas le même genre.

Lisa Mattei, songea Johansson, brusquement envahi par un immense calme, un peu absent, comme le rendaient parfois ses petites pilules blanches dont il abusait certainement.

– Lisa Mattei. Elle dit vous connaître. Elle prétend que vous êtes au courant. Ça ne vous dérange pas, au moins ?

– Assieds-toi, Lisa, lui intima Johansson en indiquant le fauteuil à côté de son canapé. Tu prendras bien quelque chose ?

– Volontiers. Une tasse de thé, s'il vous plaît, fit-elle à Matilda.

– Pour moi, ce sera un double expresso sans lait. Et puis ferme la porte, s'il te plaît.

– Comment tu vas, Lars ? demanda Lisa en s'asseyant, jambes sagement croisées, le bord de sa jupe bleue juste en dessous du genou. Tu m'as l'air frais et dispos.

– Je suis en pleine forme. *Décidément, tu ne m'appelleras plus jamais chef, parce que, maintenant, tu es une grande fille.*

– C'est sympa, ici, commenta Lisa Mattei avec un signe de tête approbateur en direction de la grande bibliothèque.

– Allez, Mattei, on s'en fout un peu. Venons-en au fait.

– Oui, dit-elle en le regardant, l'air grave. Sache que je me suis surprise à espérer que tu te trompes. Ça ne m'était jamais arrivé depuis qu'on se connaît.

– Mais ce n'est pas le cas. *Enfin ! Elle me prend pour qui ?*

– Non. C'était idiot de ma part, bien sûr. L'ADN de la serviette correspond à celui du sperme prélevé dans le cadre du meurtre de Yasmine. D'après les techniciens, la marge d'erreur est de moins d'un milliard. En plus, on est parvenus à prélever de l'ADN sur la barrette. Des fragments de peau microscopiques du côté intérieur.

– Et ?

– Yasmine Ermegan, conclut Mattei qui, simultanément, posa un bras protecteur sur son ventre bombé.

86

Mardi 17 août 2010

– J'ai un certain nombre de questions à te poser, comme tu t'en doutes. J'espère que ça ne te dérange pas.

– Bien sûr que non, répondit Johansson. Vas-y.

– D'abord, le technicien qui a fait l'analyse de la serviette te salue. Il pense que le sang provient du nez du suspect, ce qui est peu conventionnel dans le cadre d'une affaire.

Oups, se dit Johansson.

– Pourquoi pense-t-il ça ?

– Il a trouvé des poils de nez. Trois, pour être exacte. Le résultat d'un essuyage assez brutal, d'après lui. Ça a tendance à piquer la curiosité.

– Rien de grave, lui assura Johansson en haussant les épaules. Situation critique. Un collaborateur a perdu patience. Les circonstances ne nous permettaient pas de demander au suspect la permission de lui passer un coton-tige dans la bouche, comme tu l'auras sûrement compris.

– Il existe d'autres moyens. Qui n'éveillent pas les soupçons.

– Il ne fume pas, ne chique pas et son immeuble est équipé d'un vide-ordures. Il ferme toujours à clef en sortant et verrouille toujours sa voiture, qui est d'ailleurs bien propre et protégée par une alarme. Les fois où on l'a vu boire quelque chose au restaurant, il n'a jamais laissé traîner son verre. Jarnebring a passé une semaine sur son cas sans arriver à rien.

– Tu aurais pu m'appeler, dit Lisa Mattei avec un doux sourire.

– Bien sûr. Il y a un tas d'anciens collègues que j'aurais pu appeler, après tout le temps que j'ai passé dans la maison. Les gars de la surveillance auraient sûrement réglé le problème en un quart d'heure, quel que soit le nombre de coups et blessures nécessaire, mais j'ai choisi de faire autrement. Ne t'inquiète pas. Le salopard est en vie et en bonne santé. Il va d'ailleurs beaucoup mieux que moi, si tu veux tout savoir, malgré ce qu'il a fait à cette pauvre petite il y a vingt-cinq ans. Alors surtout, ne t'inquiète pas pour lui.

– Ce n'est pas pour lui que je m'inquiète. D'après ce que j'ai compris, tu es bien renseigné à son sujet.

– Les données habituelles, avec les restrictions d'usage dues à ma condition de retraité et au fait que j'évite de parler à d'anciens collègues incapables de tenir leur langue quand il le faut, sans parler d'une récente embolie cérébrale.

– Tu peux me dire de qui il s'agit ? Ça me faciliterait la vie, comme tu t'en doutes.

– La réponse est non. Pas pour l'instant. Reviens me voir dans une semaine, quand j'aurai eu le temps de réfléchir.

– Il a un casier ?

– Non. En tout cas, pas en Suède. Est-ce que c'est encore un pédophile actif ? Oui, sûr et certain. Est-ce qu'il a commis d'autres méfaits ? Probablement, mais pas du même acabit que ce qu'il a infligé à Yasmine. Cela dit, toi et tes collègues de la Sûreté, ne commencez pas à vous imaginer que je vous aie dégoté un tueur en série inconnu.

– J'ai publié son ADN sur notre réseau international. À titre d'information. Et je te demanderai de le garder pour toi. Je l'ai fait juste avant de venir.

– Alors il n'y a plus qu'à croiser les doigts en espérant que ça donne quelque chose. Cherche dans les endroits habituels où on trouve ce genre de zigoto : Thaïlande, Philippines, Mexique, Amérique centrale, Russie, pays Baltes, Balkans du sud. Si j'étais toi, je commencerais par la Thaïlande. En revanche, je crois que tu peux oublier la Suède et nos voisins nordiques. Il ne me revient à l'esprit aucun meurtre à caractère sexuel qui corresponde à son profil. Ni disparitions, ni autres crimes pédophiles.

– Entièrement d'accord avec toi. D'ailleurs, je l'ai fait vérifier hier soir. Une autre question. Comment le décrirais-tu, socialement parlant ?

– Un Suédois d'âge mûr, célibataire sans enfant, le genre à réussir modérément dans la vie. Ses revenus proviennent de diverses affaires dans le secteur de l'immobilier. Et il a l'air parfaitement normal. Voire sympathique, pour être tout à fait exact. Rien à voir avec un Anders Eklund.

– Je vois le genre.

– Moi aussi. Et s'il y avait une fuite à son sujet, étant donné la personnalité du père de Yasmine, je pense que tu aurais une crise diplomatique sur les bras.

– Ne t'en fais pas, j'ai informé le DG.

– Il a dit quoi ?

– Il te dit bonjour et te souhaite bon rétablissement. Si tu veux reprendre du service, tu n'as qu'à l'appeler. En substance, il partage ton avis. C'est-à-dire que Joseph Simon est un adversaire suffisamment redoutable pour que notre agresseur mérite d'être protégé par la Constitution suédoise. Une dernière question, ajouta Lisa Mattei en se levant et en faisant un signe de tête vers les cartons sur le sol du bureau.

– Bon, d'accord. *Une dernière question avant de prendre encore un cachet contre le mal de crâne.*

– Combien de temps on mettrait à le trouver, moi et mes collaborateurs ?

– Plus d'une semaine, en tout cas. Alors épargne-toi cette peine.

– J'espère que tu tiendras ta promesse et que tu m'appelleras dans une semaine pour me dire de qui il s'agit.

– À condition que toi et tes camarades ne me filiez pas le train, répondit Johansson avec un sourire.

– Ça ne me viendrait pas à l'idée de faire suivre quelqu'un qui voit derrière les coins. Et si un de mes collaborateurs avait cette idée idiote, je te promets de l'en dissuader.

– Prends soin de toi, Lisa. *Je me demande si je connaîtrai le gamin*, se demanda-t-il brusquement en regardant le ventre de Mattei.

– Toi aussi, Lars, dit Lisa Mattei, soudain grave. Tu seras bientôt invité à un baptême, penses-y.

Elle se pencha vers lui et lui donna l'accolade.

Allez, va-t'en, maintenant, pensa Johansson, dont la gorge se nouait. *Va-t'en avant que je me mette à chialer.*

V

Tu ne jetteras aucun regard de pitié : vie pour vie,
œil pour œil, dent pour dent, main pour main
et pied pour pied.

Deutéronome, 19:21

87

44e jour, mercredi 18 août 2010

Il est temps de passer à l'action, se dit Johansson en se réveillant ce matin-là, *d'entrer en contact avec Staffan Nilsson et de lui faire une proposition qu'il ne pourra pas refuser.*

L'éliminer, faire le ménage et tourner la page aurait été plus simple, bien sûr. Johansson avait toutes les ressources nécessaires et, à ce qu'il semblait, les bonnes volontés ne manquaient pas. Cela dit, malgré les sentiments houleux qui agitaient son entourage – et lui-même –, cette solution était inadmissible, impensable, impossible. Dans le monde selon Johansson, aucun but qui justifiât ce genre de moyen.

Il n'avait jamais eu l'intention de livrer Nilsson en pâture aux médias et au lynchage qui suivrait, encore moins de le dénoncer directement au père de Yasmine, le principal endeuillé – malgré tous les arguments que lui aurait apportés l'Ancien Testament.

Cela dit, il n'allait pas non plus balayer l'affaire sous le tapis. Le mal remportait trop de victoires dans le monde, il ne fallait pas lui offrir un triomphe aussi ignoble et facile que celui-ci. Non, car, cette fois, la responsabilité ultime incombait à Johansson et, s'il voulait continuer à vivre, il fallait qu'il soit en paix avec lui-même et sa conscience.

Il ne me reste plus qu'à essayer de raisonner ce salopard.

Après le petit déjeuner, il appela son grand frère, dont les inquiétudes au sujet de sa santé provoquaient désormais une sollicitude si insistante qu'il avait mis cinq minutes à en venir au fait.

– J'aurais besoin de ton aide pour piéger un salopard.
– Je suis ton homme, grogna Evert. Il te faut combien ?
– Zéro. Il ne s'agit pas d'argent. C'est pire. *Égal à lui-même.*
– Raconte.
– Peut-être plus tard. Quand ce sera fini. *Si tout se passe comme prévu.*

– Il faudrait que tu me prêtes ton bureau, reprit Johansson. J'ai besoin d'une façade crédible. *Sinon, il risque de sentir qu'il y a anguille sous roche et s'évaporer...*
– Pas la peine de demander ! C'est ton bureau aussi. Appelle donc Mats, notre valet de comptabilité.
– Merci, frérot.

Johansson exposa le projet à Mats Eriksson, qui avait un master en administration des affaires et en économie. PDG du groupe dans lequel Evert prenait les grandes décisions et Johansson, lui-même membre du conseil d'administration, représentait le reste de la famille, Mats était chargé des menus détails.
– Il s'agit d'un investissement éventuel dans un projet immobilier en Thaïlande : hôtels, condominiums, immeubles, installations. Le tralala ordinaire. Je t'envoie le dossier par messager. J'aimerais que tu organises une réunion pour le compte de la société Johansson Holding avec l'entreprise qui l'a établi.
– Et qui s'appelle ?
– Leander Thai Invest AB. Le responsable s'appelle Staffan Nilsson. C'est lui que je veux rencontrer.
– Staffan Nilsson ? s'étonna Mats. Une minute. Tu veux dire Staffan Leander Nilsson ?
– Oui. Et c'est important que je le rencontre en personne.
– Evert est au courant ?
– Oui, pourquoi ?
– Parce que je le connais.

– Moi aussi. Tu me prends pour un idiot, ou quoi ? J'ai besoin d'une raison crédible de le rencontrer. Tu peux m'aider ?

– Ah bon, d'accord. Tu veux que je sois présent ?

– Absolument. Par contre, je ne veux pas que tu pipes un mot sur moi ni sur mon ancien métier. Dis seulement qu'un des patrons veut participer à la réunion.

– Compris. Je jette un coup d'œil à l'agenda.

– Pas la peine. Je veux le voir demain. Au plus tard, après-demain. En ta présence. Ne t'inquiète pas pour mon agenda. Je suis disponible les deux jours.

– C'est comme si c'était fait. Je te rappelle pour confirmer.

– Une dernière chose, dit Johansson, qui venait d'avoir une idée. C'est important que la réunion se tienne dans nos bureaux. Pas de déjeuner d'affaires ou autre bêtise du genre. Et il doit venir seul.

– Je ne pense pas que ça posera de problème. Staffan Nilsson est le genre à trimballer son bureau dans sa poche. Quant à ses collaborateurs, ils doivent se compter sur les doigts de la main. D'ailleurs, je n'inviterais jamais ce genre d'individu à déjeuner. Du café et de l'eau minérale, ça suffira amplement.

– Merci, répondit Johansson. *Petit prétentieux.*

Une heure plus tard, Mats Eriksson le rappelait.

– Ça y est, c'est arrangé. Réunion au bureau vendredi, treize heures. Ça te va ?

– Oui. À après-demain. *Back on the road again*, songea Johansson, la tête soudainement légère et indolore.

Il rangea les brochures multicolores de Staffan Nilsson dans une enveloppe et appela Max.

– Qu'est-ce que je peux faire pour vous, chef ?

– Tu peux emmener ces papiers au bureau d'Evert ? C'est dans la Karlaväg…

– Je sais. À Östermalm, chez les richards.

88

Jeudi 19 août 2010

Le matin, au réveil, la pression sur la poitrine de Johansson était supportable. Pas de maux de tête. En se débarbouillant au-dessus du lavabo, il remarqua qu'il avait besoin de se raser. *Quelle mine de déterré...* se dit-il en grimaçant face à son reflet dans la glace. Il n'eut pas le courage de passer à l'acte.

Quand il s'assit dans la cuisine pour prendre son petit déjeuner, Matilda fit la même observation.

– Tu te laisses pousser la barbe ?

– C'est un déguisement, répliqua Johansson qui venait d'avoir une idée issue, certes, de son ennui profond face à lui-même et à son corps déliquescent, mais pas seulement.

– Un masque ?

– Je dois partir en mission secrète, précisa Johansson. Alors je me suis dit que j'allais changer de look. *Bonne idée, finalement...*

Avant son départ à la retraite, il avait fait de nombreuses apparitions à la télévision. Staffan Nilsson, dans son infinie gratitude, était sûrement très attentif à toute agitation du côté de la police. Et puis, à l'époque où ils étaient patrouilleurs à la police de Stockholm, Jarnebring et lui se déguisaient souvent en chauffeurs de taxi, en ouvriers travaillant sur la chaussée ou même en vendeurs de saucisses.

– Si tu veux, proposa Matilda, je peux te faire une tête que même ton meilleur ami ne reconnaîtrait pas. Tout ce qu'il faut, c'est une paire de lunettes de soleil, les vêtements adéquats et du gras dans les cheveux.

– Pas de tatouages, l'avertit Johansson. *Mieux vaut le préciser.*

– Même pas un anneau dans l'oreille. Ne t'en fais pas, chef.

Quarante ans auparavant, il avait vendu des saucisses devant la patinoire de Johanneshov, lorsque Jarnebring et lui enquêtaient sur un exhibitionniste de notoriété publique qui associait sa passion pour le hockey à une irrésistible compulsion d'agiter sa bite en public.

Il était exclu d'attribuer à Jarnebring le rôle du vendeur. Les clients potentiels auraient à peine osé l'approcher, et ne lui auraient certainement pas demandé de la moutarde ou du ketchup en plus.

Johansson s'en était sorti avec brio.

– Un peu plus de moutarde, s'il vous plaît, avait demandé l'agitateur de bite alors que Jarnebring apparaissait dans son dos et l'attrapait au collet.

– Tu la veux où, ta moutarde ?

Après l'avoir menotté, Johansson et Jarnebring avaient appelé une patrouille pour l'emmener au trou, et passé le reste de la soirée à regarder Brynäs écraser Djurgården sur la glace.

Ah ! Les souvenirs... songea Johansson. Il lui en restait tout de même quelques-uns.

– Chef... Hé ho ! l'appela Matilda. Ici, la Terre...

– Excuse-moi. J'étais perdu dans mes pensées.

Il se rendit à sa séance de kiné, où il n'était pas question de méditation ni de nostalgie, mais d'effort physique soutenu et de nouveaux exercices imposés, qui lui rappelaient combien il était décrépit. Il fit ensuite une promenade avec Max, en silence. Aucun d'eux ne ressentait le besoin de parler. *Enfin le calme*, pensa Johansson en calant sa respiration sur le rythme de sa marche.

Il déjeuna, mais garda ses deux verres de vin rouge pour le dîner, qu'il allait prendre avec Pia. Et Max, bien sûr, celui-ci étant quasiment devenu l'enfant de la maison, malgré son apparence. Notons également qu'à la différence d'un enfant ordinaire – d'un adulte aussi, d'ailleurs –, Max se déplaçait sans un bruit.

Pendant que Johansson réfléchissait à la meilleure façon de présenter les choses à Staffan Nilsson, son téléphone sonna. La conversation fut inattendue et son contenu, surprenant.

– Bonjour, chef, dit le commissaire Hermansson de la criminelle de Stockholm. J'espère que je ne te dérange pas ?

– Non.

– Et que tu vas bien ?

– Ça boume. *Allez, viens-en au fait, espèce de lèche-cul !*

– Il y a des complications, expliqua Hermansson. Je crains de devoir récupérer le dossier Yasmine. Celui que tu as emprunté.

– Pourquoi ? Tu viens de me le donner. *Il a dû se passer quelque chose. Il n'a certainement pas l'intention de réexaminer l'affaire. Son neveu non plus.*

Une histoire compliquée, d'après Hermansson. Le responsable des recherches à la Direction de la police nationale l'avait appelé au sujet d'un célèbre groupe de criminologues de la Northwestern University, située dans les environs de Chicago. Ces universitaires préparaient une étude comparative internationale des agressions violentes à caractère sexuel sur des enfants. À cette fin, ils avaient besoin du dossier d'instruction sur le meurtre de Yasmine Ermegan.

– Apparemment, c'est lié au projet des Nations unies sur le trafic d'êtres humains, poursuivit Hermansson. Tu sais, on vend des femmes comme esclaves sexuelles. Et même des enfants.

– Je vois, dit Johansson. Quel rapport avec Yasmine ?

– Il paraît qu'ils ont reçu un financement subsidiaire et que le projet va être élargi aux pédophiles qui ont assassiné des enfants. L'étude porterait sur les États-Unis et l'Europe.

Tiens donc, se dit Johansson, qui avait appris à se méfier du hasard et, plus généralement, des coïncidences en tout genre, surtout quand elles étaient dans l'ère du temps.

– Alors si tu n'as rien contre, je passerai chercher nos cartons, conclut Hermansson. Pas la peine de te déranger. Le plus simple, c'est que moi et mon gendre, on vienne te dire bonjour.

Comme c'est attentionné de ta part...

– Ce soir, je suis pris. Demain.

– Parfait. Impeccable, dit Hermansson, qui avait du mal à cacher son soulagement.

– Appelle-moi demain matin.

Quand il raccrocha, Johansson comprit ce qui se tramait. *Tu perds de ton acuité.* Comment son meilleur ami l'avait-il décrite, déjà ? Une jeune et jolie blonde ? Oui. Une jeune et jolie blonde âgée de dix-neuf cet été-là, vingt-cinq ans auparavant, quand Yasmine avait été violée et tuée.

89

Jeudi 19 août 2010, soir

Cela n'avait pas été difficile de trouver son adresse, puisqu'elle était dans l'annuaire. Johansson avait demandé à Matilda de lui faire l'habituel canular téléphonique.

– On dirait ma sœur quand elle est sur le point de coucher les enfants, avant de se mettre devant la télé.

– Max, l'appela Johansson, on va faire un tour, toi et moi.

Appuyé sur le rebord de la fenêtre, sa sempiternelle boisson énergisante à la main, Max, le visage fermé, répondit à Johansson par un simple hochement de tête, puis sortit.

– Qu'est-ce que je dis à Pia ? demanda Matilda, ennuyée.

– Le dîner attendra. Je rentre dans une heure ou deux. Tu sais quoi ? ajouta Johansson. Reste manger avec nous. Pia et toi, vous n'aurez qu'à boire un peu de vin jusqu'à ce qu'on revienne.

– En attendant les hommes, répliqua Matilda sur un ton doux-amer. Ça me rappelle quelque chose... D'accord, chef.

– C'est ça, en attendant les hommes. *« En attendant les hommes », ce phénomène pourtant si simple qui tiendrait les femmes en esclavage depuis l'âge de pierre...*

Ayant grandi dans une ferme de l'Ångermanland dans les années 1940 et 1950, Johansson n'avait jamais compris de quoi se plaignaient les bourgeoises. Elna, sa mère adorée, non plus. Toujours occupée, elle n'avait pas une minute à consacrer à une quelconque attente. Et elle était constamment entourée d'hommes.

L'hôpital Karolinska avait été inauguré en 1940, mais les logements de fonction dataient du début des années 1950 : trois grandes villas destinées aux médecins chefs et aux professeurs qui voulaient résider à proximité de leur lieu de travail, et une dizaine de maisons de ville mitoyennes pour les internes qui n'avaient pas encore atteint le sommet de leur carrière. Située entre le cimetière de Solna au nord et le grand hôpital au sud, la zone était construite sur le modèle anglais : briques et mortier, un artisanat solide, de vastes jardins et espaces verts, calme et tranquillité.

Elle habitait l'une des maisons de ville, bien sûr, en phase avec son temps, son budget et tout le reste – *les principes directeurs des gens de sa classe*, médita Johansson.

– Sois tranquille, dit-il à Max avec un sourire espiègle. Je vais juste rendre une petite visite à une femme.

– Faites attention à vous, chef.

– Johansson, s'étonna Ulrika Stenholm, manifestement surprise. Que faites-vous ici ? Je ne reçois pas mes patients à domicile, d'habitude.

– Je ne suis pas là en tant que patient. Soit on discute chez vous, soit dans ma voiture, ajouta Johansson en indiquant la grosse Audi noire et Max, immobile derrière la vitre fumée.

– Entrez. Je n'ai pas encore couché les enfants. Il est arrivé quelque chose ?

– Vous le savez mieux que moi.

Elle installa ses deux garçons, âgés de cinq ou six ans et aussi blonds que leur mère, dans la cuisine, les amadouant à l'aide de glace et de jeux vidéo.

Bibliothèques du sol au plafond, authentiques tapis usés, lithographies de Peter Dahl aux murs, canapé, fauteuil et repose-pieds, table basse, piano à queue et chaîne hi-fi occupant la moitié de la pièce... Des objets vieillots mais coûteux à leur époque, sûrement un héritage de ses parents. À l'exception des Peter Dahl, bien sûr. Étant donné les motifs, un homme d'Église de la génération de son père n'aurait sans doute pas accroché ces tableaux dans son salon – *et les aurait encore moins offerts à sa fille*, songea Johansson.

– Que se passe-t-il ? demanda Ulrika en s'asseyant sur le canapé, en face de lui. Vous prendrez quelque chose, au fait ? Du café ?

Elle semblait si inquiète que sa tête ne pivotait même plus en haut de son mince cou blanc.

– Rien, merci. Par contre, je voudrais que vous me parliez de votre relation avec le père de Yasmine. Je vous suggère de commencer par le week-end où sa fille a été tuée, il y a vingt-cinq ans, pendant que vous étiez en train de baiser comme des bêtes quelque part dans l'archipel.

Soudain, la flamme blanche qui brûlait à l'intérieur du crâne de Johansson diminua, et il put à nouveau respirer. Ulrika Stenholm cacha son visage dans ses mains et se mit à pleurer. *Typique. La seule réaction contre laquelle les gens comme moi sont sans défense.*

– Pardon, gémit Ulrika Stenholm. Pardon... Je ne croyais pas que vous le trouveriez. Je veux dire le meurtrier de Yasmine.

– Racontez-moi, ordonna Johansson. Et arrêtez de morver.

Il lui tendit une serviette en papier.

En 1984, à l'âge de dix-huit ans, Ulrika Stenholm avait passé son bac au lycée Nya Elementar à Bromma et obtenu des notes excellentes. Elle avait été admise sans encombre en médecine à l'Institut Karolinska de Stockholm. À la fin de sa première année, elle avait décroché un job d'été dans un laboratoire médical privé appartenant à Joseph Ermegan et son oncle – le même Joseph Ermegan qui allait bientôt se rebaptiser Joseph Simon et émigrer aux États-Unis après le meurtre de sa fille.

Il avait été son professeur en chimie médicale. Elle le vénérait, comme toutes ses camarades. Il lui avait lui-même proposé la vacation, qu'elle avait bien sûr acceptée. Dès son deuxième jour au laboratoire, elle couchait avec lui.

– Mon grand amour, avoua-t-elle en séchant ses larmes. Mon seul amour, en fait.

– Et après ?

La foudre s'abattit alors sur elle, brisant son existence en mille morceaux – des éclats si fins qu'on ne pouvait les rassembler – et dissipant tout espoir d'un avenir partagé avec l'homme de sa vie, le grand et parfait amour qu'elle s'était toujours imaginé. De plus, elle avait un petit ami avec lequel elle venait d'emménager, un camarade de classe légèrement plus vieux qu'elle, également futur médecin. À l'époque, les étudiants en médecine effectuaient leur service militaire pendant l'été – la nation se préparait ainsi à l'arrivée du pire, c'est-à-dire des Russes. Voilà donc pourquoi Ulrika fut, cet été-là, abandonnée à son sort.

– C'est le père de mes enfants, continua-t-elle en regardant la porte fermée de la cuisine. On s'est mariés trois ans plus tard. Enfin, j'ai quand même mis quinze ans à tomber enceinte. Trois ans après la naissance des garçons, on divorçait. Je n'avais plus la force de faire semblant.

– Et il fait quoi ?

– Il est médecin chef à Huddinge. Professeur en médecine interne. Remarié. Il a deux jeunes enfants avec sa nouvelle femme. On partage la garde des garçons.

– Et ensuite ?

L'homme qu'elle aimait, anéanti. Refusant de lui adresser la parole. Lui raccrochant au nez le jour où elle osa enfin l'appeler. Elle qui, jour après jour, s'était torturé l'esprit en pensant à ce qui aurait pu ne pas arriver s'ils n'étaient pas partis en excursion ce week-end-là.

– Elle serait encore en vie, dit Ulrika Stenholm en se remettant à pleurer.

– Qu'est-ce que c'est que ces bêtises ? lança Johansson qui n'avait aucune prédilection pour ce genre de raisonnements hypothétiques – et encore en colère contre elle. Ressaisissez-vous, enfin ! Si vous n'étiez pas partie avec lui, il y serait allé avec une autre.

Pendant dix ans, jour après jour, elle s'était accusée de ce qui était arrivé. Sans personne à qui se confier. Ni son mari, qui aurait été effondré, ni son père, qui aurait été choqué, ni sa mère, qui l'aurait immédiatement raconté à son père, ni même sa sœur aînée, qui venait de quitter la maison et avait coupé les ponts avec ses parents aussitôt après leur avoir annoncé qu'elle vivait désormais avec une femme. En ménage, d'après les termes qu'aurait utilisés le pasteur tolérant – sauf quand cela concernait sa propre fille, avec laquelle il ne pouvait plus, désormais, entretenir aucun lien.

– Après dix ans, je n'y ai plus pensé que de temps en temps, enchaîna Ulrika Stenholm en se mouchant dans la serviette en papier que Johansson lui tendait. Et puis j'ai eu les enfants. Et je me suis dit que ma vie était avec eux. Au moins, je rendais mon mari heureux. Je n'avais pas parlé à Joseph depuis cet été-là.

– Et votre père ?

– Quand il m'a parlé de cette confession, il y a un an, ma vie a été bouleversée à nouveau, alors que je venais tout juste de retrouver un semblant de sérénité. D'abord, je n'ai rien compris. Je me suis même imaginé que pendant toutes ces années, il avait su sans rien me dire et que, désormais, sur son lit de mort, il voulait me punir en me racontant qu'on lui avait dévoilé l'identité du meurtrier, mais qu'il ne pouvait pas me répéter ces paroles protégées par le sceau de la confession.

– Et alors, c'était le cas ? Il était au courant ? Il voulait vous punir ?

– Impossible. Ça ne lui ressemblait vraiment pas. Il n'aurait jamais fait une chose pareille. S'il avait su ce qui était arrivé entre le père de Yasmine et moi, il me l'aurait dit tout de suite. Non, c'est simplement une de ces terribles coïncidences qui parsèment ma vie – une de plus. Mon père n'avait aucune idée de ce que j'avais traversé. Il avait ses propres tourments, pour la même raison que moi.

– Et quand vous m'avez rencontré, vous vous êtes dit quoi ? *Je te crois. Le hasard vous a joué un mauvais tour.*

– D'abord, j'ai agi sur un coup de tête, après toutes les histoires que ma sœur m'avait racontées sur vous… Non pas que j'y aie cru. Anna a toujours été une incurable romantique et, pour ma part, j'essayais de me débarrasser de ce trait de caractère. Et puis, soudain, vous êtes apparu. C'était comme si mon père me parlait depuis le royaume des morts. Les voies du Seigneur sont impénétrables. Je me suis dit : Et voilà, ça recommence. D'abord moi, puis papa. Et là, vous apparaissez.

– Je vois.

– Je ne vous ai jamais menti. Je n'avais aucune idée qu'il s'agissait de Margaretha Sagerlied. Je ne savais même pas qu'elle habitait dans la même rue que Joseph. Le soir de la disparition de Yasmine, il m'a appelé un taxi qui est venu me chercher chez moi et m'a conduite chez lui. Ensuite, on a pris sa voiture. Quant à la barrette, je viens de comprendre qu'elle appartenait à Yasmine et qu'elle la portait le soir du meurtre. D'ailleurs, sans vous, je ne l'aurais jamais trouvée.

– Tiens donc, dit Johansson. *Je te crois.*

– Je vous le jure. C'est la vérité.

– Quand est-ce que vous avez appelé votre ex-petit ami ?

– Le jour où vous m'avez dit que vous aviez trouvé le coupable. Je n'avais pas entendu sa voix depuis vingt-cinq ans.

– Vraiment idiot de votre part. Vous auriez dû m'en parler d'abord.

– Pardon… Je ne savais pas…

– Rappelez-le et dites-lui de venir ici dès que possible. Il faut que je m'entretienne avec lui, et je ne suis pas en état de me déplacer. *Il a sûrement un jet privé, en plus.*

– Sûr ? Vous promettez de le recevoir ?
– Lundi. S'il peut venir lundi, ce sera parfait.

En voiture, Johansson appela Mattei, qui, fidèle à ses habitudes, répondit à la première sonnerie.

– Il faudrait que je te voie. De préférence tout de suite. On a un petit problème.

– Tu peux passer à mon bureau ? J'y suis encore.

90

Jeudi 19 août 2010, soir

Il ne manque plus que l'aigle à deux têtes au-dessus de l'entrée, se dit Lars Martin Johansson en franchissant le seuil de la Direction générale de la Police nationale : hall revêtu de marbre, gardes armés dans leur cabine de verre pare-balles, portillons de sécurité en acier mat. Le garde – sûrement le même que de son temps – s'adressa à lui à travers son haut-parleur.

– Je les ai appelés. Ils viennent vous chercher, chef. Comment vous allez ?

– Je suis en pleine forme, répondit Johansson en désignant du pouce sa grosse Audi noire stationnée dans la rue. Ma voiture et mon chauffeur. Je ne me plains pas.

Le garde couvrit son micro de la main, hissa la petite vitre du guichet et s'adressa de vive voix à Johansson.

– Je pige, chef. Vous travaillez toujours pour les services secrets. Tout le monde le sait, ici.

Cinq minutes plus tard, Johansson était installé dans le bureau de Lisa Mattei, presque aussi grand que celui qu'il avait quitté trois ans plus tôt.

– Vous ne devriez pas dormir, à cette heure-ci, toi et la petite ? demanda-t-il avec un signe de tête en direction du ventre de Mattei.

– On a les mêmes horaires, répondit-elle avec un sourire. Pour l'instant, elle joue au foot dans le ventre de sa maman. Dans une heure, on dormira.

– Comme je te le disais au téléphone, je crains qu'on ait un petit problème. Malheureusement. Provoqué par moi, semble-t-il.

Il lui raconta toute l'histoire, depuis les premières confidences d'Ulrika Stenholm. Sans rien omettre, sauf le nom de l'assassin. Il lui donna même le nom de sa source, qu'il n'avait pourtant pas divulgué à son meilleur ami. Jusqu'à l'appel du commissaire Hermansson, il y a quelques heures.

– Maintenant, ils veulent récupérer mes papiers.

– Zut alors ! s'exclama Lisa Mattei. Pas question.

– On fait quoi ?

– Je m'en occupe. Ne t'inquiète pas, Lars. Je te passerai un coup de fil dès que ça sera réglé.

– Le garde de service a cru que tu travaillais à la Sûreté, dit Johansson en montant dans sa voiture.

– Pas étonnant, répliqua Max. D'après mon grand-père, mon père a travaillé au KGB. Et on se ressemblait comme deux gouttes d'eau, mon père et moi.

– Il y faisait quoi ?

– Tueur professionnel. D'après mon grand-père.

– Et tu en pensais quoi ? *Pauvre gamin…*

– Ça me passionnait. Enfin, j'étais petit.

Ils trouvèrent Pia et Matilda dans la cuisine, attablées autour d'une bouteille de vin blanc, comme Johansson le leur avait suggéré et comme il était de coutume entre femmes, de tous âges et toutes classes socio-économiques confondus.

– Ça ne devait pas durer deux heures ? En tout cas, c'est ce que m'a dit Tilda, constata Pia en indiquant l'horloge au-dessus de la cuisinière.

– À peine trois, répondit Johansson d'un air coupable en consultant sa montre.

– Bienvenue à la maison. Au menu ce soir, salade tiède au poulet grillé, avocat, haricots blancs, tomate et oignon rouge. D'après Tilda, tu as été sage. Tu as gardé tes deux verres de vin pour le dîner.

– Je t'aime, déclara Johansson. *Comment ça, sage ? Seule Elna me disait ce genre de chose.*

– Du moment que tu ne te tues pas.

– Non, lui assura Johansson en secouant la tête. *Pourtant, je n'ai plus de vie. Il faut que j'aie une conversation sérieuse avec elle.*

Après le dîner, il alla prendre son café dans son bureau, au calme, pendant que Pia, Max et Matilda continuaient la soirée dans la cuisine, bavardant et buvant du vin. À l'instant où il se pencha en arrière sur le canapé, son téléphone sonna.

– Tu dors, Lars ? demanda Mattei.

– Absolument pas.

– J'ai exposé le problème au DG, qui en a parlé au DPN, qui en a parlé au DPR. Nous sommes tous d'accord. Le dossier reste chez toi et, si ça ne te dérange pas, je viendrai le chercher demain matin.

C'est une grande fille, maintenant. La petite Lisa a appelé le directeur général et chef de la Sûreté, qui a appelé le directeur de la Police nationale, qui a appelé le directeur de la Police régionale, et ils ont tous fait exactement ce qu'elle leur disait.

– Aucun problème. Envoie quelqu'un demain matin. Et si tu la baptisais Elina ? Comme ma mère. Tu sais, la joueuse de foot, celle qui se démène dans ton utérus.

– Elina est un de mes prénoms préférés, figure-toi.

– Qu'en dit le père ?

– Ingrid. Comme Ingrid Bergman.

– Tu n'as qu'à m'épouser à sa place, répliqua Johansson. *Mais pourquoi j'ai dit ça ?*

Un quart d'heure plus tard, il dormait profondément, malgré les joyeux éclats de voix qui lui parvenaient encore de la cuisine, et malgré Hypnos qui, alors que Johansson se trouvait juste entre veille et sommeil, tenta de l'appâter avec une capsule opaline. *Trop tard, mon vieux.* Puis il ferma les yeux et s'endormit. Sans béquille. Sans rêves. Sans l'aide de rien ni personne. Le lendemain matin, Max le réveilla en lui secouant doucement l'épaule.

– Il y a deux zigotos qui veulent vous voir, chef. Un homme et une femme.

– D'où ils sortent ?

– Ils ne ressemblent pas exactement à mon père, mais j'ai l'impression qu'ils sont dans le même secteur. Enfin, en Suède.

91

Vendredi 20 août 2010

Il s'agissait de deux collaborateurs taciturnes de la Sûreté, un homme âgé de la cinquantaine et une femme d'une quarantaine d'années, que Johansson n'avait pas le souvenir d'avoir rencontrés pendant ses années à la tête des opérations. Eux, en revanche, savaient manifestement qui il était – où avait été, pour être exact.

– On est venus chercher quelques cartons, dit l'homme.

– Ah oui. Un petit instant. Je vais dire à Max de vous les apporter.

Johansson entraîna Max dans son bureau.

– Vous n'oubliez rien ? le questionna Max avec un hochement de tête en direction des cartons.

– Non, répondit Johansson.

La veille au soir, il les avait délestés de toutes ses notes personnelles, ainsi que du listing d'immatriculations qui désignait Staffan Nilsson comme propriétaire d'une Golf rouge, et rangé le tout dans un classeur qu'il avait déposé dans son coffre-fort.

– Bon, dit Max. Dans ce cas.

Une demi-heure plus tard, Johansson reçut un appel de Hermansson.

– Qu'est-ce qui se passe ? demanda celui-ci.

– Ce n'est pas à moi qu'il faut le demander, répliqua Johansson sur un ton plus irrité que prévu.

– On vient de m'appeler du secrétariat du chef de la police pour me dire que le dossier Yasmine devait rester chez toi.

– Et alors ? Ça te semble bizarre ?

– Plus que bizarre, à vrai dire, répliqua Hermansson, boudeur.

– Absolument pas, rétorqua Johansson. Je n'ai pas fini l'enquête, voilà tout.

– J'avais pourtant la nette impression que tu avais trouvé le coupable. Je me trompe, peut-être ?

– Trouvé qui ?

– Le meurtrier de Yasmine. Je croyais qu'on pouvait se parler en toute confiance, toi et moi.

– Bien entendu. Mais il y a des choses qu'il vaut quand même mieux ne pas savoir.

– Sauf ton respect... Excuse-moi, chef, mais pas cette fois.

– Tu ne sais pas de quoi tu parles, Hermansson. Sauf ton respect, répliqua Johansson avant de raccrocher.

Séance de kiné. Dès son retour à la maison, il s'enferma dans son bureau, appela Mats Eriksson et lui donna de brèves instructions : au cas où Nilsson s'enquerrait du parcours professionnel de Johansson, celui-ci était dans les affaires. Riche, excentrique et tout le tralala – le genre à faire saliver les radins comme Nilsson. Partageant la société immobilière familiale avec son frère et le reste de la famille, il siégeait au conseil d'administration. Ni plus ni moins. Mats devrait se charger du verbiage approprié, c'est-à-dire poser les questions d'usage dans un jargon comptable en bonne et due forme.

– La plupart du temps, je garderai le silence, précisa Johansson. Pour éviter de dire des bêtises. *Ou alors, je l'étranglerai.*

– Simple curiosité... Il a dû faire quelque chose de vraiment horrible, non ?

– Oui.

– Quoi ?

– C'est tellement horrible que tu ne veux pas le savoir.

Johansson prit son déjeuner et avala toutes ses pilules, y compris une petite blanche. Il envisagea même d'en prendre deux pour garder la distance nécessaire avec le tueur de Yasmine, qu'il allait bientôt affronter. Mais il risquait alors de paraître absent, à côté de la plaque, voire de s'endormir. Il décida donc de s'abstenir.

– Prêt pour la grande transformation, chef ? demanda Matilda.

– Toujours prêt. *Elle m'a l'air bien guillerette...*

Matilda avait trouvé tout ce qu'il fallait dans la garde-robe de Johansson : un pantalon rouge – que Pia lui avait offert quand elle avait voulu le traîner à un week-end de golf à Falsterbo, bien qu'il n'ait jamais tenu de club de golf de sa vie –, une veste bleue ornée d'un mystérieux emblème – également offerte par Pia –, une ample chemise en lin blanc, un foulard de soie et des chaussures de golf marron décorées de petits pompons de cuir.

Mais comment un homme normalement constitué peut-il se balader comme ça ? se demanda Johansson en se scrutant dans la glace, un quart d'heure plus tard. Une chance qu'Evert ne le voie pas. Ni Bo.

– L'habit fait le moine, constata Matilda, satisfaite de son travail.

Elle paracheva l'image de marque de Johansson en enduisant d'huile ses cheveux gris habituellement indociles et les plaqua en arrière en quelques coups de peigne. Ils formaient désormais un casque brillant sur son crâne. Et semblaient plus foncés. Le tout lui donnait une expression radicalement différente.

– Et voilà : tout droit sorti d'un bar de Stureplan. Le wet look gominé ringard par excellence.

– On a fini ? demanda Johansson.

– Bientôt.

Il restait deux détails à régler. Matilda lui badigeonna les joues d'un parfum musqué et lui mit une paire de lunettes de soleil miroirs sans monture.

– Étonnant, concéda Johansson en se regardant dans la glace. *Ce n'est pas moi.*

– Directeur d'âge plus que mûr avec une prédilection pour les petites filles. Si tu veux, j'enfile un petit haut et je t'accompagne.

– C'est gentil, Matilda, mais ça suffira si tu m'appelles un taxi. *Pinochet*, pensa Johansson en montant dans le taxi. *Vers la fin, quand on lui avait déjà confisqué son uniforme.*

Avec dix minutes de retard soigneusement calculées, Johansson entra dans la salle de réunion en boitillant, appuyé sur sa béquille. Mats Eriksson et Staffan Nilsson l'attendaient.

– Désolé pour le retard, grogna Johansson. Cette circulation ! Ça dépasse les bornes ! Asseyez-vous, asseyez-vous, ordonna-t-il en agitant son bras valide lorsque Staffan Nilsson se leva pour lui serrer la main.

– Tu m'as l'air en meilleure forme, Lars, commenta innocemment Mats Eriksson.

– Merci. Ravi que vous ayez eu le temps de venir, Staffan.

Il s'installa en bout de table, sortit son agenda et son stylo et leur fit un signe de tête.

Pas de maux de tête ni de poitrine oppressée. Il se trouvait à la distance idéale de sa proie. Son index lui procurait les sensations habituelles.

Une proie soignée, propre sur elle. Le mal dans ses atours les plus agréables : veste bleue, comme celle de Johansson, cravate, chemise blanche bien repassée, pantalon gris, même type de chaussures que Johansson. Bien coiffé, bien rasé. Des yeux bleus bienveillants, des dents blanches. Pas une tuméfaction, pas la moindre coloration sur le nez régulier, auquel son p'tit gars avait mis une baffe une semaine auparavant.

– Merci, répondit Staffan Nilsson. Je suis heureux de vous rencontrer, et j'ai hâte de vous présenter notre projet, ajouta-t-il en ouvrant son ordinateur portable.

– Parfait, dit Mats Eriksson en se calant contre le dossier de sa chaise et en joignant ses doigts de façon à former une voûte. Eh bien, allez-y, Staffan.

Staffan Nilsson leur montra des images de son paradis thaïlandais, celui qui devait voir le jour trois ans plus tard et n'existait encore que sous forme de montages financiers et d'animations 3D réalisées par l'architecte de la station balnéaire, accompagnés des habituelles photos des paysages environnants : bande de plage blanche ou jaune, mer bleue, îles au large. Reliefs pointus en toile de fond.

– Sans exagérer, je pense qu'on peut décrire la côte sud de la Thaïlande comme un des sites naturels les plus magnifiques de la planète, affirma Staffan Nilsson avec un sourire aimable à Johansson.

Cela prit une demi-heure. Mats Eriksson posa toutes les questions attendues sur le financement, les liquidités, les rendements, les risques et, bien sûr, les stratégies envisagées pour les gérer. Johansson, retranché derrière ses lunettes miroirs et son apparence un tantinet excentrique, se contenta de grogner à quelques occasions, passant la plupart de son temps à observer le langage corporel et les expressions de Nilsson, tentant de pénétrer ses pensées. *Il est convaincu de ce qu'il raconte. Il se coule dans la peau du personnage qu'il représente. Il a passé toute sa vie adulte à se travestir, il n'a même plus besoin de jouer, il allume et éteint le mécanisme à sa guise.*

Staffan Nilsson avait fait une présentation irréprochable. Documentée, sereine, sympathique. *Tu aurais pu devenir immensément riche, si tu avais été normal. Si tu n'avais pas eu ce penchant. Si ton seul but dans la vie n'était pas d'avoir des rapports sexuels avec des fillettes.*

– Qu'est-ce que tu en dis, Mats ? Il faut qu'on réfléchisse un peu, non ? Qu'on fasse les comptes. On fixe un nouveau rendez-vous ?

– Le projet est très intéressant, renchérit Eriksson. Mais comme tu le dis si bien, il nous faut un peu de temps pour faire les comptes.

– Jeudi après-midi. Ou vendredi matin, proposa Johansson en feuilletant dans son agenda. Après, je pars. Je vais chasser l'élan avec mon frère.

– Jeudi, je ne suis pas disponible, répondit Staffan Nilsson, mais vendredi, c'est possible.

– Alors rendez-vous ici, conclut Johansson. Vendredi à neuf heures. *Après, tu ne seras plus disponible pour le restant de tes jours.*

En rentrant chez lui, à Söder, Johansson appela Mats Eriksson.

– Alors ? Il t'a fait quelle impression, ce Staffan Nilsson ?

– C'était une bonne surprise. Une très bonne surprise, même, après tout ce que j'ai entendu sur lui. Et son projet ne m'a pas l'air complètement nul.

– Tu veux te lancer dans la construction d'hôtels en Thaïlande, maintenant ?

– Pas question.

– Pourquoi pas ? Si le projet te semble prometteur.

– Parce qu'Evert me tuerait. Tu ne veux toujours pas me dire pourquoi tu t'intéresses à Nilsson ?

– Non.

– Pourquoi pas ?

– Parce que tu aurais envie de le tuer.

Le soir, Ulrika Stenholm appela Johansson. Pressée, à ce qu'il semblait.

– J'ai parlé avec Joseph. Il a hâte de vous rencontrer. Il propose le Grand Hotell, lundi matin. Il arrivera à Stockholm vers huit heures.

– Très bien.

Dès qu'il eut raccroché, le téléphone sonna à nouveau : Mattei.

– Tout va bien, Lars ?

– Ça gaze. Qu'est-ce que je peux faire pour toi ?

– Staffan Nilsson. Notre agresseur sous prescription. Le neveu du mari de Margaretha Sagerlied. Ça t'évitera de m'appeler dans quelques jours pour me l'annoncer.

– Bravo. Tu as fait vite.

– Rien de très remarquable après tout ce que tu m'as raconté. Je suppose que tu es au courant de la vieille plainte classée dont il a fait l'objet. Pour pornographie infantile.

– Oui. Qu'est-ce qui me porte à croire que tes collègues et toi, vous avez mis Ulrika Stenholm sur écoute ?

– Pardon ? Je n'ai pas entendu.

– Je ne veux pas te mettre dans l'embarras, Lisa. Je sais aussi bien que toi qu'on ne commente pas les sources de ce genre de renseignements mais, lundi matin, comme tu le sais sans doute aussi, j'ai rendez-vous avec Joseph Simon au Grand Hotell, à Stockholm. J'ai l'intention de le renvoyer chez lui les mains vides, bien sûr.

– Je n'en attendais pas moins.

– Alors en ce qui concerne Nilsson, laisse tomber la surveillance pour l'instant. Il se débrouillera encore un moment sans nous. Et pas besoin d'espionner Simon ni moi. Autant faire des économies. Ne pas jeter nos précieuses ressources par les fenêtres. Je te promets d'être sage.

– Comme je te le disais, chef, ça ne me traverserait pas l'esprit de te faire surveiller.

– Tant mieux. *Enfin elle l'a dit. « Chef. »*

– Vous avez prévu quelque chose ce week-end, chef ? demanda Max. Pia doit aller à une conférence, à ce qu'il paraît.

– Rester au calme. J'ai besoin de réfléchir.

– Dites-moi si vous avez besoin de quoi que ce soit.

– Appelle Jarnebring et invite-le à déjeuner avec nous demain, lui intima Johansson. À la maison. Comme ça, on pourra discuter tranquillement.

92

Samedi 21 août 2010 et dimanche 22 août 2010

Le samedi, Jarnebring rejoignit Johansson et Max pour le déjeuner. Johansson avait commandé le repas dans son restaurant de quartier et, Pia se trouvant à une distance sûre, il avait gratifié ses invités d'un tas de bonnes choses. Il leur raconta les derniers développements de l'affaire et sa rencontre avec Staffan Nilsson – omettant néanmoins son rendez-vous avec Joseph Simon.

– Il était comment ? demanda Jarnebring.

– Si je n'étais pas au courant de ce qu'il a fait à Yasmine, je l'aurais trouvé franchement sympathique. Il ne donne pas exactement l'impression d'être miné par le sentiment de culpabilité. Il a dû apprendre à le gérer.

– Tu as bien fait de ne pas m'emmener. Je l'aurais étranglé.

– C'est bien ce que je pensais.

– Max ici présent a au moins eu le privilège de lui écrabouiller le pif, à ce salopard, lança Jarnebring en donnant une tape sur l'épaule à son voisin de table. Il n'y a pas de justice.

– C'est pour ça que je ne l'ai pas emmené non plus.

– Et maintenant, tu vas faire quoi ?

– Je vois quatre possibilités, expliqua Johansson, songeur, en prenant une bouchée de l'excellente saucisse italienne que son restaurateur préféré lui avait sélectionnée en guise d'entrée, accompagnée de quelques amuse-bouches : anchois, olives et petits artichauts marinés.

– Qui sont ?

– Première possibilité : on laisse tomber, tout simplement. Crime prescrit, rappela Johansson en haussant les épaules.

Formellement parlant, rien ne nous empêche de la boucler et de tourner la page.

– Lars ! Tu exagères ! protesta Jarnebring. Tu n'es pas sérieux, quand même ?

– Non. Dans la vie telle que je l'envisage, il y a des choses qu'on ne peut pas ignorer, et celle-ci en fait partie. En plus, je crois que même si les personnes ici présentes sont toutes capables de se taire, ça ne marcherait pas.

– Tout à fait d'accord. Tôt ou tard, un ancien collègue élucidera l'affaire. Un tas de rumeurs circulent déjà dans les couloirs, je peux te le dire. L'homme qui voit derrière les coins a trouvé le meurtrier de Yasmine, mais il refuse de le livrer… Et ainsi de suite.

– Deuxième possibilité : on fait fuiter son nom dans les médias. Ça ne serait pas sorcier, et ça nous ferait gagner du temps, au lieu d'attendre que Hermansson ou un collègue du genre le trouve par ses propres moyens. Parce que ça risque quand même de prendre un moment.

– Pas marrant pour lui.

– Non, en effet. Certaines bandes de la criminalité organisée publient les noms de pédophiles ordinaires sur leurs sites. En ce qui concerne Nilsson, il doit y en avoir un paquet qui se ferait un plaisir de compenser les lacunes de notre justice terrestre.

Johansson soupira et sirota pensivement son vin. Puis il avala une grosse olive et quelques anchois pour s'éclaircir l'esprit.

– Le plus simple serait peut-être de le tuer, lança Jarnebring.

– Troisième possibilité, continua Johansson, et j'espère de tout cœur que tu ne penses pas à quelqu'un qui serait assis à cette table.

Jarnebring haussa les épaules et échangea un regard avec Max, qui semblait avoir l'esprit ailleurs.

– Tu avais dit quatre.

– Lui parler. À Nilsson. Lui expliquer la situation. Lui proposer de purger sa peine. Ce qu'il a fait à Yasmine lui aurait valu la perpétuité, j'en suis certain. D'autant plus que je l'ai rencontré et que je l'ai étudié de près. On ne l'aurait pas placé en unité psychiatrique fermée.

– Je vois. Le problème, c'est qu'il ne risque même plus qu'on lui tape sur les doigts.

– J'y viens. Au moyen de lui faire prendre la perpétuité quand même.

– J'espère bien.

– Perpétuité. On l'aurait sûrement relâché après une vingtaine d'années. Personnellement, ça me va.

– Mais la perpétuité pour quoi ? s'exclama Jarnebring. Le problème, c'est qu'on n'a rien d'autre sur lui. À part qu'il télécharge de la pornographie infantile sur Internet. Qu'est-ce que ça lui vaudrait ? Maximum six mois.

– Depuis le temps, je suis assez sûr qu'il a eu d'autres rapports avec des fillettes de l'âge de Yasmine. En le faisant avouer, ça nous fait déjà pas mal d'années d'incarcération. Sinon, au pire, il n'aura qu'à inventer quelque chose. Souviens-toi de ce taré de Thomas Quick, le pire tueur en série de l'histoire criminelle scandinave. Il en est à sa vingtième année, maintenant, non ? En vertu des salades qu'il a racontées à des collègues encore plus fous que lui.

Bäckström n'était-il pas mêlé à cette histoire-là aussi, d'ailleurs ?

– Sûrement, répondit Jarnebring. D'ailleurs, je pensais à la mère de Nilsson. Ce n'est pas encore sous prescription, ça, hein ? Enfin, dans l'éventualité où il s'agirait d'un meurtre. Ce que je ne crois pas. Elle s'est sûrement suicidée pour la simple et bonne raison qu'elle a compris ce que son fiston avait fait. Quant à lui faire assumer ses responsabilités…

– Tu n'as pas tort. Il semble capable de vivre avec pas mal de poids sur la conscience.

– Et qu'est-ce qui te fait penser qu'il pourrait changer d'avis ?

– Je me suis dit que j'arriverais peut-être à lui faire entendre raison, pour son propre bien, à lui donner une chance de se terrer dans le genre d'établissement où on enferme les gens comme lui. Une chance de survie. En échange, il purgerait sa peine.

– Et s'il ne pige pas ?

– Il nous restera les trois premières possibilités. Et on lui aura donné une chance de faire le bon choix. Yasmine, elle, n'a eu aucune chance.

– Si vous voulez que je fasse quoi que ce soit, chef, il n'y a qu'à le dire, dit Max. Dans la vie telle que je l'envisage, il y a un tas de gens qui ont épuisé leur droit de vivre.

– Je te comprends, Max, répondit Johansson. Crois-le ou non, mais c'est à ton bien que je pense quand je te demande de t'abstenir.

Johansson consacra son dimanche après-midi à ce que, dans le coin où il était né, on appelait le ménage des morts : le futur défunt mettait ses affaires en ordre, avant de recevoir sa quittance définitive pour avoir réglé son existence terrestre. On en profitait également pour se débarrasser, avant qu'il ne soit trop tard, de tout ce qui pouvait nuire à son image d'être cher.

Johansson, ne trouvant rien qui valût la peine de s'en débarrasser, décida de se consacrer à l'écriture d'une lettre à son épouse bien-aimée. Elle serait adjointe à son testament. Au fond, ce genre de rangement était le fruit de la superstition : conserver un semblant d'ordre autour de soi permettrait peut-être de vivre un peu plus longtemps. Ce comportement avait le même but que les multiples assurances-vie auxquelles les gens de son métier souscrivaient tout au long de leur existence, bien que personne n'en bénéficie jamais quand cela a encore un sens.

Une manière de ne pas perdre pied, de défier les maux de tête constants et la poitrine oppressée qui lui rendait la respiration pénible. Et toutes les petites pilules blanches qu'il avalait lorsqu'il ne voyait pas d'autre issue que l'évasion et l'absence d'esprit.

Je me demande si j'irai au ciel, pensa-t-il soudain, couché sur le canapé où il passait désormais le plus clair de son temps. Normalement, oui. Il n'avait jamais provoqué de grosse pagaille, même pas du temps où il travaillait à la Sûreté, en tout cas pas qu'il se souvînt. Sur le plan professionnel, il avait consacré la plupart de son temps à protéger son prochain et à soutenir les victimes des horreurs les plus insensées.

– Max ! appela Johansson.

– Oui, chef, répondit Max, qui apparut au même instant sur le pas de sa porte.

Incroyable, se dit Johansson. À peine prononçait-il son nom qu'il était là. Même pas besoin de frotter une vieille lampe à huile.

– Tu crois en Dieu, Max ?

– Non.

– Pourquoi ?

– S'il existait, il ne m'aurait jamais abandonné dans cet orphelinat à Grajdanka. Je n'étais qu'un enfant. Je n'avais fait de mal à personne.

93

Lundi 23 août 2010

Le lundi matin, à neuf heures, Johansson rejoignit Joseph Simon dans sa suite, au Grand Hotell. Simon l'avait appelé une heure auparavant depuis sa voiture, entre l'aéroport de Bromma et le centre-ville.

– Ici Joseph Simon, le père de Yasmine. J'arrive à Stockholm. Je peux vous retrouver dès que vous serez disponible. Je serai au Grand Hotell, mais si vous préférez qu'on se donne rendez-vous ailleurs, il n'y a pas de problème.

– Rendez-vous au Grand Hotell dans une heure, répondit Johansson. C'est-à-dire à neuf heures.

– Parfait. Vous voulez que je vous envoie un chauffeur ?

– Non, merci, j'ai le mien.

Un suédois presque impeccable, malgré toutes ces années à l'étranger. *Rien qu'un tout petit accent.* Cela lui ôtait une épine du pied, car son anglais n'était plus ce qu'il avait été.

– Max !

– Oui, chef.

– On part faire un tour. On a rendez-vous avec le père de Yasmine, et tu viens avec moi. *Au cas où.*

Pour des raisons historiques, pas question d'emmener Jarnebring.

Il a la même corpulence que Bo, pensa Johansson en saluant Joseph Simon. Pour le reste, rien à voir. Son visage ressemblait à celui du shah d'Iran.

Il était entouré de la suite habituelle que les gens de son espèce emmenaient sûrement dans tous leurs déplacements.

Quatre hommes et une femme : son avocat, sa secrétaire et trois assistants personnels dont deux, à en juger par leur allure et les regards qu'ils s'échangèrent en découvrant Max, étaient ses gardes du corps.

– Heureux que vous ayez pu venir, dit Joseph Simon aimablement, en lui indiquant le fauteuil à côté du sien.

– Je me disais qu'il était temps qu'on se rencontre. En revanche, je préférerais que nous parlions en privé.

– Naturellement, répondit Simon, qui n'eut qu'à adresser un hochement de tête à sa secrétaire pour que tous quittent la pièce, y compris Max.

– Bien, reprit Joseph Simon. Une connaissance m'apprend que vous avez trouvé l'assassin de ma fille.

– Oui, je lui avais demandé de vous transmettre le message.

– Ne le prenez pas mal, mais au fil des années, j'ai été contacté un nombre incalculable de fois par des personnes qui prétendaient connaître son identité, des personnes plus ou moins saines d'esprit qui en voulaient généralement à mon argent. Malheureusement, aucune ne disait vrai, ce qui m'a infligé bien des souffrances personnelles et des ennuis pratiques.

– Je comprends. Je vois très bien le genre de personnages dont vous parlez. Sur ce point, vous pouvez être tranquille. Je tiens réellement le coupable.

– Je sais qui vous êtes, lança Joseph Simon avec un sourire entendu. Mais comment pouvez-vous en être si sûr ? Vingt-cinq ans ont passé depuis le meurtre de Yasmine.

– J'ai fait recouper l'ADN du suspect avec les prélèvements de l'époque. La probabilité que ce ne soit pas lui est inférieure à un sur un milliard. C'était une simple vérification. Pour exclure toute possibilité d'erreur.

– Vous saviez déjà que c'était lui ? Sans analyse ADN ?

– Oui. Si j'avais été chargé de l'enquête au moment des faits, je suis assez sûr que je serais parvenu à le faire condamner sans ADN. De toute façon, à l'époque, nous n'avions pas accès à cette technologie.

– Dans mon secteur, c'est la même chose, renchérit Simon. Il y a les bons et les mauvais médecins. Et il y a ceux qui sont si incompétents qu'ils n'auraient jamais dû devenir médecins.

– Certes. Vous et votre femme, vous n'avez pas eu de chance. L'enquête a été bâclée. On ne vous a pas rendu la justice que vous étiez en droit d'exiger. C'est l'une des raisons de ma présence ici.

– Donnez-moi son nom.

– Désolé, s'excusa Johansson en secouant la tête. Je ne peux pas. Pas à vous.

– Pourquoi pas ?

– Je ne peux évidemment pas me représenter la souffrance que vous avez endurée. Ce serait insultant de ma part. Mais voilà ce que je peux vous dire. S'il m'était arrivé la même chose qu'à vous, si les rôles étaient inversés, je ne me ferais pas confiance.

– Vous craignez que je l'assassine.

– Oui.

– Et il n'y a rien que je puisse vous proposer en échange ?

– Non. En revanche, moi, je vais vous faire une proposition.

– Allez-y.

– Imaginez que nous l'ayons pris, il y a vingt-cinq ans…

– Oui.

– Il aurait été condamné à la perpétuité. Il aurait fait au moins dix-sept ou dix-huit ans de prison ferme avant d'être relâché. À titre d'information, je l'ai rencontré. Parfaitement incognito. Et je vais bientôt le revoir. À ce moment-là, voilà ce que je lui conseillerai : de purger sa peine.

– Comment ? Le meurtre de ma fille est sous prescription. Il aurait commis d'autres crimes qui ne le sont pas ?

– Je ne peux pas entrer dans les détails, mais je vais lui faire une proposition qu'il serait bien idiot de refuser.

– Et s'il le fait quand même ? S'il refuse ? Que ferez-vous ?

– Étant donné les choix qu'il a, j'espère qu'il acceptera.

– Mais s'il ne le fait pas ?

– S'il refuse d'assumer sa responsabilité, je vous le livrerai. Je vous donnerai son nom.

– Quand ?

– Au plus tard, la semaine prochaine, mercredi à midi. Ne vous inquiétez pas pour les démarches pratiques, je m'en suis déjà occupé. Donnez-moi simplement votre numéro de téléphone, et je vous appellerai dès que je serai fixé.

– Je vous crois et j'accepte votre proposition, déclara Joseph Simon. Qu'il purge la même peine que ce à quoi il aurait été condamné il y a vingt-cinq ans, quand il a tué ma fille. Dans neuf jours.

– Je comprends que ça vous paraisse long. Malheureusement, c'est le temps qu'il me faut.

– Vingt-cinq ans, c'est long. Neuf jours, ce n'est rien. Je peux attendre neuf jours de plus, aucun problème.

– Bien, dit Johansson en se levant.

– Si je peux faire quoi que ce soit pour vous, n'hésitez pas. C'est-à-dire tout ce qu'il est en mon pouvoir de faire, précisa Joseph Simon en lançant un coup d'œil à la béquille de Johansson.

– Vous ne me devez rien. Au contraire, c'est nous qui avons une dette envers vous.

Heureusement que je n'ai pas les mêmes penchants que mon grand frère, sinon, Joseph Simon aurait été sur la paille à l'heure qu'il est, songea Johansson sur le chemin du retour.

94

Du mardi 24 août au jeudi 26 août 2010

Mardi, mercredi, jeudi. La routine : poitrine oppressée, maux de tête, bras droit mollasson et index droit insensible. Malgré les promesses du kiné, il le resterait sûrement jusqu'au dernier souffle de Johansson. Et puis les préparatifs, tous les détails qu'il fallait régler avant de confronter Staffan Nilsson avec ses actes.

– Vendredi, je devrais me remettre à la table de maquillage, annonça Johansson à Matilda.

– Pour le même rôle ? Tu n'aurais pas besoin de te rendre encore plus crédible en étant accompagné d'une blonde en jupe de cuir noir très courte et en tout petit haut rouge, par hasard ?

– C'est gentil, Matilda. J'apprécie vraiment ta sollicitude, mais je m'en sortirais très bien avec un peu de gras dans les cheveux et des lunettes noires. À part ça, si je pouvais porter un de mes costumes habituels, ça m'arrangerait.

– Maintenant qu'il t'a cerné, ça ne pose pas de problème. Je ne crois même pas qu'il le remarquera. Tu as déjà imposé ton personnage.

– Formidable.

– Tu ne veux pas que je lui arrache les yeux de la tête ?

– Là aussi, je me débrouillerai tout seul. Par contre, j'aurais besoin de ton assistance pour régler un détail. Tu peux m'agrandir cette photo ? demanda-t-il en lui tendant un portrait de Yasmine provenant du dossier d'instruction.

– Elle était vraiment mignonne. Belle, même. Elle est sur Internet aussi. Je crois que c'est la même photo. Format A4, ça ira ?

– Impeccable.

Le jeudi après-midi, son beau-frère l'appela pour lui demander s'il devait poursuivre les recherches.

– Comme ça fait quelques jours que tu ne me donnes pas de nouvelles, je suppose que tu as obtenu tous les renseignements que tu voulais sur Margaretha Sagerlied et sa famille.

– Je suis très satisfait de ton travail. Et j'ai hâte que tu m'envoies ta facture. *C'est bien ça que tu voulais entendre, non ?*

– Je l'ai écoutée chanter, hier soir. Margaretha Sagerlied, je veux dire. J'ai retrouvé un vieux vinyle. Elle chante *Tosca* face à Sigurd Björling, qui tient le rôle de Scarpia, un baryton phénoménal, mais Sagerlied fait le poids, elle aussi. Elle a un bel organe. Et le rôle lui va comme un gant, dit Alf, grand amateur d'opéra.

– Tu as beaucoup de disques d'elle ? demanda Johansson, qui venait d'avoir une idée – un détail, certes, mais qui valait la peine d'être testé.

– Quelques-uns, répondit son beau-frère avec sa modestie habituelle.

– Tu ne pourrais pas m'en prêter ? Ça m'intéresserait de l'entendre.

– Si, bien sûr, répliqua Alf en cachant mal sa surprise. Des souhaits particuliers ?

– Il faudrait qu'elle soit sur la pochette. Peu importe le contenu. *De toute façon, l'opéra, c'est toujours la même chose.*

– Dans ce cas, je te propose *Tosca*. Elle est resplendissante sur la pochette. D'ailleurs, étant donné ton ancien métier, le choix me semble évident.

– Comment ça ?

– Scarpia est policier. Pas du genre sympathique, si je puis dire, mais Sigurd Björling en fait une interprétation magnifique.

– Parfait. Envoie-le-moi par messager et ajoute les frais à ma facture. Je te remercie, Alf. *Pas du genre sympathique...*

L'après-midi, il fit le point au téléphone avec Mats Eriksson. Ce dernier n'aurait pas besoin de participer au deuxième rendez-vous avec Staffan Nilsson. Il ne devait pas contacter Nilsson pour l'informer de son absence. Pour être précis, il devait s'éclipser juste avant l'arrivée de Nilsson au bureau. Johansson avait l'intention de le recevoir dans le bureau de son frère. Mats Eriksson n'émit aucune objection.

– Pas de problème. Y a-t-il autre chose que je puisse faire pour toi ?

– Le vieux tourne-disque, celui d'Evert, il est toujours dans son bureau ?

– Bien entendu. Il nous passe ses bons vieux tubes des années 1950 et 1960 à nos fêtes d'entreprise. *Corina, Corina, Tell Laura I Love Her, Red Sails in the Sunset*… Tu vois le genre.

Bien, se dit Lars Martin Johansson à huit heures du matin lorsque, accompagné de Max, il arriva au bureau d'Evert pour achever les derniers préparatifs avant qu'un Staffan Nilsson ignorant tout de ce qui l'attendait ne pénètre dans les locaux, pensant gagner un paquet de fric sur le dos d'un péquenot norrlandais aussi riche que crédule.

95

Vendredi 27 août 2010

Johansson se chargea personnellement des tout derniers préparatifs : la pochette avec le portrait de Margaretha bien en évidence au milieu de la grande table, le siège de Nilsson placé dans un angle méticuleusement choisi, après plusieurs tentatives. C'était là qu'il devait entendre raison, du moins Johansson l'espérait-il. Max, son fidèle collaborateur, était assis derrière la porte close de la pièce adjacente – au cas où Staffan Nilsson ferait des histoires et nécessiterait une nouvelle baffe sur le nez.

Encore cinq minutes, pensa Johansson en jetant un coup d'œil à sa montre. Il mit le vieux disque de la tante de Nilsson. Avec un peu de chance, Johansson s'en sortirait mieux que son collègue Scarpia. La veille au soir, il avait pris connaissance de l'intrigue, résumée au dos de la pochette.

Mon Dieu, ce qu'elle hurle, pensa Johansson cinq minutes plus tard, lorsque quelques discrets coups à la porte lui indiquèrent que son visiteur était arrivé.

– Le directeur Nilsson est là, annonça Gerd, la secrétaire d'Evert.

– Asseyez-vous, asseyez-vous, lui intima Johansson en agitant sa béquille sous le nez de Staffan Nilsson pour lui indiquer le fauteuil. Tu peux éteindre le tourne-disque, Gerd ? Et fermer la porte aussi. Merci. Quelle voix ! s'exclama Johansson en montrant la pochette. *Te voilà en train de renifler l'appât...*

– Content de vous l'entendre dire. Figurez-vous que c'était ma tante.

– Pas vrai ? Votre tante ? Elle est encore en vie, ou... ?

– Non, malheureusement, répondit Nilsson d'un air affligé. Elle est morte à la fin des années 1980.

Ça, tu ne l'as pas oublié...

– C'est un très beau tableau, commenta Nilsson en désignant le grand paysage accroché au mur, derrière le bureau.

– Un Osslund. *Fin d'hiver printanière dans l'Ådalen*, 1910. C'est la vue de notre propriété. D'après les histoires qui circulent dans la famille, l'artiste aurait posé son chevalet dans la cour de la ferme. Mon grand-père lui a acheté le tableau. Cent couronnes, à ce qu'on raconte.

– Dans ma jeunesse, j'ai eu le plaisir de posséder un Leander Engström, rebondit Nilsson. Il représentait aussi un paysage norrlandais. Et un chasseur, je crois.

– Ah bon ? répliqua Johansson. *Tiens donc*, se dit-il en baissant légèrement ses lunettes. Enfin, la musique et l'art, c'est bien joli, mais nous sommes là pour parler affaires, n'est-ce pas ? Mats a eu un empêchement. Nous n'allons pas nous laisser perturber par ce genre de détail.

– J'espère bien que non, répliqua Staffan Nilsson avec un sourire.

Tu ne devines toujours rien. Au contraire, tu jouis de l'instant.

– Une question, simple curiosité. Combien attendez-vous de nous ? Vingt millions ? Cinquante millions ?

– D'habitude, je laisse à mes investisseurs le soin de le déterminer, répondit Nilsson, toujours souriant.

– Eh bien, je vais vous faire une proposition qui vaut plus que tout l'argent du monde.

– Vous piquez ma curiosité, Lars.

– Je vous propose une chance de survie. Au moins quinze ou vingt ans de plus, à condition que vous purgiez votre peine dans un établissement pénitentiaire suédois. Je vous promets de faire tout mon possible pour que vous soyez placé avec des gens de votre espèce. Ça vous évitera de vous faire trucider par vos codétenus.

Il ne comprend toujours pas. Il a la tête de quelqu'un qui refuse d'encaisser ce qu'il vient d'entendre.

– C'est une blague, ou quoi ? demanda Nilsson avec un mouvement de tête nerveux vers la porte fermée.

La peur rampe au fond de ses yeux.

– Malheureusement non, lui répondit-il en lui tendant la photo de Yasmine.

Aussi livide que Max quand il lui avait raconté l'histoire de Nadia, juste avant de se précipiter aux toilettes. Si Staffan Nilsson souillait de vomi l'onéreux tapis d'Evert, Gerd l'essuierait, voilà tout. Ce serait une forme d'aveu comme une autre. *Au pire, je serai obligé d'acheter un nouveau tapis à mon frère.*

– Je ne comprends pas de quoi vous parlez, déclara Nilsson en éloignant la photo.

Le piège se refermait sur lui. La terreur l'envahissait. Sa tête pivotait à gauche et à droite à la recherche d'une issue.

– Je vous parle de la petite Yasmine. Elle avait neuf ans quand vous l'avez violée et étouffée avec un oreiller dans la chambre à coucher de votre tante, à l'Äppelviken. Le soir du vendredi 14 juin 1985. Vous étiez passé jeter un coup d'œil à la maison et arroser les plantes pendant que votre tante était à la campagne. Yasmine a sonné. Elle voulait emprunter le téléphone pour appeler ses parents. Vous la connaissiez déjà, bien sûr. Vous aviez dû la rencontrer plusieurs fois lors de visites. Vous vous en souvenez, tout de même, non ?

Nilsson se leva en sursaut.

– Je n'en crois pas mes oreilles ! Pas un mot de ce que vous dites n'est vrai ! Qui vous a fait avaler une histoire aussi grotesque ?

– Je l'ai compris par mes propres moyens. Et j'ai eu la possibilité de comparer votre ADN avec le sperme prélevé sur le corps de Yasmine. Inutile de discuter votre culpabilité, elle est établie.

– Vous êtes complètement fou ! Un détective privé en plein délire d'aliéné... Ce que vous dites vous engage pénalement. C'est de la diffamation, je n'hésiterai pas un instant...

– Fermez-la et asseyez-vous, ou je vous étrangle, ordonna Johansson en lui lançant un regard qui ne tolérait aucune objection. Si vous envisagez de vous glisser par cette porte, vous pouvez l'oublier. Elle est verrouillée. Vous voulez appeler la police ? Allez-y, ne vous gênez pas pour moi, mais je vous le déconseille. Sauf si vous voulez faire la une des journaux dès ce soir. Et calmez-vous, je ne suis pas un détective privé aliéné. J'ai été policier toute ma vie. Avant de partir à la retraite, j'étais directeur de la PJ nationale et, si ça peut vous consoler, j'ai rencontré des centaines de types comme vous dans ma carrière.

– Pas un mot ! Pas un mot de ce que vous dites n'est vrai ! s'écria Nilsson d'une voix transformée, sous pression, rauque, comme à bout de souffle.

Son regard errait dans la pièce sans parvenir à se poser sur rien d'autre que Johansson.

– Je comprends que vous soyez effrayé. Je ne serais pas dans mon assiette non plus si j'avais violé et tué la fille de Joseph Simon. D'ailleurs, si quelqu'un a dû déranger votre sommeil pendant toutes ces années, c'est bien lui, le père de Yasmine. Parce que grâce à ses milliards, vous savez ce qu'il fera de vous, le jour où il vous débusquera.

– Je ne vois pas de qui vous parlez, répliqua Staffan Nilsson, dont les yeux disaient tout autre chose.

– Ne mentez pas. Et j'aimerais que vous vous taisiez deux minutes pour écouter ma proposition. Écoutez bien. C'est une proposition unique et non renouvelable. Une proposition que vous n'avez pas les moyens de refuser.

Du moment qu'il ne se chie pas dessus. Nilsson, effondré sur sa chaise, semblait désormais complètement absent. Sa tête pendait sur le côté.

– J'ai rencontré le père de Yasmine il y a quelques jours, reprit Johansson. Il voulait m'acheter votre nom. J'ai refusé, et il ne sait toujours pas qui vous êtes. Je lui ai expliqué que je voulais d'abord vous donner une chance de purger votre peine en allant vous-même vous dénoncer à la police, et en leur énumérant toutes les petites filles que vous avez violées ou droguées avant de coucher avec elles. Et toutes les fillettes qu'il vous a suffi de payer pour coucher avec elles. Je suis convaincu que cela justifiera qu'on vous condamne à une peine d'emprisonnement à deux chiffres. Sinon, vous pouvez toujours avouer le meurtre de votre mère. Car figurez-vous que de ce côté-là, tout va bien, le crime n'est pas encore prescrit, contrairement à ce que vous avez fait à Yasmine.

– Je n'ai pas tué ma mère ! Vous êtes complètement fou...

– Je ne crois pas que vous l'ayez fait. Je suis même assez sûr qu'elle s'est suicidée après avoir compris ce que vous avez infligé à Yasmine. Je suis également convaincu qu'un tribunal vous condamnerait quand même pour meurtre si, par exemple, vous racontiez à la police qu'elle avait menacé de vous dénoncer et qu'étant donné la situation, vous aviez décidé de l'empoisonner en lui faisant avaler à son insu une grande quantité de somnifères et d'alcool. Que c'est vous qui avez tué Yasmine – de toute façon, on ne mettra pas longtemps à le découvrir – et que votre mère vous a menacé d'aller vous balancer. Ça dissiperait tous les doutes éventuels sur votre motif. Abstraction faite de l'argent dont vous avez hérité.

Ça y est, il entend ce que je lui dis. Nilsson, agrippé à ses accoudoirs, sans doute pour parvenir à se tenir plus ou moins droit dans son fauteuil, avait toujours la tête qui pendait sur le côté. Son regard errait un peu partout.

– En résumé, soit vous suivez mon conseil et, dans ce cas, je veux que vous m'en informiez le plus vite possible, au plus tard la semaine prochaine, mercredi à midi. Soit, si vous déclinez ma proposition ou que vous ne me donnez plus de nouvelles, je livrerai votre identité au père de Yasmine : votre nom, votre adresse, des copies de votre passeport et de votre permis de conduire, le numéro d'immatriculation de votre voiture, les noms de toutes vos fréquentations, amis et proches. Il saura tout ce que vous pensez, tout ce que vous ressentez et tout ce que vous faites. Ensuite, ce ne sera plus qu'une question de temps. Il vous retrouvera. Et avec lui, c'est simple, il n'y a pas un seul recoin de cette planète où vous pourrez lui échapper. Ce qu'il fera de vous quand il vous aura coincé, eh bien, je préfère ne pas y penser.

– Ce sont des accusations abominables ! s'exclama Nilsson en se levant. Ça pourrait pousser n'importe qui, même une personne complètement innocente, comme moi, au suicide !

– Non, pas vous. Vous êtes coupable, et j'ai décidé d'ignorer le fait que votre crime est prescrit. De toute façon, vous vous aimez beaucoup trop pour vous suicider. D'ailleurs, je crois que je pourrais supporter de vous perdre. Et je suis fermement opposé à la peine de mort, sachez-le. C'est pourquoi je vous donne une chance de survivre et, par la même occasion, de purger votre peine. Joseph Simon, le père de Yasmine, n'en ferait pas autant. Il n'est pas d'accord avec moi sur tous les points. Il a une vision des choses plus « Ancien Testament ». Œil pour œil, dent pour dent, si vous voyez ce que je veux dire. Alors appelez-moi. J'ai laissé mon numéro sur votre répondeur, à votre domicile. Ne vous souciez pas des démarches ultérieures. Je pourrai vous conduire à la police. Et même vous trouver un bon avocat.

– Ça, vous pouvez l'oublier, cracha Staffan Nilsson, dont les yeux brûlaient maintenant de haine – l'espace d'un instant, sa rage avait vaincu sa terreur. Et si vous dites un mot de ces accusations complètement démentes à quelqu'un, nous irons en justice et je vous dépouillerai de tout votre argent, jusqu'au dernier centime.

– Vous dites des bêtises. Supposons que vous portiez plainte contre moi pour diffamation, que vous ayez gain de cause et que vous receviez deux cent mille couronnes en dommages et intérêts – vous n'obtiendrez pas plus. Avant que le tribunal ait eu le temps de prononcer la peine, vous seriez déjà mort. Et puis, une somme pareille, pour moi et mon frère, ce n'est que de la menue monnaie. Vous savez quoi ? poursuivit Johansson en le toisant de haut en bas avec le regard que son meilleur ami et lui réservaient aux plus coriaces. Vous êtes l'être humain le plus ignoble que j'aie jamais rencontré. Pourtant, je vais quand même vous donner une chance de m'appeler et de m'annoncer que vous comptez assumer vos actes. Appelez-moi, Nilsson. Et puisque vous êtes déjà debout, je vous suggère de partir avant que je change d'avis et que je vous jette par la fenêtre.

– Si vous voulez, je peux le faire, chef, proposa Max qui était apparu dans la pièce sans un bruit, bravant les instructions de Johansson.

Ses grandes mains se serraient et se desserraient, il regardait Nilsson avec des yeux de loup qui observe une proie déjà à terre, les pommettes saillantes et le visage blanc comme un linge, aussi inexpressif que quand il avait raconté l'histoire de Nadiesta, sa grande sœur dans une vie qu'il n'avait pas choisie. Violée, droguée, étouffée par son propre vomi, dans l'orphelinat dont ils avaient prévu de s'évader ensemble pour s'installer dans une maison dont personne d'autre ne connaîtrait l'adresse, pour y avoir des enfants auxquels ils feraient des bisous et des câlins du matin au soir.

– Laisse-le partir, lui intima Johansson. Il nous donnera bientôt de ses nouvelles.

Dans la rue, Staffan Nilsson arrêta un taxi, monta et disparut au loin. *Bien*, se dit Johansson. Malgré ses maux de tête et sa poitrine oppressée, il y avait au moins une personne au monde qui allait encore plus mal que lui. *Et il a ses raisons*, pensa-t-il en composant le numéro de Lisa Mattei.

– Je viens de voir Staffan Nilsson.

– Je sais. Il rentre chez lui en taxi, semble-t-il. À titre d'information.

– Tant mieux. *Cette petite ira loin. Très loin.*

– Je n'ai pas l'impression que ce soit le genre à se suicider, commenta-t-elle.

– Moi non plus. Mais il peut avoir la très mauvaise idée de se faire la belle.

– J'ai du mal à imaginer où il pourrait se cacher. Enfin, tu as raison. Il ne doit pas être dans un état d'esprit très rationnel. J'ai donc décidé de le faire surveiller. S'il fait des bêtises, au pire, j'échangerai deux mots avec lui. Comme tu le comprends certainement, je ne pourrai pas le retenir contre son gré, mais, dans la maison, la volonté de lui créer une nouvelle identité est assez faible.

– Il y aurait bien un moyen de régler ça, avança Johansson. Le coller au trou pour lui donner le temps de réfléchir.

Il lui parla de la plainte que Nilsson avait déposée au commissariat du secteur ouest et de la déclaration de sinistre qu'il avait certainement déjà envoyée à son assurance. Tentative de fraude à l'assurance avec circonstances aggravantes. C'était d'ailleurs certainement la dernière chose qui tourmentait l'esprit de Nilsson à cet instant, même en ayant revu Max.

– S'il refuse d'entendre raison, on peut toujours essayer, proposa Mattei. Je le garderai en tête, en tout cas, je te le promets. Ça lui ferait au moins un mois.

– Et ça lui laisserait le temps de lire les journaux, dans sa cellule, à la maison d'arrêt. Tous les articles sur ce qu'il a infligé à Yasmine. Le temps de réfléchir tranquillement à ce qu'il pourrait bien fabriquer pour échapper à son sort le jour où on le mettra à la rue.

– Lars, Lars… Je n'ai pas entendu ça.

– Il va pourtant lui arriver malheur, à ce salopard, s'il n'accepte pas de purger sa peine. Et si personne d'autre n'a le courage de tenir la barre, j'y veillerai moi-même. Je lui ai donné sa chance. S'il n'en profite pas, tant pis pour lui. Mais je ne crois pas qu'il soit si bête.

– J'espère que tu as raison. Bonne chasse à l'élan, au fait.

Alors tu sais ça aussi, pensa Johansson en raccrochant. Quelle femme formidable… Elle ment sans la moindre gêne et avec une conviction sans faille à un homme deux fois plus vieux qu'elle, qui a en outre été son chef et mentor pendant plus de dix ans.

96

Du vendredi 27 août au dimanche 29 août 2010

Le vendredi après-midi, Johansson avait pris tendrement congé de sa femme – aussi tendrement que les circonstances le permettaient, en particulier les antihypertenseurs qu'il avalait quotidiennement. Il l'avait serrée contre lui, embrassée, lui avait fait des bisous, plutôt deux fois qu'une.

– Promets-moi de prendre bien soin de toi, dit Pia.

– Je te le promets, la rassura Johansson. *Bientôt, je serai de retour à la ferme, où rien de mal ne pourra plus m'arriver.*

Max et lui se rendirent à l'aéroport de Bromma, où ils s'arrêtèrent en pleine piste et montèrent dans le jet privé qu'Evert partageait avec quelques camarades aussi riches que lui.

Une heure plus tard, ils atterrirent à Kramfors et montèrent dans l'hélicoptère qui les y attendait. Trois heures après son départ de Söder, Johansson était de retour dans la cour de la ferme familiale.

– Bienvenue à la maison, Lars ! lui lança Evert, sur le perron, vêtu d'un pantalon en moleskine et d'une chemise en flanelle à carreaux.

Il lui donna une chaleureuse accolade qui, bizarrement, allégea la pression sur la poitrine de Johansson.

– Merci, dit Johansson. *Enfin à la maison.*

– Maintenant, on va prendre du bon temps et rien d'autre. Enfin, abattre un ou deux élans aussi. Je me disais que Max, toi et moi, on pourrait loger ici, chez maman et papa, et les autres, au pavillon de chasse. Comme ça, ils pourront cochonner autant qu'ils veulent.

– Ils arrivent quand ?

– Dimanche, pour la mise au point et le repas de chasse. Jusque-là, il n'y a que nous.

– Du moment que ce n'est pas toi qui cuisines.

– Tu es fou ? s'exclama Evert en posant son bras autour de ses épaules. J'ai engagé deux femmes du village. Elles sont déjà en plein travail. Il y aura du hareng, du schnaps, de la viande et des pommes de terre, ne t'en fais pas.

Evert tint parole. Johansson aussi. Il s'arrêta après le deuxième schnaps lorsque, tout à coup, l'image de Pia apparut dans son esprit. Il ne prit que deux verres de vin rouge pour accompagner le carré de porc farci aux prunes, et ne goûta même pas au crumble aux pommes, se contentant d'un café et d'un tout petit cognac.

– Tu m'inquiètes un peu, Lars, fit Evert avec un clin d'œil.

– Pourquoi ?

– Tu es devenu quasiment végétalien ! Et tu ne bois même plus, ajouta-t-il en désignant le verre de Johansson.

– On apprend de ses erreurs. D'ailleurs, je vais aller me coucher tôt.

Après s'être débarbouillé, il s'endormit sans la moindre assistance de son allié grec. Le matin, il se réveilla lorsque les premiers rayons de soleil se faufilèrent par la fente entre le store et le rebord de la fenêtre.

Il sortit dans la cour, resta debout dans l'herbe, pieds nus, et regarda le soleil pâle se lever à l'est, dissipant la brume matinale au fond de la vallée, où coulait la rivière.

C'est ici qu'Osslund a dû placer son chevalet. Que ce fût la fin de l'hiver telle que l'avait capturée le peintre ou le début de l'automne, c'était tout simplement le plus bel endroit au monde.

Johansson rentra, prit ses médicaments, se doucha, s'habilla et, enfin de retour chez lui, l'esprit à nouveau clair, il respira comme autrefois. *Que demander de plus ?*

Après un petit déjeuner substantiel, ils se rendirent au ball-trap personnel d'Evert pour tester le fusil de Johansson, spécialement adapté par l'armurier et déjà rodé par Max.

Les résultats furent bien meilleurs que ce à quoi il s'était attendu. Après une vingtaine de tirs, Johansson maîtrisait son index déclencheur et parvenait à faire pivoter son torse et à tenir fermement la crosse.

– Je te reconnais enfin, Lars, lança Evert avec un hochement de tête approbateur.

Même Max, qui n'avait jamais rencontré meilleur tireur que lui-même, eut du mal à cacher sa surprise.

Le dimanche soir, ils retrouvèrent leurs camarades de chasse au pavillon, bien situé au milieu de la forêt, en plein terrain de chasse. Le cérémonial restait inchangé : mêmes visages, mêmes histoires, mêmes rires, même nourriture et même quantité de schnaps que de coutume. Johansson se permit un troisième shot et n'eut pas une seule pensée pour sa femme quand il leva son verre pour trinquer.

– Nous, les riches, on a quand même la belle vie, déclara Evert trois heures plus tard au coin du feu, devant son cocktail du soir. *Quitte nos poumons noircis, regret languissant / Chasse les soucis des logis enneigés / Nous avons de la viande, du feu et de l'eau-de-vie*... À la vôtre, les gars, enchaîna-t-il en se levant sur des jambes légèrement vacillantes.

– Il est temps que je rentre coucher mon frère, dit Johansson.

Bien qu'à mille kilomètres de sa femme, il était sans doute le plus sobre de la compagnie – à part, bien sûr, Max, qui n'avait pas bu une goutte d'alcool de la soirée.

– Tu ne veux pas faire un bras de fer ? demanda Evert.

– Demain, répondit Johansson. *Enfin à la maison.*

Dire qu'il lui avait fallu une embolie cérébrale pour comprendre ce qu'il avait quitté cinquante ans auparavant...

97

Lundi 30 août 2010

Le premier affût du matin ne se trouvait qu'à une centaine de mètres de la ferme dans laquelle Johansson avait grandi, au bord d'une grande coupe rase qui descendait jusqu'à la rivière, à quelques kilomètres de là. Aussi loin que Johansson se souvînt, on faisait d'abord une battue de la vallée et des berges de la rivière, en bas de la ferme, puis la chasse commençait, toujours au même endroit.

– Nom de Dieu ! Qu'est-ce que vous avez fait de ma tour ? s'exclama Johansson.

L'échelle en bois avait été remplacée par un escalier muni de rambardes. L'affût que Johansson avait hérité de son père, qui, trop vieux pour continuer à chasser, jugeait Lars Martin bien meilleur chasseur que ses frères aînés, ressemblait désormais à un équipement de station de sports d'hiver.

– C'est Evert qui m'a demandé de le faire, répondit Max.

– Quand ça ?

– Le jour où vous êtes sorti de l'hôpital.

– Comme il est prévoyant… *Il doit avoir mauvaise conscience pour tout ce qu'il m'a fait subir quand j'étais petit.*

Impeccable, pensa Johansson en montant les marches et en s'asseyant sur la large banquette.

– Tu vas où, comme ça ? demanda-t-il à Max qui était en train de monter, lui aussi.

– Je viens m'asseoir à côté de vous.

– Pas question. Si tu promets de te taire et de rester tranquille, tu peux éventuellement t'installer sous la tour. Sinon, tu n'as qu'à participer à la battue.

– J'en ai parlé à Evert…

– Pas question, l'interrompit Johansson. Je me fiche de ce que pense Evert. On va faire les choses en bonne et due forme. On est à la chasse, nom de Dieu !

– D'accord, chef, dit Max en s'exécutant.

Il n'y a pas plus beau paysage sur terre, songea Johansson en respirant l'air pur du matin. *On ne peut pas rêver mieux.* L'automne piquant lui caressait les joues et le menton. À cet instant, il ressentit une forte pression sur sa cage thoracique, si forte qu'il ne parvint pas à reprendre son souffle. Le coupable était bien plus musclé que Max, alors assis sous les pieds de Johansson – Max qui, pourtant, n'avait jamais connu plus fort que lui.

Cette fois, pas de défi à relever, songea Lars Martin Johansson, dont ce fut la dernière pensée.

VI

Tu ne jetteras aucun regard de pitié...

Deutéronome, 19:21

Le lundi 20 septembre, trois semaines après la mort de Lars Martin Johansson, le directeur général et chef de la Sûreté nationale décida de suspendre la surveillance de Staffan Nilsson, sous prétexte que le décès de Johansson changeait considérablement la donne. D'ailleurs, à l'exception de certains agents de la Sûreté, ce dernier était sans doute la seule personne à savoir que Nilsson était coupable du meurtre de la fille de Joseph Simon, vingt-cinq ans auparavant. Quoi qu'il en soit, le suspect semblait avoir retrouvé son train-train quotidien. Si jamais il voulait faire une demande d'identité protégée, il n'avait qu'à passer par les voies ordinaires.

– Qu'est-ce que tu en penses, Lisa ? demanda le directeur général. Pour ma part, je me disais qu'on ferait mieux d'utiliser nos maigres ressources pour résoudre des affaires plus pressantes, mais je peux me tromper…

– Tout à fait d'accord, répondit Lisa Mattei en posant le bras autour de son ventre rond d'un geste protecteur. *Pauvre Lars.*

Le vendredi 1er octobre, dans le quartier de Söder, à Stockholm, les cloches de l'église Maria Magdalena sonnèrent en hommage à un chasseur vagabond de l'Ådalen, dans le nord de l'Ångermanland, qui avait achevé son voyage en ce bas monde un peu plus d'un mois auparavant.

Un mois de deuil profond pour sa femme, Pia. Cependant, quelques jours plus tôt, elle était parvenue, le temps d'un instant, à refouler son chagrin – grâce à la rage qu'elle accumulait certainement depuis bien plus qu'un mois.

Putain de Lars, se dit-elle. *Pourquoi tu ne m'écoutais jamais ? Tu ne pouvais pas faire ce que je te disais, pour une fois ?*

Après la cérémonie, les invités se réunirent au restaurant de quartier de Johansson pour y profiter d'un buffet, tardif mais fortifiant. La nombreuse famille de Johansson, ses anciens collègues de la police de Stockholm, de la Police nationale et de la Sûreté, y compris les vieux grands-ducs, tous avaient évidemment répondu à l'appel, Jarnebring en tête.

L'ambiance s'égaya petit à petit. L'homme meurt, mais pas ses paroles, et Lars Martin Johansson n'était pas un cadavre qu'on enfouissait dans le silence. Il y avait bien trop de bonnes histoires à raconter – une fois de plus.

Même Pia finit par rire, bien qu'elle vécût désormais seule dans un appartement trop grand. D'ailleurs, après une nuit d'insomnie durant laquelle les questions sans réponse avaient tournoyé dans son esprit, elle avait décidé de vendre. Il lui rappelait trop de jours meilleurs. *Dois-je rire ou pleurer ?* se demanda-t-elle en parcourant l'allée centrale jusqu'au premier rang de la nef, jouxtée par Anna Holt et Matilda.

Elle pleura une fois de plus – elle avait arrêté de compter les crises de larmes. Puis elle rit. L'enterrement passé, il lui sembla que sa vie reprenait son cours – pas le même qu'auparavant, mais elle n'en demandait pas plus.

– C'est quand même pas possible, constata Evert au bar, entouré de son p'tit gars et du meilleur ami de son frère.

À l'âge de quatre-vingts ans, pour la première fois de sa vie, il avait les yeux rougis – mais pas une seule pensée pour sa propre mort. Tous les autres, oui, ce jour-là ou le lendemain, tôt ou tard, mais pas Evert. Encore moins depuis que son p'tit gars était revenu à la maison.

– C'est quand même pas possible qu'il n'ait pas pu boire et manger normalement. Qu'il n'ait pas pu faire un peu d'exercice. Enfin, sauf à la chasse, bien sûr. Là, il était rapide. Et si jeune, seulement soixante-sept ans ! Ce n'est pas un âge !

Notre père Evert est mort à quatre-vingt-treize ans, notre mère Elna, à quatre-vingt-seize et moi, à soixante-dix-sept ans, je ne me suis jamais porté mieux.

– Je crois qu'il allait vraiment très mal, dit Jarnebring. Quand il est parti à la retraite, il y a trois ans, c'était comme s'il avait baissé les bras. La police, c'était sa vie.

– C'était quelqu'un de bien, renchérit Max. Un homme bon qui allait mal. Même très mal, à la fin. *Parce qu'un mauvais esprit le rongeait de l'intérieur*.

– Ah bon ? s'étonna Evert. Lars a toujours été un peu original sur les bords, je suis d'accord, mais je ne savais pas qu'il allait si mal que ça. Il lui restait quand même la chasse et la forêt. Et la ferme. Elle nous appartient à tous les deux. Enfin, maintenant, elle revient à son fiston, le p'tit Lars. C'est lui qui reprendra le flambeau.

– Tu ne crois quand même pas que c'est par hasard qu'il a calanché le premier jour de la chasse ? l'interrogea Jarnebring.

– Sans doute pas, répondit Evert en haussant ses robustes épaules. Prends soin de toi, petit frère, ajouta-t-il en levant les yeux au ciel, qui, ce jour-là, était d'un gris typique du mois d'octobre.

Il brandit son verre et le vida d'une traite.

– À la tienne, Lars.

– À la tienne, Lars, renchérit Jarnebring. *Qu'est-ce que je vais faire tout seul, moi, maintenant ?*

– Na zdarovié ! Reposez en paix, chef, déclara Max. *Moi, en tout cas, je ferai en sorte qu'il repose en paix.*

Peu avant minuit, le jour de l'enterrement, une patrouille du secteur Ouest trouva une voiture abandonnée sur une île du Mälare. Le véhicule était garé sur une aire de stationnement, au bord de la route, entre Färingsö et Stockholm. Une Renault grise de taille moyenne, bien entretenue, pas un véhicule de voyous, a priori. On décida quand même de faire un contrôle de routine. Dans le coffre, on trouva un cadavre en très mauvais état, enfoncé dans un sac de sport bleu du plus grand modèle. On appliqua la procédure habituelle.

Le corps fut identifié dès le lendemain matin : homme d'une cinquantaine d'années correspondant en tout point au propriétaire du véhicule. Lorsque les techniciens de la police de Solna s'introduisirent dans son appartement à Frösunda, ils constatèrent immédiatement qu'il devait s'agir de la scène de crime. Quantité de sang dans l'entrée, la cuisine, le salon et la salle de bains. Tabassé au-delà de l'entendement. Comme manifestement, il était resté en vie pendant tout le processus, c'était un vrai mystère qu'aucun voisin n'ait rien entendu.

Le commissaire Peter Niemi, chef de l'unité technique de la police de Solna, appela son collègue Evert Bäckström, qui, après une longue attente, répondit d'une voix étonnamment alerte.

– J'ai un cadavre pour toi, Bäckström. Staffan Nilsson, né en 1960. Agent immobilier, célibataire sans enfant, domicilié à Frösunda. Les collègues l'ont trouvé dans le coffre de sa voiture, sur la route de Färingsö. Je suis chez lui en ce moment même. C'est une vraie boucherie. Les faits ont dû avoir lieu ici.

– Tiens donc, rétorqua Evert Bäckström. *La journée commence bien*. Et il a l'air de quoi ?

– Franchement, je crois que je n'ai jamais vu pire. Œil pour œil, dent pour dent, pour ainsi dire. Mais d'après le médecin légiste, l'agresseur a fait les choses dans le sens inverse pour garder le pauvre homme en vie le plus longtemps possible.

Célibataire... Tu parles, pensa Bäckström. *Un meurtre de pédé classique, oui ! Ces tantouses peuvent être complètement déchaînées quand ils se castagnent entre eux.*

– Meurtre de pédé classique, constata Bäckström quelques heures plus tard, à sa première réunion avec son groupe d'enquête.

Pas exactement des lumières, mais comme il dirigeait le travail et répartissait les tâches, ils finiraient bien par boucler l'affaire.

– Comment on le sait ? demanda un jeune talent détaché de la surveillance et qui, à en juger par la longueur de ses cheveux, devait avoir les mêmes penchants que la victime.

– J'ai dégoté une vieille accusation de pédophilie contre lui. Au cours d'une audition, il avoue être tafiole. En plus, j'ai trouvé un de ses anciens petits amis qui m'a l'air carrément prometteur. *Mais comment ce genre d'énergumène peut-il devenir policier ?* se demanda Bäckström en regardant l'échevelé.

– Pourquoi il a l'air prometteur ? Je veux dire le petit ami, demanda celui-ci – décidément, il ne s'avouait pas vaincu.

– Il est arabe, affirma Bäckström avec toute l'autorité qui incombe à l'une des plus grandes légendes de la maison. Il s'appelle Ali Hussein. *Sûrement un copain à toi.*

Début décembre, deux mois après l'enterrement de Johansson, le p'tit gars d'Evert, Max, démissionna. Il voulait émigrer aux États-Unis, où on lui proposait un nouveau travail. Son futur employeur lui avait déjà obtenu un permis de travail, la fameuse carte verte, et, en plus, il aurait la possibilité de faire des études en parallèle de sa nouvelle fonction. En quoi elle consistait ? Il resta réservé à ce sujet, mais comme il avait l'air content, Evert ne ressentit pas le besoin d'approfondir la question. Au moment des adieux, à l'aéroport, il lui glissa une belle enveloppe et lui donna une chaleureuse accolade. Entre hommes, on ne pouvait pas exprimer ses sentiments avec plus d'exubérance.

– Je suis content pour toi, Max, ça va te permettre de bouger un peu, de voir du pays et de découvrir des choses, au lieu de traîner à la ferme avec nous. Si tu changes d'avis, rentre à la maison. Tu seras toujours le bienvenu chez nous.

Le vendredi après que Maxim Makarov eut pris l'avion de Sundsvall à Stockholm, puis de Stockholm à New York – sa destination finale demeurait mystérieuse –, Anna Holt, chef de la police du secteur Ouest, réaffecta les éléments du groupe d'enquête sur le meurtre de Staffan Nilsson.

Le commissaire Evert Bäckström avait bien trouvé plusieurs Ali Hussein, mais aucun d'entre eux ne semblait être le bon, et l'enquête n'avait pas tardé à tourner en rond.

– Tu sais bien, Anna, dit Bäckström en lui faisant son compte rendu, tôt ou tard, ce salopard réapparaîtra, et hop !

Absence de résultat, pensa Holt en signant les formulaires habituels que lui tendait Bäckström. Enfin, elle avait d'autres chats à fouetter : le week-end suivant, pour la première fois de sa vie, elle allait devenir marraine. Lisa Mattei avait eu un bébé, une fille, désormais âgée de deux mois, qui serait baptisée Anna Linda Elina, Anna comme Anna Holt, Linda comme la mère de Lisa Mattei et Elina en souvenir de quelqu'un dont Mattei ne voulait pas parler.

Johansson avait joint à son testament une lettre adressée à sa femme, Pia. Succincte, elle consistait en trois lignes et, à en juger par la signature, avait été rédigée après le 11 juillet de la même année : « Arrête de chialer, ma puce. Trouve-toi un nouveau mec. Prends soin de toi. Lars ». Pia suivit son conseil et entama une liaison peu après le Nouvel An, pas avec un homme qu'elle comptait épouser, mais la vie continuait et, à un moment ou à un autre, il fallait bien remonter en voiture.

Quelques semaines plus tard, fin janvier, Ulrika Stenholm déménagea aux États-Unis et se maria dans le plus grand secret avec un homme âgé de seize ans de plus qu'elle, dont elle attendait déjà l'enfant, une fille, une enfant de l'amour, qu'elle et son nouveau mari voulaient baptiser Yasmine. À son septième mois de grossesse, Ulrika Stenholm fit une fausse couche. L'enfant succomba dans l'ambulance, en chemin vers l'hôpital.

Le Juge et son bourreau. Œil pour œil, dent pour dent.

pca
cmb
édition pré-presse
livres numériques

44400 Rezé

Achevé d'imprimer en janvier 2024
sur les presses de Normandie Roto Impression s.a.s.
61250 Lonrai (Orne)
pour le compte des Éditions Payot & Rivages
60/62, avenue de Saxe -75015 Paris
N° d'impression : 2400103
Dépôt légal : mai 2023

Imprimé en France

IMPRIM'VERT
Votre imprimeur agit pour l'environnement